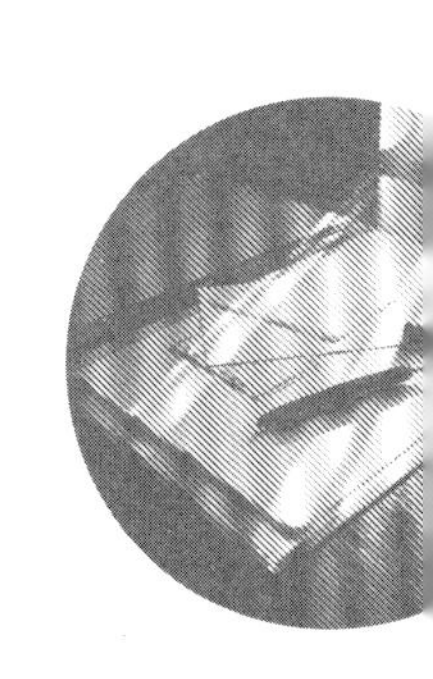

下编　敝帚自珍

科学传播

科学社会学

性　学

科　幻

回　顾

自 序

替别人的书作序跋，自谦的说法有“附于骥尾”，甚至自嘲为“佛头着粪”。但这个集子由两部分组成，第一部分是我为别人的书写的序（入选41篇），第二部分是我为自己的书写的序（入选34篇）。既要体现出对别人著作的尊重之意，又不能将自己的书喻为“骥”或“佛”；在好友帮助下，我思前想后，勉强找出一个两全其美之法：将第一部分题为“骥首墨痕”，体现对他人著作尊重之意；将第二部分题为“敝帚自珍”，表达自谦之情。而全书的书名，只好采用中性的《人我书前》了。

我为别人的书作序，有时还真有点不同寻常——比如奉命替某位高级官员捉刀，为某位学界泰斗的文集作序。我感到这样的特殊任务十分好玩儿，就欣然从命了。幸好我对这位学界泰斗非常熟悉，所以在序中历数他的学术勋业，应该并不离谱。有趣的是我拿捏起高级官员的口吻腔调，将该学界泰斗称为“××同志”（平时我哪敢这样称呼学界泰斗啊）。据说该高级官员对我起草的序文尚属满意，他稍作修改后，这篇序就印在该学界泰斗文集开头了。不过这里我无法满足读者的好奇心——这篇序当然不会收入我这个集子中。

这些年我给不少大牌或知名人物的书写过序。比如大名鼎鼎的蕾切尔·卡森——不过不是她的《寂静的春天》，而是她的《海洋传》。又如国际天文学史的头号权威米歇尔·霍斯金，我既是他《剑桥插图天文学史》的译者，又为他的《天文学简史》写了中文版序。还有那个以小说和影片《侏罗纪公园》而在中国拥有很大知名度的迈克尔·克莱顿，他去世后出版的《克莱顿经典纪念版》，总序是我写的。再如那位好些年都在诺贝尔文学奖候选名单上的玛格丽特·阿特武德，她的科幻小说《羚羊与秧鸡》的中文版序也是我写的。

知名度稍小一些的，比如戴蒙德的《崩溃》、平井宪夫的《核电员工最后遗言》、凯查杜里安的《人类性学基础》、拉科尔的《孤独的性》、斯特里伯的小说《明日之后》（电影《后天》故事）等，都是我写的中文版序。我还为《黄面志》中国影印版、理查·伯顿译注《一千零一夜》中国影印版、《西方博物学大系》等大书写了序。

替他人的书写序，还会出现一些特殊的状况。有时写了序却没有印在书上，有时没有当作序写的文章却成了序。这里各举一例，聊充谈助。

爱德华·威尔逊的《知识大融通》在中国出版之前，出版社请我为它写中文版序，但是我写的序出版社有关方面却表示不满意——因为我没有一味说那书的好话，而是将此书的优点和弱点都指出了，于是我就将那篇序当作书评在报纸上发表了（《〈知识大融通〉：英勇游击队能不能征服世界？》）。不忘初心，我就将这篇书评也收入本书了。

相反的例子是王伟的《读懂世界格局的第一本书》，出版之后，立刻畅销，媒体向我约了一篇书评，这时此书已经开始加印，出版社在《新民周刊》上见到了我的书评，非常喜欢，就提议将我的书评作为序印在书上，此举也得到了作者的赞成。于是从该书第三次印刷起，我那篇书评就作为序印在正文前面了。

另一件有趣的事情，是替自己的已毕业博士的著作写序——往往是在他们的博士论文扩充成书出版时。很多人会以为，这不就是替自己的门生吹嘘吹嘘嘛，写点好话不就行啦？其实大家都知道，真这样做的话，当然是不负责任的。既是对自己的声誉不负责任，也是对书的作者不负责任。

由于我对书序有着一点自作多情的美学追求，总想既要让书序对于书来说有所增益，好比美女簪花，更增其美；又要恪守学术道德，不能胡乱吹捧言过其实。所以很多时候这种博士书序是相当有挑战性的。

我为我的大弟子钮卫星的博士论文《西望梵天：汉译佛经中的天文学源流》写的序，很长时间内被认为是此类序中最精彩的一篇，不过后来在一些朋友的评价中，我为女弟子穆蕴秋的博士论文《地外文明探索研究》写的序，又更上层楼了。

说实话，在这类序中，我感觉最大的挑战在于，我有时会给学生以很高的评价，甚至达到被认为是“吹捧”的地步，但是又能做到言之有据，而且还不让读者反感，至少是挑不出什么毛病。持此标准来看，上面提到的那两篇序确实是比较有新意的。

最后要提到我给自己的书或我主编的书写的自序或前言、导言之类。有时我会将这种文字写成长篇文章，系统论述某种对象，此时难免轻松不足，学术有余，甚至会在CSSCI刊物上作为论文发表。当然在大部分情况下，这种自序文字还是轻松的。

收入本书中的序，有不少曾在各种媒体上发表过。

江晓原

2018 年 6 月 18 日

于上海交通大学科学史与科学文化研究院

上编　骥首墨痕

科 学 史

理解卡森：从海洋到寂静的春天

——卡森《海洋传》中文版序

在大多数中国读者印象中，蕾切尔·卡森（Rachel Carson）也许是一个殉道圣徒般的人物：卡森1962年出版《寂静的春天》（*Silent Spring*），发出“旷野中的一声呼喊”；之后两年，在药业公司利益集团的诅咒声中，卡森死于癌症；之后六年，著名的“罗马俱乐部”成立；之后十年，罗马俱乐部出版第一部报告，题目就是《增长的极限》（*The Limits to Growth*，1972）。环境保护和“有限地球”的观念，由此日益深入人心，最终汇成全球性的环境保护运动。《寂静的春天》如今已经成为环境保护运动的经典，而卡森这个瘦弱的、中年死于癌症的女子让人既同情又敬佩。

其实卡森还有另一种面容。

她曾长期在美国联邦政府所属的“鱼类及野生生物调查所”任职（1935—1952），在此期间她撰写了一些有关海洋生态的科普著作，这本《海洋传》（*The Sea Around Us*）初版于1950年，那时卡森43岁，已经成为一个我们国内传统意义上的“科普作家”。本书的大部分内容，是向读者娓娓而谈关于海洋的各种知识和故事。这种内容和叙述风格与我们国内传统的“科学普及”倒是十分一致——将对象（在本书中是地球上的海洋）描绘得栩栩如生，它是有生命的，就像一个恋爱中的青春期少女，时而温馨恬静柔情似水，时而变身“野蛮女友”乱发脾气。卡森告诉我们许多关于海洋的知识，以便我们更好地亲近和征服海洋。

在这些叙述中，卡森像一个中学或小学女教师，她温和、愉快、亲切、耐心，告诉孩子们各种有趣的知识，却并不想让他们陷入沉重的思考。这里没有圣徒的献身，没有那种绝望而又痛苦的“旷野中的一声呼喊”。

由于关于海洋的探测和研究在当时进展很快，所以本书在1961年又出了修订版。但是，在这一版的序言中，温和、愉快、亲切、耐心的女教师卡森，开始向发出“旷野中的一声呼喊”的殉道圣徒卡森过渡了。

她特别谈到了人类向海洋中倾倒核废料的问题。她向读者描绘了这样一幅图景：

人们长期以来把海洋当作一个排污场，有些核污染的废料也被装入密封桶中沉入海底。虽然当时说应该沉入1800米深的海中（卡森指出有时它们实际上被丢弃在更浅的海域），但是这些密封桶的设计寿命有限，而且人类对海洋深处的情况还很不了解，一旦污染物泄漏会有什么后果？卡森对此提出了深切的忧虑与警告。自20世纪70年代以来，国际上的许多研究也表明，由于海中的动力过程以及生物作用等影响，深海存放核废料是不安全的。卡森指出，海洋不能无止境地吸纳各种垃圾，而是一个与我们息息相关的生命体。海洋中的微生物会吸收那些污染物质，而微生物又会被大生物吞噬，而大生物又会四处活动，将这些有毒物质进一步扩散，而人类最终还要吃各种鱼……

卡森写上面这篇序是在1960年，想想看，从那时到现在已经快半个世纪过去了，人类又向海洋中排放了多少吨污染物质，很多污染物已经散布到全球海洋了吧！我们人类通过吃鱼和其他各种海鲜，已经吸收多少有害物质了吧！……

从卡森的这篇序，联想到好些西方的科幻小说和电影中，都将地球的未来想象为一个因为核污染而被废弃的星球，看来不是偶然的。

卡森在书中说：

海洋是生命的源头，创造了生物，如今却受到其中一种生物的活动所威胁，这种情形是多么怪异啊！……而真正受害的，其实是生物本身。

于是，从《海洋传》到《寂静的春天》，从温和、愉快、亲切、耐心的女教师到殉道圣徒，一个更完整的、更容易理解的卡森呈现在我们面前了。《寂静的春天》用整整一本书所叙述的杀虫剂的故事，其实和人类向海洋倾倒核废料的故事是类似的——人类都是在自己害自己，而且都是在“科学”的引导之下！

令人感到奇怪的是，从《海洋传》到《寂静的春天》，卡森可以从传统科普走向对科学技术的深刻反思，但是中国的传统科普，却长期行走在对科学技术简单赞颂和对唯科学主义盲目臣服的歧途上——更不用说在出版《寂静的春天》的1962年，那时中国还没有出现哪怕一丝一毫对科学技术的反思。

为何会有如此明显的差别呢？造成这种差别的原因又何在呢？

2009 年 12 月 18 日

于上海交通大学科学史系

（《海洋传》，[美]蕾切尔·卡森著，方淑惠等译，译林出版社，2010年）

霍斯金《天文学简史》中文版序

天文学作为一门自然科学，有着与其他学科非常不同的特点。例如，它的历史是如此悠久，以至于完全可以视为现今自然科学诸学科中的老大哥（至少就年龄而言是如此）。又如，它又是在古代世界中唯一能够体现现代科学研究方法的学科。再如，它一直具有很强的观赏性，所以经常能够成为业余爱好者的最爱和首选；而其他许多学科——比如数学、物理、化学、地质等——就缺乏类似的观赏性。

由于天文学的上述特点，天文学的历史也就比其他学科的历史具有更多的趣味性，所以许多天文学书籍中，会有比别的学科的书籍更多令人津津乐道的故事。例如，法国著名天文学家弗拉马利翁的名著《大众天文学》，里面充满了天文学史上的奇闻逸事——事实上，此书几乎可以当作天文学史的替代读物。

西人撰写的世界天文学通史性质的著作，被译介到中国来的相当少，据我所知此前只有三部。这三部中最重要的那部恰恰与本书大有渊源——那就是由本书作者霍斯金主编、被西方学者誉为"天文学史唯一权威的插图指南"的《剑桥插图天文学史》（*The Cambridge Illustrated History of Astronomy*）。

霍斯金（Michael Hoskin）是剑桥丘吉尔学院的研究员。退休前曾在剑桥为研究生讲授天文学史三十年。在此期间他还曾担任科学史系系主任。1970年他创办了后来成为权威刊物的《天文学史杂志》（*Journal for the History of Astronomy*）并任主编。在国际天文学联合会（International Astronomical Union）和国际科学史与科学哲学联合会

（International Union for the History and Philosophy of Science）的共同赞助下，他还担任剑桥大学出版社的多卷本《天文学通史》（*General History of Astronomy*）的总主编。而这本《天文学简史》则可以视为上述多卷本《天文学通史》的一个纲要。

天文学的历史非常丰富，但是在传统观念支配下撰写的天文学史，则总是倾向于“过滤”掉许多历史事件、人物和观念，“过滤”掉人们探索的过程，“过滤”掉人们在探索过程中所走的弯路，“过滤”掉失败，“过滤”掉科学家之间的钩心斗角……最终只留下一张“成就清单”。而通常越是篇幅较小的通史著作，这种“过滤”就越严重，留下的“成就清单”也越简要。本书正是这样一部典型作品。

这种作品的好处，是读者阅读其书可以比较省力地获得天文学历史发展的大体脉络，知道那些在传统观念中属于最重要的成就、人物、著作、仪器、方法等。简明扼要，立竿见影，很快有所收获。

这种作品的缺点，是读者阅读其书所获得的历史图景必然有很大缺失——归根结底一切历史图景都是人为建构的，故历史哲学家有“一切历史都是思想史”“一切历史都是当代史”这样的名言。人为建构的历史图景，永远与“真实的历史”——我们可以假定它确实存在过——有着无法消除的距离。

历史图景之所以只能是人为建构的，根本原因之一就在于史料信息的缺失。而历史的撰写者，无论他撰写的史书是如何卷帙浩繁巨细靡遗，都不可能完全避免上面谈到的“过滤”，这就进一步加剧了史料信息的缺失。况且每一个撰写者的过滤又必然不同，结果是每一次不同的过滤都会导致一个不同的历史图景。

所以，历史永远是言人人殊的。

2010年3月25日

于上海交通大学科学史系

（《天文学简史》，[英]米歇尔·霍斯金著，陈道汉译，译林出版社，2010年）

霍斯金《剑桥插图天文学史》译者说明

本书是一部富有权威性的天文学史著作。因为主编及各章撰稿人，皆为在各自研究领域内享有崇高声誉的杰出研究者。在我二十年的天文学史研究生涯中，他们或为我曾有幸结识，或为曾打过间接的学术交道，至少也是“久闻大名”的人物。这一点，成为我和我的同事们“毅然”下决心接受此书翻译任务的重要原因之一。

在此书中译本出版之前，对于中国读者来说，始终缺乏一部权威的、综合性的天文学史。虽然也有学人做过初步的尝试，但是与两部同名的《中国天文学史》相比，其规模、水准和成就皆不能同日而语。翻译过来的西人著作中，有过两部小型的天文学史，但其权威性有限，写作方式又很老旧，无法满足当代读者的阅读趣味，故亦不能与本书同日而语。

在数十年间，我所知道的不少中国读者，倒是经常在1965—1966年科学出版社出版的三册《大众天文学》（法国人C. Flammarion著，李珩译）中，寻找到一些他们所需要的西方天文学史知识。

如今此书中译本的出版，将一举改变上述局面。

对于广大受过中等以上教育的公众来说，本书是一部篇幅适中、图文并茂、内容又极为引人入胜的读物，尽管未必能理解所有技术性的细节——为了帮助读者尽量做到这一点，我们已经在译文中加入了大量译注——但是仍然能够获得对天文学史的一个全面的了解。

而对于有一定专业水准的读者，比如研读天文学史专业的研究生，本书则是一本非常合用的专业入门书。

即使是对于专业程度更高的学者——比如天文学史教授——来说，通过本书看一看著名的国际同行在处理这一课题时是如何论述、如何取舍的，仍然具有相当高的学术参考价值。

本书的翻译是四人通力合作的结果，具体分工如下：

前言及封面、勒口等说明：江晓原译

第一、二、三章：江晓原译

第四、五章：杨泽忠译，江晓原校

第六、七章：关增建译

第八、九章：钮卫星译

术语表、索引：关增建译，钮卫星、江晓原校

江晓原对全书译稿作了修饰润色，并添加了全部译注。

前面曾说“毅然”，并非故作惊人之语。谁都知道，翻译是为人作嫁衣裳的吃力不讨好的事情，况且我和同事们都苦于繁重的学术任务，翻译经验也不丰富。但是考虑到此书的价值，我们还是决定为人作嫁一回。

2002 年 7 月 18 日

于上海交通大学科学史系

（《剑桥插图天文学史》，[英] 米歇尔 · 霍斯金主编，江晓原等译，山东画报出版社，2003年）

《知识大融通》：英勇游击队能不能征服世界？

许多被尊为大师的人，到了晚年都会受到这样的诱惑：写一本“凝结毕生智慧”的、宏大叙事风格的“传世之作”。他身边的学生、仰慕者、出版商等，会对他说：“只有您才写得出这样的书”“这是您的义务”“您理应为我们的世界留下一些东西”，诸如此类的甜言蜜语，很难让一个老头经受得住——哪怕是一个非常睿智的老头。

我一直很喜欢看这种书，尽管我这样做的动机并不纯洁，我通常抱着某种“坐山观虎斗”的心态，想看大师们如何展示毕生绝学。

通常，睿智的大师们修炼到了晚年，早已臻于正大平和的神仙境界，岂能轻易让自己陷于“虎斗”的窘境？但是，如果书真的写出来了，而且出版了，那读者就要比较，所以对大师而言，考验还是难以避免的。

现在，大师爱德华·威尔逊（Edward O. Wilson）上场了。

威尔逊和牛顿、爱因斯坦

他的《知识大融通：21世纪的科学与人文》（*Consilience: The Unity of Knowledge*），被认为是凝聚了他毕生智慧，有着极为宏大的抱负——重启启蒙运动中的知识统一论。而且这种抱负被向上追溯到理查德·费曼、爱因斯坦和牛顿。

这样的追溯，真有点儿居心叵测，顿时就将威尔逊置于险地了。

我们知道，大师晚年写宏大论著，通常总要有自己的专业知识作为支撑，就好比亚历山大大帝纵横天下，也总得有个马其顿王国作为出发的根据地。如果因本书而将威尔逊置于某种和牛顿、爱因斯坦一脉相承的传统中，那么牛顿和爱因斯坦的马其顿，都是公认的“精密科学”——物理学，而威尔逊的马其顿，则是相对不那么精密的生物学。

如果我们继续延用“马其顿”这个比喻，那么至少在理论上，物理学就好比希腊的重装步兵，甲坚兵利，阵形齐整；而生物学看起来就有点像啸聚山林的游击队，装备参差，队形散乱。这样的比喻并非完全出自我的个人偏见，有些科学大师也有此意，例如史蒂芬·霍金就是这样——他在回忆录《我的简史》（*My Brief History*）中居然说：“对我而言，生物学似乎太描述性了，并且不够基本，它在学校中的地位相当低。最聪明的孩子学数学和物理，不太聪明的学生物学。”

我们当然没有必要在这里比较霍金和威尔逊谁更“聪明”——其实将威尔逊和霍金作个比较，倒是比将威尔逊和牛顿或爱因斯坦相提并论要更为靠谱，也更有意义，不过这且待下文。这里我的意思只是说，如果将威尔逊比作某一位亚历山大大帝，那么我们应该知道这位大帝统率的军队并非装备精良训练有素的重装步兵，所以从这个角度来看，他远征世界需要的是更多的勇气和技艺。

那么接下来的问题就是：威尔逊这位亚历山大大帝，他在知识世界的远征成功吗？他打下了多大的江山？

平心而论，威尔逊的征服欲望，比起牛顿和爱因斯坦来，非但毫无逊色，简直可以说是有过之而无不及——这也难怪，“启蒙运动中的知识统一论”在牛顿时代尚未问世，到爱因斯坦时代又已经过气了。

不过威尔逊虽然雄心万丈，却仍然相当有节制。对于驻马远方的另外两位大帝——牛顿和爱因斯坦，威尔逊明显心存敬畏。对于他们身后的马其顿王国，他小心翼翼不去犯界，因为他知道那里有重装步兵，不是他的军队敢与争锋的，所以他在全书中几乎从未谈到天文学和物理学。

但是除此之外，威尔逊大帝就横扫千军长驱直入了。

我仔细阅读本书后的判断是：威尔逊的远征还是相当辉煌的。不过我在这里当然不可能写一部《亚历山大远征记》，所以只能拣威尔逊远征中的重要场景略举数例。

对后现代痛下杀手

威尔逊基本上持科学主义立场——这样的人在科学家群体中很常见。所以威尔逊相信可以“利用科学的某些特性来区分科学和伪科学”。这些特性包括如下四点：再现性、精简性、测量法、启发性。其中最重要的无疑是第一点，“再现性”其实就是实验的可重复性。不过威尔逊的上述信念实际上是相当朴素的，因为科学哲学家们通常认为，科学和伪科学之间的划界任务是不可能完成的。

对于科学知识社会学（SSK）和“建构主义”（constructivism），威尔逊当然也不会手下留情。在“德里达的诡论”一节中，他对此痛下杀手：“哲学上的后现代主义者，是一群聚集在黑色无政府主义旗帜下打转的背道者。他们挑战科学和传统哲学的基础……而最狂妄的建构主义主张，‘真的’真实世界并不存在，人类心灵的活动之外并没有任何客观的真理。”在“寻求客观真理的标准”一节中，威尔逊坚信：“在我们的大脑之外，存在着独立的真实世界。只有狂人和少数建构主义哲学家，才会对它的存在有所质疑。”不过他的这种观点，如果和霍金《大设计》（*The Grand Design*）中“依赖图像的实在论”相比，也是相当朴素的。按照威尔逊的上述界定，霍金也将进入“狂人”之例。

威尔逊对于各种“后现代”理论颇多讽刺，他在题为“向后现代主义致敬”的那一节中说：“无论如何，我在这里要向后现代主义者致敬。作为当今狂欢乱舞般的浪漫主义参与者，他们使文化变得更加丰富。”他指责后现代理论“对理性思考造成危害”，而他说应该对后现代主义持“正面看法”的理由则是“它解除了不愿接受科学教育的人的困扰”“它在哲学和文学研究上创造了一个小规模的产业”等。

和神创论阵前联欢

对于威尔逊大帝来说，进化论当然不仅在他的马其顿王国版图之内，简直就应该是他的后花园。但是进化论偏偏是长期争论不绝的理论，这无疑成了威尔逊的某种软肋。看看万有引力或相对论，问世至今几乎从未遭遇过争议——这正是物理学可以被比喻为重装步兵的主要原因之一。

那威尔逊如何处理这个问题呢？相当出乎我的意料，在本书中，持科学主义立场的威尔逊大帝，居然对于进化论的死敌——神创论，采取了手下留情的态度！

在“进化与神迹”一节中，威尔逊正面陈述了进化的基本理论，并且表示：“这种非人类所能掌握的力量，显然塑造了我们今日的形象。由组成分子到进化过程，生物学的所有面向都指出相同的结论。”可是接着他却又说：“尽管冒着带有防卫色彩的危险，我仍有义务指出，许多人宁愿采取特殊的神创论来解释生命起源，包括某些受过高等教育的人。”他引用美国国家民意研究中心的报告数据，说有23%的美国民众反对人类进化的观念，还有三分之一“意见未定”，也就是说有一半以上的美国公众对进化论是反对或怀疑的。

这还不算，威尔逊接着又进一步表明他的个人立场：“我生于新教徒众多的美国南方，在强烈的反对进化论的文化中成长，所以对这些想法也有同情和妥协的倾向。这么说吧，只要你相信奇迹，什么事都可能发生。也许上帝真的创造了所有生物，包括人类在内……”这样的论述，对于中国读者来说，以前恐怕只能在转述被批判对象的“谬论”时，才有可能接触到一二。

对中国有独特见解

关于中国古代的科学技术，威尔逊很自然地参考了李约瑟的著作。威尔逊说古代中国人认为自然界的万物是不可分离的，并且处于不断的变化之中。所以“中国科学研究的焦点，始终摆在对事物的整体性质以及事物之间和谐而具阶级性的关系的研究上。……而不像启蒙运动思想家所体认的那样彼此分立且持久不变。结果，17世纪就出现在欧洲科学中的抽象过程和解析研究，却从来没有在中国出现”。

不过威尔逊对古代中国人思想方法的描述和归纳，倒是颇有可取之处。他猜测说：“中国学者不相信在万物之上存有一位具备人类特质与创造特质的神。在他们的宇宙中，并不存在理性的造物主。”他认为古代中国人满足于描述外部世界的运行规则，却并不追求普适原理，是因为“既然不迫切需要普适的原理（也就是神的旨意）这样的观念，也就无须寻找它们了”。

考之中国古代的大部分情形，威尔逊的上述说法确实是可以成立的。

威尔逊与霍金、阿西莫夫

晚年在重大问题上选边站队，似乎成了大师们的义务或表征之一。比如霍金的《大设计》一书，堪称他的“学术遗嘱”，里面讨论了若干带有终极性质的问题，诸如上帝、外星人、外部世界的真实性等，在这些问题上霍金都明确地选边站队表了态。霍金如此，威尔逊也不例外，他也在外部世界的真实性、进化论和神创论等重大问题上表了态。

霍金还没有表露过要在知识世界进行亚历山大式征服的雄心壮志，威尔逊却是明确表态要追求“大融通”的。他在本书中对“融通”的定义是：“经由综合科学的事实和以事实为基础的理论，创造一个共同的解释基础，以便使知识融会在一起。”这在当代无疑是一个非常大胆的追求。

威尔逊的“大融通”追求，又让我联想到另一个也有“大师”之誉的人——阿西莫夫（I. Asimov）。四十多年前他写过一部《阿西莫夫科学指南》（*Asimov's Guide to Science*），几乎涉猎了自然科学的所有方面。但阿西莫夫此书是传统的“科普”作品，他扮演的角色是导游，而不是亚历山大大帝那样的征服者。

导游通常没有危险，还能够借此饱览名胜风光，而征服者是有风险的，万一“兵败”就有点惨了。威尔逊对这一点倒是有心理准备的，在第一章“爱奥尼亚式迷情”的结尾，他引用了钱德拉塞卡（S. Chandrasekhar）的话：“让我们试试看，在太阳将我们翅膀上的蜡融化之前，我们到底能飞多高。”这真有一点悲壮誓师的味道。

（《知识大融通：21世纪的科学与人文》，［美］爱德华·威尔逊著，梁锦鋆等译，中信出版社，2016年。本文首刊于2016年6月23日《中华读书报》）

《萨顿科学史丛书》总序

乔治·萨顿（George A. L. Sarton）号称“科学史之父”，确实是当之无愧的，因为科学史在他手中，终于成为一门儿独立的学科。现今国际上最权威的科学史学术刊物*ISIS*杂志是萨顿创办的（1913），科学史学会很大程度上也是因萨顿而成立的（1924）。通过在哈佛大学数十年的辛勤工作，萨顿终于完成了——至少是象征性地完成了——科学史学科在现代大学的建制化过程，例如：设立科学史的博士学位（1936）、任命科学史的教授职位（1940）等。

2006年是萨顿去世50周年。由创建了中国第一个科学史系的上海交通大学，来出版这套“萨顿丛书”，也是富有象征意义的。

这套丛书包括如下五种：

萨顿：《科学史和新人文主义》

萨顿：《科学的生命》

萨顿：《文艺复兴时期对古代和中世纪科学的评价》

萨顿：《科学的历史研究》

刘兵：《新人文主义的桥梁》

前四种萨顿的原著，基本上能够较为全面地反映萨顿的思想、观点和学术路径，第五种是刘兵教授专门解读萨顿的著作，也是目前国内唯一深入解读萨顿的著作，故特收入本丛书，有助于读者更好地理解萨顿及其思想。

20世纪20年代前后，是一个大发宏愿的年代。

那时，阿诺德·汤因比（Arnold Toynbee）开始写他的宏篇巨著《历史研究》（全书12卷，至1961年出齐）；威尔·杜兰（Will Durant）也已经发愿要写《世界文明史》（全书11卷，至1968年出齐）。

大约与汤因比和杜兰同时，萨顿正在为科学史学科的确立不懈努力，也大发宏愿。他的宏愿是撰写一部《科学史导论》，要从荷马时代的科学开始论述，第一卷出版于1927年。然而这部书他只写了3卷（第三卷于1947年出版），只论述到14世纪而止。后来萨顿的宏愿又进一步扩大——他决定写“1900年之前的全部科学史”，全书计划中共有9卷，可惜到他1956年去世时，仅完成头两卷：《希腊黄金时代的古代科学》《希腊化时期的科学和文化》。此书的写作计划遂无疾而终。

与此类似的是李约瑟的《中国的科学与文明》（*Science and Civilization in China*）——这是他原书的正式书名，但他请朋友在扉页上题写的中文书名是《中国科学技术史》，国内就一直使用，现在已经约定俗成了。李约瑟开始写此巨著的时间，与萨顿开始写“1900年之前的全部科学史”约略相同，都在20世纪40年代。《中国的科学与文明》第一卷出版于1954年，与萨顿巨著第一卷的出版（1952）也仅差两年。

要说这两部书的命运，李约瑟的似乎好一点。他的写作计划在实施过程中不断扩大，达到7卷，34个分册，到他1995年去世时，已出版了约一半的分册。当然，李约瑟的工作条件应该说也比萨顿好，特别是他先后得到大批来自各国的学者的协助——其中最重要的无疑是鲁桂珍。由于鲁桂珍和李约瑟的特殊关系，来自鲁桂珍的帮助就不仅仅是事功上的，而且还是心灵上的、精神上的，这一条件恐怕是萨顿所不具备的。

在20世纪20年代动笔的两部巨著，按理说题目更为宏大，写作条件也相对要艰苦些，却都在作者生前顺利完成。而开始于40年代的两部巨著，主题相对小些（当然也是非常宏大的），条件肯定更好些，却都在作者归于道山时远未完成，这难道是纯粹的巧合？还是背后另有更深刻的原因？

今天的人们，物质生活越来越富裕，窗外有百丈红尘，其诱惑越来越剧烈，许多人被名缰利锁越牵越紧，每日的步履越来越匆忙，在物欲深渊中越陷越深，离精神家园越来越远。我们可以看到，随着时间的流逝，宏大主题的鸿篇巨制是越来越少了。作者懒得写，读者也懒得读了。

汤因比也好，李约瑟也好，他们在晚年都已经看到了这种局面，所以他们不约而同地为自己的巨著编简编本，以便提供给“一般公众”阅读。汤因比自编的简编本就是近年上海人民出版社出版的《历史研究》——这样近百万字的一册，虽然只是原著的简编本，在今天看来也已经是“巨著”了！李约瑟和剑桥大学出版社则请科林·罗南（Colin A. Ronan）将李氏巨著改编成简编本，中译本定名为《中华科学文明史》，篇幅仅为李氏原著的十几分之一，由上海交通大学科学史系负责翻译。现在李氏和科林俱归道山，此五卷简编本则已于2003年由上海人民出版社出齐。

萨顿的宏愿虽未完成，但他一生留下了15部著作，还有340多篇论文和札记，79份详尽的科学史重要研究文献目录，已经蔚为大观。然而他的重要著作《科学史导论》《希腊黄金时代的古代科学》《希腊化时期的科学和文化》都还没有中译本。我们知道，翻译、出版这类学术著作，也要大发宏愿才行。

如今人们已经越来越不爱读书了，经典更受冷落。萨顿的巨著目前虽还没有中译本，但这套丛书中所收入的几种著作，也不失为经典之作。而在科学史领域，萨顿作为西方科学史“正统”的精神“教父”，他是无法被越过的——事实上，任何所谓“跨越式发展”的愿景，都不可能略过该补的课、跳过该经历的阶段而实现。

此次“萨顿丛书”的出版，在亲近科学史经典的同时，还有两层意义：这既是对萨顿其人及其对科学史事业不朽贡献的纪念，也是对萨顿宏愿——归根结底是要架设起科学和人文之间的桥梁——的致敬。

大发宏愿的年代，也许已成过去，但是，让我们怀念这样的年代吧。

2006 年 9 月 9 日
于上海交通大学科学史系

（《萨顿科学史丛书》，江晓原、刘兵主编，上海交通大学出版社，2007年）

《西方博物学大系》总序

《西方博物学大系》共影印博物学著作112种，时间跨度为15世纪至1919年，作者分布于16个国家，包括英语、法语、拉丁语三种语言。

中西方“博物”传统及观念之异同

今天中文里的“博物学”一词，学者们认为对应的英语词汇是Natural History，考其本义，在中国传统文化中并无现成对应词汇。在中国传统文化中原有“博物”一词，与“自然史”当然并不精确相同，甚至还有着相当大的区别，但是在“搜集自然界的物品”这种最原始的意义上，两者确实也大有相通之处，故以“博物学”对译Natural History一词，大体仍属可取，而且已被广泛接受。

已故科学史前辈刘祖慰教授尝言：古代中国人处理知识，如开中药铺，有数十上百小抽屉，将百药分门别类放入其中，即心安矣。刘教授言此，其辞若有憾焉——认为中国人不致力于寻求世界“所以然之理”，故不如西方之分析传统优越。然而古代中国人这种处理知识的风格，正与西方的博物学相通。

与此相对，西方的分析传统致力于探求各种现象和物体之间的相互关系，试图以此解释宇宙运行的原因。自古希腊开始，西方哲人即孜孜不倦地建构各种几何模型，欲用以说明宇宙如何运行，其中最典型的代表，即为托勒密（Ptolemy）的宇宙体系。

比较两者，差别即在于：古代中国人主要关心外部世界“如何”运行，而以希腊为源头的西方知识传统（西方并非没有别的知识传统，只是未能光大而已）更关心世界“为何”如此运行。在线性发展无限进步的科学主义观念体系中，我们习惯于认为“为何”是在解决了“如何”之后的更高境界，故西方的分析传统比中国的传统更高明。

然而考察古代实际情形，如此简单的优劣结论未必能够成立。例如以天文学言之，古代东西方世界天文学的终极问题是共同的：给定任意地点和时刻，计算出太阳、月亮和五大行星（七政）的位置。古代中国人虽不致力于建立几何模型去解释七政“为何”如此运行，但他们用抽象的周期叠加（古代巴比伦也使用类似方法），同样能在足够高的精度上计算并预报任意给定地点和时刻的七政位置。而通过持续观察天象变化以统计、收集各种天象周期，同样可视为富有博物学色彩的活动。

还有一点需要注意：虽然我们已经接受了用“博物学”来对译Natural History，但中国的博物传统，确实和西方的博物学有一个重大差别，即中国的博物传统是可以容纳怪力乱神的，而西方的博物学基本上没有怪力乱神的位置。

古代中国人的博物传统不限于“多识于鸟兽草木之名”。体现此种传统的典型著作，首推晋代张华《博物志》一书。书名“博物”，其义尽显。此书从内容到分类，无不充分体现它作为中国博物传统的代表资格。

《博物志》中的内容，大致可分为五类：一、山川地理知识；二、奇禽异兽描述；三、古代神话材料；四、历史人物传说；五、神仙方伎故事。这五大类，完全符合中国文化中的博物传统，深合中国古代博物传统之旨。第一类，其中涉及宇宙学说，甚至还有“地动”思想，故为科学史家所重视。第二类，其中甚至出现了中国古代长期流传的“守宫砂”传说的早期文献：相传守宫砂点在处女胳膊上，永不褪色，只有性交之后才会自动消失。第三类，古代神话传说，其中甚至包括可猜想为现代“连体人”的记载。第四类，各种著名历史人物，比如三位著名刺客的传说，此三名刺客及所刺对象，历史上皆实有其人。第五类，包括各种古代方术传说，比如中国古代房中养生学说，房中术史上的传说人物之一“青牛道士封君达”等。前两类与西方的博物学较为接近，但每一类都会带怪力乱神色彩。

“所有的科学不是物理学就是集邮”

在许多人心目中，画画花草图案，做做昆虫标本，拍拍植物照片，这类博物学活动，和精密的数理科学，比如天文学、物理学等，那是无法同日而语的。博物学显得那么的初级、简单，甚至幼稚。这种观念，实际上是将“数理程度”作为唯一的标尺，用来衡量一切知识。但凡能够使用数学工具来描述的，或能够进行物理实验的，那就是“硬”科学。使用的数学工具越高深、越复杂，似乎就越“硬”；物理实验设备越庞大，花费的金钱越多，似乎就越“高端”、越“先进”……

这样的观念，当然带着浓厚的“物理学沙文主义”色彩，在很多情况下是不正确的。而实际上，即使我们暂且同意上述“物理学沙文主义”的观念，博物学的“科学地位”也仍然可以保住。作为一个学天体物理专业出身，因而经常徜徉在“物理学沙文主义”幻影之下的人，我很乐意指出这样一个事实：现代天文学家们的研究工作中，仍然有绘制星图，编制星表，以及为此进行的巡天观测等活动，这些活动和博物学家“寻花问柳”，绘制植物或昆虫图谱，本质上是完全一致的。

这里我们不妨重温物理学家卢瑟福（Ernest Rutherford）的金句：“所有的科学不是物理学就是集邮。”（All science is either physics or stamp collecting.）卢瑟福的这个金句堪称“物理学沙文主义”的极致，连天文学也没被他放在眼里。不过，按照中国传统的“博物”理念，集邮毫无疑问应该是博物学的一部分——尽管古代并没有邮票。卢瑟福的金句也可以从另一个角度来解读：既然在卢瑟福眼里天文学和博物学都只是“集邮”，那岂不就可以将博物学和天文学相提并论了？

如果我们摆脱了科学主义的语境，则西方模式的优越性将进一步被消解。例如，按照霍金（Stephen Hawking）在《大设计》中的意见，他所认同的是一种“依赖模型的实在论”（model-dependent realism），即“不存在与图像或理论无关的实在性概念”（there is no picture- or theory-independent concept of reality）。在这样的认识中，我们以前所坚信的外部世界的客观性，已经不复存在。既然几何模型只不过是对外部世界图像的人为建构，则古代中国人干脆放弃这种建构直奔应用（毕竟在实际应用中我们只需要知道七政“如何”运行)，又有何不可？

传说中的“神农尝百草”故事，也可以在类似意义下得到新的解读：“尝百草”当然是富有博物学色彩的活动，神农通过这一活动，得知哪些草能够治病，哪些不能，然而在这个传说中，神农显然没有致力于解释“为何”某些草能够治病而另一些则不能，更不会去建立“模型”以说明之。

“帝国科学”的原罪

今日学者有倡言“博物学复兴”者，用意可有多种，诸如缓解压力、亲近自然、保护环境、绿色生活、可持续发展、科学主义解毒剂等，皆属美善。影印《西方博物学大系》也是意欲为“博物学复兴”添一助力。

然而，对于这些博物学著作，有一点似乎从未见学者指出过，而鄙意以为，当我们披阅、把玩、欣赏这些著作时，意识到这一点是必需的。

这112种著作的时间跨度为15世纪至1919年，注意这个时间跨度，正是西方列强“帝国科学”大行其道的时代。遥想当年，帝国的科学家们乘上帝国的军舰——达尔文在皇家海军“小猎犬号”上就是这样的场景之一，前往那些已经成为帝国的殖民地或还未成为殖民地的“未开化”的遥远地方，通常都是踌躇满志、充满优越感的。

作为一个典型的例子，英国学者法拉(Patricia Fara)在《性、植物学与帝国：林奈与班克斯》(*Sex, Botany and Empire, The Story of Carl Linnaeus and Joseph Banks*)一书中讲述了英国植物学家班克斯(Joseph Banks)的故事。1768年8月15日，班克斯告别未婚妻，登上了澳大利亚军舰“奋进号”。此次“奋进号”的远航是受英国海军部和皇家学会资助，目的是前往南太平洋的塔希提岛(Tahiti，法属海外自治领，另一个常见的译名是“大溪地”)观测一次比较罕见的金星凌日。舰长库克(James Cook)是西方殖民史上最著名的舰长之一，多次远航探险，开拓海外殖民地。他还被认为是澳大利亚和夏威夷群岛的“发现”者，如今以他命名的群岛、海峡、山峰等不胜枚举。

当“奋进号”停靠塔希提岛时，班克斯一下就被当地美丽的土著女性迷昏了，他在她们的温柔乡里纵情狂欢，连库克舰长都看不下去了，“道德愤怒情绪偷偷溜进了他的日志当中，他发现自己根本不可能不去批评所见到的滥交行为”，而班克斯纵欲到了“连嫖妓都毫无激情”的地步——这是别人讽刺班克斯的说法，因为对于那时常年航行于茫茫大海上的男性来说，上岸嫖妓通常是一项能够唤起“激情”的活动。

而在“帝国科学”的宏大叙事中，科学家的私德是无关紧要的，人们关注的是科学家做出的科学发现。所以，尽管一面是班克斯在塔希提岛纵欲滥交，一面是他留在故乡的未婚妻正泪眼婆娑地“为远去的心上人绣织背心”，这样典型的“渣男”行径要是放在今天，非被互联网上的口水淹死不可，但是“班克斯很快从他们的分离之苦中走了出来，在外近三年，他活得倒十分滋润”。

法拉不无讽刺地指出了“帝国科学”的实质：“班克斯接管了当地的女性和植物，而库克则保护了大英帝国在太平洋上的殖民地。”甚至对班克斯的植物学本身也调侃了一番：“即使是植物学方面的科学术语也充满了性指涉。……这个体系主要依靠花朵之中雌雄生殖器官的数量来进行分类。”据说“要保护年轻妇女不受植物学教育的浸染，他们严令禁止各种各样的植物采集探险活动”。这简直就是将植物学看成一种“涉黄”的淫秽色情活动了。

在意识形态强烈影响着我们学术话语的时代，上面的故事通常是被这样描述的：库克舰长的“奋进号”军舰对殖民地和尚未成为殖民地的那些地方的所谓“访问”，其实是殖民者耀武扬威的侵略，搭载着达尔文的“小猎犬号”军舰也是一样；班克斯和当地女性的纵欲狂欢，当然是殖民者对土著妇女令人发指的蹂躏；即使是班克斯采集当地植物标本的“科学考察”，也可以视为殖民者“窃取当地经济情报”的罪恶行为。

后来改革开放，上面那种意识形态话语被抛弃了，但似乎又走向了另一个极端，完全忘记或有意回避殖民者和帝国主义这个层面，只歌颂这些军舰上的科学家的伟大发现和成就，例如达尔文随着“小猎犬号”的航行，早已成为一曲祥和优美的科学颂歌。

其实达尔文也未能免俗，他在远航中也乐意与土著女性打打交道，当然他没有像班克斯那样滥情纵欲。在达尔文为“小猎犬号”远航写的《环球游记》中，我们读到："回程途中我们遇到一群黑人姑娘在聚会……我们笑着看了很久，还给了她们一些钱，这着实令她们欣喜一番，拿着钱尖声大笑起来，很远还能听到那愉悦的笑声。"

有趣的是，在班克斯于塔希提岛纵欲六十多年后，达尔文随着"小猎犬号"也来到了塔希提岛，岛上的土著女性同样引起了达尔文的注意，在《环球游记》中他写道："我对这里妇女的外貌感到有些失望，然而她们却很爱美，把一朵白花或者红花戴在脑后的发髻上……"接着他以居高临下的笔调描述了当地女性的几种发饰。

用今天的眼光来看，这些在别的民族土地上采集植物动物标本、测量地质水文数据等等的"科学考察"行为，有没有合法性问题？有没有侵犯主权的问题？这些行为得到当地人的同意了吗？当地人知道这些行为的性质和意义吗？他们有知情权吗？……这些问题，在今天的国际交往中，确实都是存在的。

也许有人会为这些帝国科学家辩解说：那时当地土著尚在未开化或半开化状态中，他们哪有"国家主权"的意识啊？他们也没有制止帝国科学家的考察活动啊？但是，这样的辩解是无法成立的。

姑不论当地土著当时究竟有没有试图制止帝国科学家的"科学考察"行为，现在早已不得而知，只要殖民者没有记录下来，我们通常就无法知道。况且殖民者有军舰有枪炮，土著就是想制止也无能为力。正如法拉所描述的："在几个塔希提人被杀之后，一套行之有效的易货贸易体制建立了起来。"

即使土著因为无知而没有制止帝国科学家的"科学考察"行为，这事也很像一个成年人闯进别人的家，难道因为那家只有不懂事的小孩子，闯入者就可以随便打探那家的隐私、拿走那家的东西，甚至将那家的房屋土地据为己有吗？事实上，很多情况下殖民者就是这样干的。所以，所谓的"帝国科学"，其实是有着原罪的。

如果沿用上述比喻，现在的局面是，家家户户都不会只有不懂事的孩子了，所以任何外来者要想进行"科学探索"，他也得和这家主人达成共识，得到这家主人的允许才能够进行。即使这种共识的达成依赖于利益的交换，至少也不能单方面强加于人。

博物学在今日中国

博物学在今日中国之复兴，北京大学刘华杰教授提倡之功殊不可没。自刘教授大力提倡之后，各界人士纷纷跟进，仿佛昔日蔡锷在云南起兵反袁之“滇黔首义，薄海同钦，一檄遥传，景从恐后”光景，这当然是和博物学本身特点密切相关的。

无论在西方还是在中国，无论在过去还是在当下，为何博物学在它繁荣时尚的阶段，就会应者云集？深究起来，恐怕和博物学本身的特点有关。博物学没有复杂的理论结构，它的专业训练也相对容易，至少没有天文学、物理学那样的数理“门槛”，所以和一些数理学科相比，博物学可以有更多的自学成才者。这次影印的《西方博物学大系》，卷帙浩繁，蔚为大观，同样说明了这一点。

最后，还有一点明显的差别必须在此处强调指出：用刘华杰教授喜欢的术语来说，《西方博物学大系》所收入的112种著作，绝大部分属于“一阶”性质的工作，即直接对博物学作出了贡献的著作。事实上，这也是它们被收入《西方博物学大系》的主要理由之一。而在中国国内目前已经相当热的博物学时尚潮流中，绝大部分已经出版的书籍，不是属于“二阶”性质（比如介绍西方的博物学成就），就是文学性的吟风咏月，戏说野草闲花。

要寻找中国当代学者在博物学方面的“一阶”著作，如果有之，以笔者之孤陋寡闻，唯有刘华杰教授的《檀岛花事——夏威夷植物日记》三卷，可以当之。这是刘教授在夏威夷群岛实地考察当地植物的成果，不仅属于直接对博物学作出贡献之作，而且至少在形式上将昔日“帝国科学”的逻辑反其道而用之，岂不快哉！

2018年6月5日

于上海交通大学科学史与科学文化研究院

（《西方博物学大系》，江晓原主编，华东师范大学出版社，2018年）

已见勋名垂宇宙，更留遗爱在人间

——《席泽宗口述自传》序

转眼之间，恩师席泽宗院士离开我们已经两年了。

古人云，“谦谦君子，温润如玉”，席先生正是这样的人。随着时间流逝，我现在每次回忆起席先生，便愈发感到亲切，所谓“遗爱在人间”，其此之谓乎！

师生之谊，终身受用的教诲

我1982年春进入中国科学院自然科学史研究所读研究生，导师是席泽宗院士。我那时浑浑噩噩，也不知道席先生其实是中国科学史界的泰斗人物——事实上，我那时对于学术界的分层结构、运作机制等都一无所知，只知道要去念书、做学问。

我还在南京大学天文系念本科时，系主任听说我要考席先生的研究生，立刻大大鼓励了一番。他告诉我，席先生开始招收研究生，这已经是第四年了，但前三年都没有招到学生，因为席先生对学生要求特别高。系主任的话，逗引得我跃跃欲试，结果居然考上了，成为席先生的开门弟子。席先生对招收学生确实达到极端的宁缺毋滥——在我之后，他又过了18年才正式招收到第二个学生！所以我是他唯一的硕士生，以及他仅有的两个“正式招收、独立指导”的博士生之一。

席先生为人宽容厚道，对我也是极度宽容。可能他看我尚属好学之人，有一定的学习自觉性，所以对我采取完全放手的策略，几乎不管我，也不给我布置任务。

我念硕士研究生期间，到了要确定学位论文题目时，席先生问我，对于论文题目有什么自己的想法？我那时茫茫然，毫无想法，就率尔答道：没有。席先生就说，没有的话，我给你一个。于是就定下了题目《第谷天文工作在中国之传播及影响》，我也就一头钻进去开始做了。

我其实很早就开始关心怎样找到论文题目的问题。记得有一次我问一位前辈学者，我们怎样才能自己找到合适的题目写论文（不限于学位论文）？前辈笑曰：这是高级研究人员方能掌握的，你现在还没有必要关心此事。我听后不免爽然自失者久之。

我认识到，一个合适的论文题目，首先它要具有学术上的意义（当然意义越重大、越广泛越好），同时它又应该是我此刻的条件（学力、资料等）能够完成的。这两条说起来容易，做起来极难，因为抵达这一境界并无固定的、明确的道路，我当时觉得这几乎就是可遇不可求的。

后来我就从研究所的图书馆里，将席先生和另外几位前辈的学术档案——就是他们已发表的所有学术文章——统统借来，逐一研读，试图从中解决我的上述问题。研读这些学术档案对我产生了相当震撼的效果，我惊叹道，他们怎么能写出这么多论文啊！然而，那么多论文研读下来，当然对我此后的研究大有裨益，但仍未能找到选题的方法。

我做硕士论文时，先自己拟了一个详细提纲，去和导师讨论，席先生当场给了我一些修改意见，我就回去开始写。写成之后，交给席先生审阅，几天后他对我说，去打印论文吧。我一看他还给我的论文，上面只改正了一处笔误，就此过关了。

我的硕士论文是提前答辩的。答辩前夕，我遇到席先生，向他表示了我的担心——我从未经历过“答辩”的阵仗，想到明天要面对那么多前辈“大佬”，有点紧张。席先生安慰我说：你一点不用紧张，你想想看，这个题目你在里面摸爬滚打了一年多，他们中有谁能比你更熟悉这个题目？后来答辩果然非常顺利。

我硕士毕业之际，席先生问我是否打算考博士。我那时仍在浑浑噩噩之中，只是朴素地热爱学术，具体打算则完全没有，也不知道自己今后干什么好，所以就回答说，要是您觉得我搞科学史有潜力，那我就考，否则我就去干别的。席先生对我说，我很认真地告诉你，我觉得你是有潜力的。

我那时确实不知道自己有没有搞科学史的潜力——要一个人自己判断自己有无某种潜力，本来就是非常难的。我是这样想的：我既然不知道自己有无潜力，那当然就要考虑别人的判断；而在此事的判断上，导师的意见当然是最权威的。所以我就考了席先生的博士生，也顺利考上了。

中国科学院上海天文台那时的台长叶叔华院士，是席先生的大学同学，当时叶台长想要在上海天文台开展天文学史的研究，就向席先生要人，席先生就将我推荐给了叶台长。所以当我1984年去上海天文台报到时，我手里既有派遣前往中国科学院上海天文台工作的文件（那时还是国家统一分配工作的），又有中国科学院自然科学史研究所的博士研究生录取通知书。根据叶台长和席先生的安排，我先在上海报到成为上海天文台的职工，然后再到北京报到成为自然科学史研究所的博士研究生，这也是他们照顾我的好意——这样我就可以以在职方式攻读博士了。

离开老师身边，到上海工作，对我来说当然应该是一个很大的转折，因为这意味着今后（最迟也就是到博士毕业之后）我就要独自“闯荡江湖”了。但在当时，更让我兴奋的却是另一件事情。

大约在1985—1986年，也就是我读博士研究生的第二年，我忽然发现，自己竟然一下子会寻找论文题目了！这实际上应该看作前些年积累的结果，但是突破确实是跳跃的。

刚学会寻找论文题目，特别兴奋，到处找题目做论文（和刚学会开车的人特别喜欢开车类似）。我写论文的事情，席先生也完全不管，通常我写完了投稿，也不告诉席先生，文章事先大都没有请席先生过目。有时他在杂志上看到了我的论文，会很高兴地给我打电话，说我又看到你的什么什么文章了，“我觉得挺好的”，鼓励几句。他这样做，后来我觉得我受益特别大。

这时我才体会到席先生当年给我的论文题目的价值。一个好的论文题目，其实就是给了你一块田地，你可以在其中耕耘好些年，产出远远不止一篇论文。

到1988年我准备博士论文答辩时，我已经在《天文学报》《自然科学史研究》《自然辩证法通讯》等高端杂志上发表了十篇有点像样的学术论文。结果席先生说：你只需将这十篇论文的详细提要组合起来，再附上这十篇文章，就可以答辩了。所以我的博士论文《明清之际西方天文学在中国的传播及其影响》正文只有约四万字——篇幅还比不上今天的有些硕士论文。

博士论文的答辩也很顺利。我成为中国第一个天文学史专业的博士，《科学时报》(当时名称是《科学报》)头版还作了报道。

1991年，中国科学院自然科学史研究所举行“席泽宗院士从事学术活动40周年纪念研讨会”，我去参加会议，并为席先生带去了一项最为别出心裁的祝贺礼物——他的徒孙，我的研究生钮卫星。在当时的中国科学史界，还没有任何一位学者能够在生前看到自己的徒孙。如今又已经十八年过去，钮卫星也已经成为博导——席先生门下已经有了第四代学生，这也是中国科学史界前所未有的。

席先生对于放我离开他身边，曾说过“放走江晓原是大错”之类的话，但他又怀着极大的喜悦看到我在上海交通大学创建了中国第一个科学史系，1999年3月，席先生亲自来上海参加了科学史系的成立大会，并担任科学史系的学术委员会主任。

2007年，席先生八十大寿，国际天文学联合会小天体命名委员会把一颗中国科学院国家天文台发现的编号为85472的小行星命名为“席泽宗星”，以表彰他在天文学史研究上的重大贡献。在那个仪式上，老师精神矍铄，还做了非常有趣的演讲。这年年底，他又亲自来到上海交通大学科学史系，为他的一众三代、四代弟子讲学，给全系师生以巨大鼓舞。2008年10月24日，在国家天文台宣布成立中国古天文联合研究中心的仪式上，我最后一次见到席先生，他仍然精神很好。谁也没有想到，老师竟会那么快离开我们……

虽然我远在上海，但我是北京训练出来的，北京是我学术上的精神故乡，而导师席先生那些平淡中见深刻的言传身教，则是我终身都受用不尽的财富。

席先生的处世育人之道

作为学生，我从1982年进入科学史所念研究生，就跟随着席先生，所以和席先生之间有很多的个人交往。我想在这里陈述一个事实：我从成为席先生的学生，开始和老师相处，一直到老师离我们而去，二十七年来，老师在我面前从来没有说过任何人的坏话——包括那些在我面前诽谤我老师的人！对有些诽谤者，因为我实在听不下去，也曾当面驳斥过他们。但是，即使对这样的人，老师也从来没有说过他们的任何坏话。老师口不言人之过。他对一个人表示不满最厉害的措辞，也只是说“某某人不成话”，这已经是他指责别人的最严厉的措辞了。我觉得这种深厚修养和宽广心怀，不是一般人能做到的。

关于席先生的治学，我觉得有两点相当重要。

第一是严谨。他的那些论文，都曾经是我学习的范本，都是非常严谨的。后来我的硕士论文、博士论文，答辩前交给老师过目，连丢了一个标点符号，他都会注出来。

第二是灵活。也许有的人会说，严谨和灵活不会有矛盾吗？其实它们一点也不矛盾。所谓灵活，是说他思想上灵活；所谓严谨，是说在操作层面上严谨。席先生治学，不是那种死做学问的类型，而是以一种大智若愚、游刃有余的方式做学问。他晚年尤其如此，比如他关于甘德对木卫观测记录的考证，这篇文章非常精妙，但是同时，它是带着某种趣味性的，甚至能看到作者的某种童心。当然，那同样是一篇非常严谨的论文。

关于席先生的育人，给我的印象特别深刻，我觉得这是我要长久学习的地方。

首先是因材施教，他对不同的学生用的方法是不一样的，让大家都感到如沐春风，都感到在他那里得到了很好的教育，但是每个人又都不一样。

说到席先生的为师之道，确有常人不能及之处，这里仅述我读博士期间遇到的一件小事，以见一斑。

有一次我写了一篇与某著名学者商榷的文章，因为自己觉得不太有把握，就将此文先呈送给席先生审阅，听取他的意见。席先生建议我不要发表这篇文章，并指出我文章中的一处错误。但是我认为我此处没错，回去就专为此事又写了一篇长文，详细论述，并又呈送给席先生。我的意思，本来只是为自己前一篇文章中的那处论点提供更多的证据。不料过了几天，席先生对我说，你那篇文章（第二篇），我已经推荐到《天文学报》去了。结果这成了我在《天文学报》发表的第一篇文章。

以后我每次想起此事，对席先生的敬意就油然而生。席先生非但容忍学生和自己争论，而且一看到学生所言有片善可取，就大力提携鼓励，这种雅量，这种襟怀，真是值得我辈后学终身学习。我后来自己带研究生，也一直努力照着席先生的方法去做。

在我的感觉中，席先生属于智者类型，处世清静无为，顺其自然，只在最必要处进行干预。例如在我不务正业时（比如涉足性学史研究领域），席先生也提醒过我仍应以天文学史专业为主，然而他更愿意让学生在学术上自由发展，所以对年轻人的各种探索和尝试，通常总是宽容鼓励，乐观其成。

但是席先生并不是什么也不指点我，他在关键的地方指点，他在给我上课、给我指导的时候，知道我的缺陷在什么地方，我需要补的什么东西在哪。而且他从来不是端着架子给后学指导，他的指授总是在春风拂煦的过程中进行的。

虽然我们现在这个时代，不说“程门立雪”这种话了，但是我记得多年前老师家还在礼士胡同旧宅里的时候，我经常到他家里上课，每次都是他单独一个人和我面对面上课，很多细节，回忆起来都很温暖。有一次我去得太早了，老师还在睡午觉，我就在门外台阶上坐着看书，后来老师醒了，他在屋子里看见了我，就敲着玻璃窗说“你来啦”，此情此景，回想起来就像是昨天的事情。

《古新星新表》的历史意义

20世纪40年代初期，金牛座蟹状星云被证认出是1054年超新星爆发的遗迹。1949年又发现蟹状星云是一个很强的射电源，不久发现著名的1572年超新星和1604年超新星遗迹也是射电源。于是天文学家产生了设想：超新星爆发可能会形成射电源。由于超新星爆发是极为罕见的天象，因此要检验上述设想，必须借助于古代长期积累的观测资料。证认古代新星和超新星爆发记录的工作，曾有一些外国学者尝试过，如伦德马克等，但他们的结果无论在准确性还是完备性方面都显得不足。

从1954年起，席先生连续发表了几篇研究中国古代新星及超新星爆发记录与射电源之间关系的论文。接着在1955年发表《古新星新表》，充分利用中国古代在天象观测资料方面完备、持续和准确的巨大优越性，考订了从殷代到1700年间的90次新星和超新星爆发的记录，成为这方面空前完备的权威资料。《古新星新表》发表后很快引起美苏两国的重视，两国都先在报刊上作了报道，随后在专业杂志上全文译载。俄译本和英译本的出现使得这一成果被各国研究者广泛引用。在国内，中国科学院竺可桢副院长将《古新星新表》和《中国地震资料年表》并列为1949年以来我国科学史研究的两项重要成果。

随着射电天文学的迅速发展，《古新星新表》日益显示出其重大意义。于是席先生和薄树人合作，于1965年发表了《中朝日三国古代的新星纪录及其在射电天文学中的意义》。此文在《古新星新表》的基础上做了进一步修订，又补充了朝鲜和日本的有关史料，制成一份更为完善的古代新星和超新星爆发编年记录表。同时确立了七项鉴别新星爆发记录的根据和两项区分新星和超新星记录的标准，并讨论了超新星的爆发频率。这篇论文在国际上产生了更大的影响。第二年（1966年）美国《科学》（*Science*）杂志第154卷第3749期译载了全文，同年美国国家航天和航空局（NASA）又出版了单行本。半个世纪以来，世界各国科学家在讨论超新星、射电源、脉冲星、中子星、γ射线源、X射线源等天文学研究对象时，经常引用以上两文。

20世纪60年代以来，天文学乃至高能天体物理方面的一系列新发现，都和超新星爆发及其遗迹有关。例如1967年发现了脉冲星，不久被证认出正是恒星演化理论所预言的中子星。许多天文学家认为中子星是超新星爆发的遗迹。而有一部分恒星在演化为白矮星之前，也会经历新星爆发阶段。即使是黑洞，也有学者认为可以和历史上的超新星爆发记录联系起来。此外，超新星爆发还会形成X射线源、宇宙线源等。这正是席先生对新星和超新星爆发记录的证认和整理工作在世界上长期受到重视的原因。剑桥英文版《中国天文学和天体物理学》（*Chinese Astronomy and Astrophysics*）杂志主编、爱尔兰丹辛克天文台的江涛，在1977年10月的美国《天空与望远镜》杂志上撰文说："对西方科学家而言，发表在《天文学报》上的所有论文中，最著名的两篇可能就是席泽宗在1955年和1965年关于中国超新星记录的文章。"美国著名天文学家斯特鲁维（O. Struve）等在《二十世纪天文学》一书中，只提到一项中国天文学家的工作，即席泽宗的《古新星新表》。

对于利用历史资料来解决天文学课题，席先生长期保持着注意力。1981年他去日本讲学时曾指出："历史上的东方文明决不是只能陈列于博物馆之中，它在现代科学的发展中正在起着并且继续起着重要的作用。"这段话是令人深思的。

作为科学史家的席先生

席先生早年有一件逸事：当时他因为戏将小行星谷神星（Ceres）译成"席李氏"而受到批评——竟将一颗星译成自己母亲的名字，岂非狂妄？谁能想到，五十年后，一颗小行星被命名为席泽宗院士本人的名字！

2007年8月17日，在北京一个隆重的仪式上，一颗永久编号为85472号的小行星，被命名为"席泽宗星"，以表彰席泽宗院士在科学史方面的卓越贡献。对于席先生来说，这项荣誉确属实至名归。

数十年来，除了《古新星新表》这个"成名作"之外，席先生在天文学史的领域内辛勤探索和研究，在许多方面都有建树。

宇宙理论的发展是席先生注意的一个重要方面。他1964年发表了《宇宙论的现状》，这是国内第一篇评价西方当代宇宙学的文章，毛泽东曾注意到此文，并在文章结尾部分的论述下画了道道。席先生与郑文光合作的《中国历史上的宇宙理论》一书是国内这方面唯一的专著，已被译成意大利文在罗马出版。从20世纪60年代起，席先生就中国历史的浑天、盖天、宣夜等学说发表过一系列论文。

敦煌卷子S3326是世界上现存最古老而且星数最多的星图。李约瑟1959年刊布了该图的四分之一，开始引起世人注意。1966年席先生对该图作了详细考订，证认出全图共有1359颗星，用类似麦卡托（Mercator）投影法画出。《敦煌卷子中的星经和玄象诗》一文则是席先生对现存敦煌卷子中天文史料的总结性研究成果。他将敦煌卷子S3326、P2512、P3589和《通占大象历星经》《晋书·天文志》《开元占经》《天文要录》《天地祥瑞志》等史料系统地加以考察，厘清了其来龙去脉及相互间的关系。长沙马王堆汉墓帛书出土后，席先生对帛书中的《五星占》作了考释和研究。不久又发表了对帛书中彗星图的研究。这两项工作至今仍是研究马王堆帛书中天文学史料的必读文献。

席先生又曾发表全面研究中国天文学史的论文多篇，在对中国古代天文学的长期研究中提出了独到而深刻的见解。例如他明确指出，中国古代天文学的最大特点就是它的致用性，特别值得注意的是他深刻指出："中国古代天文学的兴衰是与封建王朝同步的，因而它不可能转变为近代天文学。"

席先生并未把自己的眼光囿于中国国内，而是注意到世界天文学史的广阔背景。例如，他发表过《朝鲜朴燕岩〈热河日记〉中的天文思想》这样的专题论文。再如，为了配合宇宙火箭对邻近天体的探测，他发表过《月面学》《关于金星的几个问题》等几篇现代天文学史的文章。又如，《中国大百科全书·天文卷》中埃及古代天文学、美索不达米亚天文学、希腊古代天文学、阿拉伯天文学、欧洲中世纪天文学等大条目均为席泽宗一人的手笔。

席先生治学严谨，实事求是，1956年他发表《僧一行观测恒星位置的工作》，就是一个典型的例子。从清代梅文鼎开始，许多学者认为一行在唐代已经发现了恒星的自行，现代著名学者如竺可桢、陈遵妫等也曾采纳此说，认为比西方领先一千年。但席先生在研究中发现，上述说法是不可能成立的，于是纠正了前人的误说。1963年发表的《试论王锡阐的天文工作》，更充分地体现了他的治学态度。此文深入研究了清初著名天文学家王锡阐的天文工作，发表后在国际科技史界引起重视。在此文中，席先生也纠正了一个相沿甚久的误说。王锡阐曾被认为是世界上第一个预先推算了金星凌日的人，席先生用无可辩驳的证据否定了这一说法。也许有的人会认为，一行发现恒星自行，王锡阐预告金星凌日，都是可以使中国人引为自豪的结论，况且又有现代著名学者赞成，应该"为尊者讳""为贤者讳"，避而不谈才好。但这显然是和实事求是的科学态度不相容的。

席先生常对他的学生说："处处留心即学问。如欲办成一事，要经常把各种其他事与此联系。所以也要关心旁的事，这样可获得启发。"又说："有的人看书很多，但掉在书海里出不来，不能融会贯通。这样虽然刻苦，却未必能获得成功。"这都是他长期总结出来的治学之道，不仅体会深刻，而且是针对科学史上这个学科的特殊性的。他对木卫的研究，最生动地体现了他的治学之道。

1981年，席先生以一篇两千多字的简短论文《伽利略前二千年甘德对木卫的发现》再次轰动了天文学界。早在1957年，他就注意到《开元占经》中所引一条战国时期关于木星的史料，他怀疑当时的星占学家甘德可能已经发现了木卫。这条史料许多人都知道，但伽利略用望远镜发现木卫这一事实，使那种认为木卫只能用望远镜才看得到的说法深入人心，成为传统观念，所以人们对这种史料大都轻易放过了。席先生却把这件事放在心上。多年之后，他在弗拉马利翁（C. Flammarion）的著作中发现了木卫可用肉眼看见的主张；后来又在德国地理学家洪堡（B. A. Humboldt）的记述中发现有肉眼看见木卫的实例，这使他联想起甘德的记载，于是着手研究。经过周密的考证和推算，他证明：上述甘德的记载是公元前364年夏天的天象，甘德确实发现了木卫。

同时，他又将这一结论交付实测检验——北京天文馆天象厅所做的模拟观测、自然科学史研究所组织青少年在河北兴隆所做的实地观测、北京天文台在望远镜上加光阑模拟人眼所做的观测一致表明：在良好条件下木卫可用肉眼看到，而且甘德的记载非常逼真。这些观测有力地证实了席先生的结论。席先生的这项工作在国际上引起很大的反响和兴趣，国内外报刊做了大量报道，英、美等国都翻译了全文。以毕生精力研究中国天文学史的日本京都大学名誉教授薮内清为此发表了《实验天文学史的尝试》一文，认为这是实验天文学史的开端。

席先生在学术上一贯主张百家争鸣和宽容精神，他自己也身体力行，他的忠厚宽容素为科学史界同行所称道。他认为：老年人应该正视思想差距，承认后来居上，以发现人才、培养人才为己任；而青年人则应该尊重老年人，不断充实提高自己，并加强自己的修养。

席先生至80高龄时，依然壮心不已，坚持工作，除作为夏商周断代工程的首席科学家之一主持了其中的天文课题以外，他勤于笔耕，著述甚丰，写了不少综合性的论文，如《中国传统文化里的科学方法》《中国科学的传统与未来》《论康熙科学政策的失误》等，均引人入胜。英国李约瑟研究所所长何丙郁曾称赞席先生“在科学史上的学问广博，不仅限于得以成名的天文学史”。

科学史这门学问，无论在国内还是国外，都是相当冷门的学问，但席先生就做这冷门的学问，一样将它做到成绩卓著，乃至名垂宇宙，对于当今的青年学者来说，这或许是一个非常重要的教益。

1993年，我曾在《中国科技史料》第14卷第1期上发表了《著名天文学家席泽宗》一文，后来又收入《中国现代科学家传记》(科学出版社，1994)，可以算是席先生“学术传记”之早期版本。那时觉得老师方富于年，后面的学术生涯还长着呢。此后席先生确实又度过了成果丰硕、为学术辛勤工作的十五年。

现在由郭金海访问、整理的《席泽宗口述自传》即将付梓，作为弟子，弥感欣慰。此书不仅可见席先生一生行状，也是中国当代的科学史事业从起步到繁荣的一份实录，具有多方面的珍贵史料价值。

2009年在中国科学院举行的席泽宗院士追思会上，叶叔华院士说：我们现在能做的最可告慰席先生的事，就是把我们现在的工作做好。此言初听颇觉平淡，细味之实有深意。我们可以告慰席先生的是，他的二代、三代、四代……弟子，一直都会努力，把他倡导的学问和事业做好。

弟子　江晓原
2010 年 11 月 18 日
于上海交通大学科学史系

（《席泽宗口述自传》，席泽宗口述，郭金海整理，湖南教育出版社，2011年）

李约瑟《中华科学文明史》新版前言

关于李约瑟《中国科学技术史》

在中国大众心目中，李约瑟已成“中国科学史”的同义语。他的巨著《中国科学技术史》，原名*Science and Civilisation in China*，直译应该是《中国的科学与文明》，这个书名，既切合其内容，立意也好；但是他请冀朝鼎题署的中文书名却作《中国科学技术史》，结果国内就通用后一书名。其实后一书名并不能完全反映书中的内容，因为李约瑟在他的研究中，虽以中国古代的科学技术为主要对象，但他确实能保持对中国古代整个文明的观照。然而这个不确切的中译名沿用已经很久，也就只好约定俗成了。

关于这个书名，还有别的故事，说法各不相同。有趣的是这样取名背后的观念，我们之所以欢迎这个大大偏离了原意的书名，最初很可能是一种潜意识在起作用——希望将可能涉及意识形态的含义“过滤”掉。

李约瑟最初撰写《中国科学技术史》（我们如今也只好约定俗成，继续沿用此名）时，他曾认为只需要写一卷即可，但真的动手才发现这是远远不够的。此后计划不断扩大，变成总共七卷，前三卷皆只一册，从第四卷起出现分册。剑桥大学出版社自1954年出版第一卷起，迄今已出齐前四卷，以及此后各卷中的若干分册。由于写作计划不断扩大，分册繁多，完稿时间不断被推迟，李约瑟终于未能看到全书出齐的盛况。

李约瑟未完成的巨著，很容易让人联想到号称“科学史之父”的乔治·萨顿（George A. L. Sarton）。大约20世纪20年代，萨顿大发宏愿，要撰写《科学史导论》，从荷马时代的科学开始论述，第一卷出版于1927年。然而这部书他只写了三卷（第3卷1947年出版），论述到14世纪。随后萨顿的宏愿又进一步扩大——他决定写“1900年之前的全部科学史”，全书计划中共有九卷，可惜到他1956年去世时，仅完成头两卷：《希腊黄金时代的古代科学》（1952年出版）、《希腊化时期的科学和文化》（1959年出版）。他去世后，此书的写作计划就无疾而终。

要说这两部巨著的工作条件，李约瑟的似乎好一点。特别是他先后得到大批来自各国的学者的协助——其中最重要的当然是鲁桂珍。由于鲁桂珍和李约瑟的特殊关系，来自鲁桂珍的帮助就不仅仅是事功上的，而且还是心灵上的、精神上的。这一条件恐怕是萨顿所不具备的。李约瑟固然学识渊博，用力又勤，但如此广泛的主题，终究不是他一人之力所能包办。事实上，《中国科学技术史》全书的撰写，得到大批学者的协助。其中最主要的协助者是王铃和鲁桂珍二人，此外据已公布的名单，至少还有罗宾逊、何丙郁、席文、钱存训、叶山、石施道、麦克尤恩、库恩、Peter J. Golas、白馥兰、黄兴宗、丹尼尔斯、孟席斯、哈布斯迈耶、R. 堪内斯、罗祥朋、汉那一利胥太、柯灵娜、Y. 罗宾、K. 提太、钱崇训、李廉生、朱济仁、佛兰林、郭籁士、梅太黎、欧翰思、黄简裕、鲍迪克、祁米留斯基、勃鲁、卜正民、麦岱慕等人。

对于《中国科学技术史》，曾经长期担任李约瑟研究所所长的何丙郁，发表过一个非常值得重视的看法：“长期以来，李老都是靠他的合作者们翻阅二十五史、类书、方志等文献搜寻有关资料，或把资料译成英文，或替他起稿，或代他处理别人向他请教的学术问题。他的合作者中有些是完全义务劳动。……我只是请大家正视一件事情：那就是请大家认清楚李老的合作者之中大部分都是华裔学者，没有他们的合作，也不会有李老的中国科技史巨著。李老在他巨著的序言中也承认这点。”[①]

说李约瑟的《中国科学技术史》是集体的贡献，并不是仅从有许多华裔科学家协助他这一方面上来立论，还有另一方面。何丙郁说：“我

---

① 何丙郁：《李约瑟的成功与他的特殊机缘》，《中华读书报》2000年8月9日。

还要提及另一个常被忘记的事情，那就是李老长期获得中国政府以及海内外华人精神上和经济上的大力支持，连他晚年生活的一部分经费都是来自一位中国朋友。换句话来说，我们要正视中华民族给李约瑟的帮助，没有中华民族的支持，也不会有李约瑟的巨著。假如他还在世，我相信他也不会否认这个事实。从一定程度上来讲，《中国科学技术史》可以说是中华民族努力的成果。”①

翻译李约瑟《中国科学技术史》的工作，一直在国内受到特殊的重视。在“文革”后期，曾由科学出版社出版了原著的少数几卷，并另行分为7册，不与原著对应。不过在当时这已算罕见的“殊荣”了。到20世纪80年代末，重新翻译此书的工作隆重展开。专门成立了“李约瑟《中国科学技术史》翻译出版委员会”，卢嘉锡为主任，大批学术名流担任委员，并由专职人员组建办公室长期办公。所译之书由科学出版社与上海古籍出版社联合出版，16开精装，远非“文革”中的平装小本可比了。

关于“李约瑟难题”

这些年来，国内喜欢求解“李约瑟难题”的人，多如过江之鲫，看得我们实在已经严重审美疲劳了。

2009年生活·读书·新知三联书店出版了陈方正的《继承与叛逆——现代科学为何出现于西方》，它以副标题“现代科学为什么出现在西方”作为纲领，对西方科学史做了通史性质的论述。这样的尝试在中文著作中是不多见的。

陈方正这部书，与以研究中国科学史著称的美国教授席文（Nathan Sivin）的一个想法十分相合，席文认为：“与其追究现代科学为何未出现在中国，不如去研究现代科学为何出现在西方。”席文还认为，“李约瑟难题”是没有意义的——因为在他看来讨论一件历史上未发生过的事情“为何没有发生”是没有意义的，所以“李约瑟问题”被他尖刻地

① 何丙郁：《李约瑟的成功与他的特殊机缘》，《中华读书报》2000年8月9日。

比喻为“类似于为什么你的名字没有在今天报纸的第三版出现”。

席文的这个比喻，其实是有问题的。一个平常人，名字没有出现在报纸第三版上，当然很正常；但如果是一个名人，或一个此刻正处在某种风口浪尖上的问题人物，比如某个正闹绯闻的女明星，比如该报纸的第三版恰好是娱乐版，那她的名字没出现在上面，人们是可以问问为什么的。我的意思是说，席文的这个比喻，没有抓住问题的要点。

那么问题的要点在哪里呢？其实每个对中国近几十年来的相关语境不太陌生的人都知道，就在“李约瑟难题”的前一句。

“李约瑟难题”的表述有许多版本，意思都大同小异（当然没有必要在这里做版本考据），基本意思就是：“中国古代科学技术曾长期比西方遥遥领先，为何近代科学却没有在中国出现？”这里前一句是前提，是被当作已经获得认定的一种历史事实，“李约瑟难题”要在这前一句的基础上，来问后一句所表达的问题。

于是，问题的要点立刻就浮现了——那些热衷于解答“李约瑟难题”的论著，几乎从来不尝试给出任何有效的证据，来证明那个前提，即中国古代科技究竟是如何“遥遥领先”于西方的。他们的逻辑显然是“李约瑟已经这么说了，那就肯定是真的”。而他们显然喜欢这样的前提，于是反反复复去“解答”。许多这样的“解答”其实是某种变相的意淫——因为每次“解答”都是对“中国古代遥遥领先”这个前提的一次认定，而每次对这个前提的认定都能带来一次心理上的自慰。

至少二十年前，我就主张“李约瑟难题”是一个伪问题。在2001年5月24日接受《南方周末》专访时，又做过比较全面的论述。

如果我们站在客观的立场观照近现代科学的来龙去脉，就不难发现“李约瑟难题”确实是一个伪问题——当然伪问题也可以有启发意义。因为那种认为中国科学技术在很长时间里领先于世界的图景，相当大程度上是中国人自己虚构出来的。古代中国人在科学和技术方面，所走的发展路径和西方大不相同。事实上，古代几个主要文明在这方面走的发展路径都是互不相同的。而在后面并没有人跟着走的情况下，“领先”又从何说起呢？这就好比一个人向东走，一个人向南走，你不能说向南走的人是落后还是领先于向东走的人——只有两个人在同一条路上，并且向同一个方向走，才会有领先和落后之分。

比如在唐朝时，中国可能是世界上最强盛的国家，但在世界历史长河中，国力最强盛的国家并不一定就是科学最先进的国家。国力强盛有共同的、相对简单的衡量标准，科学文化先进与否的衡量标准却要复杂得多。而且，科学史意义上的科学先进同我们现在通常意义上的科技发达，考量标准也不一样。

陈方正《继承与叛逆》书前，有余英时写的长序，阐发陈著的价值和意义，是一篇非常重要的文章。在余英时的序中，也将“李约瑟难题”称为伪问题，余英时采用了另一个比喻：不可能说“某一围棋手的棋艺曾长期领先某一象棋手”，这和我上面的比喻倒是堪称异曲同工。

本书的意义与价值

今天的人们，物质生活越来越富裕，窗外有百丈红尘，其诱惑越来越剧烈，许多人被名缰利锁越缠越紧，每日的步履越来越匆忙，在物欲深渊中越陷越深，离精神家园越来越远。我们可以看到，随着时间的流逝，宏大主题的鸿篇巨制是越来越少了。作者懒得写，读者也懒得读了。

李约瑟的《中国科学技术史》卷帙浩繁，从1954年起出版，已出数十巨册，至今仍远未出齐，而李氏已归道山。剑桥大学出版社在李氏生前，考虑到公众很难去阅读上述巨著，所以请科林·罗南（Colin A. Ronan）将李氏巨著改编成一种简编本，共得五卷。现在罗氏也早已谢世多年了。

这部五卷本《中华科学文明史》，原名*The Shorter Science and Civilisation in China*，就是李氏上面那部巨著的简编本之意。我们当然不应该将错就错，再继续沿用先前不确切的书名。所以《中华科学文明史》这个书名，既符合作者原意，顺便也是一次正名——尽管是已经迟到的正名。

由于是简编本，这部书的读者对象，自然要比李氏计划中有七十余册的皇皇巨著广泛得多。书中略去了大量烦琐的考证，阅读起来也比较流畅。

李约瑟给中国人民、给中国科学史带来的最宝贵的礼物，是他的著作中宽广的视野。这部简编本虽然经过了科林·罗南的改编，但这一特点仍然得到保持。书中论述中国古代科学文化时，经常能够展现出东西方文明广阔的历史背景，而历史上中国与欧洲之间科学与文化的交流及比较，则是贯穿全书的一条主线，李约瑟对此倾注了巨大的注意力。

例如，在谈到中国古代水运仪象之类天文观测–演示仪器时，就介绍了起源于拜占庭的“阿拉伯自鸣水钟”，而以前国内的读物大谈中国的水运仪象台时，从来不提西方历史上的同类仪器，好像它们从来就没有存在过一样。又如，即使是在论述中国历史上的伪科学时，李约瑟也不忘记进行中西方比较，在谈到中国14世纪时的一幅算命用的星命图时，李约瑟立即将它与公元初几个世纪西方“系统化的古希腊占星术中的十二宫或十二所”联系起来，认为两者的实质内容是一样的。

这样的做法对于中国读者来说是极为有益的——因为我们以前有太多的读物向我们描绘过一幅又一幅夜郎自大的虚幻图景，好像古代只有中国的科学技术独步全球，别人都在蛮荒世界。虽然李氏有时不免有点拔高中国古代成就，但他主要也只是在比较抽象的概念上拔高，具体论述时则都是实事求是的。

这部简编本的论述基本上是实事求是的——而实事求是的论述是不会误导读者的。如今媒体或书刊上，特别能误导读者的，是一种“真实的谎言”。这是一种高明的说谎技巧，其中每一个成分都是真实的，但是合起来就构成谎言。比如，向儿童谈科学史，说我们今天讲两个科学家的故事，一个是爱因斯坦，一个是黄道婆；即使所讲的事都是真实的，但小孩子听过后就获得这样的印象：中国古代有一个像爱因斯坦那么伟大的科学家黄道婆，而这个印象却是一个谎言。因为黄道婆即使历史上真有其人，也无法和爱因斯坦相提并论。

李约瑟的工作，以及李约瑟的精神，都有永远的价值。事实上，他已经成为一个象征。但这不是“我们先前阔多了”的象征，而是中西方文化沟通、交流的象征。

关于本书中译本

本书中译本是集体合作的成果。参与本书译、校者，主要是上海交通大学科学史系的教师及研究生，也有若干其他单位的人士。各卷具体分工名单如下（未注明单位者皆为当时上海交通大学科学史系师生）：

第一卷　1～6章：段爱爱译，王媛、江晓原校
　　　　7～8章：李丽译（华东师范大学古籍研究所）
　　　　9～11章：邢兆良译
　　　　12～16章：李丽译

第二卷　1～3章：钮卫星译
　　　　4～5章：郑燕译（浙江科学技术出版社对外合作编辑室）
　　　　6章：商伟明译（杭州市农业银行国际业务部），关增建校

第三卷　1章：付桂梅译（上海交通大学学报编辑部），关增建校
　　　　2～7章：辛元欧译

第一～三卷索引：王国忠译（浦东华夏社会发展研究院李约瑟文献中心），孙毅霖、钮卫星、关增建、江晓原校

江晓原、关增建、纪志刚、辛元欧四人共同审阅了前三卷的校样

第四卷　全部：梁耀添译，陆敬严校（同济大学机械系）

第五卷　全部：王媛译

策划、组织、统稿：江晓原

还有几个问题需要向读者说明：

■　英文原版中的错误问题。柯林·罗南简编本中有一些错误，这些错误可分为两类：

甲、硬伤，比如将年代、地名之类写错，我们对这类错误的处理办法是正文依据原文，然后在错误之处加上“应作某某。——译者注”字

样，放在括号内。

乙、并非简单的硬伤，但是属于明显不妥的论断，我们对这类错误的处理办法是正文依据原文，然后在页末注中加以说明。

■ 对其他中译本的参考。我们在翻译中主要参考了如下两种译本——这里谨向诸译者及出版社深表谢意：

甲、《中国科学技术史》翻译小组：《中国科学技术史》，科学出版社，1975年。此中译本包括“总论”两册、“数学”一册、“天学”两册、“地学”两册，系另分卷册，不与李约瑟英文原版对应。

乙、由科学出版社和上海古籍出版社联合出版的中译本，完全按照李约瑟英文原版的卷册，到2002年本书初版时为止仅出版了如下四册（此后当然又已出版了若干册，但已不及为本书翻译时所参考）：

袁翰青等译：第一卷“导论”，1990年

何兆武等译：第二卷“科学思想史”，1990年

刘祖慰译：第五卷第一分册“纸和印刷”，1990年

鲍国宝等译：第四卷第二分册“机械工程”，1999年

■ 在本书中译本索引中，我们删除了少数专为西方读者而设、对中国读者来说纯属起码常识的义项。

此次新版，重新统一调整了全书目录，并对初版文本中的错误作了修订。

最后，我要在这里感谢所有参加本书工作的人。特别感谢、怀念本书初版的责任编辑已故的胡小静先生，以及上海人民出版社的其他有关编辑，他们已经并还将继续为本书付出极为艰巨的劳动。

2010年11月16日

于上海交通大学科学史系

（《中华科学文明史》，［英］李约瑟原著，［英］柯林·罗南改编，江晓原主持，上海交通大学科学史系译，上海人民出版社，2010年）

《中外科学文化交流历史文献丛刊》总序

在现今“全球化”日益明显的时代，不同文化之间的交流、碰撞和融合正在加速进行。尽管各方对这一过程的终极价值判断大相径庭，甚至针锋相对，但是无论如何，各方所面临的对异域文化深入理解的任务都是无法回避的。而对于这一任务来说，历史上的中外交流则是其中必不可少的组成部分。

考虑到科学技术在今日社会中所扮演的特殊角色，研究历史上的中外科学技术交流就成为上述任务中一个特别迫切的部分。因为科学技术自身所形成的“进入门槛”，导致对于研究者的特殊要求——只有少数既受过正规科学技术训练，又具备史学素养的研究者，才能够有效从事这方面的研究；所以以往的中外交流史研究中，人文方面的交流已经取得了大量成果，但是对于历史上的中外科学技术交流，无论从史料整理、研究成果、社会影响等方面来看，相比这一领域自身的重要性，都是远远不够的。

就国内的情况而言，历史上的中外科学技术交流，直到20世纪80年代，方才逐渐受到学术界较多的关注，逐渐积累了一定数量的研究成果。

多年来，我在上海交通大学科学史系的诸位同仁，俱以研究中外科学技术及文化交流为同行所瞩目，成果丰硕。本系教师历年来先后负责承担国家级及省部级研究项目约30项（包括已结项及在研）。且本系多年来培养了大批博士、硕士研究生，其中亦颇多以中外科技交流方向的课题为学位论文题目者。同仁咸以为，以本系为主要依托，团结各方力量，整合多年研究成果，完成一项中外科技交流历史文献集大成性质的整理研究工程，此其时矣。于是遂有国家社会科学基金重大项目《中外科学文化交流历史文献整理及研究》之申报，并顺利获得资助立项。

此次项目团队的组建，广泛团结国内外各处在科学技术史方面学有专长之研究人员，以上海交通大学科学史系师生为主干，包括了中国科学院自然科学史研究所、清华大学、北京大学、巴黎第七大学、华东师范大学、东华大学、上海师范大学、内蒙古师范大学、上海中医药大学、河南大学、广西民族大学、淮阴师范学院、咸阳师范学院十四家单位的数十位研究人员。

本项目旨在对历史上传入中国之各种域外科学文化，以及中国科学文化向周边汉文化圈输出的相关中文历史文献和典籍，进行全面整理和研究。年代跨度起于汉末，讫于晚清。拟着重收集、整理以下几方面的历史文献：自汉末至宋初随佛教传入中国的包含天文、历法等域外知识的文献。元代随伊斯兰教传入中国的阿拉伯天文学、数学文献和典籍。明清之际随基督教传入中国的欧洲古典天文学、数学、物理学等典籍。晚清传入中国的西方近现代科学典籍。中国科学向周边世界传播的汉文历史文献。

本项目具有科学史、历史学、中外文化交流史等多方面的学术价值，能够为未来的深入研究提供完备的史料集成。

通过建设这一中外科学技术交流的史料集成，以及借助这一史料集成所展开的在这一领域全方位的深入，可望将历史上中外科学技术交流的研究大大提升一个层级和档次，并使中国研究者在国际学术界获得更多的发言权。

从更为广泛的意义上来看，值此中国和平崛起之际，本项目在扩大中国文化影响、增加中国文化软实力方面的现实意义，亦将越来越明显。

本项目下设七个子课题：

一、汉译佛经与道藏中的天文历法文献整理与比较研究（上海交通大学钮卫星教授负责）

对汉译佛经与道藏中的天文历法作比较研究。在古代世界各种文明之间存在着各种各样的文化交流，而科学技术、宗教教义和文学艺术等都是文化交流的主要内容。以佛教为载体，向中土传入了不少印度、巴比伦和希腊天文学和历法知识。这一传播从东汉末年一直延续到北宋初年，并在唐朝达到一个高潮。到中晚唐时期，佛教的输入又转变为以注重祈禳、消灾，讲究仪式、仪轨的密教为主，为达到所谓的消弭灾难的目的，在技术上更加依赖天文学手段，因此该时期的佛经中保存有相当丰富的天文学内容。无论从佛学角度或科学史角度，或从探究宗教与科学之关系的角度，乃至从文献校勘的角度，对这些佛教经典中的天文学内容都有必要进行详细的梳理和考证。在以往的研究基础上，对佛教和道教经典中所包含的天文学内容进行一次整体的梳理和考察，并对这些天文学内容做出恰当的评述，以期对这些传入中国的域外天文学内容进行全面、系统的研究，并追溯这些天文学的来源，考察这些天文学内容对中国本土天文学文化甚至本土文化所产生的影响。

二、中西方天文历法交流重要古籍整理与比较研究（东华大学邓可卉教授负责）

侧重对于古代中西天文历法交流文献进行整理和比较研究，并整理研究相关的重要历史文献。时间跨度为秦汉之际至鸦片战争。基于明清之际西方天文学第一次大规模传入中国并且中西方科学文化开始正面交流这个历史事实，通过详细考证此期中西天文学碰撞、交流直至融合的历史背景，梳理并研究明清之际的数理天文学文献，并兼及中国和希腊、中国和阿拉伯天文历法交流和比较研究。这不仅对于传统数理天文学的研究有益，而且对现代科学的可持续发展具有重要的启示作用。

三、古代中外生化医学外交流文献整理及比较研究（上海交通大学孙毅霖教授负责）

在古代中外生化医学交流方面，这个领域中的许多早期历史文献，曾长期湮没于宗教、方术等史料中，有些甚至被妖魔化或污名化。而这些文献背后的中外交流，也颇多未发之覆。而一些晚期的文献，则有流传海外或仍以手稿形式存世者，皆急需进一步研究整理。中国古代有很多典籍在不同历史时期、通过不同途径流传到海外，其中不少在国内逐渐失传，以至学人需从海外求索。特别是流传到海外的中国科技典籍，迄今尚无人专门搜集及整理出版。其中有不少涉及中国古代重要的科技发明或者科技史上的重要事件，对于研究中国古代科学技术至关重要，但国内或者没有存本，或者仅有残本。在流落海外的珍稀中国科技典籍中，还有一批由清初在华传教士写成的著作，其中不少是他们用于教授皇帝、皇子和宫廷科学家的讲义，是中西科技交流史上的重要文献。由于种种原因，这些著作没有得到出版，仅以手稿形式存世。凡此种种，都是中国科技史上的重要文献，但又是国内绝大多数研究者所不知道的，甚至国外研究者也难以入手。对它们进行抢救性整理，并进行比较研究，不仅在保护古代科技文化遗产、弘扬中国古代科技文明成就等方面具有重要意义，对世界范围内的科技史研究者来说，都是一件功德。

四、明末清初耶稣会士数理科学译著的整理与研究（上海交通大学纪志刚教授负责）

近年中外文化交流日益广泛，学者们研究视角拓展到早期中西交流的历史边界，但早期交流的原典仍散落各处，难窥全豹。就明末清初耶稣会士传入的数理科学译著而言，与这一领域已有的较多研究成果相比，相应的历史文献整理显得非常落后，这是一个相当令人惊奇的现象。这一时期浩繁的中外科学技术交流文献（包括中文的与外文的），大量以刊本、稿本、善本、珍本的形式深藏在中外各图书馆中，使一般的研究者无缘得见。故该子课题主要整理此一时期的历算译著，并兼及其他。

五、中西物理学及工艺技术交流历史文献整理研究（上海交通大学关增建教授负责）

从鸦片战争结束至民国初期，这段时间西方科学的传入，使中国社会开始大规模地接触西方近代科学，中国从此开始了由古代社会向近现代社会转型的新的历史阶段。该子课题从文献着手，对历史上中外科技交流的历史文献进行整理研究。由于在西方科技传入的过程中，物理和工艺（包括兵器技术）历来扮演着重要角色，该子课题主要着眼于这两个学科，梳理这段时间由西方传入的物理工艺著作，厘清数目，考订文本，将其整理点校，汇集出版，建立起研究这段中外科技交流史可信的文献资料库，为全国同道提供可资借鉴的第一手研究资料，使得中国近代史的研究在中外科技文化交流领域从此能够建立在坚实的史料基础之上。同时对这些文献本身的内容和历史价值进行研究，丰富中国近代史的内容。

六、近现代中外生化医学交流文献整理及比较研究（淮阴师范学院蒋功成教授负责）

由明末清初延续到今的近代西方生物科学知识向中国的传播，文献类型多、传播范围广，并通过多样化的渠道进入普通中国人的生活中，产生的影响非常复杂，有许多未曾发掘和整理的文献资料。而且，要了解这些学科知识对于中国社会与科学发展的影响，不能仅仅靠一些经典文本的传播作为代表，还需要关注到其他非专业文本中的科学知识。通过相关史料的整理，我们可以对于近现代生物学、化学交流文献的基本情况有一个全面的了解，并发掘、抢救和整理一些容易散失的重要科学文献，为以后学者进一步的研究打下基础，并理解不同的历史文化背景对于科学发展的影响特点。

七、汉字文化圈科学文化交流的历史文献整理与研究（东华大学徐泽林教授负责）

在中外文化交流史上，朝鲜半岛、日本、越南等汉字文化圈国家受中国文化的影响最深。各历史时期中国传统科技典籍不断传入这些国家，对这些国家的传统科学文化产生重要影响，乃至于中、日、韩（朝）、越形成共同的科学文化圈。目前，有大量的中国传统科技典籍保存于这些国家的各类图书馆，还有不少科技典籍在这些国家被翻刻、训解，它们不仅是中国传统科技文化传播的历史遗迹，也是对某些典籍在中国本土失传或中外版本差异的补遗。另一方面，由于传统的东亚科学编史都是立足于本位立场的国别科学史编纂，缺乏对汉字文化圈科学史的整体认识与全面的史料调查，从而汉字文化圈科技文化交流中的历史文献传播与现存情况尚需全面调查，通过详细调查历史上汉字文化圈科技典籍的传播情况，由此而反映中国传统科学文化对周边国家科学文化的影响。该子课题调查和研究中国传统科技典籍在日本、韩国（朝鲜）、越南的流传与影响，并将全面而深入韩国科学、越南科学的内部，研究各种汉籍科技著作及其影响下的域外著作的具体内容、科学方法、思想动机等细节问题，用分析、比较等方法研究日本、韩国（朝鲜）、越南传统科学的内部机理及其与中国科学文化的联系及其自身发展。

就相关的历史文献整理而言，20世纪90年代由河南教育出版社（今大象出版社）陆续出版《中国科学技术典籍通汇》，对中国古代科学技术文献作了初步的收集和整理，是一个值得重视的成果，筚路蓝缕，功不可没。但《中国科学技术典籍通汇》并不着眼于中外交流，而且对文献采用影印之法，并无点校整理。此外也有一些零星的相关成果问世或即将问世。但就总体而言，在历史上的中外科学文化交流方面，如此规模的历史文献整理，在国内是前所未有的。

就学术研究而言，则本项目所团结的研究团队，数十位成员的研究成果，几乎覆盖了古代中外科技交流的整个领域。依托这样的团队进行相关的历史文献整理和研究，方能建立在学术研究的基础之上，超越通常的古籍整理层次。

本项目的最终成果，将以两种形态汇集出版：

其一是一系列历史文献的点校本，定名为《中外科学文化交流历史文献丛刊》“文献之部”。这一部分将成为一套具有多方面学术意义的历史文献集，可望为各相关领域的研究提供方便。

其二是一系列研究著作——既有独立的学术专著，也有研究论文集，它们构成《中外科学文化交流历史文献丛刊》的“研究之部”。

中间阶段当然还将发表一系列研究性质的高质量学术论文。最后将提交本重大项目的总体研究报告。该总体研究报告将作为“总论”卷，收入《中外科学文化交流历史文献丛刊》“研究之部”。

2012年5月30日
于上海交通大学科学史与科学文化研究院

[《中外科学文化交流历史文献丛刊》(包括“文献之部”和“研究之部”)，江晓原总主编，上海交通大学出版社，2012年至今]

《文化视野中的科学史》前言

本书为《上海交通大学学报（哲学社会科学版）》“科学文化”栏目（现为教育部高校哲学社会科学学报名栏建设栏目，江晓原主持）十年间所刊论文之选集。该栏目自2003年开设至今，同仁耕耘不辍，在诸高校文科学报中幸已稍具特色。十年中所发论文，四大文摘颇多转载，引用情况亦值得关注。

与此同时，栏目十年，逐渐培育出一支高水平作者队伍，许多学者已成业中翘楚。尤可喜者，众多年轻作者茁壮成长，新作迭出，前程远大。

十余年来，“科学文化”一词逐渐流行，其所涵盖，约略包括科学史、科学哲学、科学传播、科学社会学等诸方面，范围颇广，本非一栏目所能尽顾。本文集收入之论文，依据研究内容，分为六个单元：

第一单元曰“科学政治学”，主要研究科学技术与社会政治之互动关系，以及科学自身运作中所体现的政治。其中《当代东西方科学技术交流中的权益利害与话语冲突——黄禹锡事件的后续发展与定性研究》一文同时涉及上述两方面，颇为典型。

第二单元曰“仰望星空”，主要研究天文学史上之中外交流。此为科学史研究领域与国际接轨交流之重要方向，对于提升中国在国际学术界话语权有重要作用，故研究者甚众。例如，中外交流向为上海交通大学科学技术史专业传统强项，该专业2012年教育部学科评估荣列全国第三，且承担国家社科基金重大项目“中外科学文化交流历史文献整理与研究”，学术资源浩如烟海，研究成果源源不断，正可保证栏目长足发展之需。

第三单元曰“算衡天地”，以数学史研究论文为主，其中亦颇有涉及中外交流者。

第四单元曰“史论纵横”，以对科学技术史进行宏观研究之论文为主，涉及科学史研究方法论等理论课题，也包括对若干科学史上重要人物之研究论述。

第五单元曰“专题解剖”，以科学技术史上之具体案例研究为主。因诸作者学术视野宏阔，故考据虽不辞烦琐，而小中实能见大。

第六单元曰“对科幻的科学史研究”。此为上海交通大学科学技术史专业近年新开拓之研究方向，独具特色，成果颇丰，发展空间至为广阔。在上海交通大学已形成新锐团队，陆续在国内高端学术刊物发表论文十余篇，已引起各方关注，颇多反响。

本文集所收论文，作者包括国内著名院校如清华大学、中国科技大学、复旦大学、东华大学、上海师范大学等单位学者，而以原上海交通大学科学史与科学哲学系师生为多。2012年3月，上海交通大学将原科学史与科学哲学系升格为“科学史与科学文化研究院”，进一步加强对科学技术史学科的支持力度，这无疑也为“科学文化”栏目增添了新的活力，诸同仁为此深受鼓舞。上海交通大学科学技术史学科将继续与学报“科学文化”栏目携手共进，力争更上层楼。

2013 年 8 月 8 日

于上海交通大学科学史与科学文化研究院

［《文化视野中的科学史》（全三卷），江晓原、刘晓荣主编，上海交通大学出版社，2013年］

《江晓原科学读本》导言

科学与科学精神

“什么是科学”与“什么是科学精神”都是非常难以确切回答的问题。下面是当代学者对科学的较为可取的特征描述：

A. 与现有科学理论的相容性：现有的科学理论是一个宏大的体系，一个成功的科学学说，不能和这个体系发生过多的冲突。

B. 理论的自洽性：一个学说在理论上不能自相矛盾。

C. 理论的可证伪性：一个科学理论，必须是可以被证伪的。如果某种学说无论怎么考察，都不可能被证伪，那就没有资格成为科学学说。

D. 实验的可重复性：科学要求其实验结果必须能够在相同条件下重复。

E. 随时准备修正自己的理论：科学只能在不断纠正错误的过程中发展前进，不存在永远正确的学说。

在此基础上，对于科学精神比较完整的理解可以包括：

理性精神——坚持用物质世界自身来解释物质世界，不诉诸超自然力。

实证精神——所有理论都必须经得起可重复的实验观测检验。

平等和宽容精神——这是进行有效的学术争论时所必需的。所有那些不准别人发表和保留不同意见的做法，都直接违背科学精神。

不能将科学精神简单归结为“实事求是”或“精益求精”，尽管在科学精神中确实可以包含这两点，但“实事求是”或“精益求精”仅是常识。

并不是每一个具体的科学家个体都必然具有科学精神。

现代科学的源头在何处

答案非常简单：在古希腊。

如果我们从今天世界科学的现状出发回溯，我们将不得不承认，古希腊的科学与今天的科学最接近。恩格斯在《自然辩证法》中有两段名言：

> 如果理论自然科学想要追溯自己今天的一般原理发生和发展的历史，它也不得不回到希腊人那里去。①
>
> 随着君士坦丁堡的兴起和罗马的衰落，古代便完结了。中世纪的终结是和君士坦丁堡的衰落不可分离地联系着的。新时代是以返回到希腊人而开始的。——否定的否定！②

这两段话至今仍是正确的。考察科学史可以看出，现代科学甚至在形式上都还保留着浓厚的古希腊色彩，而今天整个科学发现模式在古希腊天文学中已经表现得极为完备。

欧洲天文学至迟自希巴恰斯以下，每一个宇宙体系都力求能够解释以往所有的实测天象，又能通过数学演绎预言未来天象，并且能够经得起实测检验。事实上，托勒密、哥白尼、第谷、开普勒乃至牛顿的体系，全都是根据上述原则构造出来的。而且，这一原则依旧指导着今天的天文学。今天的天文学，其基本方法仍是通过实测建立模型——在古希腊是几何的，牛顿以后则是物理的；也不限于宇宙模型，比如还有恒星演化模型等——然后用这模型演绎出未来天象，再以实测检验之。合则暂时认为模型成功，不合则修改模型，如此重复不已，直至成功。

---

① 《自然辩证法》，人民出版社1971年版，第30—31页。

② 同上书，第170页。

在现代天体力学、天体物理学兴起之前，模型都是几何模型——从这个意义上说，托勒密、哥白尼、第谷乃至创立行星运动三定律的开普勒，都无不同。后来则主要是物理模型，但总的思路仍无不同，直至今日还是如此。法国著名天文学家当容在他的名著《球面天文学和天体力学引论》中对此说得非常透彻："自古希腊的希巴恰斯以来两千多年，天文学的方法并没有什么改变。"而这个方法，就是最基本的科学方法，这个天文学的模式也正是今天几乎所有精密科学共同的模式。

有人曾提出另一个疑问：既然现代科学的源头在古希腊，那如何解释直到伽利略时代之前，西方的科学发展却非常缓慢，至少没有以急剧增长或指数增长的形式发生？或者更通俗地说，古希腊之后为何没有接着出现近现代科学，反而经历了漫长的中世纪？

这个问题涉及近来国内科学史界一个争论的热点。有些学者认为，近现代科学与古希腊科学并无多少共同之处，理由就是古希腊之后并没有马上出现现代科学。然而，中国有一句成语"枯木逢春"——当一株在漫长的寒冬看上去已经死掉的枯木，逢春而渐生新绿，盛夏而枝繁叶茂，我们当然不能否认它还是原来那棵树。事物的发展演变需要外界的条件，中世纪欧洲遭逢巨变，古希腊科学失去了继续发展的条件，好比枯树在寒冬时不现新绿，需要等到文艺复兴之后，才是它枯木逢春之时。

科学不等于正确

在我们今天的日常话语中，"科学"经常被假定为"正确"的同义语，而这种假定实际上是有问题的。

比如，对于"托勒密天文学说是不是科学"这样的问题，很多人会不假思索地回答"不是"，理由是托勒密天文学说中的内容是"不正确的"——他说地球是宇宙的中心，而我们知道实际情况不是这样。然而这个看起来毫无疑义的答案，其实是不对的，托勒密的天文学说有着足够的科学"资格"。

因为科学是一个不断进步的阶梯，今天"正确的"结论，随时都可能成为"不正确的"。我们判断一种学说是不是科学，不是依据它的结论，而是依据它所用的方法、它所遵循的程序。不妨仍以托勒密的天文学说为例稍作说明。

在托勒密及其以后一千多年的时代里，人们要求天文学家提供任意时刻的日、月和五大行星位置数据，托勒密的天文学体系可以提供这样的位置数据，其数值能够符合当时的天文仪器所能达到的观测精度，它在当时就被认为是“正确”的。后来观测精度提高了，托勒密的值就不那么“正确”了，取而代之的是第谷提供的值，再往后是牛顿的值、拉普拉斯的值等，这个过程直到今天仍在继续之中——这就是天文学。在其他许多科学门类中（比如物理学），同样的过程也一直在继续之中——这就是科学。

有人认为，所有今天已经知道是不正确的东西，都应该被排除在“科学”之外，但这种想法在逻辑上是荒谬的——因为这将导致科学完全失去自身的历史。

在科学发展的过程中，没有哪一种模型（以及方案、数据、结论等）是永恒的，今天被认为“正确”的模型，随时都可能被新的、更“正确”的模型所取代，就如托勒密模型被哥白尼模型所取代，哥白尼模型被开普勒模型所取代一样。如果一种模型一旦被取代，就要从科学殿堂中被踢出去，那科学就将永远只能存在于此时一瞬，它就将完全失去自身的历史。而我们都知道，科学有着两千多年的历史（从古希腊算起），它有着成长、发展的过程，它取得了巨大的成就，但它是在不断纠正错误的过程中发展起来的。

科学中必然包括许多在今天看来已经不正确的内容，这些内容好比学生作业中做错的习题，题虽做错了，却不能说那不是作业的一部分；模型（以及方案、数据、结论等）虽被放弃了，同样不能说那不是科学的一部分。

唯科学主义和哲学反思

近几百年来，整个人类物质文明的大厦都是建立在现代科学理论的基础之上的。我们身边的机械、电力、飞机、火车、电视、手机、电脑……无不形成对现代科学最有力、最直观的证明。科学获得的辉煌胜利是以往任何一种知识体系都从未获得过的。

由于这种辉煌，科学也因此被不少人视为绝对真理，甚至是终极真理，是绝对正确的乃至唯一正确的知识；他们相信科学知识是至高无上的知识体系，甚至相信它的模式可以延伸到一切人类文化之中；他们还相信，一切社会问题都可以通过科学技术的发展而得到解决。这就是所谓的“唯科学主义”观点。[①]

正当科学家对科学信心十足，而公众对科学顶礼膜拜之时，哲学家的思考却是相当超前的。哈耶克早就对科学的过度权威忧心忡忡了，他认为科学自身充满着傲慢与偏见。他那本《科学的反革命：理性滥用之研究》（*The Counter Revolution of Science: Studies on the Abuse of Reason*），初版于1952年。从书名上就可以清楚感觉到他的立场和情绪。书名中的“革命”应该是一个正面的词，哈耶克的意思是，科学（理性）被滥用了，被用来“反革命”了。哈耶克指出，有两种思想的对立：一种是有利于创新的，或者说是“革命的”；另一种则是计划经济的、独裁专制的，或者说是“反革命的”。

哈耶克的矛头并不是指向科学或科学家，而是指向那些认为科学可以解决一切问题的人。哈耶克认为这些人“几乎都不是显著丰富了我们的科学知识的人”，也就是说，几乎都不是很有成就的科学家。照他的意思，一个“唯科学主义”（scientism）者，很可能不是一个科学家。他所说的“几乎都不是显著丰富了我们的科学知识的人”，一部分是指工程师（大体相当于我们通常说的“工程技术人员”），另一部分是指早期的空想社会主义者及其思想的追随者。有趣的是，哈耶克将工程师和商人对立起来，他认为工程师虽然在工程方面有丰富的知识，但是经常只见树木不见森林，不考虑人的因素和意外的因素；而商人通常在这一点上比工程师做得好。

哈耶克笔下的这种对立，实际上就是计划经济和市场经济的对立。而且在他看来，计划经济的思想基础，就是唯科学主义——相信科学技

---

① scientism通常译为“唯科学主义”，其形容词形式则为scientistic（唯科学主义的）。

术可以解决世间一切问题。计划经济思想之所以不可取，是因为它幻想可以将人类的全部智慧集中起来，形成一个超级的智慧，这个超级智慧知道人类的过去和未来，知道历史发展的规律，可以为全人类指出发展前进的康庄大道，而实际上这当然是不可能的。

从“怎么都行”看科学哲学

科学既已被视为人类所掌握的前所未有的利器，可以用来研究一切事物，那么它本身可不可以被研究？

哲学中原有一支被称为“科学哲学”（类似的命名还有“历史哲学”“艺术哲学”等）。科学哲学家中有不少原是自然科学出身，是喝着自然科学的乳汁长大的，所以他们很自然地对科学有着依恋情绪。起先他们的研究大体集中于说明科学如何发展，或者说探讨科学成长的规律，比如归纳主义、科学革命（库恩、科恩）、证伪主义（波普尔）、研究范式（库恩）、研究纲领（拉卡托斯）等。对于他们提出的一个又一个理论，许多科学家只是表示了轻蔑——就是只想把这些“讨厌的求婚者”（极力想和科学套近乎的人）早些打发走（劳丹语）。因为在不少科学家看来，这些科学哲学理论不过是一些废话而已，没有任何实际意义和价值，当然更不会对科学发展有任何帮助。

后来情况出现了变化。“求婚者”屡遭冷遇，似乎因爱生恨，转而采取新的策略。今天我们可以看到，这些策略至少有如下几种：

1. 从哲学上消解科学的权威。这至迟在费耶阿本德的“无政府主义”理论（认为没有任何确定的科学方法，“怎么都行”）中已经有了端倪。认为科学没有至高无上的权威，别的学说（甚至包括星占学）也应该有资格、有位置生存。

这里顺便稍讨论一下费耶阿本德的学说。[①]就总体言之，他并不企

① 费耶阿本德的著作被引进中国至少已有三种：《自由社会中的科学》（上海译文出版社1990年版）、《反对方法——无政府主义知识论纲要》（上海译文出版社1992年版）、《告别理性》（江苏人民出版社2002年版）。

图否认“科学是好的”，而是强调“别的东西也可以是好的”。他的学说消解了科学的无上权威，但是并不会消解科学的价值。费耶阿本德不是科学的敌人——他甚至也不是科学的批评者，他只是科学的某些“敌人”的辩护者而已。

2. 关起门来自己玩。科学哲学作为一个学科，其规范早已建立得差不多了（至少在国际上是如此），也得到了学术界的承认，在大学里也找得到教职。科学家们承不承认、重不重视已经无所谓了。既然独身生活也过得去，何必再苦苦求婚——何况还可以与别的学科恋爱结婚呢。

3. 更进一步，挑战科学的权威。这就直接导致“两种文化”的冲突。

“两种文化”的冲突

科学已经取得了至高无上的权威，并且掌握着巨大的社会资源，也掌握着绝对优势的话语权。而少数持狭隘的唯科学主义观点的人士则以科学的捍卫者自居，经常从唯科学主义的立场出发，对来自人文的思考持粗暴的排斥态度。这种态度必然导致思想上的冲突。一些哲学家认为，哲学可以研究世间的一切，为何不能将科学本身当作我们研究的对象？我们要研究科学究竟是怎样运作的、科学知识到底是怎样产生出来的。

这时原先的“科学哲学”就扩展为“对科学的人文研究”，于是SSK（科学知识社会学）等学说就出来了。主张科学知识都是社会建构的，并非纯粹的客观真理，因此也就没有至高无上的权威性。

这种激进主张，当然引起了科学家的反感，也遭到一些科学哲学家的批评。著名的“科学大战”[①]“索卡尔诈文事件”[②]等，就反映了来自科学家阵营的反击。对于学自然科学出身的人来说，听到有人要否认科学

① 关于“科学大战”，可参阅［美］A. 罗斯主编：《科学大战》，夏侯炳等译，江西教育出版社2002年版。

② 关于“索卡尔诈文事件”及有关争论，可参阅［美］索卡尔等：《“索卡尔事件”与科学大战：后现代视野中的科学与人文的冲突》，蔡仲等译，南京大学出版社2002年版。

的客观性，在感情上往往难以接受。

这些争论，有助于加深人们对科学和人文关系的认识。科学不能解决人世间的一切问题（比如恋爱问题、人生意义问题等），人文同样也不能解决一切问题，双方各有各的局限。在宽容、多元的文明社会中，双方固然可以经常提醒对方“你不完美”“你非全能”，但不应该相互敌视，相互诋毁。只有和平共处才是正道。

但在很长一段时间里，科学和人文这两种文化不仅没有在事实上相亲相爱，反而在观念上渐行渐远。而且很多人已经明显感觉到，一种文化正日益凌驾于另一种文化之上。眼下最严重的问题，在于工程管理方法之移用于学术研究（人文学术和自然科学中的基础理论研究）管理，工程技术的价值标准之凌驾于学术研究中原有的标准。按照哈耶克的思想来推论，这两个现象的思想根源，归根结底还是唯科学主义。

改革开放以来，科学与人文之间，主要的矛盾表现形式，已经从轻视科学与捍卫科学的斗争，从保守势力与改革开放的对立，向单纯的科学立场与新兴的人文立场之间的张力转变。中国的两种文化总体状况比较复杂：一是科学作为外来文化，与中国传统文化存在着巨大差异；二是唯科学主义已经经常在社会话语中占据不适当的地位（这在发展中国家是常见的现象）；三是新技术所造成的社会问题已经出现，如工业环境污染、互联网侵犯隐私、新媒体矮化文化等。

公众理解科学

科学的最终目的，应该是为人类谋幸福，而不能伤害人类。因此，人们担心某种科学理论、某项技术的发展会产生伤害人类的后果，因而产生质疑，要求展开讨论，是合理的。毕竟谁也无法保证科学技术永远有百利而无一弊。无论是对“科学主义”的质疑，还是对“科学主义”立场的捍卫，只要是严肃认真的学术讨论，事实上都有利于科学的健康发展。

如今的科学，与牛顿时代，乃至爱因斯坦时代，都已经不可同日而语了。一个最大的差别是，先前的科学可以仅靠个人来进行。事实上，万有引力和相对论都是在没有任何国家资助的情况下完成的。但是如今的科学则成为一种耗资巨大的社会活动，而这些金钱都是纳税人的钱，因此，广大公众有权要求知道：科学究竟是怎样运作的，他们的钱是怎样被用掉的，用掉以后又有怎样的效果。

至于哲学家们的标新立异，不管出于何种动机，至少在客观上为上述质疑和要求提供了某种思想资源，而这无疑是有积极意义的。

为了协调科学与人文这两种文化的关系，一个超越传统科普概念的新提法“科学传播”开始被引进，核心理念是“公众理解科学”，即强调公众对科学作为一种人类活动的理解，而不仅是单向地向公众灌输具体的科学和技术知识。事实上，这符合“弘扬科学精神，传播科学思想，介绍科学方法，普及科学知识”的原则。

与此同时，在中国高层科学官员所发表的公开言论中，也不约而同地出现了对理论发展的大胆接纳。例如，时任科技部部长徐冠华在2002年12月18日的讲话中说：

> 我们要努力破除公众对科学技术的迷信，撕破披在科学技术上的神秘面纱，把科学技术从象牙塔中赶出来，从神坛上拉下来，使之走进民众、走向社会……越来越多的人已经不满足于掌握一般的科技知识，开始关注科技发展对经济和社会的巨大影响，关注科技的社会责任问题……而且，科学技术在今天已经发展成为一种庞大的社会建制，调动了大量的社会宝贵资源；公众有权知道，这些资源的使用产生的效益如何，特别是公共科技财政为公众带来了什么切身利益。[①]

又如，时任中国科学院院长路甬祥在讲话中认为：

> 科学技术在给人类带来福祉的同时，如果不加以控制和引导而被滥用的话，也可能带来危害。在21世纪，科学伦理的问题将越

① 2003年1月17日《科学时报》。

来越突出。科学技术的进步应服务于全人类，服务于世界和平、发展和进步的崇高事业，而不能危害人类自身。加强科学伦理和道德建设，需要把自然科学与人文社会科学紧密结合起来，超越科学的认知理性和技术的工具理性，而站在人文理性的高度关注科技的发展，保证科技始终沿着为人类服务的正确轨道健康发展。①

所有这一切，都不是偶然的。这是中国科学界、学术界在理论上与时俱进的表现。这些理论上的进步，又必然会对科学与人文的关系、科学传播等方面产生重大影响。2002年底，在上海召开了首届“科学文化研讨会”（上海交通大学科学史系主办），会后发表了此次会议的“学术宣言”，②对这一系列问题作了初步清理。随后出现的热烈讨论，表明该宣言已经引起学术界的高度重视。③

[《江晓原科学读本》（六卷本），上海教育出版社，2019年]

---

① 2002年12月17日《人民政协报》。

② 柯文慧（江晓原定稿）：《首届科学文化研讨会学术宣言——对科学文化的若干认识》，2002年12月25日《中华读书报》。

③ 围绕这份宣言，出现在纸媒和网上的各种讨论和争论，已经形成大量文献。此后数年召开了多次“科学文化研讨会”，较重要的文献有：柯文慧（江晓原定稿）：《岭树重遮千里目——第四次科学文化会议备忘录》（完整版），2005年12月29日《科学时报》；柯文慧（江晓原定稿）：《一江春水向东流——第五次科学文化研讨会备忘录》，2007年3月15日《科学时报》。

欢迎无用的理论

——刘兵《克丽奥眼中的科学》序

刘兵兄研究科学编史学已有好些年了。

这几年，我们曾多次在一起讨论与科学编史学有关的理论问题，有时竟深夜不眠。在这个问题上，我们是从不同的出发点走到一起的。刘兵的研究领域，除了西方科学史之外，近年来主要关注与科学哲学关系密切的科学编史学；我的本行主要是中国古代科学史，按理说这也与科学编史学有密切联系，应该不难想象。这几年，当刘兵致力于编史学理论研究时，我正好一直在思考着我自己的天文学史研究能否有新的大突破——尽管这种大突破迄今为止仍然只是梦想，却使我一再将目光投向科学编史学。

然而，多年来国内科学史界的普遍风气，似乎一直是对带有科学哲学色彩的研究完全不加理睬，甚至视之为虚空无用之说，“不是真学问”。在此风气之下，科学编史学的理论问题当然更加不可能进入视野之内——在许多科学史研究者心目中，也许根本就不存在“科学编史学”这样一种“学”和这一方面的问题。这种情况在国外同样存在，正如美国科学哲学家劳丹（H. Laudan）所说，尽管一些科学哲学家开始和科学史“联姻”，但是大多数科学史家却宁愿“尽快将这些求婚者打发走”。

回忆十几年前，我和刘兵都在北京的中国科学院研究生院念书时，古代科学史专业的导师们都不要求学生修科学哲学的课程。但是我不知怎么会鬼使神差地选修了科学哲学课程，从此就有一个念头在我脑子中“常驻内存”了：科学史研究不应与科学哲学理论分离。后来我自己带研究生，就总是在第一年为他们开“科学哲学导论”这门课；而在这门课中，我总要向他们强调科学编史学的理论问题。

去年秋天，一位颇有名声的美籍华人教授来上海讲学，座谈时他放言曰：在今天的美国大学中，谁要是还宣称他能知道“真正真实的历史”，那他就将失去在大学中教书的资格了。有趣的是，座中一位同样颇有名声的前辈学者，接下来在抨击国内史学界现状之后，却语重心长地敦请那位华人教授为我们提供“真实的历史”。后来每当我又想到科学编史学问题时，上面那一幕情景经常会浮现在眼前。史学研究，并不是只靠勤奋治学和功力深厚就能取得成就的。如果“只埋头拉车，不抬头看路”，不思考最根本的理论问题，对别人思考所得的成果也不屑一顾，那恐怕就永无进入国际先进水准之日（推而广之，其他一切研究也是如此）。上面那一幕情景，正表明了我们在理论方面的欠缺。就科学史这一研究领域而言，情况也不例外。

“真实的历史”这个以往被认为是天经地义的主题，经过20世纪科学哲学和科学编史学的“蹂躏”，早已成为一个难圆之梦。科学史研究者已经无法采取鸵鸟政策，用充耳不闻、视而不见的办法将科学哲学和科学编史学拒之于门外，因为他们将经不起来自门外的理论诘难。梦想可以保留在心中，但是“梦想成真”却无法成为现实。“真实的历史”当然仍然可以追求，但是采用不同的理论工具或模式（比如社会学的、计量学的、心理学的等），就会构建出各不相同的科学史；这些各不相同的科学史之间的优劣异同当然可以进行比较品评，然而再也没有哪一个可以居于独尊的地位了。正是在这样一幅多元互动的图景之中，科学史研究将得到发展和深入。

不少科学史研究者早就问过：科学哲学，或是科学编史学对科学史研究有什么用？确实，这个问题很难回答。刘兵在他的书里虽然提供了一些答案，但是没有任何一个答案能够像“笔有什么用？可以写字”那样简洁明了、令人满意，然而我们为何不可以反过来问：科学史对我们有什么用？历史学对我们又有什么用呢？很多人会说：其实没用。没有历史学，地球照样转动，社会照样运作，生活照样进行。同样地，没有科学哲学或科学编史学，科学史的论文也照样地一篇篇写成，科学史的书籍也照样地一本本出版。不过，人类是有文明的，人类总需要一些没有“用”的东西，历史学就是其中的一种——至少，历史会使我们变得更聪明些。同样的道理，科学哲学，或是科学编史学，也会使得科学史研究者变得更聪明些。那些形形色色的哲学思考和理论探索，对于只知道急功近利、“立竿见影”的人当然无用，但是对于真正的史学研究，却是有益的滋养。中国古代史学家讲培养“史识”，或许也隐约有这方面的意思。

刘兵兄长居京华，陋室之中，但见群书满架；红尘深处，偏能心如止水，以“十年磨一剑”之精神，写成《克丽奥眼中的科学：科学编史学初论》。欣喜之余，为作短序如上。

1996年1月9日
于上海二化斋

（《克丽奥眼中的科学：科学编史学初论》，刘兵著，上海科技教育出版社，1996年）

刘兵《克丽奥眼中的科学》增订版序

刘兵兄的《克丽奥眼中的科学：科学编史学初论》初版于1996年，我为那个初版写了序；现在此书又迎来了新的修订版，刘兵兄再次征序于我。就像他为我的《天学真原》初版（1992）和新版（2004）都写了序一样，我也不能不从命。

刘兵兄率先在国内鼓吹科学编史学，十余年于兹矣。效果如何？可用两句话概括之，曰：成效显著，影响深远。这两句判断，当然不是我为老朋友捧场随口徒托空言，而是有真凭实据的。

成效之实据安在？请先看下列论文目录：

刘晓雪：《布鲁诺再认识——耶兹的有关研究及其启示》（已毕业之硕士论文）

王延峰：《对福尔曼魏玛文化与量子力学关系研究的编史学研究》（已毕业之硕士论文）

章梅芳：《女性主义科学史的编史学研究》（已毕业之博士论文）

卢卫红：《人类学进路科学史的科学编史学研究》（已毕业之博士论文）

王延峰：《皮克林的社会建构论研究》（已毕业之博士论文）

谭　笑：《科学修辞学进路科学史的编史学研究》（撰写中之博士论文）

王　哲：《建构主义科学史的编史学研究》（撰写中之博士

论文）

杜严勇：《对爱因斯坦研究的编史学研究》（撰写中之博士论文）

宋金榜：《视觉科学史的编史学研究》（撰写中之博士论文）

董丽丽：《对伽里森的科学编史学研究》（撰写中之博士论文）

此八篇博士论文和两篇硕士论文，皆为刘兵所指导。不难想见，刘兵在这些学生思想中播下的“科学编史学”之种，将随着这些学生的毕业，而在四方发芽生根，开花结实。

影响之实据安在？请先看下列高校名单：

清华大学

北京大学

上海交通大学

内蒙古大学

内蒙古师范大学

武汉理工大学

…………

请原谅我未能获得完整的统计数据。仅据我个人见闻所及，上述高校都采用《克丽奥眼中的科学》作为相关课程的教材或参考教材。

所谓“科学编史学”，刘兵给出的定义是一个连环套：“编史学”的定义是“对于历史的撰写、历史的方法、解释和争论的研究”；“科学编史学”的定义是“对科学史进行的编史学的研究”。这听起来似乎相当抽象，相当学术化，若用大白话来说，则“科学史理论研究”一语，差能近之。

这种学问的价值何在呢？可以从科学、科学史、科学编史学三者的关系来入手考虑。

我和刘兵的共同朋友，北大的刘华杰教授，提倡学问分“阶”之说，比如科学本身为一阶，则科学史为二阶，而科学编史学为三阶……有趣的是，在一些怀有偏见的人看来，学问中“阶”数越小则越尊贵，“阶”数越大则越可以鄙视。按照这样的标尺，刘兵兄的科学编史学研究“阶”数为三，自然是没有尊贵可言的了。幸好刘兵兄从来没有将这类偏见放在眼里过，否则他恐怕就不研究科学编史学了。

如果将通常的科学研究活动称为一阶的，而将科学史研究（对科学的历史的研究）称为二阶的，那么科学编史学就将是三阶的了。当然，对一个科学史研究的从业者来说，他也完全可以将科学史视为一阶（尽管这样做丝毫不会让那些怀有偏见的人对科学史更加尊重），那么科学编史学就成为二阶。但是，在上面这个“阶系”中，不管我们选择哪一个坐标原点，科学编史学都脱不了“对研究进行研究”的身份。

所以，科学编史学的价值，首先就体现在对科学史研究的帮助上。它帮助科学史研究者回顾以往研究的成败得失，也帮助科学史研究者思考新的研究路径。

当然，科学编史学在这方面的价值，迄今为止，也许并未得到科学史研究者普遍一致的认同。有些研究者认为，只有进行一阶的研究，才是“真功夫”，才有学术价值。这种狭隘功利的观念，导致一些人轻视科学史研究，这样的人当然更会轻视科学编史学的研究。即使在科学史界，认为科学编史学不着边际、不切实用的，恐怕也还颇有人在。关于这方面的情况，我在1996年《克丽奥眼中的科学》初版序中已经谈到过。

不过，十几年过去，情况显然有所改善，有更多的人认识到了科学编史学的学术价值，此则刘兵兄鼓吹之功，不可没也。

刘兵兄所从事的科学编史学研究，除了对科学史有意义之外，还有更为广泛的意义，值得特别提出来讨论几句。

从1996年到2009年，这十几年间，有一个非常重要的变化必须考虑，即科学史这个学科的处境有了相当大的改变。

1996年时，科学史是一个默默无闻的、被严重边缘化了的，甚至其从业者的生存都成问题的小小学科。借用证券行业的术语，我在1999年上海交通大学科学史系成立大会上，将这个中国第一个科学史系的创建比喻为“走出阶段性底部的第一根阳线”，如果这个比喻可以成立的话，那么1996年的中国科学史界，确实可以说是在“底部”挣扎着。

然而到了2009年，科学史虽然依旧是一个小的交叉学科，但它至少已经被国家承认为理科一级学科，除了中国科学院自然科学史研究所这个国家队，全国高校中已经有了四个科学史系；更重要的是，以科学史、科学哲学、科学社会学等学科为依托的科学文化传播，在国内公众媒体中的话语日益增长，正产生着越来越广泛的社会影响。

在这样的情况下，科学编史学对以往科学史的反思和对有关问题的探讨，就远远越出了科学史的象牙之塔，而开始对公众的思想产生影响了。例如，当刘兵对国内科学史中的“辉格解释”进行研究之后，就不可能不对以往科学史面向大众的主要接口——爱国主义教育和传统“科普”——产生某种震撼性的，甚至是颠覆性的影响。

也就是说，随着科学文化对公众话语影响的增长，科学编史学的研究成果将有机会被“放大”。我认为，这应该是今后科学编史学研究中进一步注意的一个方面。

最近十多年来，我经常在想一个问题，有时也和朋友们讨论这个问题，即一个人在提倡某种学术研究时，究竟能够产生多大的作用？

在我们以往的思维习惯中，我们总是倾向于将个人渺小化，将个人的作用虚无化。一个人如果取得了一些成绩，他必须说这是“领导英明”和“同事协作”的结果，这样才被认为是得体的；如果他表示“这确实是我自己多年来努力的结果”，领导和同事们就要在心里悄悄不高兴了。在这样一种大家都习惯的氛围中，我们往往不敢想象或展望个人在提倡某种学术研究时的作用。

现在，看来是考虑改变上面这种思维习惯的时候了。因为刘兵让我们看到了反例。

在我的视野中，这些年来，在学术界大力提倡科学编史学研究的，就是刘兵单枪匹马一个人。但是他却已经让科学编史学研究产生了不可忽视的作用和影响。套用好莱坞电影中常见的套话，可以说“他成功了”。成功的原因，我姑且先归纳出两个：

一是由于他持续不断地努力。十余年来一以贯之，这在个人方面倒也不是太难——有一定毅力的学者都能做到。但在效果上来说，就相当可观了。在如今众声喧哗、泡沫腾飞、信息爆炸的学术环境中，只有长期坚持，才可能产生足够的效果。当然，这是以所坚持的是严肃认真的学术为前提的。反之，我们看到有些纯粹哗众取宠的妄人言论，“毅力”倒也不小，已经“坚持”好几年了，效果则只是让人看到小丑跳梁，成为笑柄。

二是由于刘兵持续进行学术文本和大众阅读文本之间的跨文本写作。如果说持续的学术研究是基本信号，那么持续的跨文本写作就是强大的“功放级”，使得刘兵的声音覆盖面宽阔，而且能够传播到距离遥远的地方。曾有传言曰“有科学的地方就有刘兵”，这话当然会被有些人利用来讽刺刘兵，但又何尝没有一点与昔日“凡有井水处，即能歌柳词”异曲同工之处呢？

在持续进行跨文本写作以传播自己的学术理念这一点上，我与刘兵兄深有同好。有些人士甚至已经将我们两人视为中国当代“科学文化运动”的倡导者，这在我们自己当然愧不敢当，但也确实表明，一小群人持续的跨文本写作，真的有可能产生比人们通常想象的大得多的影响和作用。

火热的社会生活和象牙之塔中的学术思考，两者未必总是格格不入的。任何一种严肃认真的学术研究——哪怕是“三阶”的科学编史学，都有可能对公众产生影响。当我为《克丽奥眼中的科学》（增订版）写完这篇新版序时，这是最令我感到兴奋的一点。

2009年4月5日

于上海交通大学科学史系

［《克丽奥眼中的科学：科学编史学初论》（增订版），刘兵著，上海科技教育出版社，2009年］

钮卫星《西望梵天：汉译佛经中的天文学源流》序

钮卫星和我出身于同一个系——南京大学天文系，他只比我晚八届。1990年他大学毕业，考上中国科学院上海天文台的研究生，入我门下攻读天文学史专业，1993年获硕士学位，1996年获博士学位，成绩皆极为优异。作为我的"开门弟子"，他1996年毕业后就在我领导的天文学史研究组工作，成为我的同事，和我关系也就成为前人所谓的"在师友之间"。1999年我调入上海交通大学，筹建科学史系，他也随同调入，成为中国第一个科学史系的元老之一。他自己曾对交通大学的同事开玩笑说，他是"江老师的陪嫁丫鬟"。

多年以来，我一直以有钮卫星这样的弟子而骄傲；我的同行和朋友们也经常因我有钮卫星这样的弟子而艳羡，甚至嫉妒。因为钮卫星确实是难得的佳弟子。他在天文学史之外，也有很高的悟性，我们还有着许多共同的爱好（比如喜欢金庸的小说）。故虽然他总是一如既往地叫我"江老师"（据一些研究生揭发，他背后有时称我"老板"），我其实早已经将他视为朋友。

如今我的研究生们的一些重要课程，就是由钮卫星向他们讲授的，武侠小说中常见的所谓"大师兄代师授艺"，此之谓也。许多研究生也亲切地称他为"大师兄"——这样他们就将自己的"辈分"向上提升了。

钮卫星一直以印度天文学为他的主要研究方向，在这方面他下了大量功夫，这在如今普遍浮躁的"时代氛围"中是极为少见的。比如，为了在这个方向深入下去，他在剑桥做访问学者时，甚至还学习了梵文。

要评价钮卫星在这方面的学术地位，我得先讲一件逸事。

大约二十年前，我在北京的中国科学院自然科学史研究所念研究生，有一天去听一个学术报告，报告人是一位来访的西方学者，姓氏国别我已经忘记了，只记得是一个中年男子。报告开始，他先做自我介绍，介绍的最后一句是："我是国际上研究梅西耶的权威。"此话一出，一时听众有些惊愕——那时中国学者们还比较朴实，不像今天有些人，将什么"国际领先""国际一流"之类的牛皮当成家常便饭，随口吹出毫不脸红，大家听多了也就见怪不怪。那报告人当然也是聪明人，当时他似乎感觉到了听众的惊愕，就笑笑说："也许你们听见我自称国际权威有些惊讶，其实这个权威是很容易当的——全世界专门研究梅西耶的，就只有我一个人。"听众们就笑了起来。

梅西耶（Charles Messier，1730—1817），法国天文学家，他本来的志向是发现新的彗星，虽然他一生发现了21颗，可惜都是平平常常的彗星，虽然被法国国王路易十五称为"我的小猎彗人"，却远不足以酬他的平生壮志。倒是他搜寻彗星时的副产品——他所发现的百余个星云状天体，为他带来了身后之名，那些天体如今被称为"梅西耶星云"或"梅西耶天体"。总的来说，这是一个在天文学史上应该提一下，但也只能属于二三流的人物。以这样一个人物作为自己的研究方向，当然很少会有竞争者。所以上面这件逸事说明，选择某种比较次要、比较冷僻的课题作为研究方向，是容易在一定的学术圈子里成为权威的。

那么在天文学史这个领域里，"汉译佛经中的印度天文学"，其重要性当然远远超过梅西耶，但冷僻程度却也过之。因为是汉文史料，印度和西方的学者通常无法涉足；又因为是佛经，一般的天文学家和天文学史家通常也不熟悉；还因为是研究天文学，佛学家和一般的人文学者也无法通晓。故可以毫不夸张地说，以"汉译佛经中的印度天文学"为专业研究方向者，虽中国之大，不过钮卫星一人而已。故至少在国内，他是这方面当之无愧的权威。

就国际上而言，研究印度天文学者，固然也有其人，但人数非常之少。和这些国际同行相比，钮卫星也有独到之处，这是由其研究材料"汉译佛经"的地位决定的。

佛教和佛经虽起源于印度，但是许多佛经已经在印度和南亚失传，并未在梵文、巴利文佛经中保留下来。所以汉译佛经虽是翻译（始于距今约1800年之前！），却有着第一手史料的资格，因为许多经文的母语版本已经不存在了，汉译版本是它们存世的唯一版本。这就决定了钮卫星在本书中的研究工作的独特价值。

钮卫星的硕士论文，题目是《汉译佛经中所见数理天文学及其渊源——以〈七曜攘灾诀〉天文表为中心》。汉译佛经《七曜攘灾诀》这份史料，李约瑟早在20世纪50年代就在他的著作中呼唤研究者了，但一直未见有人以实际行动响应；将近四十年过去，我感到钮卫星是合适的人选，就建议他做这个题目，结果他做得非常好。而且还有意外的收获——他发现了前贤在“罗睺”“计都”定义上，多年来口口相传的一个大错误，遂在《天文学报》上发表了他的第一篇重要论文《罗睺、计都天文含义考源》（1994）。

硕士论文的成绩，使我相信钮卫星完全有能力在这个方向上处理更大的题目，于是他的博士论文题目定为《汉译佛经中的天文学》。他的这篇博士论文，同样以优异成绩通过答辩，这就是本书的前身。此后数年间，他虽然和我在“夏商周断代工程”的武王伐纣等课题上投入了大量时间和精力，但仍在本书的方向上不断开掘和深入，完成了一系列很有价值的论文。现在本书中就吸纳、融汇了这些后续的成果。

十年来，钮卫星一直是我最重要的学术助手。在本书之前，他曾和我合作出版过五种著作。如今，本书作为他独自撰写的第一部著作，我怀着喜悦的心情期待它的出版。这种冷僻而“无用”的学问，虽然不会大红大紫，但是本书在天文学史、中西文化交流史等方面，必将具有开创性的、长久的价值，对此我有坚定的信心。

2003 年 5 月 1 日
于上海交通大学科学史系

（《西望梵天：汉译佛经中的天文学源流》，钮卫星著，上海交通大学出版社，2004年）

吴振华《日晷设计原理》序

南宋人曾敏行，字达臣，曾号独醒道人，因病不仕，以布衣治学。传世有学术随笔集——当然这是现代的说法——《独醒杂志》，其卷二记载了当时学者曾南仲设计日晷事：

> 南仲尝谓古人揆景之法，载之经传杂说者不一，然止皆较景之短长，实与刻漏未尝相应也。其在豫章为晷景图，以木为规，四分其广而杀其一，状如缺月。书辰刻于其旁，为基以荐之，缺上而圆下，南高而北低。当规之中，植针以为表，表之两端，一指北极，一指南极。春分以后，视北极之表；秋分以后，视南极之表，所得晷景与刻漏相应。自负此图，以为得古人所未至。

曾敏行按照其设计制作了实物，使用后感叹其设计之精妙：

> 予尝以其制为之，其最异者，二分之日，南北之表皆无景，独其侧有景。以其侧应赤道，春分以后，日入赤道内；秋分以后，日出赤道外，二分日行赤道，故南北皆无景也。其制作穷赜如此。

曾敏行卒于淳熙二年（1175），故他所记之事，距今已八百余年。从他所记细节，可以明白无误地断定，曾南仲设计的是标准的赤道式日晷。

上面这段史料，在中国日晷发展史上具有特殊的重要地位，因为它是关于中国赤道式日晷最早的确切记载。

至于通常所说的两具“秦汉日晷”，一具是原清朝宗室端方的收藏品（现藏中国历史博物馆），另一具是1932年出土于河南洛阳金村（现藏加拿大安大略皇家博物馆），虽经中外学者反复研究讨论，对它们的用途和用法都仍未取得一致意见。但它们不是赤道式日晷这一点基本上可以肯定。

古代中国人很早就知道用“表”，即一根垂直竖立的杆来测定方向，也可以测定特定的时刻，比如正午等。《诗经·大雅·公刘》篇有“既景乃岗，相其阴阳”之句，说的是立“表”以定方位，这是大约公元前15世纪时之事，距今已有约3500年。

从“表”到日晷，有一个逐渐过渡的过程。“表”如果配上地面适当的刻度划分，就可以成为一个地平式日晷。然而地平式日晷的刻度需要用到投影几何知识——这恰恰是中国古代所欠缺的。而赤道式日晷尽管安装比较复杂，但在刻度上则相对简单。故中国古代流行赤道式日晷，是很自然的。

日晷在古代用来测定时间，但因必须利用日影，故不能全天候使用。随着其他计时工具的出现和普及，日晷的实用价值逐渐减小，而装饰、摆设和把玩的用途逐渐占据主要地位。比如现在我们在北京故宫，以及某些道观、庙宇中所见的日晷，就是装饰性质的——当然有的也可以大致测定时间。

在世界许多古老文明中，研究“时间”这个主题，往往会和宇宙、天地、鬼神等宏大的主题发生直接或间接的联系。上面谈到的两具疑为秦汉日晷的装置，其上都有一种特殊的纹样，也早就引起了中外学者这方面的猜测。在现代城市和建筑中，各式各样的日晷往往被用来点缀景观，烘托人文气氛。这些日晷在设计原理、制造工艺等方面往往争奇斗艳，各极智巧。也许，这种远古的联系，仍在设计者的潜意识中起着作用？

所以日晷向来就是一种自然科学和人文学术相互渗透的特殊器物。

本校吴振华教授，饱学之士也。于本业之余，对日晷情有独钟，在日晷设计原理、制造工艺等方面皆有深湛研究。本校徐汇、闵行两校区中之日晷，皆出其手，使得校园景观生色不少。吴教授最近撰成《日晷设计原理》一书，即将出版。据我所知，这将是第一本中国学者撰写的日晷专著。遥想八百余年前曾设计赤道式日晷之曾南仲，若泉下有知，见此书必先有“吾道不孤”之喜，次有“后来居上”之叹也。爰为短序，用志其事。

2000 年 11 月 5 日

于上海交通大学科学史系

（《日晷设计原理》，吴振华著，上海交通大学出版社，2001年）

科　幻

穆蕴秋《地外文明探索研究》序

老僧在山门外捡到一个孩子，见这孩子“根骨奇佳”，是练武的好苗，于是少年在寺中长大，老僧将自己的武学倾心相授，少年天资聪颖，刻苦用功，遂成一代高手……这是中国传统武侠故事中的一种典型桥段。

非常奇特的是，穆蕴秋来到我门下的故事，居然与上述桥段异曲同工。

却说十二年前，有某部级央企的一位老总，向时任上海交通大学党委书记王宗光教授表示，他自己身历中国当代造船事业发展的峥嵘岁月，常多感慨，所以很想在交大带一个研究生，研究中国当代造船工业史。王书记对他的想法相当欣赏，就来找我商量，看如何办理为好。我向她建议，可先在上海交通大学科学史系通过该老总的研究生导师资格审查，然后让该老总以兼职导师的身份在本系带一名研究生，该研究生的学籍则仍归上海交通大学管理，以求规范。王书记认为这样办很好，遂安排下去如法操作，穆蕴秋就是作为该老总的研究生，来到我们科学史系的。

不过我知道，该老总这种身份的人士，常有身不由己之处，况且在交大带研究生又非本职工作，一忙起来就会顾不上了。所以在确定研究生导师时，为保险起见，穆蕴秋就需要有一个“第二导师”，而这种“第二导师”最终很可能会“有实无名”，因而当时我表示，就让我来当她的第二导师吧。

从后来的情形看，我还真有一点先见之明。该老总事过境迁，很可能就将在交大兼职带研究生之事忘记了——他甚至没让自己获得一次和穆蕴秋见面的荣幸。就这样，穆蕴秋被我“捡”进了师门。她本科就是交大毕业的，读研两年后她申请提前攻读博士学位，获得批准，从此正式成为我指导的博士研究生。

穆蕴秋初来本系，不显山不露水，就是一个挺安静的小丫头，臻臻至至和同学们一起上课学习。但是过了几年，特别是开始攻读博士学位以后，她身上那些优秀素质就不由自主地逐渐显露出来了。

第一次是我受邀为某学术期刊组织稿件，让她写一篇小习作试试，这篇文章她写得中规中矩，给我的感觉不错。当我下一次为另一学术期刊组织稿件时，就让她正式写一篇论文，她按时交来，这次让我眼前一亮，顿生“孺子可教”之感。后来她对我谈此事的体会，说老师让我干活，我感到这是一个机会，应该好好把握，所以就停下了手中其他事情，全力以赴完成这篇论文。

我后来发现，穆蕴秋在学术上既有悟性，又肯用功，逐渐表现出远远超出许多男生的“力战”风格，让我刮目相看。另一方面，她又很有主见，而且非常懂事——敢于信任值得信任的人，知道在正确的时间做正确的事，所以在学术上迅速成长起来。2010年她在上海交通大学科学史系通过博士论文答辩，主持答辩的是中国科学院上海天文台前台长、著名天文学家赵君亮教授。穆蕴秋获得博士学位后，又经过两年博士后工作，最终成为我们科学史与科学文化研究院（由科学史系升格而来）青年教师中的一员。

大约从2004年开始，我尝试耕种一小块“学术自留地”——后来我给它定名为“**对科幻的科学史研究**”。穆蕴秋的论文《科学与幻想：天文学历史上的地外文明探索研究》是这个方向上的第一篇博士学位论文。

最初我耕种这块小自留地，只是因为积习难改，什么事情都想和“学术”联系起来，看科幻电影和科幻小说也不例外。后来搞得比较认真了，就开始思考一些相关的理论问题。

一方面，在我们以往习惯的观念中，科幻作品经常和“儿童文学”“青少年读物”联系在一起。例如，就连刘慈欣为亚洲人赢得了首个雨果奖的作品《三体》，它的英文版发布会居然是在上海一个童书展上举行的。这使得科幻作品根本不可能进入传统的科学史研究范畴之内。科学史研究者虽然饱受来自科学界或科学崇拜者的白眼（许多人想当然地认为科学史研究者因为“搞不了科学才去搞科学史”），但他们自己对科幻却也是从来不屑一顾的。

另一方面，在科学史研究中，传统的思路是只研究科学历史上“善而有成”的事情，所以传统科学史为我们呈现的科学发展历程，就是一个成就接着另一个成就，从一个胜利走向下一个胜利的辉煌历史。而事实上，在科学发展的历史中，除了“善而有成”的事情，当然还有种种“善而无成”“恶而有成”以及“恶而无成”的事情，只不过那些事情在传统科学史中通常都被过滤掉了。出于传授科学知识的方便，或是出于教化的目的，过滤掉那些事情是可以理解的，但这当然并不意味着那些事情就真的不存在了。

还有第三方面，“科学幻想”也并不仅限于写小说或拍电影，科学幻想还包括极为严肃、极为“高大上”的学术形式。例如，在今天通常的科学史上大名鼎鼎的科学家们，开普勒、马可尼、高斯、洛韦尔、弗拉马利翁……都曾非常认真地讨论过月亮上、火星上甚至太阳上的智慧生命，设计过和这些智慧生命进行通讯的种种方案。以今天的科学知识和眼光来看，这些设想、方案和讨论，不是臆想，就是谬误，如果称之为“科学幻想”，简直就像是在抬举美化它们了。然而，这些设想、方案和讨论，当年都曾以学术文本的形式发表在最严肃、最高端的科学刊物上。

穆蕴秋的博士论文，恰恰就是将天文学史上这些在今天看来毫无疑问属于“无成”的探索过程挖掘了出来，重现了出来，并在此基础上，深入分析了这些“无成”之事后面的科学脉络和历史背景。她以惊人的勤奋和毅力，通过天文学史上一个个鲜活生动的案例，揭示了这样一个事实：在科学发展过程中，“科学幻想”和科学探索、科学研究之间的边界，从来都是开放的。或者可以说，“科学幻想”和科学探索、科学研究之间，根本不存在截然分明的边界。

所以，我们得出了这样一个结论：**科学幻想不仅可以，而且应该被视为科学活动的一部分**。我们在《上海交通大学学报》第20卷第2期（2012年）上联名发表了题为“科学与幻想：一种新科学史的可能性”的论文，集中阐释了这一结论及其意义。

穆蕴秋的博士论文，以及她近年与我合作的十多篇学术论文，又具有十分强烈的“示例”作用。这些论文表明，一方面，将科幻纳入科学史的研究范畴，就为科学史研究找到了一块新天地，科学史研究将可以开拓出一片新边疆；另一方面，将科学史研究中的史学方法、社会学方法引入科幻研究，又给科幻研究带来了全新的学术面貌。

想到“对科幻的科学史研究”本来只是一个有点“野狐禅”的念头，但在我们的共同努力下，居然初见成效，前不久我和她联合署名的学术文集《新科学史：科幻研究》已经由上海交通大学出版社出版，现在《地外文明探索研究》又接踵问世，我当然更乐见其成，爰为此序，略述所感，权当绿叶，以衬红花。

2016年1月16日

于上海交通大学科学史与科学文化研究院

（《地外文明探索研究》，穆蕴秋著，上海交通大学出版社，2016年）

《*Nature* 杂志科幻小说选集》导读

——兼论 *Nature* 杂志与科幻的百年渊源

江晓原　穆蕴秋

神话里的童话

英国的《自然》(*Nature*)杂志创刊于1869年，百余年来，它成为一个科学神话，被视为“世界顶级科学杂志”。它在中国科学界更是高居神坛，甚至流传着“在《自然》上发表一篇文章，当院士就是时间问题了”之类的说法。据2006年《自然》杂志上题为《现金行赏，发表奖励》(“Cash for papers: putting a premium on publication”, *Nature* 441, 792)的文章说，当年中国科学院对一篇《自然》杂志上的文章给出的奖金是25万元人民币，而中国农业大学的类似奖赏高达30万元人民币以上，这样的“赏格”让《自然》杂志自己都感到有点受宠若惊。而在风靡全球的“刊物影响因子”游戏中，《自然》遥遥领先于世界上绝大部分科学杂志——2013年它的影响因子升到40之上。

然而，在这样一个科学神话中，也有不少常人意想不到，甚至匪夷所思的事情，不妨称之为“童话”，下面就是这类童话中的一个：

2005年，“欧洲科幻学会”将“最佳科幻出版刊物”(Best Science Fiction Publisher)奖项颁给了《自然》杂志！一本“世界顶级科学杂志”，怎会获颁“科幻出版刊物”奖项？在那些对《自然》顶礼膜拜的人看来，这难道不是对《自然》杂志的蓄意侮辱吗？《自然》杂志难道会去领取这样荒谬的奖项吗？

但事实是，《自然》杂志坦然领取了上述奖项。不过《自然》科幻专栏的主持人亨利·吉(Henry Gee)事后说过一句很有意思的话：颁奖现场“没有一个人敢当面对我们讲,《自然》出版的东西是科幻”。

等一下！有没有搞错——《自然》杂志上会有科幻专栏吗?

真的有，而且是科幻小说专栏!

从1999年起,《自然》新辟了一个名为“未来”（*Futures*）的栏目，专门刊登“完全原创”、并且“长度在850—950个单词之间的优秀科幻作品”，该栏目持续至今。专栏开设一周年的时候，就有7篇作品入选美国《年度最佳科幻集》(*Year's Best SF*)，而老牌科幻杂志《阿西莫夫科幻杂志》(*Asimov's Science Fiction*）和《奇幻与科幻》(*F & SF*)，这年入选的分别只有2篇和4篇。2006年《自然》杂志更是有10篇作品入选年度最佳。

这部短篇小说选集，就是上面这个童话的产物。

类似的童话还可以再讲一个:

不只是科幻小说,《自然》对科幻电影也有着长期的、异乎寻常的兴趣。

2013年的科幻影片《地心引力》(*Gravity*）热映，2013年11月20日,《自然》杂志于显著位置发表了《地心引力》的影评，称它“确实是一部伟大的影片”。这篇影评让许多对《自然》杂志顶礼膜拜的人士感到“震撼”，他们惊呼:《自然》上竟会刊登影评？还有人在微博上表示:以后我也要写影评，去发*Nature*！一家具有全国性影响的报纸也称《自然》杂志“从无影评惯例”。于是这篇平心而论乏善可陈、几乎没有触及影片任何思想价值的影评，被视为一个异数。

然而，这个“异数”对于《自然》杂志来说，实属“不虞之誉”——因为《自然》杂志不仅多年来一直有刊登影评的“惯例”，而且有时还会表现出对某些影片异乎寻常的兴趣。例如对于影片《后天》(*The Day After Tomorrow*，2004),《自然》上竟先后刊登了3篇影评。更能表现《自然》刊登影评“惯例”之源远流长的，可举1936年的幻想影片《未来事件》(*The Shape of Things to Come: the Ultimate Revolution*)，根据科幻作家威尔斯（H. G. Wells，1866—1946）的同名小说改编，属于“未来历史”故事类型中最知名的作品。《自然》对这部作品甚为关注，先后发表了两篇影评，称其为“不同凡响的影片”。

多年以来,《自然》一直持续发表影评，到目前为止评论过的影片已达20部，其中较为著名的有《2001：太空奥德赛》《侏罗纪公园》《接触》《X档案》《后天》《盗梦空间》等，甚至还包括在中国人观念中纯属给少年儿童看的低幼动画片《海底总动员》！仅这20部在《自然》上被评论的电影——注意影评的篇数明显更多，因为不止一部影片获得过被数次评论的“殊荣”，还远远不足以表明《自然》杂志与科幻之间的恩爱程度。《自然》杂志对科幻电影所表现出来的浓厚兴趣，对那些在心目中将它高高供奉在神坛上、尊其为“世界顶级科学杂志”的人来说，完全彻底超乎想象。

作为必要的相关知识背景，在这里考察一下著名科幻作家、反思科学主流的标志性开创者威尔斯与《自然》杂志的奇特渊源，应该是不无益处的。

过去一个多世纪中，威尔斯或许可以算世界上最知名、作品传播范围最广、影响最大的科幻作家，他在科幻历史上占有无可争议的地位，而且他还广泛涉猎其他领域。相当出乎现今学术界及公众想象的是，威尔斯和英国著名科学杂志《自然》之间，有着长达半个世纪的深厚渊源。这种渊源前人极少关注，而且很可能在《自然》杂志现今风格的形成过程中，产生过关键性的影响。

威尔斯的资深研究者帕丁顿（J. S. Partington）编过四部和威尔斯有关的文集，其中《〈自然〉杂志上的威尔斯》（*H. G. Wells in Nature, 1893-1946: A Reception Reader*，2008），跨越“科学史”和“科幻”两个领域，收录了《自然》杂志上与威尔斯相关的文章66篇——这个数量在《自然》杂志历史上是极为罕见的。该书出版后，国际科学史界最权威的杂志《爱西斯》（*Isis*）和科幻领域的杂志《科幻研究》（*The Study of Science Fiction*）都发表书评做了介绍。

而实际上，《自然》杂志刊登与威尔斯相关的文章还不止66篇之数，这些文章大致可分成三类：

第一类是威尔斯在《自然》杂志上署名发表的文章，共计26篇，《〈自然〉杂志上的威尔斯》只收录了其中的13篇。这些文章涉及生理学、心理学、植物学、人类学、通灵术等，也包括现今意义上的“科普”和科学社会学性质的文章。

第二类是《自然》杂志上对威尔斯40部著作的36篇评论（有时数部作品合评），这些威尔斯著作包括科幻作品11部、政治作品14部、历史及传记作品5部、经济作品2部和一般的小说及文集4部。

第三类是涉及威尔斯的文章，共17篇，包括社会活动、“科普”、政治观点、文学创作等，以及一篇讣告。

上述三类文本时间跨越半个多世纪，从1893年至1946年威尔斯去世。威尔斯去世后《自然》杂志对他的关注也没有终结，后来至少还发表过两部他个人传记的评论。威尔斯与《自然》杂志渊源之深，作品在《自然》杂志上发表如此之多，《自然》杂志对他作品又关注评论如此之勤，这是现今世界上任何人都难以企及的。

让我们开玩笑地设想，要是在现今的中国，仅仅26篇发表在《自然》杂志上的文章，按照前面提到的中国科学院的“赏格”，威尔斯就至少可以得到26×250000=6500000（650万元）人民币的奖金。至于院士，他恐怕可以当选好几回了吧？

边缘上的主流

科幻在中国，基本上还处在小圈子自娱自乐的状态中，在西方发达国家，情形可能稍好一些，但它在文学领域一直处于边缘，从未成为主流；若与科学相比，当然更是大大处于弱势地位。在这种情形下，《自然》杂志开设科幻小说专栏，对科幻人士无疑是一种鼓舞，他们很愿意向外界传达这样一个信息：科幻尽管未能进入文学主流，却得到了科学界的接纳。于是在极短时间内，它就汇集了欧美一批有影响力的科幻作家，《自然》“未来”专栏隐隐有成为科幻重镇之势。

不过，科幻虽然在文学和科学两界都屈居边缘，在它自己的领域里，当然也有主流和边缘之分，这主要是从创作的思想纲领，或者说作品所表现出来的思想倾向而言的。从19世纪末开始，儒勒·凡尔纳（Jules Verne，1828—1905）那种对科学技术一厢情愿的颂歌走向衰落，以威尔斯的一系列影响深远的科幻创作为标志，主流的科幻创作就以反思科学、揭示科学技术的负面价值、设想科学技术被滥用的灾难性后果为己任了。这种主流倾向在科幻小说和科幻电影中都有极为充分的表现，该倾向最明显的特征之一，就是在19世纪末年以来较有影响的科幻作品中，几乎找不到任何光明的未来世界。从这个角度来观察这部《*Nature*杂志科幻小说选集》，我们可以看到它再次证实了上述反思科学的科幻创作主流。

在这部小说选集的英文原版中，编者亨利·吉——他正是《自然》杂志“未来”专栏的现任主持人——并未对入选的小说进行主题分类。现在中译本的十个主题，是笔者将66篇小说分类归纳并重新编排的结果。

第一个主题“未来世界·反乌托邦”，其下有15篇作品。在一个多世纪以来反思科学的科幻创作主流中，反乌托邦是非常重要的表现手法之一。基本套路是，通过表现黑暗、荒诞的未来世界和社会——这样的社会总是由高度发达的科学技术催生和支撑的，来展示科学技术被过度滥用的严重后果。在这15篇作品中，未来的高科技社会正是如此：性、爱、学术等都发生了畸变，个人隐私荡然无存，身份会轻易被窃取，高超的技术手段摧毁了真实的艺术。许多我们此刻正在热烈讴歌的新技术，比如3D打印之类，都引发了荒谬的后果。有的作品则让人直接联想到著名的反乌托邦影片《巴西》（*Brazil*，1985，又译《妙想天开》）。类似去年国内流行的因儿孙在饭桌上只知低头摆弄手机而导致老人拂袖而去的故事场景，也出现在这个单元的作品中。即使在个别作品对技术的乐观想象中，人类的精神也是空虚的。有的作品甚至干脆让人类灭亡了。

第二个作品较多的主题“机器人·人工智能”，包括11篇作品。本来这个主题很容易催生对未来科学技术的乐观想象，但在反思科学的主流纲领指导下（对作家个人而言，接受这个纲领的指导可以是自觉的，也可以是不自觉的），这个单元的作品完全没有出现这样的乐观想象。相反，当政客和演员都可以由机器人取代时，荒诞的场景就难以避免了；有不止一篇作品让人直接联想到科幻影片《西蒙妮》（*Simone*，2002）。人和机器人的界限一旦模糊了，机器人的“人权”问题就会提上议事日程。而当机器人介入体育竞赛之后，人类的体育运动就难免走向终结。已经让一部分人欣喜若狂，同时让另一部分人恐惧万分的所谓“奇点临近”——预言2045年电脑芯片植入人体、人机结合的技术突破将导致人工智能超常发展的前景，当然也得到了某些作者的青睐。

接下来的三个主题，“脑科学”有3篇作品，“克隆技术”有2篇作品。想象了用脑手术惩罚罪犯、读心术、超级计算机智能操控人脑的情形。正如我们所预料的，作品中出现了对克隆技术滥用导致的荒诞前景的想象。“永生·吸血鬼”是一个中国读者相对不熟悉的主题。之所以将吸血鬼归入这一主题，是因为在西方的吸血鬼故事中，吸血鬼通常都是永生的。这个主题的3篇作品隐隐有着某种颓废的气息，这当然与吸血鬼和反乌托邦都很相容——2013年的吸血鬼影片《唯爱永生》（*Only Lovers Left Alive*）特别适合与这3篇作品参照。

第六个主题“植物保护主义”虽然只有两篇作品，却都值得一提。这两篇作品都想象了人与植物进行带有思想感情色彩的沟通。其中《爸爸的小失误》的作者，居然是一个只有11岁的小女孩——那些梦寐以求要在《自然》这家“世界顶级科学杂志”上发表文章的人看了会不会吐血？另一篇则将科学界的尔虞我诈、钩心斗角作为故事的背景。

第七个主题“环境·核电污染”，很自然地出现了对地球环境恶化的哀歌。事实上，当下地球环境持续污染和恶化的现实，必然使得任何作者——无论他或她对当下的科学技术多么热爱——都无法对未来作出任何乐观的想象。其中，《切尔诺贝利的玫瑰》当然是涉及核电污染的作品。

第八个主题“地外文明”，是科幻作品的传统主题，这个主题下有7篇作品。其中不出所料地出现了对火星的想象，对更为遥远的外星文明的想象，有的作品还表现了对外星文明的戒心。值得一提的是《被拒绝的感情》，这篇小说采用了“虚拟评论”的形式——表面上是对一部作品的评论，而实际上这部被评论的作品并不真实存在。《*Nature* 杂志科幻小说选集》中有几篇作品都采用了这种方式（比如那篇《最后被解放的普罗米修斯》）。这种方式曾被波兰著名科幻作家斯坦尼斯拉夫·莱姆（Stanislaw Lem，1921—2006）初版于1971年的短篇小说集《完美的真空》全面使用。这种“虚拟评论”形式的好处是，既能免去构造一个完整故事的技术性工作，又能让作者天马行空的哲学思考和议论得以尽情发挥。

第九个主题“时空旅行·多重宇宙”也是科幻的传统主题，这个主题下有3篇作品。其中想象了跨时空的犯罪行为，想象了在多重宇宙中的“分身”，也想象了这种技术普遍采用之后的荒诞前景。但基本上没能超出十多年间的两部科幻影片《救世主》（*The One*，2001）和《环形使者》（*Looper*，2012）的想象范围。

最后，第十个主题“未来世界·科技展望”之下，又有多达16篇作品，这当然是因为将一些不易明确归类的作品都放入其中了。这里既有着一般的对未来科学技术的想象，比如生物技术、飞行设备、城市交通管理之类，也有对诸如世界的不确定性、人类的进化等的哲学讨论。作者们想象了药物对爱情的作用（《爱情药剂》），也想象了对生命的设计（《我爱米拉：一次美丽的遭遇》）。有一篇小说中的某些情景让人联想到科幻影片《超验骇客》（*Transcendence*，2014）。这个单元的最后几篇作品，是对未来某些技术的想象片段，也可以说是“凡尔纳型”的作品。不过第65篇《取之有道》，在看似单纯幼稚的故事叙述背后，也可能暗藏着反讽——只是如果真有的话，这点反讽也太隐晦了。

娱乐中的科学

一本科学界心目中的“世界顶级科学杂志”，却荣膺了欧洲“最佳科幻出版刊物”，如此巨大的反差，其实却是大有渊源的——《自然》杂志与科幻的不解之缘，是该杂志最初两任主编遗留下来的传统，也可以说就是这本杂志的遗传因子。

1869年，天文学家诺曼·洛克耶（Norman Lockyer，1835—1920）成为《自然》杂志首任主编，他在这一职位上长达五十年之久。洛克耶在欧洲天文学界的名头，主要来自他通过分析日珥光谱推断出新元素“氦”的存在。除了专职进行太阳物理学前沿研究，和许多科学家一样，他晚年对科学史萌生了浓厚兴趣，在《自然》上发表了大量这方面的文章。

《自然》杂志最早的科幻源头，可以追溯到洛克耶1878年为凡尔纳英文版科幻小说集写的书评。在那篇书评中，洛克耶认为凡尔纳小说最具价值的地方，在于能够准确向青少年传授科学知识。然而与洛克耶的看法相反，在一些文学人士眼中，凡尔纳的科幻作品恰恰因为单纯追求科学知识的准确性，但缺乏思想性，所以品位不高。比如博尔赫斯（J. Borges，1899—1986）评价说："威尔斯是一位可敬的小说家，是斯威夫特、爱伦·坡简洁风格的继承者，而凡尔纳只是一位笑容可掬的勤奋短工。"

继洛克耶之后，《自然》杂志的第二任主编格里高利（R. Gregory，1864—1952）同样对科幻保持着浓厚兴趣。格里高利与威尔斯早年是伦敦科学师范学院的同学，成名后一直保持着友谊，他曾在《自然》上为威尔斯的四部科幻小说《奇人先生的密封袋》《旅行到其他世界：未来历险记》《世界之战》《插翅的命定之旅，关于两颗星球的故事》撰写过书评。格里高利还在《自然》杂志上发表过大量对科学技术进行反思的文章，其中一些观点在今天看来也很具启发意义，比如他认为："科学不能和道德相剥离，也不能把它作为发动战争和破坏经济的借口。"

如今《自然》被中国科学界视为"世界顶级科学杂志"，但这种"贵族"形象背后的真实情形究竟如何呢？看看威尔斯晚年的遭遇，或许有助于我们获得正确认识，进一步了解《自然》究竟是一本怎样的杂志。

年过70之后，威尔斯向伦敦大学提交了博士论文并获得了博士学位——《自然》杂志居然刊登了这篇论文的节选。以提出"两种文化"著称的斯诺（C. P. Snow，1905—1985）认为，这是威尔斯"为了证明自己也能从事令人尊敬的科学工作"。一些和威尔斯交好的科学人士，如著名生物学家、皇家学会成员赫胥黎（Sir J. Huxley，1887—1975），曾努力斡旋推举他进入皇家学会，但结果未能如愿。这件事成了晚年困扰威尔斯的心病。1936年，他被推举为英国科学促进会教育科学分会主席，但这也"治愈"不了他，他认为自己从未被科学团体真正接纳。

斯诺曾提到皇家学会拒绝威尔斯的理由："皇家学会当前只接受从事科学研究或对知识做出原创性贡献的人士为会员。威尔斯是取得了很多成就，但并不符合可以为他破例的条件。"前面已经提到，仅威尔斯本人就在《自然》杂志上发表了26篇文章，但这些文章显然并没有被英国皇家学会承认为"科学研究或对知识做出原创性贡献"的成果。换言之，威尔斯并没有因为在《自然》杂志上发表了这么多文章而获得"科学人士"的资格。

从实际情形来看，皇家学会对威尔斯个人似乎并无偏见，因为即便是为威尔斯抱不平的斯诺，也持同样观点——斯诺为威尔斯辩护说：皇家学会一直实行推选制，被推选的人中不乏内阁大臣和高官，甚至就在威尔斯落选前两三年，还有多名政客高官入选。斯诺因此替威尔斯叫屈："这些非科学人士为国家作出过杰出贡献，当然没错；他们当选是荣誉的象征，实至名归；但问题是，他们都行，为什么威尔斯不行？"斯诺明确指出非科学人士也可入选英国皇家学会，他想要争取的只是让威尔斯享有和其他杰出非科学人士的同等待遇。

按照学术界通行的规则，寻求被同行接纳的最有效方式，就是在正规学术期刊上发表论文提供自己的成果和观点。但是，被《自然》杂志"宠爱"了半个多世纪的威尔斯，却始终未能获得英国主流科学共同体的接纳。这只能说明，《自然》杂志在英国学界眼中长期被认为只是一份普通的大众科学读物——就是我们今天所说的"科普读物"。这样的刊物在西方人心目中，是需要娱乐大众的，而不是扮演许多迷信《自然》杂志的人想象的所谓"学术公器"。所以在科普读物上发表文章，无论数量、质量和社会影响达到怎样的程度，对于提升作者在科学界的学术声誉都几乎毫无作用。

华贵下的平庸

宋人刘克庄《贺新郎·席上闻歌有感》下阕有句云："主家十二楼连苑，那人人、靓妆按曲，绣帘初卷。道是华堂箫管唱，笑杀街坊拍衮！"这首词表面上是说一个富有艺术修养且志行高洁的歌伎被纳入豪门，却没想到豪门中的歌舞竟是十分低俗。说老实话，在读这部《*Nature* 杂志科幻小说选集》时，我脑子里竟数次冒出刘克庄上面的贺新郎词句——若教那些在精神上跪倒在《自然》杂志面前的人知道了，非指斥我煮鹤焚琴亵渎神圣不可。

脑子里不由自主冒出刘克庄的词句，当然是因为这些小说实际上都相当平庸。

在《自然》杂志上发表短篇小说的作者，可以分成三类：

第一类是专职科幻作家。其中包括克拉克（A. C. Clarke）、爱尔迪斯（B. Aldiss）、女作家勒奎恩（U. K. Le Guin）、欧洲科幻“新浪潮”代表人物莫尔科克（M. Moorcock）等科幻界元老。中青代科幻作家中则有文奇（V. Vinge）、索耶（R. J. Sawyer）、拜尔（G. Bear）、阿舍（N. Asher）等知名人士。他们占据了这部《*Nature*杂志科幻小说选集》作者中最大的部分。

第二类是写作科幻的科学人士，他们通常已经在科学界有了一些名声和地位。尝试科幻创作最成功的，有加利福尼亚大学物理天文学系的本福特（G. Benford）和NASA的天文学家兰迪斯（G. A. Landis），而生物学家科恩（J. Cohen）和数学家斯图尔特（I. Stewart）则既在《自然》上发表学术论文，也发表科幻小说。

第三类是业余科幻作者，比如业余的科学爱好者，某些文人以及记者、编辑，包括《自然》杂志的一些编辑。某些不以科幻写作为业的作家，还有上面提到的那个11岁的小女孩，也可以归入这一类。

按理说，这样的作者阵容，作品应该不至于太平庸。何况这些小说发表在“世界顶级科学杂志”上，总要和这华丽高贵的身份大致相符，总该有点“高大上”的光景吧？但事实上，这些作品从小说艺术的角度来说，普遍乏善可陈——相信阅读了本书中小说的读者都会同意这一点。这是为什么呢？

我们分析，一个非常重要的原因，是《自然》杂志对小说篇幅的刚性限制——每篇只能有850—950个英文单词。在这样短小的篇幅中，塑造人物性格通常是不可能的。就是想渲染一点气氛，或者别有用意地描绘一下某种场景，也必然惜墨如金，点到为止。如果试图表现稍微深邃或抽象一点的思想，对于绝大部分作者来说恐怕只能是“Mission Impossible”了。

也许有读者会想：既然这些小说都很平庸，艺术上乏善可陈，那你们为什么还翻译出版它们呢？

我们的回答是：恰恰因为它们平庸，所以才更值得翻译！

首先，如果这些发表在《自然》杂志上的小说篇篇精彩，那这件事情本身就相当“平庸”了，也许我们反而没有兴趣翻译它们了——那就留给那些跪倒在《自然》面前的人去讴歌、去赞美吧。但现在的情形是，在“世界顶级科学杂志”上，刊登了一大堆平庸的小说，这件事情本身就很不“平庸”了，所以才值得我们为它耗费一些时间精力，将这些小说翻译出来，让公众有更多的机会领略一番这些以前被许多人糊里糊涂捧入云端的“华堂箫管”究竟是何光景。

其次，从正面来说，这些科幻小说的另一个重要价值，是让我们可以从中领略到国际上科幻创作的反思科学的主流倾向。毫无疑问，这些小说的作者们，绝大部分当然都是深谙主流倾向的，他们当然都努力让自己的写作跟得上时代潮流，而不是“不入流”。我们从这66篇小说中不难看出，在科幻创作中，这个“时代潮流”正是——反思科学。

再次，这部小说选集也可以提供活生生的实证材料，帮助人们了解《自然》杂志究竟是一本什么样的杂志——它肯定和许多对它盲目崇拜的人想象中的大不一样。

关于这部小说选集

翻译这部《*Nature*杂志科幻小说选集》，是我们在进行“*Nature*实证研究”项目时的附带产品。最初只是在全面收集资料时留意到了它，后来发现很有价值，就决定顺手将它翻译出来，与更多的读者共享。

这部选集共收入2007年之前发表在《自然》杂志上的短篇科幻小说66篇（其实编者亨利·吉那篇题为“怀念未来”的前言也可以算一篇科幻作品）。本来亨利·吉编的原版共入选了100篇，但因为上海交通大学出版社只拿到了其中66篇的中译本版权，其余34篇就只好割爱了。那34篇中包括了一些超级大牌作者——比如晚年的阿瑟·克拉克（1917—2008）——的作品，诚为遗珠之憾。

2014年9月10日

于上海交通大学科学史与科学文化研究院

（《*Nature*杂志科幻小说选集》，［英］亨利·吉编，穆蕴秋、江晓原译，上海交通大学出版社，2015年）

《*Nature* 杂志科幻小说选集Ⅱ》序

2015年初，作为我和穆蕴秋博士合作至今的学术自留地“*Nature* 实证研究系列”的副产品之一，我们出版了《*Nature*杂志科幻小说选集》。

我们当时的本意，只是想搞一个“立此存照”性质的东西——因为当我们在论文中指出*Nature*杂志上也有科幻小说和科幻书评影评时，引起了许多精神上长期盲目跪倒在*Nature*杂志面前的人士的震惊。这是由于在他们心目中，*Nature*杂志一直是“国际顶级科学期刊”，那是何等的高端，怎么可能刊登科幻小说这样不“学术”的文本呢？所以我们就将《*Nature*杂志科幻小说选集》翻译给他们看看。

我们出版这部小说选集还有另外一个用意：让那些一直对*Nature*杂志顶礼膜拜的人士领略一下，*Nature*杂志上也有许多平庸的小说——因为这些小说大部分确实乏善可陈。我们为此写了长篇导读（这篇导读还以“*Nature*与科幻百年”为题在《读书》杂志2014年第12期上发表了），系统阐述了我们的有关想法。

没想到这个副产品问世之后，居然也略邀虚誉，进入了一些推荐书目，也获得了一些读者的喜爱和称赏。科幻作家和爱好者们也从另一个角度表示欢迎，例如著名科幻作家韩松评论本书时说：这本书是独一无二的，简直就是一部“奇书”，他认为我们“做了一件出人意料的工作”。这就有点古人说的“不虞之誉”了，当然这也不是什么坏事，所以我和穆蕴秋博士也就笑而受之。

出版社见此情形，当然再接再厉，又买下了《*Nature*杂志科幻小说选集II》的版权，希望我们接着推出。

但随着“*Nature*实证研究系列”的进展，穆蕴秋博士和我都已经没有时间翻译了。正当我寻思着要不要劝说她勉为其难接受翻译时，穆蕴秋博士及时想到了“李代桃僵”之法，她满怀热情地对我说：我们可不可以去找夏笳翻译？

我一想，对呀，找夏笳翻译，实在是一个绝妙的主意！

当时中国一共只有两位作者在*Nature*杂志发表过科幻小说：比较广为人知的是夏笳，因为她在国内科幻圈子中已是成名人物；另一位是李恬。这两位都是才女，而且都有着辉煌的学历：夏笳是北大博士，李恬是清华硕士。

奇巧——或者说有缘——的是，就在几天后，我和夏笳同时出席了深圳的一个会议，而且李恬也在这个会上！

想必《*Nature*杂志科幻小说选集》她们也注意到了，所以我和她们一说翻译的事，两位才女当即答应，事情就这样定下来了。

现在，《*Nature*杂志科幻小说选集II》已经由两位才女翻译完成——可惜她们自己的作品还未来得及出现在其中（估计会出现在《*Nature*杂志科幻小说选集III》中）。

这次的选集包括了95篇短篇小说，仍然由我根据主题重新给它们分成了十大类。不过由于有些小说包含多重主题，这种分类从学理上说未必绝对正确，只是为读者浏览、选读时提供方便而已。

和《*Nature*杂志科幻小说选集》相比，《*Nature*杂志科幻小说选集II》的十大主题没有太大的变化。只是上一集里的“永生·吸血鬼”和“植物保护主义”两个主题，在这一集里消失了，取而代之的是“疾病·药物”和“奇异生物”。

反乌托邦主题的作品在《*Nature*杂志科幻小说选集Ⅱ》中占了最大的篇幅，而科学主义色彩的作品（一味歌颂科学技术）已经绝迹。作者们无论对科学技术有着多么浓烈的兴趣，都不忘记在行文中保持适度的忧虑、反思或反讽。可以这么说，这一集里，虽然大牌作者不如上一集多，但作者们追随反唯科学主义的思想潮流，却是更为自觉了。

2016年9月24日
于上海交通大学科学史与科学文化研究院

（《*Nature*杂志科幻小说选集Ⅱ》，[英]亨利·吉编，夏笳等译，上海交通大学出版社，2017年）

《克莱顿经典·纪念版》总序

迈克尔·克莱顿（Michael Crichton）是我和老友刘兵教授都非常喜欢的作家，我们在《中国图书评论》杂志的对谈专栏中刚刚谈了一期他的小说，谁知迈克尔·克莱顿本人竟于11月4日去世，终年仅66岁。我们的对谈发表时（今年8月），应该正是他缠绵病榻之日，这一巧合似乎也可以解释为“冥冥中自有天意”？

迈克尔·克莱顿1942年10月23日生于芝加哥，最初在哈佛读文学系，后来转入考古人类学系，最后却于1969年在哈佛医学院取得医学博士。然而他似乎并不想以“克莱顿医生”名世，而是很快成为一位畅销书作家。他迄今已经出版了15部畅销小说，最著名的当数《侏罗纪公园》（*Jurassic Park*）、《失落的世界》（*The Lost World*）、《刚果惊魂》（*Congo*）、《神秘之球》（*Sphere*）等，其中13部已被拍成了电影，还没拍电影的那两部，大约是最新的《猎物》（*Prey*）和《喀迈拉的世界》（*Next*）——但从内容看，拍电影或许也只是时间问题。他本人甚至还组建了Film Track电影软件公司。

科幻中向来有所谓“硬科幻”与“软科幻”之分，“极硬”的那种，比如前不久刚去世的阿瑟·克拉克的《太空漫游》四部曲之类，其中想象的未来科学技术细节，以今天科学技术的基础和发展趋势来看，非常符合某种“逻辑上的可能性”。而“极软”的那种，则可以基本上忽略科学技术的细节，也不必考虑“逻辑上的可能性”。

按照这样的标准来看，克莱顿的小说至多只能算“中等偏硬”，但每一部情形也有不同，比如《猎物》中所想象的“纳米集群”这种东西，就比较硬，而《神秘之球》就比较软，新近的作品《喀迈拉的世界》也不算硬。

许多优秀的科幻作家都是“紧跟”科学技术发展前沿的——即使是为了批判和反思，也需要有足够“硬”的准备，才可以服人。克莱顿对科学技术发展前沿一直是相当关注的，当然他也有基本上不涉及科学的作品，比如小说《刚果惊魂》(1980)，据此改编的同名电影也很有名，但其中的科幻色彩却是相当淡的。

迈克尔·克莱顿一直将小说创作和电影结合起来，让它们相得益彰。他很早就开始担任电影编剧，后来自己拍摄影片，甚至担任导演。下面是迄今为止所有与克莱顿有关的影视作品编年一览表(总共22部，其中2部剧集，2部重拍片；一半以上我都看过)：

《人间大浩劫》(*The Andromeda Strain*，1971)，编剧

《交易》(*Dealing: Or the Berkeley-to-Boston Forty-Brick Lost-Bag Blues*，1972)，编剧

《未来世界》(*Westworld*，1973)，导演、编剧

《终端人》(*The Terminal Man*，1974)，编剧

《昏迷》(*Coma*，1978)，导演、编剧

《火车大劫案》(*The First Great Train Robbery*，1979)，导演、编剧

《神秘美人局》(*Looker*，1981)，导演、编剧

《电子陷阱》(*Runaway*，1984)，导演、编剧

《旭日追凶》(*Rising Sun*，1993)，编剧

《侏罗纪公园》(*Jurassic Park*，1993)，编剧

《急诊室的故事》(*ER*，1994)，编剧

《叛逆性骚扰》(*Disclosure*，1994)，编剧

《刚果惊魂》(*Congo*，1995)，编剧

《龙卷风》(*Twister*，1996)，编剧

《失落的世界：侏罗纪公园续集》(*The Lost World: Jurassic Park*，1997)，编剧

《深海圆疑》(*Sphere*，即《神秘之球》，1998)，编剧

《终极奇兵》(*The 13th Warrior*，1999)，导演、编剧

《侏罗纪公园3》(*Jurassic Park* 3，2001)，编剧

《时间线》(*Timeline*，即《重返中世纪》，2003)，编剧

《人间大浩劫》(*The Andromeda Strain*，2008)，编剧

《侏罗纪公园4》(*Jurassic Park 4*，2008)，编剧

《未来世界》(*Westworld*，2009)，编剧

名单中最后两部的编剧，不知克莱顿病中是否来得及完成，但他看不到它们上映是肯定的了。

如果在中国，很难想象一个获得了医学博士学位的人，竟会在影视方面有如此建树。看看这张一览表，再看看迈克尔·克莱顿的受教育履历，对于美国的教育和就业，我们会不会有一个新的感觉和认识？克莱顿本人所受的科学教育中，主要偏重生物医学方面，而物理学等较“精密”的科学成分相对少些，所以写《侏罗纪公园》《猎物》等对他来说更为驾轻就熟。但他也不是不敢涉及时空旅行之类的物理学主题，比如《时间线》(*Timeline*，即《重返中世纪》)。他从一开始就走上了商业小说和影片的成功道路，所以他的小说也可以归入“商业通俗小说”类中。

不过，克莱顿成功的小说中却并不缺乏深刻的思想价值。

在《侏罗纪公园》和《失落的世界》中，对于人类试图扮演上帝角色来干预自然最后却又失控的讽喻和告诫，在此前的幻想作品如《异形》(*Alien*)等当中还能找到先声，但克莱顿将故事安排成在公园中再造恐龙，还是别出心裁的。就是为了娱乐，人类滥用生物工程之类的技术也是危险的。

而到了小说《猎物》中，警世意义则更为明显。在《猎物》中，年轻美貌、聪明能干、野心勃勃的朱丽亚，就是一个玩儿火者，她玩的“火”是一种叫作“纳米集群”的东西，最终这种东西夺走了好几位科学家的生命，也要了朱丽亚的命。如果不是正直的电脑专家杰克（小说中的“我”，朱丽亚的丈夫）出生入死扑灭了失控的“纳米集群”，它们就可能毁灭人类。

在《猎物》想象的未来世界中，“政府”已经退隐到无足轻重的位置，而“公司”则已经强大得几乎取代了政府，经常成为与个人对立的一方。这种现象其实在大量科幻电影和科幻小说中都普遍存在。克莱顿借助他那天马行空的想象力，让“纳米集群”进入朱丽亚体内控制了她，使她时而明艳如花，时而狰狞如鬼，来象征公司这一方的邪恶，以及对金钱的贪欲之害人害己。

优秀的科幻作品，可以借助精彩的故事，来帮助我们思考某些平日不去思考的问题，《神秘之球》就是如此。小说涉及了一个颇为玄远的主题——今天，我们人类，能不能“消受”某些超自然的能力？小说设想发现了一艘三百年前坠落在太平洋深处的外星宇宙飞船，考察队进入之后，怪事迭出，最后发现是飞船中一个神秘的球，能够让进入球中的人获得一种超自然的能力——梦想成真！但是克莱顿用他构想的故事，让考察队幸存的队员们认识到，自己实际上无法驾驭这种超能力，人类更是没有准备好面对这类能力（或技术）。其实《侏罗纪公园》《失落的世界》和《猎物》中也表达了类似的意思。

人类既然目前还无福消受“梦想成真”之类的能力或再造恐龙、“纳米集群”之类的技术，因为我们还未准备好，那么对于其他将要出现或者已经出现的科技奇迹，我们是不是已经准备好了呢？如果对于是否准备好这一点还没有把握，为什么还要整天急煎煎忙着追求那些奇迹呢？为什么不先停下来，思考一下呢？

这也许正是迈克尔·克莱顿那些作品留给我们的最有价值的启示。

2008年11月11日

于上海交通大学科学史系

（《克莱顿经典·纪念版》，[美]迈克尔·克莱顿著，钟仁等译，译林出版社，2008年）

我们还能不能有后天？

——斯特里伯《明日之后》中文版序

常见的是从小说改编为电影，但反过来的情形也是有的，这部小说《明日之后》就是根据同名科幻影片改编的。这类相互改编未必总意味着电影比小说“好看”，而是因为电影和小说是两种无法相互替代的形式。好在这部小说对电影情节可以说是亦步亦趋，套用我们谈论从小说改编的电影时常用的话头，就是“相当忠实于原著”。

去年海啸发生，据报道死亡人数达25万之多，堪称近年罕见的自然灾难。灾难突发时，人们逃生之不暇，很难在这样性命交关的时刻去摄影或录像（这些设备发明之前当然更不用提了）。到了事后，死亡者自然无法再向人们述说所见的景象，生还者虽然可以根据当时的印象有所追述，但这种追述也不可能准确——早就有心理学方面的实验证明，人们在匆促间所见的情形，事后追述起来误差极大。

海啸而外，地震、洪水、飓风等自然灾害，也都有同样的问题。也就是说，人类如实记录剧烈自然灾难的真实图景的机会，其实是很少的。

既然如此，每当我们看到或听到关于海啸、地震、洪水、飓风之类的报道时，我们除了在报纸、杂志上看到的受灾图片，或是在电视上看到的劫后景象——这些都是比较容易在事后得到的——之外，脑海里还会浮现出什么图景呢？

我曾经拿这个问题问身边的一些人，答案当然各不相同。有人首先浮现在脑海里的是先前在一些绘画作品中看到的图景，有人则因对一册讲灾难时逃生技巧的书印象深刻，脑海里总是先浮现各种逃生场景，……不过，稍一思索之后，多数人都会同意，如今，我们脑海中关于剧烈自然灾难的图景，主要来自电影。

那些灾难片、幻想片，依靠编剧导演的想象力，依靠电影特技，如今更有电脑特技，向观众展现了各种自然灾难的图景，有机会在中国上映的如《龙卷风》（*Twister*）、《明日之后》（*The Day after Tomorrow*）等，都给人留下了深刻印象，也启发了观众的想象力。有朋友对我说，这次海啸死了这么多人，使我觉得像影片《明日之后》里所展现的那类灾难图景，也真的有可能出现啊！

这位朋友的感叹，倒使我想起了一个问题。我注意到，我们好像没有国产的灾难片（或许也拍过，但以我记忆所及，至少没有公映过），也没有这种主题和情节的小说。这个品种在我们这里可以说是空白。这在以前是可以理解的——拍这样的片子、写这样的小说，有“给社会主义新中国脸上抹黑”之嫌，谁敢找死？但是如今已经改革开放三十年了，这类禁区应该早就不存在了，然而这个空白依旧是空白，这就不能还用“禁区”之类的说法来解释了，应该另有原因。

首先，一个可能的原因是技术水平不够。驾驭这种题材，本来就不是容易的事情，但是我们的技术水平之所以不够，主要是因为我们长期以来一直扼杀想象力。而且，在扼杀想象力这件事情上，我们一直“从娃娃抓起”——从小就不许孩子们胡思乱想，从小就只准按照标准答案回答问题。所以我们的幻想电影（灾难片也可以包括在内）一直拍不好——其实从来也没有好好拍过。

其次，电影这玩意儿也已经有点“赢家通吃”的状态了——好莱坞的电影就有点像微软的视窗（Windows），人家已经拍出了许多灾难片、幻想片，形成了相当高的标准，你再来邯郸学步，就很难被观众接受。况且如今你即使有了比视窗更好的操作系统，也未必能够取代它。在如今“全球化”的大背景下，对于已经进入“看碟时代”的中国电影观众来说，还依靠“我们终于有了自己的……”之类的套话，通常也不会有什么号召力了。

但是写灾难题材的幻想小说，按理应该不会受到上述两种原因的约束，我想现在应该有人开始尝试了吧。

早先，科幻电影和小说被认为只是给“小朋友们”看的玩意儿，至少在我们这里是如此。也许现在情形好了一点，但科幻作品还是经常被科学家嗤之以鼻。政治家们通常也不会让电影或小说来影响自己的政策。不料影片《明日之后》却引起了轩然大波。首先它得到了科学界的重视——哪怕就是批评，也是重视。许多科学家出来发表评论。2004年4月，美国国家宇航局（NASA）甚至给戈达德航天中心的科学家和各级官员发了一份内部紧急邮件，其中说：“宇航局任何人都不许接受与这部影片相关的采访，或作出任何评论，任何新闻单位欲讨论有关气候变迁的科幻电影及科学事实，只能同与宇航局无关的个人或组织联络。”给人的感觉是这一次科学界无论如何不能不重视了。

另一方面，环境保护人士当然从这部影片的热映中大受鼓舞，他们欣喜地看到，这部影片已经促使环保观念大大深入人心。就连政治家也不能不有所反应，美国前副总统戈尔在电影发布仪式的同时举行了一个环保集会，他表示：“尽管不像电影中描述的那样惨烈和迅速，但地球的环境确实正在遭受严重的、难以弥补的创伤。”

《明日之后》的故事框架，有一定的科学根据。简单地说是这样：地球上冷暖气候之所以能够保持稳定，很大程度上与“温盐环流”有关，所谓“温盐环流”，是指原先在北大西洋格陵兰岛附近，寒冷而盐度较高的海水因为较重而下沉，形成向南的深海海流；与此同时为了补充下沉海水，南方的温暖海水被拉向北大西洋，形成暖流，而正是暖流给欧洲高纬度地区带来温暖的气候。

《明日之后》的故事是这样展开的：由于全球气候变暖，北极冰层融化后流入大西洋，导致海水稀释变淡，使得“温盐环流”停止流动。于是一系列可怕的后果出现了：海洋温度急剧下降，威力骇人听闻的飓风将高纬度地区的冷空气迅速空降南下，再加上海啸和大冰雹，北半球发达地区转瞬变成酷寒的人间地狱——地球上又一次冰河期突然降临了。

按照古气候学家的意见，在过去九十万年中，地球大约每隔十万年左右会出现一次冰河期。但对于下一个冰河期何时到来，有两种截然不同的判断：一种认为“马上就要到来”，而且会持续约五万年之久；另一种判断则认为下一个冰河期将在五万年之后才会到来。

电影和小说当然不是科学讲座，艺术想象是编剧、导演和作家的权力，科学家不能干涉。对于《明日之后》，科学家实际上并没有多大反感。当然他们指出，影片中让灾变在如此短促的时间内（几天工夫）发生，是夸张了。或者说，《明日之后》将某种关于地球气候灾变的理论描述，在时间轴上急剧压缩，这样就对观众的心灵形成巨大震撼。事实上，如果那些灾变是在几千年、几百年甚至几十年的过程内发生，很可能就不是什么灾变了——因为那样的话人类有足够的时间来应对和准备，并且也能够逐步适应环境的变化了。

《明日之后》的故事中还有两个地方颇有思想价值，似乎被先前的评论文章所忽略。

一是在故事中起了巨大作用的“模型预测”。主人公霍尔教授就是根据他制作的数学模型预言了灾难的发生时间，他的儿子、儿子的女友等也是听从了他的预言才得以幸免于难的。这些情节给人的印象是那个在电脑上演示的数学模型神奇莫测，从形式上看简直与巫术异曲同工。而实际上，“模型预测”是西方科学史上最传统、最经典的方法，这种方法在古希腊天文学家那里就已经发展成熟，至今全世界的主流科学家没有不使用这种方法的。

这种方法的基本程序是：通过实测建立模型，然后用这模型演绎（预言）出未来现象，再以实测检验之，实测与理论预言符合则暂时认为模型成功，不符合则修改模型，如此重复不已，直至成功。所谓“符合”，也是因时代而异的——随着科学仪器及观测手段的进步，昔日属于“符合”的结果也可能在后来成为不符合。其实影片中霍尔教授的模型，是否真的能够正确预言未来的气候变化，是很难说的，因为气候的变化不像行星运动那样有相当精密的周期性。

故事中的另一个值得注意之处，是假想北半球变成冰雪世界后，幸存的美国人纷纷逃往南方，美墨边境的情形顿时翻转过来——以往一直是美国拼命防止墨西哥的非法移民入境，现在却是美国难民潮水般涌入墨西哥境内。影片让墨西哥政府接纳了这些美国人，最后美国总统在驻墨西哥大使馆发表演说，感谢墨西哥人民。

由于迄今为止地球上经济发达地区绝大部分集中在北半球，如果冰河期真的在近期就到来，《明日之后》中所假想的局面就可能真的出现，那时发达地区的人们将成为逃往南方的难民，往日他们面对欠发达地区的人民曾经趾高气扬，以富贵骄人，此时让他们情何以堪？所以小说中美国总统在广播中说道："他们的慷慨使我意识到昨天傲慢的荒唐和今后合作的必要。"

《明日之后》所强调的环保意识，不仅仅是某种科学问题或技术问题，它还是思想问题、政治问题。影片中对环境保护持消极态度的美国副总统，被认为是影射美国副总统切尼，影片还被认为是影射攻击了美国政府在环境问题上的政策，因而引起了政府的不满。而影片的导演罗兰·艾莫里奇（《独立日》导演）表示，他希望《明日之后》成为一部对于地球环境及气候变化的忧思录，他说他有一个秘密梦想：要让这部影片推动政治家在环境保护问题上的行动。

科幻小说的作家，科幻电影的编剧和导演，虽然不是科学家，通常也不被列入"懂科学的人"之列，但是他们那些天马行空的艺术想象力，正在对公众产生着重大影响，因而也就很有可能对科学和政治产生影响——也许在未来的某一天，也许现在已经发生了。这样的例证已经可以举出若干个，《明日之后》很有可能成为新的一个。

《明日之后》将一个严峻的问题摆到我们面前：

如果再不注意环境保护，我们还能不能有后天？

2006 年 3 月

于上海交通大学科学史系

（《明日之后》，[美] 惠特利·斯特里伯著，刘珠还译，译林出版社，2006年）

善可有恶果，恶可有善因

——王晋康《与吾同在》序

外星文明是否存在？它们以怎样的形式存在？19世纪的“主流”科学家曾经相当热衷于讨论这类问题，那些科学家为“火星人的信号”“太阳上的居民”之类的课题在权威学术刊物上发表过大量论文。但随着科学的发展，这类“学术成果”后来大部分都被认为是无法成立的，而“主流”科学家则变得越来越功利化，外星文明这个很难出成果的领域就逐渐淡出了他们的视野。到了今天，外星文明问题已经被绝大多数“主流”科学家敬而远之，他们或者断言“外星文明不可能存在”，或者认为这个问题“没有意义”。现在星文明问题最主要的关心者，或者说是“主流”科学家的接棒者，是民间科学爱好者。

我也经常被媒体或朋友问到外星文明的问题，我的“标准答案”通常是：

> 目前既没有外星文明存在的确切证据，也没有关于外星文明不可能存在的证据或证明，所以我们不能排除外星文明存在的可能性。

这个答案比大多数“主流”科学家的看法要开放些，却远远没有达到许多民间科学爱好者所希望的那种“积极程度”——他们通常希望听到一个肯定的答案。

外星文明问题在今天经常被转化为另一个问题：“你相不相信外星

文明的存在？”

“相信”这个词所表达的事情，固然会和证据有关，但也存在着自由意志的领地。有时候人们“相信”某个事物，并不是因为看到了该事物确实存在的证据，比如许多“相信”上帝的人，就不是因为看到了上帝确实存在的证据。

对于科幻小说作家而言，他们相不相信外星文明的存在，其实是无关紧要的，关键是他们用了这个题材来写小说。事实上，当一个科幻作家创作时，他自己就是上帝。他说：要有外星文明，于是就有了外星文明。

上帝是个外星人

王晋康的小说新作《与吾同在》，书名就是来自《圣经》的话头，更大胆的是，他居然将上帝写成一个真实的外星人。

不要小看“上帝是个外星人”这句大水词儿（这是我归纳的，不是王晋康的用语），它也是有一些“学术含量”的。

人类讨论外星文明问题至少已经数百年了，讨论到今天仍然没有发现任何一个实际存在的外星文明，结果就出了一个“费米佯谬”：1950年夏天某日早餐后的闲谈中，物理学家费米的几位同事试图说服他相信外星文明的存在，最后费米随口说道：“如果外星文明存在的话，它们早就应该出现了。”由于费米的巨大声望，此话流传开后，一些人将其称为“费米佯谬”（Fermi Paradox）。

有了这个“费米佯谬”，自然就有许多人试图来提供解释。国外已经有50种解释方案，刘慈欣在小说《三体》系列中贡献了唯一来自中国人的解释。

在西方人的解释方案中，有一种称为“动物园假想”，是约翰·鲍尔1973年提出的（J. A. Ball, The Zoo Hypothesis [J]. *Icarus*, 1973, 19, 347—349）。文中观点建立在三个基本假设前提之上：

只要满足存在和进化出生命的条件，生命就会出现；

生命能在宇宙中的许多星球上出现；

宇宙中遍布地外文明，只是人类没有察觉到他们的存在。

以科学技术发展为标准，鲍尔把地外智慧生命分为三类：第一类，因自身或外部因素所致，走向灭绝；第二类，科学技术发展完全停滞；第三类，科学技术一直持续发展。鲍尔认为，随着科学技术持续发展，这种文明最终将成为最先进的文明形态，取得整个宇宙的掌控权，随后慢慢把落后的文明形态摧毁、制服或同化掉。

不过，在掌控了别的文明之后，类比于地球上的情形，人类作为一种高等智慧生物，为了保护生物多样性，会留置出荒野地带、野生动植物保护区或动物园，让别的物种在其间不受干扰地自由发展。而最理想的野生动物园（荒野地带或保护区）应该是这样的，身处其中的动物与公园管理者没有任何接触，根本意识不到管理者的存在。

鲍尔的猜测是，地球就是一个被先进外星文明专门留置出来的宇宙动物园。为了确保人类在其中不受干扰地自发生长，先进文明尽量避免和人类接触（他们拥有的技术能力完全能确保这一点），只是在宇宙中默默地注视着人类。所以，人类始终未能接触到别的文明，甚至可能永远不会发现他们。

《与吾同在》中的故事架构，与“动物园假想”颇多吻合之处。稍有不同的是，王晋康为这个地球“动物园”设置了一位观察员兼管理员，他就是地球人心目中的上帝（同时也就是佛陀、安拉等），他是那个先进文明（恩戈星球）派来的。

类似的故事框架，在西方和中文科幻作品中都有先声。例如影片《火星任务》（*Mission to Mars*，2000）中就有这样的故事：火星上的高等智慧生物，曾经发展了极为高级的文明，他们数亿年之前早已经借助大规模的恒星际航行，迁徙到了一个遥远的星系。但是火星人离开太阳系时，向地球播种了生命。也就是说，现今地球上的所有生命都来自火星。火星人在火星上派驻了一位留守人员，他的任务是：等待地球文明发展到能够派宇航员登上火星的那一天。他等待了数亿年。而《与吾同在》中的上帝，照看他的地球“子民”也长达十万年。更著名的如小说《2001：太空漫游》（*2001: Space Odyssey*），也叙述了类似的故事情节（在库布里克的著名同名电影中没有这样的情节），假想的年代是三百万年。又如在倪匡的“卫斯理”系列科幻小说中，《头发》也将上帝想象为外星人，《玩具》则可以说是“动物园假想”的小说版本。

《火星任务》中的故事更符合“动物园假想”，而《与吾同在》中的上帝，虽然尽量不去干预人类社会发展，但他启发了人类最初的智慧（语言），在看到人类做太伤天害理的事情时也曾按捺不住而使用“地狱火”惩罚过他们。这些故事都能看出脱胎于《圣经》的痕迹。王晋康的这个上帝更像动物园中一个富有“科研”情怀的工作人员。

星际战争新预案

但是王晋康并不想去解释“费米佯谬”，他的主要目的是要深刻思考善恶问题：

什么是善？什么是恶？

人性本善还是人性本恶？

善能够从恶中生长出来吗？

…………

这些问题，很难凭空进行讨论，王晋康将这些问题放到人类面临的一场星际战争的故事中，让这些问题在故事场景中将读者和他自己逼到墙角。

为此，他也顺便为地球人类可能面临的外星侵略设计了另一种预案。和刘慈欣《三体》中的预案相比，王晋康的预案风格更写意一些，但想象的大胆则有过之而无不及。

上帝在地球上照看他的“子民”十万年后，自己也垂垂老矣。不料此时他的母星恩戈星球强人当政，决定将地球夺占为恩戈人的新家园，不让上帝继续玩他充满善心的“动物园”游戏了。恩戈星球的特使传来母星的命令，要上帝配合远征军占领地球。上帝因为对“子民”已有感情，竟决定站到地球人一边，帮助地球人抵抗恩戈星球的远征军。

上帝的办法，是先通过显示“神迹”，诱导各军事大国投入对一种“隐形飞球”的研发。这种“隐形飞球”是恩戈星球的利器，它能够对肉眼和雷达全方位隐形，而且具有极高的机动性能。对当时的地球人来说，这几乎是不可战胜的武器。十万年来，上帝自己的座驾就是一个这样的飞球，所以地球人从未见过他的真容。

然后，上帝再次显示“神迹”，让世界各国首脑同意他的抵抗方案：成立全球“执政团”，由来自各国的七名天才少年担任执政，统筹规划全球军事、经济和科技力量，共御外敌。执政团规划出来的方案，竟是每个国家将税收的25%上交执政团，同时取消各国边防军、取消海关、取消关税、允许各国公民自由迁徙——总之，志士仁人多少年来所幻想的大同世界寰球政府，居然一朝实现。

各国在执政团领导下，采取“战时体制”，全力研发对抗恩戈星球远征军的武器装备。最后终于在远征军到来之前，研制成了飞球，并研发出探测飞球的设备和击毁飞球的武器，在“硬”装备上，地球人已经不再居于劣势。

不过恩戈人还有另一方面的绝对优势：他们能够探测并解读人类的脑电波，所以在近距离内，地球人的一切思想都会暴露在恩戈人面前。而且恩戈人还能够通过发射电波，来瞬间降低地球人的智力，并给地球人造成程度任意可控的痛苦。所以只要恩戈星球的远征军一旦降临地球，地球人仍然毫无还手之力。

但由于上帝一直向恩戈星球传递着错误的情报，导致恩戈星球远征军低估了地球人的战争武器和能力，加上远征军统帅部又出现了内部的争权夺利，结果在两军交战时被地球人侥幸一战而胜，全歼了恩戈星球的远征舰队。

将这一段战争描写与《三体》中“水滴”摧毁地球星际战舰方阵的描写作比较，那是饶有趣味的。如果说刘慈欣的工笔描写气势宏大，有点近于金庸风格的话，那么王晋康写意的描绘就如日本武士决斗时的一刀致命，更接近古龙风格。

《与吾同在》中虽然正面描写了上帝，但小说中的一切“神迹”和超能力，全都可以在唯物主义的思想框架中得到解释。

善和恶：什么情况下才有标准？

危机虽然结束，王晋康对善恶问题的拷问却刚刚开始。

小说结尾处，严小晨留给丈夫的遗书中，有这样的段落：

> 你知道我一向是无神论者，但此刻我宁愿相信天上有天堂，天堂里有上帝。……他赏罚分明，从不将今生的惩罚推到虚妄的来世，从不承认邪恶所造成的既成事实。在那个天堂里，善者真正有善报，而恶者没有容身之地。牛牛哥，茫茫宇宙中，有这样的天堂吗？如果我能找到，我会在那儿等你。

反讽的是，她一直深爱着的丈夫（牛牛哥，姜元善），在她生前已经被她认定为“恶者”，所以她泄露了丈夫的机密，用政变剥夺了丈夫的权力并使他被终身监禁，从而彻底摧毁了这个“恶者”的大业。既然如此，她还给这个恶人写这种温情脉脉的遗书干吗？她丈夫的下场，不正是她所盼望的“恶者没有容身之地”吗？

但正是在这里，小说向我们揭示了善恶问题的复杂和深刻。

姜元善要作的“恶”是什么呢？

在战胜恩戈星球远征军之后，作为地球执政长的姜元善，认为地球上的“大同世界”是依靠共御外敌的需求而维持的，如果外敌消失，人类仍会回到相互猜忌、争夺乃至残杀的旧路。为了维护这个大同盛世，人类需要一个外敌，他选择的外敌就是恩戈星球——既然恩戈人试图夺占地球作为第二家园，地球人为何不可以反过来夺占恩戈星球作为第二家园？

他的想法得到了执政团的同意，但这一次上帝不再站在他这边，为此他决定绑架上帝，同时让地球上的战争机器全力准备向恩戈星球远征。

这里不妨先透露一个敏感的细节——王晋康笔下的上帝究竟是什么模样？

上帝以前一直不向地球人显露他的真容，直到他召集七人执政团开会时，才露出了他的本来面目——他是一个五爪的章鱼。恩戈人就是这个样子。按理说“非我族类其心必异”的传统思维不可能不影响人类，但是因为上帝此前一直在用脑电波和人类沟通，他以超高科技能力学习（不如说培植）了地球文化十万年，他精通全世界一切语言，了解全世界一切文化，所以还是轻易获得了人类的认同。

姜元善绑架上帝向恩戈星球反攻的计划，被其妻严小晨视为“忘恩负义”，她斥责说：“再核心的利益，也不能把人类重新变成野兽。”结果她变成了类似于《三体Ⅲ：死神永生》中的女执剑人程心那样的悲剧角色，因她的善意而给了恩戈星球反扑的机会。

这里我们不妨将《三体》和《与吾同在》中对人性善恶的思考作一点比较。

《三体》中强调“人性本恶”，为了生存可以不择手段，包括吃人。所以让章北海发动了人类自相残杀的“黑暗之战”。因为他的宇宙是“零道德”的。

《与吾同在》中则借姜元善之口，认为人类历史绝大部分是靠“恶”来推动的，只有少数例外。这样的观点也很难和“零道德”宇宙划清界限。

但《与吾同在》中提出了“共生圈”的想法——两个族群在必要的条件下（发达水准接近、有共同的外部威胁等）可以形成“共生圈”。这个“共生圈”也不是“孔怀兄弟同气连枝”那样温情脉脉的，因为“共生是放大的私，是联合起来的恶”——这样的解释倒更像中国的另一个成语“同恶相济”。

不过，《与吾同在》中“天地中从没有一个惩恶扬善的好法官，上帝并不眷顾善者”的结论，还是相当深刻的。它表明，所有的善恶标准，都是在“有一个共同承认的权威”的前提下才能成立；当两个族群相遇于天地间，争夺有限的生存资源，双方处于“零和对策”的博弈局面时，我之善即彼之恶，就没有“法官”了。

至少在善恶问题上，王晋康的思考又更深入了一步。

2011年5月21日
于上海交通大学科学史系

（《与吾同在》，王晋康著，四川科学技术出版社，2011年）

文　学

《黄面志》中国影印版序

著名的英国文艺杂志《黄面志》（*The Yellow Book*，*An Illustrated Quarterly*，1894—1897，又名《黄书》《黄杂志》），要出全13卷影印版了，这在中国出版界，也要算一百多年来一件引人注目的事情了。

《黄面志》在中国

郁达夫是最早向国人介绍《黄面志》的中国文人之一，据说《黄面志》这个名字也是他最先用的。见于1923年9月23日《创造周报》第20号、9月30日《创造周报》第21号上连载的郁达夫《*The Yellow Book*及其他》一文。他认为19世纪中叶以来英国文坛上是道德主义和形式主义的一统天下，而《黄面志》作家群体则是打破这种一统天下局面的叛逆者，他们继承了法国思想，在19世纪末期的英国文坛上"独霸一方，焕发异彩"。继郁达夫之后，田汉、张闻天等人也曾向中国读者推介《黄面志》早期的插图画家比亚兹莱（Aubrey Beardsley，1872—1898）。

两年后的1925年，梁实秋在美国的旧书店买到一册《黄面志》，引得他在1925年3月27日的《清华周刊·文艺增刊》第9期上发表了《题壁尔德斯莱（比亚兹莱）的图画》一文，大发议论：

> 雪后偕友人闲步，在旧书铺里购得《黄书》一册，因又引起我对壁尔德斯莱的兴趣。把玩壁氏的图画可以使人片刻的神经麻木，想入非非，可使澄潭止水，顿起波纹，可使心情余烬尽，死灰复

燃。一般人斥为堕落，而堕落与艺术固原枝也。

为此梁实秋还被引动了诗兴，做了一首题为《舞女的报酬》的新体诗，咏叹的是比亚兹莱为之作插画的王尔德（Oscar Wilde）的诗剧《莎乐美》（*Salome*）中的故事。

又过了四年，鲁迅也向中国读者推介比亚兹莱的绘画作品。1929年4月，在《文苑朝华》第1期第4辑《比亚兹莱画选》中，鲁迅选了比亚兹莱12幅绘画作品，并写了“小引”介绍比亚兹莱，说他是《黄书》的艺术编辑，“视为一个纯然的装饰艺术家，比亚兹莱是无匹的”，并且评论说：

他是由《黄书》而来，由*The Savoy*（另一种比亚兹莱效力过的杂志）而去的。无可避免地，时代要他活在世上。这九十年代就是世人所称的世纪末。他是这年代底独特的情调底唯一的表现者。九十年代底不安的，好考究的，傲慢的情调呼他出来的。

鲁迅的上述推介，后来被李欧梵评论为：“他的个人艺术趣味看来和他在政治认同上的公众姿态是相抵触的。似乎这位中国文人领袖，一个以不倦地提倡苏联马克思主义和社会现实主义而知名的坚定的左翼人士，自己也不知不觉地深为颓废的艺术风格所吸引。”

再往后，中国大陆陷入抗日战争和国内解放战争的烽火中，《黄面志》这种属于“颓废腐朽”艺术的杂志，估计不太有机会进入中国人的视野了。

20世纪六七十年代，叶灵凤在香港又颇谈了一阵《黄面志》和比亚兹莱。他是比亚兹莱的倾慕者和仿效者，甚至得了“中国的比亚兹莱”的绰号，曾搜集了不少比亚兹莱的作品，后来毁于兵燹，到香港后又重新搜集。那时比亚兹莱在英国又重新热起来，作品重新出版，博物馆还举办展览，叶灵凤闻之，不免旧爱重温了一番。

据叶灵凤回忆，当年他并未在郁达夫的藏书中见到过《黄面志》，后来倒是在邵洵美的书架上见过，“是近于十八开的方形开本，都是硬面的，据说是他用重价当作珍本书从英国买回来的”。

从这些细节来推测，《黄面志》在中国，基本上是一种处于“小众高端”的东西，只有少数相对得西方风气之先的文人在谈论它。有的谈论者自己也未必阅读过、把玩过，甚至没有见过《黄面志》，也许只是从西方报刊上听说过而已。

《黄面志》和世纪末“颓废”文艺

《黄面志》是一种文艺季刊，创刊号于1894年4月出版，到1897年4月出到第13期结束。创刊时由亨利·哈兰德（Henry Harland）任文学编辑，比亚兹莱任美术编辑，杂志的装帧和风格都是比亚兹莱设计的，但从第5期开始比亚兹莱被解雇。

杂志采用精装书籍的形式，每期300页左右，黄色的硬封面上压印黑色图案，《黄面志》即据此得名。关于杂志封面为何选用黄色，后人有诸多解读，现在已经不可能起比亚兹莱于地下而问之了。当时风气，一些色情小说喜欢用黄色封面，所以《黄面志》也可能会让人产生这方面的联想——也许这正是它的出版商乐意看到的一种营销效果。

作为一种综合性文艺刊物，《黄面志》刊登小说、诗歌、散文、绘画作品。出版之后很快声誉鹊起，被视为“世纪末文艺倾向的一个主流刊物”，而这种“世纪末文艺倾向”的一个重要标签是“颓废”，《黄面志》杂志的作家群也往往被人们称为“颓废派”。姑不论这个标签是否合理，但《黄面志》上的作品其实谈不到色情。当时有人评论说，因为《黄面志》的出版，“伦敦的夜晚变黄了”，也可以理解为，评论者是将黄色视为“世纪末颓废”的一种象征颜色罢了。

到底这种“颓废”是何光景，可以看一个例子。在《黄面志》创刊号第55页，刊登了比亚兹莱那幅相当有名的作品《情感教育》（*L'Education Sentimentale*），画面上一个体态臃肿的中年妇女拿着一张纸，似乎是照本宣科地在对女儿进行“情感教育”，站在她对面的女儿体态婀娜，衣着时尚，心不在焉地向别处斜视着。这幅画确实传达出了一些郁达夫所谓的向道德主义一统天下挑战的叛逆气息，但比亚兹莱的表现手法，在今天看来还是相当含蓄、相当有分寸的。然而这样的作品也不见容于当时的保守主义人士，《泰晤士报》上的评论说这幅画是“英国喧闹与法国淫秽的结合”，另一家报纸说这幅画“矫揉造作毫无价值”。

因为比亚兹莱遭到攻击，哈兰德请了资深的评论家汉默顿（Philip Gilbert Hamerton）来助阵，汉默顿在《黄面志》第2期发表评论称：

> 比亚兹莱内心有特异倾向，为非道德之典型代表。在王尔德的《莎乐美》中，出现诡异可怖面孔的插图，在《情感教育》中也有两点令人不甚愉悦之处，很明显是比亚兹莱作品内涉及某种人性的腐化变调。然而在插图品质上并不完全如此，而是显示出完美的纪律、自制与深思熟虑。比亚兹莱是个天才，或许他太年轻，所以我们能够期待，当他成熟时会变换思想轨道，见到人性美好的一面。

那时的文艺评论，和今天相比，居然找不出什么学术黑话。汉默顿力图作持平之论，肯定比亚兹莱的艺术造诣，许诺他思想成熟后会变得纯正，变得更容易让人们接受。

比亚兹莱无疑是《黄面志》的灵魂人物，因而有些人认为，杂志从第5期比亚兹莱被解雇之后就失去了风采，逐渐演变为一本“放弃某一运动推进者的地位，仅成为一出版社的普通杂志而已”。这种看法到底能否成立，其实也是见仁见智的。例如比亚兹莱离职后，杂志出现了“风格驳杂”的现象，但这又何尝不可以视为“风格多样化”而加以肯定呢?

《黄面志》虽然只出版了13期，前后只持续了四年，但发行量相当大，首印5000册，据说五天内就售罄，很快又加印了两次。杂志历史虽短，却在当时产生了很大影响，已经被视为英国世纪末文学运动的标志性刊物。

当然，这个世纪末的、被贴上了“颓废”标签的文学“运动”，差不多也就是在19世纪的最后十年中昙花一现。它对后来英美文学和中国文学的发展有多大的影响，其实需要更为深入细致的研究，而这种研究的必要条件，就是研读《黄面志》文本本身，这也正是此次出版《黄面志》中国影印版的文学意义和学术意义之一。

《黄面志》画家及作家群体

作为一种综合性文艺刊物，《黄面志》以刊登小说、诗歌、散文等文字作品为主，绘画作品只是其中比较小的一部分。以篇幅而论，在每期300页左右的篇幅中，绘画作品占据的篇幅通常都不到十分之一。但是在笔者的初步印象中，似乎后来的人们更关注它上面不足十分之一篇幅的绘画作品。

例如，在20卷本的《不列颠百科全书》中，我们找不到《黄面志》或"比亚兹莱"的条目，但是在10卷本《大英视觉百科全书》中，就能够找到一个"比亚兹莱"的相当长的条目，而且该条目的插图就是比亚兹莱为《黄面志》创刊号所设计的海报。类似地，在艺术史类著作中找到和《黄面志》有关论述的概率，也比在文学史类著作中找到这种论述的概率大很多。

解释造成上述现象的原因，不是本文的任务，这或许是一篇博士论文的题目了——仅仅指出比亚兹莱名气很大显然是不够的。因为至少还有另一种可能：《黄面志》上刊登的小说、诗歌、散文在文学史上的地位全都不值一提，其中没有任何作品可以和比亚兹莱的画作在艺术史上的地位相提并论。但要确认或否定这种可能，就需要对《黄面志》上的各类作品进行深入的文学史和艺术史研究，而这样的研究恐怕还只能俟诸异日。

这个现象还提示我们，插图对于一本文艺刊物来说，可能有着我们还远远没有充分估计到的重要性。

既然如此，笔者就对《黄面志》做了一番笨功夫——将13期杂志的全部插图作者列了一个清单，并统计了每人的作品数量，制成下表：

期数 绘画作者	1	2	3	4	5	6	7	8	9	10	11	12	13
Sir Frederic Leighton	2图												
Aubrey Beardsley	4图	6图	4图	3图									

期数 绘画作者	1	2	3	4	5	6	7	8	9	10	11	12	13
Joseph Penell	1图												
Walter Sickert	2图		3图	3图	2图								
Will Rothenstein	2图			1图									
Laurence Housman	1图												
J. T. Nettleship	1图												
Charles W. Furse	1图												
R. Anning Bell	1图				1图								
Walter Crane		1图											
A. S. Hartrick		1图		1图	1图								
Alfred Thornton		1图			1图	1图						1图	
P. Wilson Steer		1图	2图	2图	3图	1图							
John S. Sargent, A.R.A.		1图											
Sydney Adamson		1图			1图								
W. Brown Mac Dougal		1图											
E. J. Sullivan		1图											4图
Francis Forster		1图											
Berngard Sickert		1图											
Aymer Vallance		1图											
Philip Broughton			1图										
George Thomson			1图			1图							
Albert Foschter			1图										
William Hyde			1图	1图									
Max Beerbohm			1图								1图		
An Unknown Artist			1图										
H. J. Draper				1图									
Patten Wilson				1图	1图	2图					3图	2图	4图
W. W. Rusell				1图									
Charles Cander				1图		1图							
Miss Sumner				1图									
E. A. Walton					1图			2图				1图	
F. G. Cotman					1图	1图							

续表

绘画作者 \ 期数	1	2	3	4	5	6	7	8	9	10	11	12	13
Robert Halls					1图								
Constantin Guys					1图								
Gertrude D. Hammond						1图							
Sir William Eden, Bart						1图							
Gertrude Prideaux-Brune						1图					2图		
Wilfred Ball						1图							
Fred Hyland						2图							
William Strang						2图							
Frank Bramley, A.R.A.							1图						
Henry R. Rheam							1图						
Elizabeth Stanhope Forbes							2图						
Caroline Cotch							2图						
Stanhope A. Forbes, A.R.A.							2图						
T. C. Cotch							2图						
Percy R. Craft							1图						
John Crooke							1图						
John da Costa							1图						
Fred Hall							1图						
Frank Richards							1图						
A. Tanner							1图						
Walter Langley							1图						
A. Chevallier Tayler							1图						
Norman Garstin							2图						
D. Y. Cameron								1图		2图			1图
A. Frew								1图					
D. Gauld								1图					
Whitelaw Hamilton								1图					
William Kennedy								1图					
Harrington Mann								1图					

续表

期数 绘画作者	1	2	3	4	5	6	7	8	9	10	11	12	13
D. Martin								1图					
T. C. Morton								1图					
F. H. Newbery								1图					
James Paterson								1图					
George Pirie								1图					
R. M. Stevenson								1图					
Grosvenor Thomas								1图					
E. Hornel								1图					
George Henry								1图					
J. Crawhall								1图					
Kellock Brown								1图					
J. E. Christie								1图					
Stuart Park								1图					
James Guthrie								1图					
John Lavery								2图					
Alexander Roche								2图					
Edward S. Harper									1图				
E. H. New									2图				
Mary J. Newill									1图				
Florence M. Rudland									1图				
H. Isabel Adams									1图				
Celia A. Levetus									1图				
J. E. Souhall									1图				
C. M. Gere									2图				
E. G. Treglown									1图				
Evelyn Holden									1图				
A. J. Gaskin									2图				
Bernard Sleigh									1图				
Sydney Meteyard									1图				
Mrs. A. J. Gaskin									1图				
Mrs. Stanhope Forbes										1图			
Katharine Cameron										1图			1图

续表

绘画作者＼期数	1	2	3	4	5	6	7	8	9	10	11	12	13
Herbert McNair										2图			
Margret Macdonald										2图			
Frances Macdonald										2图			
Nellie Syrett										1图	封面		
Laurence Housman										1图			
Charles Conder										1图	2图		2图
Charles Robinson											1图		
Francis Howard											1图		
C. F. Pers											3图		
Ethel Reed												4图	2图
Mabel Dearmer												1图	
Aline Szold												3图	
Charles Pears												2图	
Muirhead Bone												2图	
A. Bauerle													1图
E. Philip Pimlott													1图

从这个表中可以看出不少信息，例如：

绘画作者共有110人之多，这个数量有点超出笔者最初的想象。从姓名上推测，其中可能有一些作者之间有着兄弟姐妹或父子叔侄之类的关系。

从表中还可以看出：比亚兹莱虽然从第5期就被解雇，但在《黄面志》110个画家中，他仍然以17幅之数高居作品数量榜首（这还未计入他为《黄面志》设计的封面、扉页和海报）。Patten Wilson以13幅居第二名，Walter Sickert以10幅居第三。有89位画家只为《黄面志》中某一期作过贡献，其中68位只贡献过一幅作品。

在《黄面志》上贡献绘画作品的和在该杂志上发表小说、诗歌、散文的，大体上是两个群体，交集很小，当然也有少数既贡献文字作品也贡献绘画作品的人，比如上面表中的Max Beerbohm、Nellie Syrett等人。

关于《黄面志》这一杂志的影响，以及《黄面志》的艺术家群体，郁达夫有过一些论述。这些论述出现在《黄面志》昙花一现之后仅仅二十余年，在当时的中国也要算相当得风气之先了。郁达夫比较推崇的人有比亚兹莱、亨利·哈兰德、约翰·戴维森（John Davidson）、欧内斯特·道森（Ernest Dowson）、乔治·吉辛（George Gissing）等人。虽说这些人可能分属当时文坛上的浪漫派、写实派、唯美派等，但郁达夫认为在对当时英国保守精神的攻击这一点上，他们是有共同语言的，所以才会走到一起。

郁达夫还说这批艺术家中有不少人和《黄面志》这份杂志一样属于短命夭亡："这一群少年的天才，除了几个在今日的英国文坛里，还巍然维持着他们特有的地位外，都在30岁前后，或是投身在Seine河里，或是沉湎于Absinth酒中，不幸短命死了。"考虑到仅仅在《黄面志》上发表绘画作品的就有110人，郁达夫这种说法显然是严重夸张的。

《黄面志》与比亚兹莱

比亚兹莱是《黄面志》早期的灵魂人物，他只活了26岁，在20岁出头就暴得大名，成为"新艺术"运动中引人注目的新星。

比亚兹莱出生于1872年，父亲原是珠宝商之子，但家道中落，靠做小职员谋生；母亲是军官的女儿，受过良好教育，有较好的文学艺术修养，常恨所托非人，夫妻聚少离多，感情冷淡。比亚兹莱还有一个姐姐，姐弟两人感情甚好。因为比亚兹莱从小长期只和母亲及姐姐生活在一起，有人认为他有恋母情结。

比亚兹莱16岁到伦敦一家测量公司当职员，不久转入人寿保险公司继续职员生涯，他7岁就被诊断患了遗传自父亲的肺结核——这在当时是不治之症，也就难怪他的艺术风格会和"颓废"那么合拍了。1891年他遇到赏识者，拉斐尔前派的画家伯恩-琼斯（Edward Burne-Jones），伯恩-琼斯高度评价比亚兹莱的艺术天分，鼓励他深造并投身艺术，在伯恩-琼斯的建议下比亚兹莱进入西敏艺术学院（Westminster School of Art）学习了很短一段时间。他的绘画技艺基本上是自学成才的。

1892年夏天，比亚兹莱去了一趟巴黎，回到伦敦后他得到了为《亚瑟王之死》(*Le Morte Darthur*)画插图的委托，共300幅插图和标题花饰，报酬为250英镑。这项委托促使比亚兹莱辞去了保险公司的职务，成为职业插图画家。

1893年英国平面设计集大成的杂志《工作室》(*The Studio*)创刊，创刊号采用了比亚兹莱设计的封面，这期杂志还刊登了比亚兹莱为王尔德诗剧《莎乐美》所作的9幅插画，比亚兹莱由此声名鹊起，那年他才21岁。

1894年《黄面志》杂志创刊，比亚兹莱任美术编辑，这是比亚兹莱成名的第二个也是最重要的舞台。他为《黄面志》设计封面和海报，还在《黄面志》最初四期上先后发表了17幅绘画作品。本来他第5期的封面都设计好了，但因为王尔德入狱事件的无妄之灾（详见下节），他被杂志解雇，他原定在第5期上发表的作品全被撤下。

保罗·约翰逊（Paul Johnson）在《艺术的历史》(*Art: A New History*)中认为《黄面志》“是极端颓废派人士办的杂志”，他认为比亚兹莱成功的重要原因，是当时“新艺术”作品的魅力和印刷等新技术的结合。约翰逊说比亚兹莱的有些画作“已接近色情边缘”，他甚至相信“比亚兹莱似乎也曾画过一些色情画私下贩售”，不过他对比亚兹莱作品的总体评价是相当高的：“除了少数例外，他的作品都相当不可思议，但它们毫无例外地都是第一流的作品。历史上没有几个艺术家能像他把黑白色彩表现得如此强而有力。”

贡布里希（E. H. Gombrich）在《艺术的故事》(*The Story of Art*)中这样评价比亚兹莱：“从惠斯勒（James Abbott McNeill Whisler）和日本画家那里汲取灵感，以他绝妙的黑白插图在整个欧洲一跃成名。”

作家海德（C. Lewis Hind）评论说：“比亚兹莱为每期《黄面志》封面和封底所做的几近轻佻的插图，我们都会因而去翻阅这个季刊。而当他的插图作品缺席时，这个季刊就变得空洞而贫乏。”而事实上，比亚兹莱一旦“缺席”，就永远从《黄面志》缺席了。

被《黄面志》解雇之后，因没有人再敢请他画插图，比亚兹莱在经济上陷入困境，贫病交加之际，一个犹太作家拉法洛维奇（A. Raffalovich）资助了他，给他送花送巧克力，请吃饭请听歌剧。1897年

2月，比亚兹莱病情加重，拉法洛维奇开始给他定期资助，达到每季度100英镑，这在当时是不小的数目。比亚兹莱对拉法洛维奇感激涕零，甚至在书信里称他为“恩师”，尽管从任何意义上说这个称呼都不合适。

《黄面志》与王尔德

《黄面志》还经常和王尔德的名字联系在一起，但实际上王尔德与《黄面志》的直接关系并不足以支撑起一个小节，只不过《黄面志》与王尔德有过一节“躺着中枪”的意外关系，而王尔德又与《黄面志》前期的灵魂人物比亚兹莱有过不少私人恩怨，所以笔者决定还是以“《黄面志》与王尔德”这样的小标题将它们附记于此。

王尔德与《黄面志》的直接关系非常简单：比亚兹莱曾为《黄面志》的创刊号向王尔德约过稿，但王尔德没有接受，此后也从未给《黄面志》写过稿。

事实上，王尔德不喜欢《黄面志》，1894年4月《黄面志》刚一面世，王尔德就在写给他的同性恋人道格拉斯勋爵（Lord Alfred Douglas）的信中说：“《黄面志》出版了，它沉闷可厌，是个严重的失败。”而在另一个传说中，王尔德有一次买了一本《黄面志》准备旅途消遣，但没看几页，就将它从车窗扔了出去。

而《黄面志》常被人们与王尔德的名字联系在一起，其实纯属“无妄之灾”。1895年4月5日晚，王尔德因同性恋罪名被捕，当他被带离所住旅馆时，问警察他能不能带一本书去看看，警察同意了，王尔德就顺手拿了一册黄色封面的书带走。不料第二天报纸上的八卦新闻出现了耸人听闻的大标题：“王尔德被捕，肋下夹着《黄面志》”。那时同性恋是要治罪的，王尔德又是大名人，而且他大胆高调的同性恋风波此前已经闹得沸沸扬扬，公众的“义愤”就此指向了《黄面志》，第二天《黄面志》出版商的办公室玻璃窗就被外面聚集的民众投掷石块砸碎。这一事件又导致《黄面志》解雇了比亚兹莱。

后来人们知道，其实王尔德被捕那天带走的黄色封面的书并不是《黄面志》，那本书现在已经被考证出来，是法国作家路易（Pierre

Louys）的小说《阿芙罗狄特》（*Aphrodite*，1896）——据叶灵凤说这书也有中译本，就是曾朴译的《肉与死》。

那么王尔德被捕，《黄面志》无辜受牵连，为什么会导致比亚兹莱被解雇呢？这就要从比亚兹莱和王尔德的恩恩怨怨说起了。

大约是1891年7月的某日，在伯恩-琼斯的画室，比亚兹莱首次遇见王尔德。不幸的是此后他们之间的几次交往，都以不愉快的结果收场。

先是王尔德的诗剧《莎乐美》，原是以法文写的，王尔德的同性恋人道格拉斯主动提出由他来译成英文，王尔德同意了。但王尔德见到译文很不满意，这时比亚兹莱自告奋勇由他来英译，谁知等比亚兹莱译好了，王尔德又改了主意，最终还是用了道格拉斯的译本。比亚兹莱白忙一场，自然很不高兴。

但这部《莎乐美》仿佛和剧中的邪恶故事一样，制造出种种不和。出版商委托比亚兹莱为《莎乐美》的英文版作插画，比亚兹莱接受了。那时王尔德名声已经如日中天，比亚兹莱因这项委托而能与王尔德的名字联系在一起，他还是很乐意的。不料插图版《莎乐美》大获成功，比亚兹莱也因此开始出名，而且很多人只关注《莎乐美》中的插图，搞得这部王尔德的名作在许多人口中成了“比亚兹莱的《莎乐美》”，王尔德甚至说“我的文字已经沦为比亚兹莱插画的插画”，如此喧宾夺主，又让王尔德心中大为不快。偏偏王尔德又不喜欢比亚兹莱《莎乐美》插画的画风，认为“它们太日本化了，而我的剧本是拜占庭风格的”。

这场本来在世人看来不啻“珠联璧合”的《莎乐美》合作，虽然又以两人之间的不愉快收场，但在世人眼中，比亚兹莱的名字已经和王尔德紧紧联系在一起了。这就是两年后王尔德被捕时，一段报纸上“王尔德被捕，胁下夹着《黄面志》”的不实报道导致《黄面志》无辜受累，居然会让比亚兹莱被《黄面志》解雇的原因。

到了1897年，《黄面志》也黯然落幕了，这时比亚兹莱受着拉法洛维奇的资助，在法国养病，这年5月19日，王尔德刑满释放，他当晚就动身去了法国，谁知恰巧住进了比亚兹莱所住的旅馆。这时的王尔德已经成了“臭名昭著”之人，许多人都躲着他，当然也有对他非常热情的，比如《黄面志》作者群中的诗人道森。

当比亚兹莱和王尔德相遇时，勉强打了招呼，王尔德邀请他几天后一起吃饭，他当时接受了邀请，到时候却爽约不赴，这让王尔德十分恼火，说比亚兹莱“太卑怯了……这样一个小年轻，一个我让他成名的人”！而比亚兹莱之所以表现得如此“薄情寡义”，据推测与拉法洛维奇有关——他是王尔德的死敌，此时又是比亚兹莱的资助者，比亚兹莱为了不影响资助，不得不与王尔德“划清界限”。他在一封致拉法洛维奇的信中说：“某个讨厌的人住了进来，我也担心［再在这个旅馆］住下去会发生一些令人不快的纠葛。”几天后比亚兹莱搬出了这家旅馆。

1897年4月，《黄面志》出版了最后一期，共出版13期。

1898年3月16日，比亚兹莱病逝，终年26岁。

1900年11月30日，王尔德去世，终年46岁。

2017 年 4 月 14 日

于上海交通大学科学史与科学文化研究院

［《黄面志》影印版（全13卷），华东师范大学出版社，2017年］

理查·伯顿译注《一千零一夜》中国影印版序

为“理查·伯顿译注《一千零一夜》中国影印版”写序，我首先面临一个问题：到底是以理查·伯顿为主，还是以《一千零一夜》为主？

以伯顿为主的理由是，《一千零一夜》在中国早已家喻户晓，伯顿其人则一般公众所知不多；以《一千零一夜》为主的理由是，这个英译本和中国已经出版过的任何《一千零一夜》版本都大异其趣。

反复考量下来，我最后决定折中兼顾，冒险而行——既冒着老生常谈的风险谈谈《一千零一夜》其书，也冒着班门弄斧的风险谈谈伯顿其人。

从一个故事看版本的复杂

《一千零一夜》是一部很早就引起我困惑的书。

我少年时代读过编译性质的少儿版《一千零一夜》或《天方夜谭》，内容早已不复记忆。我拥有的第一个比较像样的《一千零一夜》版本是纳训译本，人民文学出版社1982年版，共6册3274页，是从阿拉伯文直接译出的。

全书开头第一篇“国王山鲁亚尔及其兄弟的故事”是整个故事的缘起，任何人都不可能忽略。在纳训译本中我读到，国王沙宰曼出远门去看望在别国为王的兄弟，忽然想起忘了拿东西，就回宫去取，结果看到“王后正跟乐师坐在一起弹唱、嬉戏”，沙宰曼的反应是“宇宙霎时便在他眼前变黑了。……于是拔出佩剑，杀了王后和乐师”。

我当时就有点困惑：你自己出远门了，王后和乐师弹弹琴唱唱歌又怎么了？至于宇宙变黑吗？至于为这点事就杀人吗？

我怀着困惑继续往下看，沙宰曼到了他兄弟山鲁亚尔国王宫中，某一天山鲁亚尔国王出宫打猎，在宫中做客的沙宰曼看见二十个宫女和二十个奴仆，“王后也在他们队中，打扮得格外美丽”，他看见王后和宫女奴仆们“缓步走到喷水池前面坐下，又吃又喝，唱歌跳舞，一直玩到日落”。这番在我当时看来挺正常的景象，让沙宰曼感到“我的患难比起这个来，实在不算什么！”——沙宰曼的“患难”就是他看见自己的王后和乐师弹唱嬉戏。沙宰曼犹犹豫豫地将此事告诉了兄弟山鲁亚尔国王，于是山鲁亚尔国王伪称出猎，躲在宫中和兄弟一起再次见到了那天王后和宫女奴仆们在喷水池边的景象。这回看来他们的宇宙更加黑暗了，因为两位国王连杀人的勇气也没有了——他们五雷轰顶，万念俱灰，感觉“没有脸面再当国王了”，居然就此抛弃王位，一同浪迹天涯了！

这回我的困惑当然更为厉害了。自己的王后和乐师、宫女、奴仆一起吃喝或弹琴唱歌，为什么会是如此严重的事情，以至于可以让国王怒火中烧地杀人，还可以让他们自感没脸再当国王，立马抛弃王位自我放逐呢？

十六年后，另一个版本的《一千零一夜》放上了我的案头，这回是李唯中的译本，花山文艺出版社1998年版，共8册4261页，护封上标有“善本全译”字样，是从权威的阿拉伯文版译出的。我想起十六年前的困惑，赶紧细看这个版本开头的“国王舍赫亚尔兄弟”一章，这下当年的困惑顿时冰释。

原来国王沙赫泽曼（即纳训译本中的沙宰曼）回宫取物时看到的景象是这样的：“王后正在他的床上，躺在一个黑奴的怀抱之中……”这就难怪他要赫然震怒，“将那一男一女斩杀在床上”了。而两兄弟在国王舍赫亚尔（即纳训译本中的山鲁亚尔）宫中所见喷水池边的景象，竟是“应声走过去一个黑奴，上前拥抱王后，继之二人紧紧搂抱在一块儿，云雨起来……如此这般，直到夕阳西斜，黄昏将至”。这就难怪两兄弟万念俱灰，立马抛弃王位自我放逐了。

我不厌其烦地回顾上面这段公案，是想用个案来说明一个问题，即《一千零一夜》的版本极为复杂，据李唯中说仅编译的少儿版就超过80种。而各种版本的文字出入甚大，比如纳训译本3274页，而李唯中译本达4261页，两书开本相同但前者竟少了近1000页，这1000页的篇幅，得删掉多少类似第一篇中的情节啊！大量的删节，搞得连一些故事的基本情节都变得难以理解了。

关于《一千零一夜》中的故事

至于《一千零一夜》本身，在这篇序中似乎已经无须再说什么。对于那些“阿拉伯文学中的瑰宝”“在世界文学史上的意义”之类的老生常谈话题，我也没有什么新见解需要补充。只有一个问题，鄙意以为或许还值得略谈数语。

以往国内出版社出版《一千零一夜》或《天方夜谭》时，为了强调是在将一种有价值的外国文学作品介绍给国人，通常都如出一辙地正面介绍其中故事的生动、智慧、美妙、想象力丰富等，所举之例，当然不外“阿里巴巴和四十大盗”“水手辛巴达”“阿拉丁神灯”这些脍炙人口而且已被反复搬上银幕的故事。

在这类介绍中，以我所见，无一例外都对另一个事实缄口不言，即书中大大小小嵌套着的故事中，其实也有不少是平淡无奇或乏善可陈的，有的是比喻意图过于明显，有的是说教色彩过于浓重。对这一事实缄口不言，当然是怕冲淡了读者对此书的兴趣。尽管从学术的角度来说，如此“隐恶扬善”并非严谨的态度，但介绍适合大众阅读的文学作品时，不拘泥于学术上的严谨，也无可厚非。

然而，现在这个理查·伯顿译注本，所服务的读者对象，当然都是有学术修养和历史情怀的学术界人士，至少也是“学术票友”，非一般读者可比。对这样的人士来说，告诉他们书中的故事并非个个精彩，丝毫不会影响他们披阅这个版本的兴趣——他们本来就不是奔着看几个精彩故事来的，那些故事他们应该早就耳熟能详了。

对这样的读者来说，理查·伯顿在《一千零一夜》译本中所加的大量脚注，以及后面几大卷的“补遗”，才是特别吸引人的内容。阅读这些内容时，故事是否精彩已经完全无关紧要了——事实上，这时故事所起的只是类似“药引”的作用。这恐怕只有我当年阅读霭理士（Havelock Ellis）《性心理学》（*Psychology of Sex: A Manual for Students*）的潘光旦译注本时的光景，差能近之。

关于《一千零一夜》的伯顿译注本及其学术价值

读者手中的这个《一千零一夜》译注本（*The Book of the Thousand Nights and a Night*）据说是理查·伯顿穷三十余年之功，从1852年开始，直到1888年才最终完成的，凡17卷，每卷卷首皆有“伯顿俱乐部印行，仅供私人用户”字样。前10卷为正文，第10卷末还附有研究论文，后7卷被伯顿称为“补遗”（*Supplemental Nights to the Book of the Thousand Nights and a Night*）。全书于1885—1888年印行完成。

这里先要澄清一个枝节问题：在关于理查·伯顿的史料中，他的《一千零一夜》译注本有时被说成16卷，有时被说成17卷，事实上这两种说法都没错——“补遗”部分的分卷序号是到6卷，这是“16卷”的依据；但“补遗”的第3卷又被分成了上下两卷（上卷页码至304页，下卷页码从307开始，可以理解为标题页和卷首插图分别占了第305、306页），这是“17卷”的依据，本文从之。

相传伯顿靠这个《一千零一夜》译注本挣了一万几尼金币，成为他挣的第一笔大额稿费，而经过删节的“《一千零一夜》家庭版”的销售则乏善可陈。

不过研究阿拉伯史的权威希提（Philip K. Hitti）认为：“伯顿的译本是以佩恩（John Payne）的译本为蓝本而加以润色的，只有诗句是伯顿自己译的。”希提认为“佩恩的译本是最好的英语译本”，但伯顿的译本“力求更能表达原本的东方风格”。

在这个英译本的大量脚注中，伯顿放进了他多年收集的各种相关材料，包括性爱、生育、阉割、割礼、避孕、春药等，五花八门，丰富多彩。

伯顿在这个译注本中所做的这番功夫，在西方学术传统中渊源有自，这实际上和从希腊化时期，经过中世纪，直到文艺复兴，在西方历史上大量出现过的经典作品的“评注本”，至少在风格上是一脉相承的。

再进而言之，这种传统甚至在中国古代学术史上也能找到踪迹——乾嘉学人对前人经典作品所进行的大量笺注、疏证等工作，和西方历史上的“评注本”，以及伯顿的《一千零一夜》译注本，至少在风格上也是有相通之处的。

理查·伯顿的传奇人生

理查·伯顿（Richard Francis Burton，1821—1890）爵士其人，颇富传奇色彩，其人其事其书，生前身后，国内国外，都颇多争议。

理查·伯顿外表有点像东方人，这一点被认为“对维多利亚时代的小姐们有一种难以形容的吸引力”：“他那突起的颧骨使他看来像个阿拉伯人，那双吸引人的眼睛又像吉卜赛人那样带着阴郁……从他的脸上找不到什么漂亮的地方，但却反映出一种惊人的兽欲、一种压抑的残暴和魔鬼般的魅力。”照欧文·华莱士（Irvin Wallace）的说法，伯顿太太，一位出身名门的美女，当年就是被伯顿的眼睛迷住的。他们恋爱了五年才订婚，伯顿太太后来说：“我希望我是男人，要真是的话就当理查·伯顿；可惜我是个女人，只好当伯顿太太。”

伯顿太太可不是好当的，因为伯顿相信“禁欲是纯粹的罪恶”，在他心目中，多配偶才是“本能的自然法则”，所以他从年轻时起就“喜欢淫荡的生活”，中年时又对美国实行多妻的摩门教心驰神往，甚至专程去了一趟盐湖城；而且他勇于探险，热衷远游，夫妻难免聚少离多；况且他还是个双性恋者，更兼天赋异禀极为有才，遇到如此自称已经“触犯了十诫中每一诫”的风流才子兼无行浪子，一般女子如何消受得起？不整天以泪洗面才怪呢。

在《不列颠百科全书》中，理查·伯顿的头衔是“英国杰出的学者、探险家和东方学家”，他作为探险家载入史册的勋业有三项：第一项是“第一位发现非洲坦噶尼喀湖的欧洲人”，第二项是“考察索马里北部的穆斯林禁城”，第三项就相当奇怪了：是“穿过不开放的麦加和麦地那城”——他化装成穆斯林才完成了这项侵犯当地主权、冒犯当地宗教尊严的“勋业”，伯顿身上那种勇于冒险、敢于违法乱纪的浪子本色在此事上表露无遗。当然，作为学者，他此行也留下了《麦地那和麦加朝觐记》，被认为“不仅是一部杰出的冒险记事，也是对穆斯林生活和礼仪等的经典论述”。

理查·伯顿有语言天赋，1840年他进入牛津大学三一学院之前，已经通晓法语、意大利语、希腊语和拉丁语，以及至少两种欧洲方言。不料入学两年，他就因违反校规被牛津大学开除，于是进入英军在印度的孟买步兵团，任步兵少尉。他在印度生活了八年，学会了印地语、马拉塔语、信德语、旁遮普语、泰卢固语、普什图语、木尔坦语、古吉拉特语，他还熟练掌握了梵文、阿拉伯语和波斯语。伯顿总共通晓25种语言，如果算上方言的话，总计超过40种语言。

伯顿在印度期间，迷恋上了东方文化，虽然他游历多方，但他的思维方式被认为是东方式的。他一生总共出版了探险游记43卷，译作约30卷。中国自古有“读万卷书，行万里路”之语，伯顿可谓近之矣。但他最著名的著述，通常认为还是他译注的《一千零一夜》。

1886年，英国女王为表彰理查·伯顿“服务于帝国”的贡献，授予他圣米格尔及圣乔治二等爵士勋位，遂得在姓名前冠以“Sir”字样。四年后伯顿在的里雅斯特（Trieste，今属意大利，当时属奥匈帝国）逝世。

理查·伯顿与古代性学经典

理查·伯顿晚年和友人组织了“爱经圣典协会”（Kama Shastra Society），这个协会有一个梵文名字，还有一个虚构的总部——从来没有人知道它究竟坐落于何处。

1883年“爱经圣典协会”刊行了由理查·伯顿翻译的印度《爱经》，即《印度爱经》或《欲经》；因书名的发音（*Kama Shastra*，有时也拼写成*Kama Sutra*），又被称为《伽摩经》《迦玛经》等。作者筏磋衍那（Vatsyayana），后人对他的生平几乎一无所知，只知道他生活于公元1世纪至6世纪之间。《爱经》英译本初版书名是《译自梵文的筏磋衍那爱经》，并有版本说明“科斯莫波利斯，1883，仅供伦敦和贝拿勒斯的爱经圣典协会非公开发行”等字样。

1886年“爱经圣典协会”又刊行了由理查·伯顿整理翻译的《香园》（*The Perfumed Garden*）——当时的书名是《酋长的芳香花园，或16世纪阿拉伯人的爱之艺术》。这是目前西方最权威的英译版本，不但内容齐全，且就此书的来龙去脉作了详尽的介绍，对于性学或文化研究者来说，尤有重要意义。伯顿表白自己翻译《香园》的原因时说：原因只在于该书引言中的一句话，这句话也许道出了理查·伯顿的心声：

> 我对真主发誓，毫无疑问，这本书中的知识是必要的。只有可耻的无知之辈、所有科学的敌人才会对之无动于衷，或冷嘲热讽。

理查·伯顿还翻译了《欲海情舟》（*Ananga Ranga*，又名《爱之驿》），原作由诗人库连穆尔（Kullianmull）编写，据说是用以讨好阿赫姆德·洛迪（Ahmed Lodi）之子拉克罕（Ladkhan）的——人们认为他是1450—1526年间统治印度的洛迪家族的成员或亲戚。《欲海情舟》应成书于15—16世纪。此书可视为《爱经》的升华本，是在后者的基础之上加以概括而形成的，因而被认为具有较高的理论性。

此次影印的理查·伯顿译注本《一千零一夜》，或许是“爱经圣典协会”印行的古代经典中最重要的一种。此外“爱经圣典协会”还刊行了一些与性爱有关的书籍。

伯顿太太的焚书和伯顿的身后是非

理查·伯顿在《一千零一夜》和《香园》等书的翻译上花了大量心血，给后人留下了一笔重要的文化遗产。但是他死后，伯顿太太虽然接受了6000几尼的《香园》稿费，却将伯顿的《香园》译稿焚毁，并且连同伯顿的日记、笔记和其他译稿，全部付之一炬。她为自己这种疯狂行为辩护，据说这样做是为了“让理查·伯顿的名誉永远无瑕疵地存在”。

也就是说，伯顿太太认为，伯顿对这些性爱经典的研究和翻译，都是有损他名誉的。周作人评论此事说：伯顿太太“这样凶猛地毁灭贵重的文稿，其动机是以中产阶级道德为依据”。

伯顿在《爱经》英译本序中说：

> 当大众忽视一门学科的知识，把它们当作难以理解或根本不值得考虑的问题时，完全的无知已经非常不幸地毁掉了许许多多的男女。

事实上，关于情爱的知识与情爱本身一样重要，只有通过性与爱的教育，才可能有美好的生活。罗素（Bertrand Russell）曾有“美好的生活由爱而激发，由知识而引导”之语，正是此意。而从理查·伯顿翻译的几种性学经典来看，它们都能够坦然地讨论、研究性和性爱，而不搞那些遮遮掩掩、假装正经的把戏。

周作人对《香园》以及理查·伯顿翻译这些作品时所表现出来的大胆和率真十分欣赏，在谈到《香园》时曾大发议论：

> 中国的无聊文人做出一部淫书，无论内容怎样恣肆，他在书的首尾一定要说些谎话，说本意在于阐发福善祸淫之旨，即使下意识里仍然是出于纵欲思想，表面上总是劝惩。

在周作人看来，《爱经》《香园》等作品，其中有些内容和中国古代房中术有相似之处，但《爱经》《香园》等作品中却完全没有“选鼎炼丹、白昼飞升”等的荒唐思想，所以周作人的结论是：

> 因此感到一件事实，便是中国人在东方民族中特别是落后……中国人落在礼教与迷信的两重网里（虽然讲到底这二者都出萨满教，其实还是一个），永久跳不出来。

不过周作人有他自己的知识局限，他对于中国古代房中术理论，有相当严重的误解，因为在主流的，同时也是历史最久远的中国经典房中术理论中，本来就没有“选鼎炼丹、白昼飞升”等的荒唐思想（这些属于较晚出现的支流）。而在今天看来，周作人的上述感叹则是严重缺乏文化自信的。比如这个伯顿译注《一千零一夜》中国影印版的印行，本身就是“跳出来”的表现之一。

理查·伯顿的这些翻译工作，连同他的大量其他作品，包括游记之类，因为都表现出对性的强烈兴趣，难免让卫道之士暗暗皱眉甚至义愤填膺；他还被牵涉进一些关于同性恋的指控中，这些在他生前曾给他带来不少麻烦。不过总体来说，还算有惊无险，伯顿的晚年是在财富和荣誉的簇拥下度过的。

2018年3月9日

于上海交通大学科学史与科学文化研究院

[《理查·伯顿译注〈一千零一夜〉》影印版（全17卷），上海大学出版社，即出]

科学社会学

核电就是魔鬼，也只能和它同行吗？

——平井宪夫《核电员工最后遗言》中文版序

直到前不久，我仍然是赞成使用核电的。主要是考虑到地球上煤、石油、天然气的储量都是有限的，而能够替代上述三者的能源方案中，核电相对来说是最为“成熟”的。所以我最初听到“核电就是魔鬼，也只能和它同行”的说法时，居然认为可以表示同意。

但是读了平井宪夫的《核电员工最后遗言》之后，我改变了观点——现在我的观点是：至少目前的核电技术，作为民用是不宜推广的（军事用途可以例外，比如核动力航空母舰、核动力潜艇等）。因为本书指出了核电现存的一些致命问题——这些问题以前是被我们普遍忽视的。

只报喜不报忧的“核电科普”

在福岛核电站泄漏事故闹得如火如荼的时候，我不止一次被媒体在采访中问到同一个问题：为何在书店找不到关于核泄漏、核辐射等方面的科普书？当然随后许多出版社马上就一拥而上，炮制出了一大批这方面的“急就章”书籍，但在福岛核电站泄漏事故之前，我也没有注意过这个问题——也许这个问题一直没有人注意过。

当时我对媒体的回答是：这和我们对科普的认识误区直接有关。我们多年来把科普看作一种歌颂科学技术的活动。在传统的科普理念中，科学技术可能带来的任何危害和负面作用，都被断然排除在科普内容之外。例如有关核电的科普，总是强调核电如何“高效”和“清洁”，以及现代核电站是如何“安全”。但对核电站实际造成的问题和可能的危害，则几乎总是绝口不提。切尔诺贝利核电站泄漏事故通常被认为是“环保”的话题，而不是科普的题中应有之义。

核电的“高效”，到现在为止也许尚无问题，但“清洁”就很成问题。我们不能仅仅因为核电站不冒出火电厂烟囱通常要冒出的烟——现在还有更时髦的说法是碳排放——就断定核电站更清洁。

一座核电站只要一开始运行，即使是完全正常的状态，也不可避免地会有核辐射散布出来。核辐射无声无色无味，杀人伤人于无形，怎么能说是“清洁”的呢？当然，核电专家会向我们保证说，核电站在设计上有多重保障，即使有核辐射，也足以确保这些辐射是“微量”的，不会对人体有任何伤害。

但更大的问题是，一旦发生了福岛核电站这样的泄漏事故，辐射污染全面进入土壤、空气和海水，还谈什么“清洁”呢？换句话说，核电站对环境的潜在的污染可能性，远远大于火电厂的那些烟尘排放。

在福岛核电站事故之后，有一个已经去世十五年的日本人平井宪夫，重新被世人关注。因为他的遗作《核电员工最后遗言》早已预言了福岛核电站今天的命运——事实上现在的事态比他当年的预言更为恶化。

平井宪夫是核电技师，生前参加过日本多座核电站的建设（包括福岛核电站），后因长期遭受核辐射罹患癌症，遂成为废除核电运动的积极分子，58岁时去世。他的《核电员工最后遗言》的最大价值，在于提供了来自核电建设和运行第一线的真实情况报告——这些情况与公众常见的“核电科普”以及核电专家的安全承诺大相径庭！

核电站的第一个致命问题

平井宪夫书中最重要的贡献，是指出了如下事实：核电专家在图纸上设计出来的“绝对安全”的核电站方案，实际上是无法在施工和运行中实现的——因为人在核辐射环境中，生理和心理都使之无法正常工作。所以核电站无论设计多么合理，理论上多么安全可靠，在实际施工和维护时总是难以达到设计要求，难以绝对保证质量。而设计核电站的人，当然不是那些在现场核辐射环境中施工或检修的工人。

这是一个以前在关于核电的讨论中从未被公众注意到的问题。

平井在书中举过一个例子：有一次运行中的核电机组一根位于高辐射区的螺栓松了，为了拧紧这根螺栓，不得不安排了30个工人，轮番冲上前去，每人只能工作几秒钟，有人甚至扳手还没拿到时间就到了。结果为了将这根螺栓拧紧三圈，动用了160人次，费用高达400万日元。

平井告诉读者，日本的核电站总是将每年一度的检修维护安排在冬季，为的是可以招募附近农闲时的农民或渔民来充当临时工。因为电力公司的员工们都知道检修时的环境中有核辐射，他们谁也不愿意在核辐射环境中工作。

核电就是这样一种要求工人定期在核辐射环境中工作，而且还会使周边居民长期在核辐射环境中生活的工业。毫无疑问，这是一种反人道的工业。

核电站的第二个致命问题

核电站的另一个致命问题，是它运行中所产生的放射性核废料。世界各国都为此事大伤脑筋，至今也没有妥善的解决办法。正是在这样因循苟且的状态中，核废料继续分分秒秒产生出来，堆积起来。

日本的办法，起先是将核废料装入铁桶，直接丢进大海（想想日本的渔业吧），后来决定在青森县建立“核燃基地”，计划在那里堆放300万桶核废料，并持续管理三百年。美国则计划在尤卡山的地下隧道存放77000吨高放射性核废料，但不幸的是他们现有的核废料已经足以填满尤卡山。而以核电产生的废料放射性钚239为例，它的半衰期长达两万四千年，持续管理三百年又有什么用呢？

这个问题不是新问题，但确实是一个迄今为止仍然无法解决的问题。

核电站的第三个致命问题

核电站还有一个非常怪诞的问题——如果说世界上竟有一种只能开

工运行却无法关闭停产的工厂的话，那大概就是核电厂了。因为核电厂的核反应堆只要一开始运行，这个持续高热的放射性怪物就如中国民谚所说的“请神容易送神难”——停产、封堆、冷却等，都需要持续花费极高的成本。例如，一个核电机组停机封堆之后，至少需要使用外来电力帮助它持续冷却五十年以上。

一个特别生动的例子，就是此次出事的福岛核电站一号机组。据平井宪夫披露，原本计划运行十年就要关闭的，结果电力公司发现关闭它是个极大的难题，只好让它继续运行。如今它运行了四十年终于出事。

这个问题也是以前在关于核电的讨论中从未被公众注意到的。

核电站比原子弹更危险

在我们地球上，核电站重大事故至少已经发生了三起：切尔诺贝利核电站事故、三里岛核电站事故、福岛核电站事故。小的事故就更多了，只是外界不曾注意而已。原子弹当然在核试验中爆炸过多枚了，真正用于战争而投放的则有过在日本广岛和长崎爆炸的两枚。但上述爆炸当然都不是事故，因为都是在受控状态下进行的。

那我们可不可以说：世界上的核电站至少已经发生过三起重大事故，而全世界的原子弹还没有发生过重大事故，因而，核电站比原子弹更危险？

也许有人会争辩说：谁敢保证原子弹没有发生过事故？即使发生了事故，军方也一定会全力将其掩盖起来。但电力公司也同样有掩盖核电站事故的动机，而原子弹如果真的出了重大事故，恐怕谁也没有能力面对无孔不入的西方媒体长期将其掩盖。

事实上，核电站确实比原子弹更危险——而且危险得多。

这里最根本的原因在于：核电站是要“运行”的，它要持续进行核反应，而投放爆炸之前的原子弹，并不处在“运行”状态中。

核电站的上述三个致命问题，对原子弹来说都不存在。

更何况，原子弹是用来攻击敌国的，但核电站要是出了问题，受害的却是本国民众！

所以，运行核电站，难道不比存放原子弹更危险吗？

核电站难道不比核军备更应该反对吗？

追问核电：我们为什么要用越来越多的电？

福岛核电站事件之后，全球的核电发展会因此而停滞吗？

各国都有一些激进人士主张完全废止核电，但另一些人士则认为应该积极发展核电。主张发展核电的人甚至提出了“核电就是魔鬼，也只能与它同行”的说法。

要评判这个说法，首先应该思考一个问题：为什么我们总是不断地、毫无节制地增加对电力的需求？

现在，几乎全世界的人都在埋头奔向一种叫作“现代化”的生活，而且已经停不下来了。我们正在一列叫作“现代化”的欲望特快列车上。我们已经上了车，现在发现谁都不能下车了；而且也没人能告诉我们，这趟列车将驶向何方；更可怕的是，这趟列车不仅没有刹车机制，反而只有加速机制。事实上，可以说我们已经被科学技术劫持了，或者说被“现代化”劫持了。正是这种状态，导致我们无休无止地增加对电力的需求，以满足我们贪得无厌的物欲。

如果没有切尔诺贝利，没有福岛，也许我们还有理由停留在“现代化”的迷梦中，但事到如今，我们实在应该梦醒，应该反思了！如果真的只能与魔鬼同行，那我们是不是应该问问，我们为什么还一定要在这条路上走呢？

我们对待科学技术的态度

眼下的现实是，全球都在死命追求高污染、高能耗的“现代化”，煤、石油和天然气不久就会用完。太阳能和风电目前发电成本还很高，技术上也远未成熟，离大规模商业化推广还有很大距离。可是全球对电力的需求仍在快速增长，根本等不及新能源的研发和成熟。所以核电在许多人看来是目前难以放弃的选择。

我们即使不赞成将目前的核电技术推广应用于民用，但并不反对进一步研发更安全的核电技术。如果有朝一日，这种核电技术真正成熟了——以上文所说的三个致命问题都得到有效解决为标志，那也不妨推广应用。

但是，在此之前，我们还能做些什么呢？

我认为能做的事情之一是思考。哪怕这种思考目前只能得出无奈的结论，也比不加思考只顾向前狂奔要好。

特别是要思考我们看待科学技术的态度。我们不应该只知道一味赞美科学技术，还应该全面看待科学技术，应该对科学技术可能的负面作用提出警告和反思。想当然地认为科学技术必定美好，必定会给我们带来更美好的生活，其实只是盲目的信念。

人类确实正在享用科学技术的成果。但它们是否真正美好，需要时间来检验。比如杀虫剂，使用十五年后就被证明危害非常大，可人们已经依赖它和自然界建立了新的动态平衡，想不用也不行了。核电极可能也会形成类似的局面。又如三聚氰胺、瘦肉精等，都曾经被我们视为“科学技术成就”，甚至获得过国家奖项，这些“科学技术成就”给我们的生活带来了什么呢？再如对于转基因主粮，如今争议激烈。这些都需要我们深刻反思。

今天的科学共同体，也是一个利益共同体。它也会谋求利益最大化，也会与资本和市场结合，但它身上却一直笼罩着别的利益共同体所没有的光环。所以它更需要伦理的引导，更需要法律的约束，更需要一切现代资本和市场都必不可少的监督。

2011 年 7 月 26 日
于上海交通大学科学史系

（《核电员工最后遗言》，［日］平井宪夫著，陈炯霖等译，人民文学出版社，2011年）

方益昉《当代生命科学中的政治纠缠》序

十年前，上海交大的林志新院长带着方益昉到我在浩然高科技大厦的办公室来，林院长介绍说小方是美籍华人，想以留学生的身份跟我念科学技术史专业的博士。小方原是上海第一医学院毕业的，出国前在上海交大生物技术研究所任职，所以说起来也可以算是我们交大的旧人了。他在美国获得医学博士认定，曾在著名的西奈山医院工作，后来又下海经商，此时已是往来于纽约上海之间的相当成功的海归商人了。

当时我一听这些情况，就以为这是一个商人的异想天开——都已经有美国的医学博士学位了，又想再念一个中国的冷僻专业的博士学位玩玩。就带着一点吓唬他的意思，向他严肃陈述了上海交通大学关于留学生攻读博士学位的有关规定：除了可以免修政治课和公共英语课，必须和国内同学一样修读课程修满学分，必须和国内同学一样撰写博士学位论文，必须和国内同学一样等候博士学位论文通过两份盲审和一份明审，必须和国内同学一样发表足够的CSSCI论文之后才有资格举行论文答辩……

不过这些陈述似乎没有吓住小方，他很淡定地表示：没有问题，会遵守学校的一切规定认真攻读。我想他既然如此“不知死活”要来玩儿票，那就让他玩玩看吧。反正到时候他要是毕不了业，也照旧衣食无忧，连就业压力也不会有。

于是小方进入上海交通大学科学史系，在我指导下开始攻读博士学位。他在同学中年龄已经偏大，所以自嘲为“老童生”。几年下来，他学习认真，成绩优秀，甚至获颁高额奖学金。考虑到他已经是一个成功的商人，我笑有关部门给他这份奖学金简直是“损不足以奉有余”，当然这对他主要是有精神意义。

小方第一次展示他“孺子可教”的潜质，是入学两年后在《上海交通大学学报》上发表的《通天免酒祭神忙——〈夏小正〉思想年代新探》一文。他的英文当然没问题，他在美国甚至办着一个英文刊物，但这篇论文显示他古汉语的造诣也完全够格，这在如今的博士生中已经不多见了。但更重要的是，他在这篇论文中显示出了某种能够别出心裁的素质——他注意到在《夏小正》中没有出现过“酒”这个字，这一点以前从未见有人注意，而小方却在这一点上发现了重要信息。

这篇文章让我确信小方是有学术潜力的。再往后我又发现，小方这种外人看来“玩儿票”性质的攻读，也有意想不到的好处：因为他不再需要稻粱谋，追求起学问来倒是有可能更为纯真，这就为我们两人在“科学政治学”方面的研究开启了合作之门。

我所说的“科学政治学”可以有两层含义，既包括科学与一般意义上的政治之间的互动关系，也包括在科学运作中所呈现出来的政治色彩。

第一层含义指科学与政治之间发生的关系，比如国内“转基因主粮争议”中，力推转基因主粮的群体，企图影响国家官员、国家政策；又比如“黄禹锡事件”中，韩国政府先是将黄禹锡奉为民族英雄，但一见到西方对他的“造假”指控，就撤销了他的一切职务；这就是平常我们所说的政治对科学的影响。

第二层含义是指科学在自身运作过程所呈现出的“政治”，类似于我们平常说的“办公室政治”中的“政治”，科学群体也会钩心斗角，这种钩心斗角本身就是政治。

在黄禹锡事件中，这两种情形交织在一起。黄禹锡事件既有政治对科学的影响，也有科学群体内部的“政治”，比如夏腾从黄禹锡的合作者变成了指控者。2005年秋后，短短几十天的时间，韩国细胞分子生物学专家黄禹锡，从韩国民族英雄、最高科学家的耀眼光芒中跌落，被他原来的合作者指控，随后陷入“造假风波”。

方益昉选择这一事件为中心撰写他的博士学位论文，是有相当难度的。写作的动机主要不是为黄禹锡鸣冤（尽管客观上会有这样的效果），而是提供一个学理上的研究。

以前灌输给公众的科学形象，通常都将科学和科学家描绘成纯洁的样子，为科学献身的例子比比皆是。但在这个事件上，我们看到的不是这样，科学家们在名利上钩心斗角，而且不惜指控昔日同行。虽然最后这个指控没有得到法律的支持，但“造假”指控过后，黄禹锡当年快得到的科学成果，已经落入别人囊中。

黄禹锡是一个很特别的科学家，是彻头彻尾的“韩国制造”——无外国学位，无留学背景，他对主导当今科学的所谓“西方范式”也许不屑一顾，结果眼看他要把桃子摘到手的时候，西方同行用“造假”来指控他，最后把黄禹锡本来应该能摘到的桃子摘走了。科学共同体内部能发生这样的事情，与我们以前被灌输的科学形象大相径庭，这是因为科学已经告别了纯真年代。

多年来，和不少学界中人一样，我在尽本单位学术义务的同时，经营一点自己感兴趣的学术领域，我有几块“学术自留地”，各有小小的合作团队，成员主要来自我已经毕业的博士，他们毕业后乐意继续和我合作，进行我们共同感兴趣的研究。

一块是“对科幻的科学史研究”，合作拍档是穆蕴秋博士，我们主要是将以往从未进入科学史研究视野的科幻活动和作品，纳入科学史研究领域，成果中除了发表一系列学术论文之外，已有一些著作问世，比如《新科学史：科幻研究》《地外文明探索研究》《江晓原科幻电影指南》等。从这一块延伸出去，我们近几年又展开了对“影响因子”的科学社会学研究，系列成果也正在次第面世。

另一块就是一开始和小方合作的“科学政治学”，我们既联名发表长篇论文，也合作出版著作，比如我们在商务印书馆联名出版的文集《科学中的政治》。现在小方的博士论文经过修订和充实，成为内容新锐的学术专著，是这方面最新的成果。

经营学术新领域，通常都是有风险的，常见的风险之一，是不容易被学术界认可。但既然只是“自留地”，主要动力来自个人兴趣，也就大可“只问耕耘，不问收获”，不必那么在意学界的认可了。

记得我和方益昉联合署名的长篇论文《当代东西方科学技术交流中的权益利害与话语争夺——黄禹锡事件的后续发展与定性研究》写成后，北京某学术杂志审稿一年之久，仍然迁延不发，据说就是担心“为黄禹锡鸣冤”会成为错误甚至罪状。那时在前一阶段国内媒体不明真相跟风报道落井下石的影响下，黄禹锡还被“钉在学术的耻辱柱上”（有不少学者至今还这样认为）。后来我失去耐心，通知该杂志撤稿，转投《上海交通大学学报》，承学报青眼，立即刊登，而且很快被《新华文摘》全文转载，封面列目。随后“黄禹锡事件”的一系列后续发展使情况日渐明朗，完全证实了我们论文中的判断。这件事使我和小方都颇受鼓舞，本来我们是“只问耕耘，不问收获”的，但只要真是有价值的研究，即使是在新领域中所出，得到学界有识之士的认可也未必那么难。

我本人对于象牙之塔中的学术生涯，原是一向安之若素的，没想到近年来，在上面这些小自留地中，从科学史的研究出发，不经意间，居然介入了好几起当下社会生活中的科学争议，还真有些出乎意料之外。但这又何尝不可以归因于这些小自留地选择得当，以及和我合作的学术新秀们活力充沛呢。

2016年12月12日

于上海交通大学科学史与科学文化研究院

（《当代生命科学中的政治纠缠——以黄禹锡被打压事件为中心》，方益昉著，上海交通大学出版社，2017年）

石海明《科学、冷战与国家安全》序

美国总统奥巴马宣称“美国还要领导世界一百年”，激起了一片“凭什么”的质疑声浪。美国其实从来也没有真正“领导”过世界，所以奥巴马的宣言，在世界已经趋向多极化，而中国正在和平崛起的今天，听起来仿佛是生活在幻觉之中的人所发。

恰好此时石海明博士的《科学、冷战与国家安全——艾森豪威尔政府外空政策变革（1957—1961）》一书问世。石海明博士在上海交通大学科学史系获得博士学位，本书就是在他的博士学位论文基础上形成的。本书研究的虽是美国20世纪50年代后期外空政策变革的个案，却也有助于读者了解美国是在怎样的心态下试图“领导世界”的。

世界上想当“领导”的人很多，通常出于下面三种动机：

一、寻求权力带来的好处，目的是谋私。

二、寻求安全感，因为掌握权力之后往往使别人不容易加害于自己，而自己却拥有更多加害于别人的能力和条件。

三、无私奉献，愿意承担义务而为人民服务。

前两种动机经常交织在一起，很难明确区分。出于第三种动机的情形，在日常生活中还是有的，但处在国与国的关系中时，通常政治家很难说服自己国家的人民同意自己这样做。这种情形，倒像是中国儒家政治理想中对古圣先贤的期许，也许孟子心目中的“齐桓晋文之事”，约略近之。

那么奥巴马宣称“美国还要领导世界一百年”，是出于哪种动机呢？

石海明博士的书，正好可以帮助我们作出判断——或者说为全世界有识之士早已作出的判断提供一个证据。

石海明博士在上海交通大学科学史系求学期间，好学深思，勤奋刻苦，笔耕不辍，成绩斐然。他大量使用美国各部门的解密档案，包括美国国防部、美国国家安全委员会、美国国家情报委员会、中央情报局的解密档案。这些档案主要可见于*Digital National Security Archive*和*Declassified Documents Reference System*两个数据库中，中国国家图书馆和几所大学的图书馆已经购买了上述两个数据库。石海明博士以极大的耐心和毅力研读这些解密档案，同时还大量阅读已经公开出版的相关史料。在此基础上，详细描述和分析了苏联人造卫星上天后，在世界范围内引发的剧烈反应，和美国国内多方政治博弈中导致的外空政策转向及美苏大规模军备竞赛的开启。

第二次世界大战结束后，世界分成两大阵营：以苏联为首的社会主义阵营和以美国为首的资本主义阵营。20世纪50年代，“冷战”方殷，双方用直接军事冲突之外的手段激烈争夺。“冷战”的重要内容之一，是要向世人证明，自己阵营的社会制度和意识形态比对方的优越。

怎样才算优越呢？国强民富当然应该是根本指标，但“科学技术先进”同样是最重要的指标之一。所以当苏联领先一步，于1957年10月4日成功地发射了世界上第一颗人造卫星之后，社会主义阵营一片欢腾，意气风发。当时苏联、东欧社会主义诸国和中国的报刊上，以文章、诗歌和漫画等形式，连篇累牍地对这一成就进行激越赞颂和引申发挥。这次人造卫星的发射被视为苏联科学技术比美国领先的象征。而这种反应背后所暗含的逻辑是：证明我们的科学技术比对手先进，就证明了我们的社会制度和意识形态也比对手先进，就可以在“冷战”中坚定我方信心，提升我方士气。

有意思的是，上述逻辑是当时“冷战”双方都同意的，所以苏联人造卫星的发射，也被美国政客用来批评艾森豪威尔政府的外空政策。

艾森豪威尔本来是不赞成和苏联阵营搞军备竞赛的，他主张优先发展经济和改善民众生活，这不仅符合在“二战”废墟上重建家园的世界各国人民的共同愿望，也应该是全球发展的正确方向。但他的政敌、当时尚属在野的肯尼迪等人，一直不赞同艾森豪威尔的上述主张，苏联的人造卫星给了他们一张王牌，使他们得以对艾森豪威尔政府的军事政策和外空政策发起更为有力的攻击。

在这种攻击中，他们经常拿“国家安全”来说事。在他们看来，苏联在人造卫星方面的技术领先，极大地威胁了美国的“国家安全”。为了应对这种批评，美国国务院对外发布了宣传手册《外空入门》，解释苏联人造卫星并不会对美国的国家安全形成技术上的威胁，艾森豪威尔为手册写了序，序中仍然强调“我们发展的是和平的空间技术”。

但是肯尼迪方面的观点看来还是占了上风，随着他当选总统，恰好又遇到苏联宇宙飞船载人上天的刺激（1961年4月12日），更是火上浇油，肯尼迪急切地表示：“如果有人能告诉我如何赶上去……没有比这更重要的事了。”很快就有人告诉肯尼迪如何赶上去了，办法是两步棋：

一是搞出一个比苏联加加林上天难度更大的航天行动，来证明美国的科学技术比苏联的优越。“阿波罗”登月工程就是在这样的背景下出台的，这个工程从本质上来说就是一个政治工程，而不是许多普及读物中经常渲染的纯粹的“科学探索”行动——当然它需要用到科学技术作为工具。目的是在前述“冷战”双方都同意的逻辑下，以这样的象征性成就，来证明美国的科学技术比苏联优越，从而也就证明美国的社会制度和意识形态比苏联优越。

第二步棋，就是开启大规模的军备竞赛。

肯尼迪心目中的美国“国家安全”到底在哪里呢？“肯尼迪坚持认为，安全只存在于更多的核弹头和更多的远程弹道导弹中。”他的这个幼稚想法，此后半个多世纪，至今仍被许多美国政治家奉为圭臬。这是一个唯科学主义的安全观，和以前毛泽东批判过的“唯武器论”有相通之处。

这种安全观强调自己在全方位的优势和控制地位，如果别人在某件事情上领先了，或者仅仅是接近自己了，就毫无例外地被视为对美国

“国家安全”的挑战和威胁。所以持有这种安全观的美国，不可能容忍任何别的国家的崛起——哪怕这个国家只是在经济上开始崛起，其总体军力还远远小于美国时，美国就将不能容忍。

如果是一个持有这种安全观的美国，宣称“还要领导世界一百年”，你说它的动机是什么呢？它又凭什么来“领导”呢？

在这种安全观里，人心的向背完全被忽略了。在历史上，依靠武力和装备的优越建立的帝国有过不少，最后都难免灰飞烟灭，原因何在？不是因为它们在技术上被别人超越了，而是因为它们失去了人心。两千年前，孟子已经对这种情形做过精彩的说明：

> 威天下不以兵革之利。得道者多助，失道者寡助。寡助之至，亲戚畔之；多助之至，天下顺之。以天下之所顺，攻亲戚之所畔，故君子有不战，战必胜矣。

就国家安全而言，技术装备当然也不能落后，但仁义不施，人心不向，就不可能有真正的安全，更不用说“领导世界”了。

2014年6月4日
于上海交通大学科学史与科学文化研究院

（《科学、冷战与国家安全》，石海明著，解放军出版社，2014年）

《看！科学主义》前言

编这本文集，最初是在一次北京的聚会上，华杰、田松提出的创意，当时立刻得到大家的赞同。书名也是在这次聚会中定下来的，并议定由我来编辑。

上海交通大学出版社张天蔚社长闻讯，很快就决定出版这本文集，令人感动。

这本文集的书名，初看起来似乎有点怪怪的，这背后确实有一点故事，我不妨就借此机会说一说。

2002年，在上海召开了第一次“科学文化研讨会”，与会者包括京沪两地一些志同道合的学者、出版人和媒体工作者。会后在《中华读书报》上发表了《首届“科学文化研讨会”学术宣言》，引起了各方的注意和反响——当然以赞成和欣赏的居多。因为我们经常使用“科学文化”的概念，“科学文化研讨会”以后又每年都举行一次，媒体的朋友遂提出了“科学文化人”之说，常用来指称以本书诸作者为主的一群学者。

不料，“科学文化人”对“科学主义”及其消极作用的揭示和批评，引起了一些人士的误解。这些人士还想当然地以为“科学主义”就是“热爱科学”或“崇尚科学”之意，不了解“科学主义”在当代已经成为一个有特定意义的贬义词，遂让一腔毫无必要的义愤充塞于他们胸臆之中，甚至将“科学文化人”指责为“反科学文化人”。

又不料，由于“科学文化人”中某些浪漫才子生性潇洒豪迈，飞扬跳脱，面对“反科学文化人”的错误指责，不屑自辩其诬，反倒笑而受之，竟索性在某些场合自称为“反科学文化人”，调侃起来（例如，将“伊媚尔”取名antiscience@……不过后面的固定签名中又有“说明：本人从来不反科学”字样，等等）。

更不料，此笑而受之之举，又被个别不是深度误解就是别有用心的人拿来大做文章，甚至上纲上线。幸好如今政治开明，文化多样性和多元化的观念已经逐渐深入人心，那种有碍和谐社会建构的事情已经不太容易发生了。

从最近几年来围绕“科学主义”“反科学主义”的争论来看，绝大部分发表意见者都认为“科学主义”是一个贬义词，而且都知道“反科学主义”绝不意味着反对科学。但在这个问题上，以正面建设为主，对有关概念及其演变进行系统梳理，并进而对这些观念的背景和意义作进一步探讨和阐释，显然是很有好处的。

顺着上述因缘和思路，《看！科学主义》这个书名也就很自然地浮出水面了。这个书名，有一点好奇，有一点调侃，却又有着更多的严肃和认真。最初是刘兵想出来的，后来大家在若干个候选书名中反复挑选，一致认为这个最佳。

本书中的所有文章，都是心平气和之作——事实上，本书诸作者皆为性格温和开朗之人，“三不政策”——“不骂人，不吵架，不停步”（参见本书《不要轻信自己拥有真理——苏贤贵等〈敬畏自然〉序》）——确实是诸位作者的共识。我们喜欢的是摆事实，讲道理；行文的风格则常有讲故事，打比方，偶尔也掉书袋，也不拒绝调侃或自嘲。

本书收入了署名刘兵、刘华杰、田松、蒋劲松、辛普里、柯文慧和江晓原的文章，总共76篇。文集的主体被分为六个单元，当然这只是大致的划分（其中有些文章显然可以放在不止一个单元中）。这六个单元的标题是大家议定的，具体哪篇文章放在哪个单元，每人也都给出了建议。但最终各文在各单元的位置，以及每个单元中各篇文章的顺序，则是我“主观武断”的结果。

本书诸作者皆为勤于写作之人，故几年下来，每人都在“科学主义”问题上发表了大量文章。收入本书中的文章则经过了两道筛选——先由作者自选，每人选择自己感到有意思的文章若干篇，集中到我处，再由我从各人提供的文章中选择，我也确实“利用职权”舍去了若干篇文章，这是要向除我以外的诸位作者告罪的。

2006年9月22日
于上海交通大学科学史系

（《看！科学主义》，江晓原主编，上海交通大学出版社，2007年）

我们为什么需要思考这些问题？

——田松、刘华杰《学妖和四姨太效应》新版序

想不到张艺谋的著名影片《大红灯笼高高挂》，居然衍生出一个典故来——“四姨太效应”。四姨太（巩俐饰）本未怀孕，但她诈称怀孕，希望由此赢得老爷的宠爱，就可以增加怀孕的机会，一旦真的怀上，自然就有功无过，万事大吉了。四姨太的这个“智慧”，早已被我们的一些“学术精英”领悟，立即在学术界轰轰烈烈地展开向《大红灯笼高高挂》“致敬”的运动——对此田松是这样描述的：

> 一个学术单位，虽然实力不够，但是假装够，只要获得了“上面”的信任，就可以得到项目、工程、基地，也就是说，得到经费。在我们现在的学术机制下，这些大项目、大工程可以在很大程度上决定一个学术单位的发展，乃至于命运。有的经费高达千万，乃至上亿。一个单位有了这样的资金支持，不需要特别优秀的管理者，只要相对不错的管理者，这个单位就不可能不发展。……这时候，假的也就成了真的了。

说实话，这种现象我们如今早已司空见惯了。

其实“学妖”一词，或许容易带来误解，因为他们认为“学妖”的作用并非完全是负面的，他们甚至还将“学妖”和物理学中的“麦克斯韦妖”类比。但在我们通常的语境中，“妖”字所引起的联想几乎总是负面的——“妖言惑众”“妖魔鬼怪”“妖形怪状”“妖孽”等。故“学妖”一词很容易让人产生完全负面的联想。而事实上，按照本书的定

义，今天学术界的不少组织者都有可能被列入“学妖”范畴。

田松和刘华杰在这本书中，共讨论了12个与科学文化有关的问题，“学妖与四姨太效应”只是其中的第一个。本书讨论的另外11个问题依次是：

> 对于当今科学不能解释的现象，以及和当今科学不相容的理论，我们应该持什么态度？
>
> 物理科学的辉煌时代过去了吗？
>
> 应该如何看待民间科学爱好者？应该如何看待伪科学？
>
> 阿米什人和纳西族：今天拒绝过现代化生活是可能的吗？他们的故事对我们有何意义？
>
> 规律可不可以被违背？
>
> 外部世界的客观性问题。
>
> 工业文明（现代化社会）的前景。
>
> 怎样从更深的层面来认识我们和食物之间的关系？
>
> 日益脱离现实和时代的哲学如何自救？
>
> 在当下的各种科学争议中，“实质等同原则”不应被滥用。
>
> 如何看待卡辛斯基对工业文明的批判？

这些问题有联系吗？答案是：有，而且有着相当紧密的联系。相对来说，“学妖与四姨太效应”倒恰恰是最游离于本书主题的。它之所以荣膺作为全书书名的待遇，估计是因为它最容易吸引眼球。

田松教授和刘华杰教授，分别执教于北京师范大学和北京大学，可以说都是国内最优秀的中青年学者行列中的成员。他们为什么要讨论上面这些问题呢？

答案是：因为他们是“反科学文化人”。

这群学者，主要执教于北京大学、清华大学、上海交通大学、北京师范大学等高校，还有部分成员供职于京沪两地的出版社和报社。最初他们被媒体称为“科学文化人”，但因为他们对流行的唯科学主义观念持全面批判的态度，遂被一些唯科学主义者指斥为“反科学文化人”。然而，就如“印象派”这个名称最初也是嘲笑贬斥之辞，但曾几何时已经成为一派画风的响亮名称一样，这些学者觉得“反科学文化人”这个名称也很不错，更明确地反映出了他们对唯科学主义的批判立场，何妨就笑而受之呢？

而上面所列的这些问题，都和对唯科学主义的批判有关。要清算和批判唯科学主义，就需要对这些问题进行深入的思考和讨论。这种思考和讨论，在“反科学文化人”而言是长期不间断地进行着的。多年前，田松和刘华杰将他们当时已经完成的八次长谈整理出来，汇集成书，实为颇具功德之举。这一次新版，又增补四篇，益多功德。

这些对谈有何功德？答案是：将原先在学者小圈子中探讨的问题，以深入浅出的形式介绍给公众，这对我们社会的健康发展大有帮助。

因为很长时期以来，唯科学主义的观念，广泛渗透在我们的学校教育和大众传媒中。例如，对于上述问题，许多公众从未认真思考过，而是满足于学校教科书上的“标准答案”或是人云亦云的结论（比如“伪科学是科学的敌人”“规律不可以违背”“外部世界的绝对客观性”等）。

我自己在多次演讲结束后与听众的互动中发现，其实对唯科学主义进行批判和反思，并没有我们最初想象的那样困难，听众接受这种批判和反思的观点，也没有我们最初想象的那样困难。有一次我到一个海军院校为年轻的海军技术军官们演讲，事后他们的副校长对我说的话，很有代表性，这位将军说：“江教授，你讲得很有道理，其实你讲得并不难接受，只是大家以前没有去思考那些问题而已。”

对于本书中的思考和讨论，读者也完全可以作如是观。

我们为什么需要思考这些问题？

因为这些问题很重要，而且我们以前没有尝试去思考过这些问题；

或者，我们没有尝试用本书两位作者所用的方法去思考过这些问题。

2019 年 8 月 18 日
于上海交通大学科学史与科学文化研究院

（《学妖和四姨太效应》，田松、刘华杰著，生活·读书·新知三联书店，2019年）

科学传播

#《当代大学读本·科学文化系列》总序

读本也就是文选，中国人对此并不陌生，但各种学术读本的编纂，只是近年才开始在国内流行。

读本在西方发达国家原是早就习见的。各个学科、各个专业领域都有自己对应的读本，同一学科同时有许多可供选择的读本。多种读本之间，视角不同，侧重点不同，相竞争也相互补。

读本可作教科书使用，欧美许多大学的课程就以读本为教材。当教材用的读本，有些是正式出版的，有些是由任课老师编制的、装订在一起的复印材料包（称pack，定价不菲，因为这种教材也要向原作者支配文献使用费）。读本不同于少数几个人撰写的普通教科书，有些读本并不以传授该领域的基础知识为己任，而是针对已经学习过基础课程的学生，为他们提供本领域中更为全面和深入的文献。

每种读本，都有自己的诉求，至少理论上是如此。

这套“科学文化系列”读本的诉求，通俗言之，就是“提高科学素养”；以学术话语言之，则旨在于加强“Science Studies”（可译作科学元勘、科学元究、科学论等）的学科建设，提供新的平台，完成科学观的“版本升级”。

何谓Science Studies？这是对自然科学的一种多角度的元层次研究。如果科学家的对象性研究是一阶的研究的话，这种研究则是二阶的研究。

我们可以问：“科学本身可不可以被研究？”答案是：当然可以，而且要深入研究、仔细研究。

说到科学素养，很多人是有误解的。我们以前总以为，所谓“科学素养”，就是（或者主要是）对科学知识的记忆，比如知道地球绕太阳转一圈的时间是一年、光传播的速度是每秒30万公里之类。现在我们当然知道，这样理解科学素养，那是太落伍、太过时、太不和国际接轨了。

真正的“科学素养”，还要包括很多内容。

其中最重要的是，我们需要了解科学与其他事物之间的关系。

这种关系在以往的宣传中，长期以来有许多误解，比如许多人习惯于将宗教想象成科学的敌人，将伪科学、民间信仰、地方性知识想象成科学的敌人，甚至将幻想想象成科学的敌人。而实际情况则并非如此。

科学并不是一个从天而降、横空出世的神，它是从一片土壤里生长出来的。即使从最狭义的理解出发，将“科学”定义为发源于古希腊、成熟于近代欧洲、如今遍布于全世界的科学，也仍然是如此。那片生长出现代科学的土壤里，还有宗教、巫术、魔法等，所以现代科学的“血统”并非那么纯洁、那么高贵、那么美玉无瑕。要提高我们的科学素养，我们就既要纵向了解科学的前世今生，也要横向了解科学与哲学、宗教、艺术、伦理、性别等方面的联系。

这套“科学文化系列”读本，以在校的研究生、本科生为主要读者对象，旨在打造一种新型的学术平台，帮助研究生和高年级本科生理解那些与科学有关的交叉学科的学术脉络与经典，提供这方面的较为系统的知识和信息，造就一代知识新人。目前推出的第一批包括如下七种：

《科学史读本》

《技术哲学读本》

《科学传播读本》

《科学与宗教读本》

《性别与科学读本》

《环境伦理学读本》

《艺术与科学读本》

随着认识的深化和理论的发展，以后还会陆续推出新的品种。

对于一个当代大学生来说，这套“科学文化系列”读本有什么意义呢？

也许一个理工科大学生会说：我只要学好我的专业知识就行了，那才是真功夫真本事，别的都是瞎掰，至少也是可有可无、无关紧要的。

但是你错了。

上面这种错误的想法，已经造就了许许多多“有知识没文化”的人。比如，许多学工程技术出身的人，一事当前，总是只想到用技术去解决问题，却往往不先思考：这个问题值不值得解决？解决了会不会生出更大的问题？会不会得不偿失？等等。科学只能教人怎样做事，人文才能教人怎样做人。一个人来到社会，要想达到他的理想，成就他的事功，那对他来说，如何做人的学问永远比如何做事的学问更重要。所以，如果你不满足于终身只当一个匠人，而想成为自己的主人，那你必须要有人文。

也许这个学理工科的大学生又会说：所谓文化，不就是背背唐诗、谈谈莎士比亚、拉拉小提琴什么的吗？我有必要读这套书吗？

不幸的是你又错了。

背背唐诗、谈谈莎士比亚、拉拉小提琴，对于一个理工科大学生来说确实不失为一种文化点缀，但那也只是点缀而已。你还需要懂得与科学有关的人文道理——因为你是学理工科的，人们认为你应该懂得这些道理，你不能只有科学知识没有科学素养。事实上，将来你要成功地为人处世成家立业，都需要懂得这些道理。

也许另一个文科大学生会说：学理工科的同学读读这套书确实有其必要，但我就没有什么必要了吧——我学的就是人文，而我对科学技术根本不感兴趣。

但是你也错了。

如今这个世界，即使你对科学技术不感兴趣，可是科学技术却对你很感兴趣——科学技术全面包围着你、影响着你、诱惑着你、消费着你——只要你是纳税人之一，科学技术就在用着你交纳的钱。所以，不管你对科学技术有没有兴趣，你都需要懂得与科学技术有关的道理，需要不断提升你的科学素养。

为了协调科学与人文这两种文化的关系，一个超越传统的新概念——科学传播——开始被引进。科学传播的核心理念，是公众有权了解科学并参与科学。

近几年，在中国高层科学官员所发表的公开言论中，也不约而同地出现了对国际国内理论新发展的大胆接纳。例如，科技部部长徐冠华在一次讲话中说：

> 我们要努力破除公众对科学技术的迷信，撕破披在科学技术上的神秘面纱，把科学技术从象牙塔中赶出来，从神坛上拉下来，使之走进民众、走向社会。……随着科技的迅猛发展和国民素质的提高，越来越多的人已经不满足于掌握一般的科技知识，开始关注科技发展对经济和社会的巨大影响，关注科技的社会责任问题。……而且，科学技术在今天已经发展成为一种庞大的社会建制，调动了大量的社会宝贵资源；公众有权知道，这些资源的使用产生的效益如何，特别是公共科技财政为公众带来了什么切身利益。（载2003年1月17日《科学时报》）

又如，中国科学院院长路甬祥在一次讲话中指出：

> 科学技术在给人类带来福祉的同时，如果不加以控制和引导而被滥用的话，也可能带来危害。在21世纪，科学伦理的问题将越来越突出。科学技术的进步应服务于全人类，服务于世界和平、发展和进步的崇高事业，而不能危害人类自身。加强科学伦理和道德建设，需要把自然科学与人文社会科学紧密地结合起来，超越科学的认知理性和技术的工具理性，而站在人文理性的高度关注科技的发展，保证科技始终沿着为人类服务的正确轨道健康发展。（载2002年12月17日《人民政协报》）

所有这一切，都不是偶然的。这是中国科学界、学术界在理论上与时俱进的表现。这些理念上的更新，又必然会对科学与人文的关系、科学传播等方面产生重大影响。

2007年2月27日，由中国科学院、中国科学院学部主席团公开发表的《关于科学理念的宣言》(以下简称《宣言》)，对于科学的精神、科学的社会责任等，作了前所未有的全新论述。

《宣言》中特别要求科学工作者“更加自觉地规避科学技术的负面影响，承担起对科学技术后果评估的责任，包括：对自己工作的一切可能后果进行检验和评估；一旦发现弊端或危险，应改变甚至中断自己的工作；如果不能独自做出抉择，应暂缓或中止相关研究，及时向社会报警”。《宣言》还呼吁：“避免把科学知识凌驾其他知识之上，避免科学知识的不恰当运用，避免科技资源的浪费和滥用。要求科学工作者应当从社会、伦理和法律的层面规范科学行为，并努力为公众全面、正确地理解科学做出贡献。”

作为中国科学院的官方文件，《宣言》无疑反映了中国科学界高层的共识，因而应该被视为近年在国内科学文化领域最重要的文献之一。

依靠什么来对科学加以控制和引导呢？

当然只能是人文精神和伦理道德。

2007年11月1日

于上海交通大学科学史系

(《当代大学读本·科学文化系列》，江晓原主编，上海交通大学出版社，2008年)

传播科学需要新理念

——《走近科学史丛书》总序

传统的“科普”概念，在18、19世纪曾经呈现过不少令科学家陶醉的图景。

那时会有贵妇人盛装打扮了，在夏夜坐在后花园的石凳上，虔诚地聆听天文学家指着星空向她们普及天文知识。那时拉普拉斯侯爵为他的“受过良好教育”的读者写了《宇宙体系论》这样主题宏大的科普著作，大受欢迎，他去世时已经修订到第六版，其中新增加的七个附录中居然有两个和中国有关（一个是关于中国古代“周公测影”的数据，一个涉及元代郭守敬测算的黄赤交角数值）。

至少在19世纪，衣冠楚楚的听众还会坐在演讲厅里，聆听科学家面向公众的演讲。这样的场景让科学家感觉良好。在科学家和大众媒体的通力合作之下，营造出了科学和科学家高大、完美的形象，这种形象在很长时间里确实深入人心。

基于20世纪50年代之前中国公众教育程度普遍低下的现实，在中国形成的传统“科普”概念，也是一幅类似的图景：广大公众对科学技术极其景仰，却又懂得很少，他们就像一群嗷嗷待哺的孩子，仰望着从天而降的伟大的科学家们，而科学家则将科学知识“普及”（“深入浅出地”、单向地灌输）给他们。这一很大程度上出于想象的图景，也曾在很长时间里让中国的科学家和“科普工作者”相当陶醉。

然而，上面这番图景，到今天早已经时过境迁。

有些今天的中老年人士，感慨“科普”盛况不再，常喜欢拿当年《十万个为什么》丛书如何畅销来说事，他们质问道：为什么我们今天的科普工作者不能再拿出那么优秀的作品来了呢？其实这种质问也是“伪问题”——因为当年的《十万个为什么》到底算不算“优秀”，是一个必须商榷的前提。事实上，如果将当年的《十万个为什么》和今天的同类书籍相比，后者信息更丰富，界面更亲切，早已经比《十万个为什么》进步了许多。

而当年的《十万个为什么》之所以创造了销售“奇迹”，那是因为当时几乎没有任何同类作品，故《十万个为什么》客观上处于市场垄断的状态。其实这种特殊机制下的“奇迹”在改革开放之前并不罕见，例如，“文革”结束后最早恢复出版的科普杂志之一《天文爱好者》，也有过订阅量超过百万份的辉煌纪录。而今天国内的科普类杂志，能有几万份的销量就可以傲视群伦了。

从更深的层次来思考，则另有两个非常重要的原因。

第一个是，在以往的一百年中，科学自己越来越远离公众。科学自身的发展使得分科越来越细，概念越来越抽象，结果越来越难以被公众理解。

第二个是，中国公众（至少是广大城镇居民）的受教育程度普遍提高，最基础的科学知识都已经在学校教育中获得，对以《十万个为什么》为代表的传统型科普作品的需求自然也就大大消减了。

所以基本上可以断言，传统“科普”概念已经过时——它需要被超越，需要被包容进一个含义更广、层次更高的新理念之中。

这个新的理念何以名之？有几个不同的名称，目前都在被使用：“科学文化”“科学传播”“公众理解科学”“科学文化传播”等。

随着科学取得的成就越来越多，它从社会获取资源变得越来越容易，它自身也变得越来越傲慢。许多科学共同体的成员认为，科学不再需要得到公众的理解——它是那么深奥，反正一般公众也理解不了，广大纳税人只需乖乖将钱交给科学家用就行了。

对于这种局面的批评和反思，早在20世纪下半叶就在西方发达社会中出现了，并且在大众传媒中逐渐获得了相当大的话语权。这种让科学共同体的某些成员痛心疾首的现象，其实未尝不可以视为一种进步。今天，科学家既然已经接受纳税人的供养，他们当然有义务让纳税人——

广大公众——知道自己在干什么事？这些事有什么意义？这些事对公众和社会的福祉是有利还是有害？

在这个新理念中，科学知识固然应该得到准确的，同时又是通俗的讲解——如果公众需要这种讲解的话，但与此同时，科学技术与社会、文化、历史等方面的关系，包括科学技术的负面作用、科学技术在未来可能带来的灾祸，我们应该怎样看待科学技术，等等，也都是重要的内容。这是一幅科学与公众双方相互尊重、相互影响的互动图景，它取代了以往那种“科学高高在上，公众嗷嗷待哺”的单向灌输（普及）的图景。

最后还有一点值得特别强调：如今任何一本优秀的科学文化书籍，都不必讳言自身的娱乐作用。如今“娱乐”对于科学来说不是耻辱，相反应该是一件光荣的事情。因为随着公众受教育程度的持续提高，以及互联网带来的便捷信息，公众中已经极少有人会需要靠“科普”书籍去寻求工作、学习或生活中问题的解答。现在他们之所以愿意披阅一本与科学有关的书籍，经常是为了寻求娱乐——当然多半是智力上的娱乐。

这套《走近科学史丛书》，就是实践上述“科学文化”理念的新尝试。各位作者皆为科学史界卓有成就的名家，书中所谈，除了科学技术本身，亦涉及与此有关的思想、哲学、历史、艺术，乃至对科学技术的反思。这种内涵更广、层次更高的作品，以“科学文化”称之，无疑是最合适的。

前几年美国Discovery频道的负责人访华，当被中国媒体记者问及“你们如何制作这样优秀的科普节目”时，该负责人立即纠正道：“我们制作的是娱乐节目。”仿此，如果《走近科学史丛书》的出版人被问及“你们为何要出版这套科普书籍”时，我建议他们也立即纠正道：“我们出版的是科学文化书籍。”

2009 年 9 月 20 日

于上海交通大学科学史系

（《走近科学史丛书》，江苏人民出版社，2009年）

重回世界的中央

——梁二平《谁在世界的中央》修订版序

中国正在重回世界的中央，之所以说“重回”，是因为我们至少已经有过一次位居世界中央的经历，那就是大唐盛世。如今，盛世又一次向我们走来。

中华文明虽然有过盛衰起落，但文明之流从未中断。同一个族群（尽管不断汇入新鲜血液），使用同一种语言（尽管有方言的差异），书写同一种文字（尽管有字体的演变），持续数千年之久，这在人类文明史上是唯一的个案。历史学家汤因比早在20世纪50年代就不止一次预言中国终将崛起复兴，但他的理由出人意表，竟是因为“中国拥有历史”！几千年的历史，在汤因比看来不是负担和包袱，而是崛起复兴的资源和原因，在这一点上，汤因比真是帮助中国人重塑文化自信的优秀外籍教师。

重塑文化自信，当然需要重新界定自己在世界文化中的位置。正值此时，有人为我们提供了一本特别有利于“温故知新”的好书《谁在世界的中央——古代中国的天下观》。此书初版于2010年，数年来作者勤加修订，面目焕然一新。

本书作者梁二平本为报人，却有强烈的学术追求，笔耕不辍，著述源源不断，实属报人中的异数。他长期关注海洋文化，多年来行走四方，足迹遍至中国全部省份，向外远涉四十余国。行走远方虽在报人也不少见，但梁二平好学深思，多年来将自己修炼成了一个中国海洋历史方面的合格研究者，他和供职于著名大学或高端科研院所的学者们坐而论道，同坛讲学，全无“民科”或“民历”的拘执、褊狭、自卑、急切等情状，而是从容淡定，俨然大家——当然不是装出来的，我混迹学界垂四十年，装不装自谓还是一眼就能看出的。我和他交往多年，这是他给我印象最深刻的地方。

若言梁二平的著述，凸显报人文笔自不待言，他已经出版了好几种有影响的著作，较著名的有《谁在地球的另一边》《谁在世界的中央》《败在海上》等。这些著述从文本形式上看，大致相当于传统学人在撰写了一堆“学院派”学术文本的基础上所写的“雅俗共赏”之作。不出意料的是，梁二平当然没有写过一堆“学院派”学术文本——作为报人，我估计他也不屑于写这种东西。

但梁二平跳过了这个学术训练和积累阶段的表现，并不意味着他没有实际经历过这样的阶段。因为他是自学成才的，不会面临学术体制内的刚性要求——发表一堆“学院派”学术文本的目的，不就是为了证明自己成功地经历了学术训练和学术积累的阶段吗？最终的学历和学位证书就是对这种成功经历的证明。而梁二平已经不需要这些东西了。

以前我曾将爱因斯坦说成“超级民科”，更多的是一种修辞策略，梁二平却是我们生活中一个真正成功的“民科”案例。在这个案例中，他没有遭遇到通常在这类事情上表现保守的“专业”学者的轻慢、嘲笑和拒绝。

成功的“民科”与通常“民科”的差别，主要表现在他们是否愿意遵从主流学术共同体的学术规范。如果遵守了这个规范，通常就不会遭到主流学术共同体的拒斥，梁二平就是这样的例子。他虽然没有“历史学博士”之类的头衔，但他会被主流学术共同体视为自学成才。反之，如果对主流学术共同体的学术规范不屑一顾，虽然如今也可以玩得很爽，甚至颇受媒体的宠爱，但仍然难免主流学术共同体的拒斥或轻视。绝大部分不成功的“民科”，问题都在这里。

梁二平研究海洋历史文化，早在“一带一路”之议提出之前好多年就在辛勤耕耘了。事实上，他的一系列著述可以作为一个成功的范例：学者坚守自己选择的园地，不忘初心，辛勤耕耘，不管它热还是不热。万一有朝一日它居然热了起来，比如“一带一路”成了国家政策，各种攀龙附凤的“学术研究”蜂拥而来，那也不是梁二平刻意等待的时刻。我经常喜欢用庄子的话来描述这种精神境界——“举世而誉之而不加劝，举世而非之而不加沮”，这是学者在学术追求上的至高境界。

现在这本《谁在世界的中央——古代中国的天下观》的修订版中，梁二平将视野从海洋转向了大陆。

他从探讨中国古代方位观念的建构入手，将中国古代的天下观归结为一种“文化金字塔”式的天下观：越是高端的文化，就越是位于金字塔的上层（贵），同时也就越是位于天下的中央（华的位置）。

这样的观念当然有自大的成分，但也有着人道和公平的色彩。梁二平精辟地指出，“自大不是古代中国独有的毛病”，但问题是其他自大的国家，率先用炮舰来丈量世界，用罪恶的黑奴贩卖和鸦片贸易来帮助开拓殖民地，西方列强一度在世人面前羞辱了曾长期居于高端的华夏文明，使中国人也不得不跟着西方信奉起“优胜劣汰，适者生存”这种弱肉强食的低端丛林法则了。

如今，汤因比预言的伟大时刻已经临近，中国人将用新的历史向世人表明：即使西方列强借助昔日的船坚炮利将“优胜劣汰，适者生存”的低端丛林法则强加给了全世界，华夏文明也可以在这丛林中成为优胜的“适者”——尽管在我们看来，适应弱肉强食这种低端的丛林法则并不会给华夏文明带来什么光荣，我们终将以新的力量重新光大华夏文明“和谐万邦”的传统理念。

2018年元旦

于上海交通大学科学史与科学文化研究院

［《谁在世界的中央——古代中国的天下观》（修订版），梁二平著，上海交通大学出版社，2018年］

不要轻信自己拥有真理

——苏贤贵等《敬畏自然》序

给别人的书写序，不是一件容易的事情——所以我自己的书极少请人写序，通常都只有我的“自序”；要给别人的论战之书写序，当然就更不容易了。当年朋友请我给方舟子《溃疡》一书写序，我周围的人分成三派：一派主张不要写，一派主张应该写，一派认为写不写无所谓。考虑再三，我还是写了。结果那篇序中出了一段“名言”，很多朋友对那段“名言”的感觉，颇为复杂。

现在这本《敬畏自然》，是更加旗帜鲜明的论战之书，也是更加敏感的书。

我本人是不喜欢论战的。这些年来在我身边发生的论战，哪怕战团中有许多我的朋友，我通常也是置身事外的。还有的人铆足了劲儿，不停地批评或攻击我，据说就是想要将我拖入战团，我也不为所动，只是以我的“三不政策”应之。

“三不政策”者，“不骂人，不吵架，不停步”之谓也，详见我的一本文集《交界上的对话》的自序，请容许我在此引用几段旧文：

> “不骂人”是一种自律：非但不主动骂人，而且挨了骂也不回骂。要知道，骂人可是一件非常爽的事情啊！记得有人讲过一个故事：有某老者身体健康，精神矍铄，旁人叩以养生之道，老人曰：“无他，只是想骂谁就骂谁罢了。”“想骂谁就骂谁”，当然是极难达到的境界，美国总统布什也达不到，想来只有金庸《侠客行》中凌霄城里自大成狂的白自在，差能近之。但是退而求其次，拣那些

能骂的人骂骂，也不失为养生之道啊。况且“人不骂我，我不骂人；人若骂我，我必骂人”，似乎也是天经地义。但我在文字上坚持不骂人——文字上骂人被金庸称为“语言暴力”。

“不吵架”当然是指不打笔墨官司。这和“不骂人”还不是一回事，盖可以不吵架而骂人，亦可以不骂人而吵架也。打笔墨官司其实也是一件蛮爽的事情，然而非常容易跃迁到骂人的能级上去。我虽深知其爽，但惧其破坏心境，毒化气氛，大多数情况下于事无补，故亦时时深戒之。

“不停步”则是某种责任感。我们知其爽而且能养生，但仍然坚持不骂不吵，是因为面对媒体，学者的首要责任是传播学术理念，积累思想资源。所以我们不能因为有人骂而停步，甚或陷溺于骂人吵架的快感享受之中，我们要做我们应该做的工作——那些工作夜以继日也来不及做，哪有时间精力去吵架骂人呢？

但是，毫无疑问，吵架骂人和学术争论或思想论战不是一回事。而且，我自己不参加论战，并不意味着我反对别人投入论战，也不意味着我对于别人论战中的是非曲直没有自己的判断，更不意味着我不表达自己的见解——只是我用我自己喜欢的方式、在我认为合适的场合、向我认为合适的对象表达而已。

近年围绕着科学文化、科学传播、唯科学主义等一系列问题，已经有了很长时间的论战，而且有越来越多的人士加入了这场论战。我把这场旷日持久的论战称为关于“两种文化”的论战。此次关于要不要“敬畏自然”的争论，只是这场关于“两种文化”的论战中最新的一次战役而已。

在这场关于“两种文化”的论战中，我注意到有这样一种现象，即有一些人士，似乎坚信自己就是真理的天然掌握者和阐释者——如果不是真理的化身的话。这些坚信自己拥有真理的人士，在论战中有两大特征：

第一，因为相信自己拥有真理，所以进而认为，一切与自己不同的见解，都是违反真理的，所以总是以“对敌斗争”的心态，给论战的对方扣上带有意识形态色彩的帽子，著名的“反科学”就是一顶这样的帽子。

第二，也许以前有些人士自己身受过极左政治的迫害或打击，结果他们现在——在改革开放已经快三十年的今天！——竟然也老是想用极左的方法去打击对方，比如试图借助政治手段禁止对手发言之类。这很容易使人联想到西方历史上的“吸血鬼”传说——被吸血鬼咬过的人，自己也会变成吸血鬼。自己当年曾经受过打击或迫害，就想用同样的方法去打击或迫害别人，这是最令人悲哀的事情之一，我想这或许正是西方“吸血鬼”传说的寓意之一？当然这就有点扯得远了。

说老实话，对于“两种文化”论战中涉及的许多专业知识，我都不懂。比如，我自己是学天体物理出身的，后来学科学史，对于克隆人问题，我就觉得我没有资格作为“专家”或权威去公开发表见解。顺便说说，对于水坝问题，或者股票市场的运作问题，我也没有资格作为“专家”或权威去公开发表见解。在这些问题上，不是本行专家的学者，其实和一般公众没有多大区别。

或者有人会问，既然如此，你对于“两种文化”论战中双方的是非曲直，靠什么来判断呢？我的办法其实很简单：依靠常识。

我首先从这样的假定出发：如果论战的一方真的相信自己的观点是正确的，而犯错误的对方对自己也没有恶意，那他应该能够心平气和地和对方进行讨论，力求说服对方。

但是，如果有一方，在对手对自己毫无敌意的情况下，却企图借助政治手段禁止对手发言，那他怎么能让人相信他真的拥有真理呢？如果自己拥有真理而对手犯了错误，那么让对手发言只会给自己带来一个又一个的胜利和荣耀，为什么还总想将学术争论引向意识形态，以便借助政治手段禁止对手发言呢？

论战的目的，是为了寻求和传播正确的知识，而不是为了打击对方。所以论战的过程，也只能是一个相互探讨、相互交流和相互激发的过程，而不是一个宣泄情绪或入人以罪的过程。我认为本书的四位作者，是做到了这两点的。

最后，我们当然还得回到到底要不要“敬畏自然”这个问题上来。事实上，我对这个问题只有一种相当朴素的想法：

对于我自己不懂的事物，我向来保持着某种“敬畏”的感觉——我小心地听取专业人士的意见，然后根据常识，并调用自己的背景知识，来进行判断。

那么推而广之，对于整个大自然，我们谁敢说自己都已经懂了呢？大家心里都明白，对于整个自然，我们至今仍然所知甚少。既然对于整个自然我们仍然所知甚少，那怎么能不保持一点敬畏之心呢？

我们谁也不应该轻信自己拥有真理。

2005年2月16日

于上海交通大学科学史系

（《敬畏自然》，苏贤贵、田松、刘兵、刘华杰著，河北大学出版社，2005年）

性　学

坦荡的性，文化的性

——拉科尔《孤独的性：手淫文化史》中文版导言

谈论手淫需要勇气

李敖在他的《李敖快意恩仇录》一书中有一幅插图，是一对双胞胎姊妹的裸体像，李敖自述在狱中曾对着它手淫。插图下李敖的说明文字是："于是，那天晚上对着双胞胎姐妹，我做了一生中最痛快的一次手淫。"老实说，也就是李敖才敢这样"宣淫"，敢公然写"男女不防，颠倒阴阳，宣淫有理，我为卿狂"的文字，别的中国人，谁敢这样谈自己的手淫？明清色情小说中虽偶有写到手淫的，但以我见闻所及，从未有浓墨重彩加以描写者。

现在的西方人，谈论有关性的话题时，一般来说胆量当然比我们大些，不过当美国人托马斯·拉科尔（Thomas Laqueur）写这部新作《孤独的性：手淫文化史》（*Solitary Sex: A Cultural History of Masturbation*）时，还是需要相当大的勇气的。美国报纸上谈论这部书时所用的夸张措辞，多少也反映了这一点："粪淫没有使他们忧虑，鸡奸没有使他们犹豫，乱伦甚至使他们兴奋！但是手淫——拜托！什么都可以谈，就是别谈这个好不好？"

《孤独的性：手淫文化史》是一部雄心勃勃的著作，拉科尔试图将医学史、文化史、心理学、神学、文学等熔于一炉，为读者提供一个全面的关于手淫的文化史概要。他到哈佛去做这个主题的演讲，给哈佛的"历史与文学"系列讲座带来了活力。《新闻周刊》（*Newsweek*）杂志上说："现代手淫大师"来哈佛演讲。但是其间也发生了奇怪的事情：指导讨论会和提供辅导的教师颇为神经过敏。这些教师尽管也早已经深谙世情，并受过很好的高等教育，但一想到这样一种场景——要他们面对面和学生讨论手淫的历史，许多人还是会脸色苍白。还有一个教师宣称，他的良心反对他指定学生阅读拉科尔的新书，或让他们参加讲座。他承认，这不是因为题目不重要，但这只应在他称之为"非强制的框架"内被讨论。

至于学生，恐慌并未在他们中出现，他们中的许多人正处在看《情迷索玛丽》（*There's Something About Mary*）的年纪，早已经见怪不怪。《情迷索玛丽》是一部粗制滥造的爱情喜剧影片，女主角玛丽温柔美丽，风情万种，但主要是下面这个情节确实与众不同：玛丽的另一个追求者，不怀好意地告诉男主人公，与女孩约会前应该手淫一把，这样就不会在约会时欲火中烧，难以自制，以至于在女孩面前丧失风度了；男主人公听信了他的话，真的在和玛丽约会前努力手淫起来，结果精液射在自己耳朵上，闹得丑态百出。

另一条有趣的言论，则是克林顿总统在迈阿密新闻发布会上的说法：他说他在手淫这个问题上的观点，反映了"管理政策和我自己的信念之间的区别"。

关于手淫引起的道德焦虑

排列一下人类的各种行为，在唤起强烈焦虑方面，手淫堪称独一无二。

根据拉科尔观察，并不是在所有文化中都能发现手淫引起的焦虑，这也不是西方文化遥远源头中的一部分——在古代希腊和罗马，手淫可以成为一时困窘和嘲笑的题目，但它只有很少的或干脆没有医学的意义。

拉科尔还在本书中表明，也很难在古代犹太教思想中发现手淫的焦虑。在《圣经·创世记》第38章，我们读到俄南"将精液遗在地上"，这是一个使上帝恼火的行为，所以上帝让俄南死了。体外排精（Onanism）实际上是手淫的同义语，但对撰写了《塔木德》和《米德拉什》的拉比们来说，俄南的罪过倒不是手淫，而是他拒绝（为他的兄弟）生育。实际上更多的是指责浪费精液。

而中世纪的基督教神学家，则有着明确的概念，认为手淫是罪恶。但是拉科尔宣称，这不是一个他们特别重视的罪恶。除了5世纪约翰·卡西恩修道院（Abbot John Cassian）的例外，他们更多地是考虑拉科尔所谓的“社会的性之规范”，而不是孤独的性之规范。修道院将焦虑集中在鸡奸，而不是手淫上；而世俗社会则更关心乱伦和通奸。宗教改革并未根本改变关于手淫的传统观念，也未强化对此问题的兴趣。新教徒激烈攻击天主教的修道院和女修道院，在他们看来，诽谤婚姻就是鼓励手淫。

当神学家评论《创世记》第38章，主要不是谴责俄南干了什么，而是谴责俄南拒绝干什么：所以圣奥古斯丁解释说，俄南是这样一种人，他未能帮助那些需要帮助的人（在这个故事中是他那需要子嗣的兄弟）。神学家不赞成手淫，但他们并不高度聚焦在这个问题上，因为性本身，不仅是无生殖目的的性，都在应该克服之列。一个非常严厉的道学家，雷蒙德（Raymond of Penafort），警告已婚男人不要触碰他们自己的身体，因为这种刺激比他们的妇人更容易使他们产生性交的欲望。结婚比忍受情欲煎熬好些，但这些事情都应该被控制在最低限度。已经发现一个15世纪早期的、并未广泛流传的文献——3页的手稿《手淫自供》，被归属于巴黎大学长官简·德·吉尔森（Jean de Gerson）名下——指示牧师如何引导对手淫之罪的忏悔。

中国通常认为手淫是一件不好的、不体面的事情——尽管并未上升到罪恶。相传龚自珍曾在杭州魁星阁柱上书一联，“告东鲁圣人，有鳏在下；闻西方佛说，非法出精”，所谓“非法出精”，是佛教对手淫的称呼。在《西厢记》中，我们可以读到“指头儿早告了消乏”这样的句子，说的也是男性的手淫。

而在现代性学的观念中，坦然而愉快的手淫绝对无害于健康，甚至在许多情况下是有益于健康的——因为这可以释放性张力，缓解性饥渴。考虑到现代社会男性婚姻年龄通常比古代大大推迟，如果这些男性要遵守“不发生婚前性行为”的道德戒律的话，那他们在自己一生中性欲最强烈、性能力最旺盛的年代，将偏偏没有性满足的机会。在这样的情况下，对于他们的身心健康来说，适度的手淫更显得必要而且有益。

现代性学认为，如果一定要说手淫会给身心健康带来什么危害的话，那这种危害只能来自手淫者自身的观念——如果他（或她）相信手淫会危害健康，或者是一件不体面的事情，那么手淫就会给他（或她）带来焦虑，而正是这种焦虑将损害他（或她）的身心健康。所以此事“把它当回事儿它就是回事儿，不把它当回事儿它就不是回事儿”。只要他（或她）坦然接受现代的观点，手淫就不会有任何伤害。

手淫曾经被作为一种疾病

拉科尔提出了一个“现代手淫”——将手淫视为一种疾病——的观念，他认为“现代手淫可以在文化史上被精确地定出日期”——它开始于“1712年或此年前后”，以伦敦出版的一个小册子为标志。该小册子有那个时代常见的冗长标题：《手淫；或可憎的自渎之罪，及其所有的可怕后果，给两性中那些已经在这项令人憎恶的活动中受到伤害的人们的精神及肉体方面的告诫，以及给这个国家两性青年的及时警告……》（*Onania; or, The Heinous Sin of Self Pollution, and all its Frightful Consequences, in both SEXES Considered, with Spiritual and Physical Advice to those who have already injured themselves by this abominable practice. And seasonable Admonition to the Youth of the nation of Both SEXES...*）。小册子的作者，拉科尔判定是约翰·马腾（John Marten），一个招摇撞骗的庸医，出版过平装本的关于医学的色情文学书籍。马腾宣称，他幸运地遇到了一个虔诚的医生，此人发现了治疗手淫这一迄今无法医治的疾病的药物。这些药物是昂贵的，但是考虑到疾病的严重性，它们物有所值。读者被建议指名索取这些药物：它们是“增强剂”和“多子粉”。

拉科尔认为，这只是一个推销骗局：后来的版本包括了令人愉快的读者来信，这些读者披露自己起先沉溺于手淫，并证实专利药物的疗效。但仅仅用商业因素不足以解释为何“手淫”（onanism）及其有关的术语开始出现在18世纪伟大的百科全书中，也不足以解释为何法国最有影响的医生之一、著名的大卫·提索（Samuel Auguste David Tissot）将手淫视为一种严重的疾病，更不足以解释为何提索1760年的著作《论手淫》（*L'Onanisme*）迅速成为欧洲文学中耸人听闻的内容。

拉科尔认为，提索"决定性地提出了手淫"，并将它"放入了西方文化的主流"。医学界曾归纳出了一张冗长的关于手淫引起的病症表，表中包括了肺结核、癫痫、丘疹、疯狂、一般性的消瘦，以及早卒。提索认为手淫是"远比天花更恐怖的"。围绕着这一主题的可怕的焦虑仍然有待充分的解释，因为并无新的医学观测、发现，哪怕假说，能够解释为何手淫会被看得如此危险。

拉科尔认为，"现代手淫"是启蒙运动的产物。在提索和他博学的同事们之前，对于最普通的民众，手淫可能至多也就是引起一阵内疚而已。提索之后，任何放纵这一秘密愉悦的人，都相信将会有可怕的后果了。手淫被认为是一个对健康、理性和婚姻的伤害，甚至是对自我愉悦的伤害。对于启蒙时代的医生来说，手淫是一种谬误的愉悦，一种对真实的颠倒，因而它是危险的，需要严加防范。

中国明清时期有些危言耸听的礼教文字，历数情爱文学或戏剧的罪状，其中最严厉的指控之一，是说这些作品将导致青年男性的遗精或手淫，这些现象被说成"暗泄至宝"——因为古代中国人有一种观念，认为精液是男性生命中最珍贵的物质，除了生育的目的，它不应该被耗费。从下文所引屠岸译莎士比亚十四行诗中的措辞，也可以看出这个观念对现代中国学者的影响。所以手淫之类活动的后果，被严重夸大为是"斫丧真元"。这些说法有着某种医学的外衣，曾经使一些年轻人感到恐慌。这种恐慌事实上是完全没有必要的，因为如前所述，现代的观点认为手淫本身对健康并无任何伤害——当然不能过度，任何事情过度了都会对健康有伤害，就连吃饭睡觉也是如此。

手淫的文化史

在一首早期的十四行诗中，莎士比亚将手淫看成是对精液的浪费：

不懂节俭的可人呵，你凭什么
在自己身上浪费传家宝——美丽？

（屠岸译《十四行诗集》第四首）

自然希望这年轻人将他的美貌传给下一代；不要拒绝生育能够遗传他美貌的孩子。手淫在这首十四行诗中，是对遗产的不正当的滥用。这个年轻人只是在消耗他自己的财富，而财富是可以产生更多的财富的：

你这样一个人跟你自己做买卖，
岂不是自己敲诈美好的自己么？
造化总要召唤你回去的，到头来，
你能够留下清账，教人满意么？
　　美，没有用过的，得陪你进坟墓，
　　用了的，会活着来执行你的遗嘱。

（屠岸译《十四行诗集》第四首）

这首十四行诗中的年轻人，是一个［精液的］“无益的使用者”，最终算总账时，他将是亏损的。这里也许有一点遗传因素在起作用——莎士比亚自己和他的父亲有时都是高利贷者。但是莎士比亚也预见了一个拉科尔所注意到的“现代手淫史”上的主题：从18世纪以降，手淫被指为一个社会在经济上和生物学上的陋习。当然这都是对莎士比亚的现代解读，以前人们不会这样理解上面的诗句。比如1958年，美国女作家伊丽莎白·珍妮维在《纽约时报书评》上发表文章，推许纳博科夫的小说《洛丽塔》时，她还说：“纳博科夫先生在结语中告知读者，《洛丽塔》没有道德观在内。笔者只能说，亨伯特的命运是古典的悲剧，完美表达莎士比亚一首十四行诗的道德灼见。”她所提到的那首十四行诗现在被认为正是谈论手淫的。

一个像莎士比亚那样的诗人只能表明，完全现代形态的手淫那时还未存在：通过“跟你自己做买卖”，这个年轻人在浪费他的精液，但是事实是，这并不会损坏他的健康，也不会影响整个社会的秩序。

拉科尔还表明，文艺复兴提供了一些对手淫的观察，着眼点在快乐而不是避免怀孕。

说起关于手淫的讨论，容易使人联想起一个很难被指责为假正经的人：贾科莫·卡萨诺瓦（Giacomo Casanova），这个威尼斯的冒险家和浪子班头，18世纪40年代在伊斯坦布尔，曾和一个著名的土耳其哲学家优素福·阿里（Yusuf Ali）有过一番关于手淫及其与宗教之间关系的对话。

卡萨诺瓦坦率地表示自己“喜欢美妙的性，希望享受其中的美味”。优素福认为，“你们的宗教说你这样是要被谴责的，而我敢肯定我自己则不会［受到谴责］”。他问卡萨诺瓦：手淫在你们那儿也是一个罪行吗？卡萨诺瓦说这是“一个甚至比通奸还要严重的罪行”。优素福表示对此难以理解：“这总是让我惊奇不已，对任何立法者来说，他公布一个法律却无法使人实行，那就是愚蠢的。一个男人，没有女人，而他又健康状况良好，当专横的自然使他有此需要的时候，他除了手淫还能干什么呢？”

据说卡萨诺瓦是这样回答的：

> 我们基督徒相信事情恰恰相反。我们认为年轻人放纵于这项活动会对他们自己伤身促寿，在许多团体中他们都被紧紧监护着，使他们根本没有时间对自己犯下这项罪行。

手淫是罪，不是因为它违背神圣的律令——卡萨诺瓦对这种事情太不在乎了——而是因为它对于本人有害，就像吸烟或肥胖对于我们有害一样。

优素福·阿里对监护年轻人的企图同样表示轻蔑：

> 监护别人的人是不学无术的，那些为此支付费用的人是白痴，这种禁令本身，必然增加人们打破如此残暴和违反自然的法律的愿望。

这一观察看来是不证自明的，而对于当时的许多西方医生和哲学家来说，违反自然的不是禁令，而是手淫这种活动。

这种对于青年手淫的监管，在中国古代的文艺作品中也有反映。在准色情小说《金屋梦》（号称《金瓶梅》的续作）第五十回中，写到为了防范少年歌伎在接受专业训练期间手淫，“临睡时每人一个红汗巾，把手封住；又把一个绢掐儿，掐得那物紧紧的，再不许夜里走小水”。至于这种监管的目的，一是防止女孩因手淫而破坏处女膜，二是因为相信女孩手淫会导致阴道宽松，“就不紧了，怕夫主轻贱”。

启蒙时代和弗洛伊德理论中的手淫

拉科尔认为，启蒙时代认为手淫不正当和反自然有三个原因。

第一，其他所有性行为都是社会性的，而手淫——即使它是在群体中发生，或由邪恶的仆人教唆儿童——在它的高潮时刻总是无可救药地私密的。

第二，手淫的性遭遇对象不是一个有血有肉的躯体，而是一个幻象。

第三，不像其他欲望，手淫上瘾之后永无餍足，难以节制。“每个男人、女人和儿童，突然发现一条途径，可以像拥有罗马皇帝的特权那样无限满足对快感的欲望。”

拉科尔指出，私密、虚幻、不知餍足，这三条中的每一条都是启蒙时代认为应该恐惧和厌恶的。当狄德罗（Diderot）和他的那一圈老于世故的“百科全书派”作者贡献他们自己对这一问题的看法时，他们承认，适度的手淫，作为对于急切而又没有满足之途的性欲的缓解，看来也是很自然的。但问题在于“适度的手淫”是一个矛盾的表述：奢侈逸乐的、欲火攻心的想象从来不是那么容易抑制的。

孤独的性是危险的。手淫是文明社会的恶习，是逃脱自我约束机制、寻求快乐的唯一途径：手淫无法停止、无法抑制，而且彻底免费。男孩们先是访问妓院（完成他们的性启蒙），然后以手淫来排遣性欲，“强奸他们自己的身体”。

在莎士比亚时代，还有一个文化创新——公共剧院，是被激烈攻击的。道德家宣称，剧院是“维纳斯的殿堂”。被燃起欲火的观众，在演出结束时拥入附近的小旅馆或演出大厅后面隐藏的密室中做爱。在17世纪后期，约翰·邓通（John Dunton）——《夜行人，或黄昏寻找淫荡妇人的漫游者》（*The Night-walker, or Evening Rambles in Search After Lewd Women*, 1696）的作者——在剧场结识了一个妓女，进了她的屋子，试图给她一个关于贞节的训诫，但被妓女断然拒绝了。妓女说她通常往来的男人都更令人愉快，她说他们会假扮为安东尼，而她则假扮为克丽奥帕特拉。

18世纪的医生们，利用古代对想象的恐惧，使人们确信，当性冲动是由某种不真实的、不是确实存在于肉体的东西所引起的，这冲动就是不自然的和危险的。这危险被它的上瘾性质大大强化：手淫者，就像小说读者，可以固执地动员想象，产生和更新无穷无尽想象的欲望。这种愉悦是极坏的。

至于社会观念中对手淫看法的变化，拉科尔在很大程度上归结为弗洛伊德的著作和自由主义性学，尽管他也知道其实在关键问题上是何等复杂和矛盾。弗洛伊德放弃了他早先关于手淫有致病作用的观点，代之以“婴儿手淫”普遍性的激进观点。然后他从“自体性行为”（autoeroticism，亦可译为手淫）开始，围绕着他谓之“不正当的性冲动元素”的压抑来构造他整个的文明理论。拉科尔指出，在这个影响广泛的理论中，手淫“成为个体发生的一部分”：我们经历手淫，我们依赖手淫，我们走向性成年。

《孤独的性》以对压抑理论的现代挑战的概述结尾，从1971年鼓吹男女平等不遗余力的《我们的身体，我们自己》（*Our Bodies, Our Selves*），到一些小组的形成，这些小组的名字像“SF Jacks”——“一种趣味相投的喜欢手淫（jack-off）的男人团体”——如其主页上所宣称的，和“墨尔本手淫者”（Melbourne Wankers），等等。一系列光怪陆离的照片表明，手淫对这些当代艺术家，如Lynda Benglis、Annie Sprinkle、Vito Acconci等，显示出离经叛道的魅力。拉科尔甚至断言：“艺术制造，从字面意义上说就是手淫。”

结　语

拉科尔的这部《孤独的性》，实在是一部勇敢的文化史。书中那些渊博的论述，除了向读者提供相关的文化史知识之外，从整体上来看，还有一个不可忽视的作用，即缓解公众对手淫的焦虑。一个对手淫仍然抱有某些陈旧观念的读者，当他见到手淫这样一个听上去相当“恶心”的词语，竟能被如此坦然、如此富有“文化”地谈论，这一事实本身，就很可能一举改变他先前对手淫的看法，并在很大程度上消解他对手淫的焦虑——如果他先前存在着这种焦虑的话。从这个意义上来说，和拉科尔十几年前写的那本《制造性》（*Making Sex*）相比，这本《孤独的性》事实上更有益于世道人心。

2006 年 12 月 25 日
于上海交通大学科学史系

（《孤独的性：手淫文化史》，[美] 托马斯·拉科尔著，杨俊峰等译，上海人民出版社，2007年）

张竞生其人其事

——张竞生《性史 1926》序

一、从留法哲学博士到北大教授

在20世纪初期，张竞生算得上中国学术界一个非常活跃的人物。

张竞生1888年出生于广东饶平。19岁考入黄埔陆军小学，在那里选修了法文，伏下了他后来留学法国的因缘。在这里他还认识了孙中山。后来他去上海震旦学校就读，旋又考入法文高等学校及京师大学堂。据说他在京师大学堂的藏书楼里发现了德国人施特拉茨的《世界各民族女性人体》一书，这是通过收集整理世界各民族典型女性人体照片和资料，来确定不同人种、不同民族女性人体特征的人类学著作。他反复阅读此书，这又伏下了他日后研究性学的因缘——最终他却为此而弄得身败名裂。人世间的祸福，实在是倚伏无定的。

1911年辛亥革命爆发，张竞生23岁。南北和议时，他曾是孙中山指派的民国代表团的秘书。有人认为他可以算"国民党元老、中华民国开国元勋之一"，可能稍有夸张，但他确实认识不少国民党的元老人物。比如，1910年汪精卫谋炸清摄政王载沣，事泄被捕，据说为汪精卫探监报信的就是张竞生。

不过张竞生对于政治没有什么兴趣，和议后他表示要出洋求学，得到孙中山嘉许。1912年10月，张竞生与宋子文、杨杏佛、任鸿隽等人以官费生出洋。张竞生到法国，先入巴黎大学哲学系，1916年获学士学位；又入里昂大学哲学系，1919年以《关于卢梭古代教育起源理论之探讨》为题通过论文答辩，获哲学博士学位。留法期间，他也热心于社会活动，曾与汪精卫、蔡元培、吴玉章、李石曾等人发起组织“法华教育会”，对其后的留法勤工俭学运动以及中法文化交流都曾起过积极作用。

张竞生在法国接受了大量西方学术和思想，脑子里放满了社会学、性学、优生优育之类的学问，心中则是改造中国、建设中国的宏愿。1920年他自法归来，先是受聘为在潮州的广东省立金山中学校长，在任上他推行一些改革，如招收女生、提倡游泳之类。如果说这些改革是那时新潮人物行事中应有的风格，那么他上任伊始就向军阀陈炯明上书建议推行“节制生育”——当然不被理睬，未免显得太不合时宜，太书生气十足了。他后来的不幸遭遇，似乎也可以从这件事上看出一点端倪。

张竞生任金山中学校长不到一年，就出了风波：一个学生在他所提倡的游泳中不慎溺死，再说他的那套西化的教育改革也被认为“不合国情”，于是去职。那时蔡元培正在北京大学推行“兼容并包”的治校方针，遂聘任他为北京大学哲学教授。张竞生来到当时中国新文化运动的中心，这是一片新的广阔天地，他正好大大施展一番平生抱负。

二、在北京大学

当时的北京大学无疑是中国最活跃的学术中心，中外学术文化的交流十分频繁。张竞生一到北大，就和胡适一同接待了当时欧美生育节制运动及性教育运动的领袖人物山格夫人（Margart Sanger）之访华。此事似乎兆示着张竞生在北大的学术活动自始至终仍是与性学结着不解之缘。不久又曾积极组织邀请爱因斯坦来北大访问，但爱因斯坦中途变卦，未能成行。

张竞生早在20世纪20年代就大力倡导节制生育——也就是今日的计划生育，堪称先知先觉，但因“不合国情”而大受抨击。不过他在北大讲授西方现代爱情、生育、性育以及有关的社会学说，倒是颇受胡适、鲁迅、周作人等新文化人物的称赞。张竞生将这些学说统称为“美的学说”。1925年他出版了《美的人生观》和《美的社会组织法》两书，提倡“性格刚毅、志愿宏大、智慧灵敏、心境愉快的人生观”；主张学习美国的经济组织法和日本的军国民组织法，认为这样可以使中国“臻于富裕之境”“进为强盛之邦”。《美的人生观》出版后，周作人在文章中称赞作者极有“天才”。张竞生还组建了“审美学社”，提倡美育。接着又组建了“性育社”，这被认为是中国最早提倡性教育的组织。

张竞生又在《晨报副刊》上发表他的“爱情的四项定则”：

> 一、爱情是有条件的；
> 二、爱情是可比较的；
> 三、爱情是可以变迁的；
> 四、夫妻为朋友之一种。

这样的观点，即使放到今天来看，也不能不说是相当激进的。当时有许多人士参与了对此“四项定则”的讨论，其中包括鲁迅、许广平等人。观点当然不尽一致。但是能够公开讨论爱情是何物，在当时也不失为非常解放之举了。

那时的北京大学，弥漫着浓厚的自由化气氛，学术研究很少禁区。比如说民间的色情歌谣，就在学者们的研究之列，并且向社会各界广泛征集，1922年又开始发行《歌谣》周刊，其征集条例中说：“歌谣性质并无限制，即语涉迷信或猥亵者亦有研究之价值。”周作人等人对此事非常热心。而张竞生担任“北京大学风俗调查委员会”主任委员，受此自由研究氛围之影响，认为性以及与性有关的风俗等，当然也在应该研究之列，于是在1926年5月以性育社的名义出版了《性史》（性育丛书第一集）。却没料到小小一册书，竟引发了一场轩然大波，他本人由此成了中国20世纪文化史上的有名人物，也为此付出了身败名裂的惨重代价。

三、《性史》风波

《性史》第一集，初版印刷1000册。书中收集的是张竞生通过在北京报纸上刊登广告征集来的稿件中的几篇，如小江平（金满成）的《初次的性交》、一犸女士（张竞生当时的夫人褚问鹃）的《我的性经历》等文。前面有张竞生所作之序，每篇文章之前还有张竞生所加的按语。

张竞生在按语中发表了不少直白坦荡的议论，诸如每月夫妻之间性交几次才合适、妻子面对丈夫的调情求爱应该如何既羞涩又大胆之类。这些议论多是从他本人的道德标准、审美情趣和生活经验出发的，略举一段为例：

> 譬如有夫对妻说：我看今夜你怎样对付我呢，女子此时不免脸一红，但此时女子应当向其夫热热湿湿地亲一深吻，并应说：恐怕你连战皆败啦！此时情况何等美丽，周围空气又何等热烈；若女子面一红就走避了，则变成何等寂寞无聊了。故只知羞涩而不敢大胆，与只知大胆毫无羞涩的女子同样欠缺自然的美感。

《性史》出版后仅四个月，便先在天津遭禁。起因是南开学校校长张伯苓致函警察厅，称南开附近的书店出售《性史》《情书一束》《女性美》《夫妇之性的生活》《浑如篇》等书，“诲淫之书，以此为最，青年阅之，为害之烈，不啻洪水猛兽”。于是警察厅下令将《性史》等书全部没收，并且“严密查察，如有售卖，送案究惩，勿稍姑息，以维风化”。此举当然遭到南开一些开明师生的强烈不满，有人投书报刊，指责“入了张伯苓的南开，就好似入了始皇帝的秦国：教你怎样你就得怎样。……随便草上一封信，而全天津的人便不能再看《浑如篇》《性史》等书”。周作人在《语丝》的《南开与淫书》一文中发表了投书，并表示了他本人对于此事的态度：周作人说他已经看过《性史》等书，“觉得并没有什么……不觉得这些书的害甚于洪水猛兽”。又说：

> 我并不因为认识张竞生、章衣萍诸君而想替他们辩解，我也不说这些书于科学上或文学上有怎样大的价值，我也不想拿去给自家的或友人家的子女读，然而我也不觉得怎么可怕，自然更没有“查封”之必要。假如我的子女在看这些书，我恐怕也要干涉，不过我只想替他们指出这些书中的缺点与谬误，引导他们去读更精确的关于性知识的书籍。

与周作人当时这样的持平之论相比，其他一些人后来的态度就要激烈得多了。比如这场风波之后十二年，阿英在抨击鸳鸯蝴蝶派小说作家王小逸——他的小说中不时有些准色情内容——等人的小说时，就说："简言之，可称为《新性史》，实由于其对于性行为的无掩蔽的写述。"《性史》被视为色情作品的同义语。再过三年，潘光旦在霭理士《性心理学》译序中，将张竞生斥为"一位以'性学家'自居的人，一面发挥他自己的'性的学说'，一面却利用霭氏做幌子，一面口口声声宣传要翻译霭氏的六七大本《研究录》，一面却在编印不知从何处张罗来的若干个人的性经验，究属是否真实，谁也不得而知"，还说"和这种迹近庸医的'学者'原是犯不着争辩的"，但是终究"忍无可忍"云云。

《性史》如何使张竞生大被恶名，还可以看张竞生后来的自述，他在自传性质的作品《十年情场》中说："近来有些人以为我是巴黎长期的学生；习染了法国的淫风。看《性史》如猪狗的苟且，尽情地任它发泄出来。又有人疑我是一个'大淫虫'，荒诞淫逸，《性史》就是现身的说法！"

张竞生被此恶名，实在是很大的冤枉。

他在报纸上登广告征集性史材料，是和北大风俗调查委员会的教授们事先讨论过的。当《性史》第一集出版时，他已经征集到二百余篇，原准备继续出版若干续集。但他一看社会反应不佳，立刻取消了出版计划，并且通知书店第一集也不可重印。然而他万万没有想到事情已经无法挽回，他已经落入一个百口莫辩的陷阱之中——上海等地一些不法书商发现《性史》第一集非常畅销，先是大量翻印，接着又盗用张竞生之名，连续出版所谓的《性史》续集，据说达十集之多。张竞生不得已，诉诸法庭，有一次也曾判不法书商罚款五百元并不准再盗用张竞生之名出版，但更多的情况下是无法查出出版者，只能徒唤奈何。张竞生又在报纸上刊登启事，希望澄清事实，结果也收效甚微。世人大多以为《性史》连同所有的续集都是张竞生编印的。

据张竞生自述，他印《性史》第一集，得稿费二百元，他都分发给了各个作者，自己未拿一文。书店预支给他的第二集稿费一千元，他通知取消出版计划时也全数退还了。那时北大的教授收入甚丰，经济非常宽裕，并不会把这点儿钱看得多重。然而攻击他的人却传说他编印《性史》赚了几十万大洋。

四、来到上海——“美的书店”与“第三种水”

《性史》风波，正是在1926年至1927年之际。那时北大教授每任教四五年后照例可请假出洋游学一两年（薪水照发），张竞生已合此例，遂请假南下。到上海时，恰逢张作霖攻入北京，派刘哲为北大校长，蔡元培去职，蔡元培在北大的旧制多被更张。据张竞生自述，他为此决定脱离北大，就在上海与友人合资开办了“美的书店”。也有人认为他是因为《性史》风波闹得声名狼藉，在北大存身不住才去上海的。

当时的书店往往编辑、出版、销售集于一身，“美的书店”也是如此。张竞生与友人集资两千元，在上海福州路500号开张。出资最多的友人谢蕴如就任总经理，张竞生自任总编辑，另外请了几位临时编辑。开张之后，生意兴隆，张竞生他们所编的各种书籍经常很快销售一空。

“美的书店”编印的书籍主要有三类：

一是《性育小丛书》。这是从霭理士著作中所论各种性问题编译而成，通常每个专题约一两万字。丛书采用平装本，封面上都印有从巴黎公开出版物上取来的艺术裸体女像——这在当时是非常新鲜大胆的。又因丛书定价低廉，因而购者踊跃，非常畅销；

二是普通文艺类书籍，包括美学、宗教、艺术等；

三是浪漫派文艺和文艺丛书，如《卢梭忏悔录》《茶花女》之类。

在此期间，张竞生又创办《新文化》月刊社，社址在今上海淡水路复兴中路口丰裕里94号。《新文化》创刊于1927年1月1日，封面上标举“中国最有新思想的月刊”，内有“社会建设”“性育”“美育”“文艺杂记”“批评辩论”“杂纂”等栏目。创刊宣言中称：

> 到如今，我国尚脱不了半文明半野蛮的状态，尤可惜是连这一半文明尚是旧的、不适用的！故今要以新文化为标准，对于个人一切事情皆当由头到底从新做起。……若他是新文化，不管怎样惊世

骇俗，我们当尽量地介绍，并作一些有系统的研究。

创刊号上就展开了“妇女承继权”问题的讨论，当时的知名人士吴稚晖、蔡元培、张继等人都在《赞成妇女承继权者签名书》上签名。《新文化》月刊的“批评辩论”栏也非常吸引读者。月刊的印数曾高达两万份，成为当时少见的畅销杂志。

“美的书店”之兴旺一时，或许还与另一个经营特色有关。那时上海的商店里都还没有女店员——“学生意”还一直是男性的职业，但是“美的书店”却大胆雇用年轻漂亮的女店员。不难设想，这样一家以编印销售“性书”为特色的书店，再加上独树一帜的年轻漂亮的女店员，当然是非常轰动的。张竞生自己对此也非常得意，他后来回忆说：

这间小小的书店……左近那些大书店如中华、商务等，若是与我们这间“美的书店”的门市一比，还是输却一筹。

“美的书店”所编印各书中，在当时最引起争议的，或许就是张竞生那本《第三种水》。

所谓“第三种水”，是指在性交过程中女性达到快感高潮时，从阴道中所射出的一种液体。此事中国古代的房中术家早已发现，也已经被现代的医学观察所证实。张竞生特别标举“第三种水”，本是强调性交中不仅要让男子感到快乐，更要让女子也达到快感高潮。他还相信，出现“第三种水”时受孕而育的孩子可以更加健康。为了达到这种理想境界，张竞生又主张采用某些气功来辅助，如丹田运气之类。在今天来看，其说当然不无猜测臆想之处，但总体上并非谬误。

“第三种水”之说当时遭到周作人、潘光旦等人的抨击。他们认为此说是“不科学”的；又说丹田运气之类是企图复兴道家的腐朽糟粕。平心而论，到了今天，我们早已不难发现，这些抨击当然不全正确——有的是因所见不广，有的有点“上纲上线”。当时张竞生自然不服，也写文反驳，大打了一场笔墨官司。

以前那些将张竞生说成“堕落文人”“无耻文人”的作品和传说

中，经常向人们描绘如下一幕戏剧化的场景："流氓无赖来到'美的书店'，向年轻的女店员要'第三种水'。"似乎"美的书店"成了一个藏污纳垢的"下三滥"场所。其实这种传说本身就是偏见的产物——认定去买"性书"的人必然就是流氓无赖。

"美的书店"虽然一度非常兴旺，却是好景不长，只两年光景就关门歇业了。据张竞生自述，是因为书店业同行嫉妒、恶意倾轧的结果。内情究竟如何，尚待进一步考证。

五、婚姻与恋爱观

张竞生17岁时，曾由父母做主，在家乡与一个比他小两岁的女子结婚。几年后张竞生在上海念书时这位女子即去世，两人未有子女。

35岁那年张竞生与褚问鹃在北京结婚，一年后生一男孩。但是到上海之后，两人之间的感情发生裂痕，中间虽曾一度重修旧好，但最终褚问鹃离张出走。于是张竞生在《新文化》第二期上刊登了他们离婚的广告，其中说他们离婚的原因是："［褚问鹃］受一二CP所包围与其CP化的情人所引诱，遂也不知不觉从而CP化耳。"张竞生又在《新文化》上发表了题为《恨》之文，斥褚离他出走。然而褚问鹃的友人则在《语丝》第124期上发表文章反驳张竞生，说是因为"张竞生热衷于跟国家主义派与西山会议派的政客周旋"，才引起褚问鹃的不满而造成感情破裂的。

对于张竞生的《恨》一文，则有周作人大加攻击。张竞生认为周文完全是"恶骂"，难以容忍，就与周作人大打起笔墨官司，后来发展到意气用事，张竞生甚至攻击周作人个人的私德，说他娶日本老婆，为"谄媚倭奴"起见，他在北京住家门前不升中国旗而升日本旗云云——而事实上周作人出任伪职还是好些年之后的事。张竞生后来表示："我往后极知自己那时的错误，可说是为情感燃烧到失却全部理性的。"至于周作人，与张交恶之后，也就在文集重版时将原先那篇称赞张竞生极有天才的文章抽去了。

张竞生在法国留学，深受浪漫主义爱情观念之影响。他在这方面的言行，确实与当时乃至今天的中国国情大大相悖。在《十年情场》一书中，他记述了多次他在欧洲时与外国女郎的恋爱情事。这只要看看《十年情场》中那些章节标题就可见一斑了，如“在巴黎惹草拈花”“留学时代的浪漫史”“彼此全身都酥软”“海滨变成我俩的洞房”“伦敦的一次奇遇”“娇小玲珑的瑞士女郎”“我是一只采花的昆虫”“爬上树上寻欢”等，不一而足。而他自述编印《性史》的三种动机之一，就是“即主张情人制与性交自由制”。下面这段关于经营“美的书店”期间的生活自述，更能看出他在这方面的思想倾向：

> 书店雇员有许多女性，又相当漂亮的，而在社会上，我又以“性博士”著名，那么，我对于女子必有许多浪漫的故事了。实则，说起来真奇怪，连我自己在后想起来也觉奇怪，在这个时间一二年之久，我竟“守身如玉”，未曾一次与女性发生肉体关系。这是任何人不肯相信的。可是事实是如此，我为写出自己的真实传记，有就说有，无的不能捏造为有呢。

在他看来，这一两年内“守身如玉”竟是非常奇怪的事情。这也难怪有人会将那些《性史》看作他本人的现身说法了。

六、身后是非谁管得

“美的书店”歇业之后，张竞生于1929年去杭州讲学，结果被浙江警方以所谓“性宣传罪”驱逐出境。幸得当时的广东省政府主席陈铭枢——原是他在黄埔陆军小学时的同学——的资助，再度赴法国，研究社会学和美学，并拟定了一个颇为宏大的译著计划。张竞生抵法后，在巴黎郊外租了一处房屋作为工作室。却不料陈铭枢去职，资助不再能够获得，译著计划无法实施。陈铭枢愧对老友，乃以私款15000元赠张竞生，使他仍得以在国外过了几年安定生活。1933年他再回国内，那时主持广东省政府的陈济棠也是他的同学，陈济棠给了他一个“实业督办”的头衔，委他主编《广东经济建设月刊》，并兼广州《群声报》编辑。

不过张竞生此时似乎已经壮志消歇，逐渐下降为家乡一个地区性的人物了。不久他回到饶平，做了一些组织修筑公路、开办苗圃之类的工作。1937年抗日战争爆发，张竞生出任饶平县民众抗日委员会副主任。1941年他在浮山创办饶平县农业职校，推广农业新技术，还写了《新食经》《饥饿的潮州》《山的面面观》之类的作品。

1949年中华人民共和国成立后，张竞生曾任饶平县生产备荒委员会主任、广东省林业厅技正、广东省文史馆馆员等职。这一段安静的晚年岁月，颇给人以尘埃落定、洗尽铅华的感觉。张竞生回首往事，董理旧稿新著，为后人留下了不少作品。他的《十年情场》由新加坡《夜灯》报社出版（有1988年北京的昆仑出版社的印本，但书名是《情场十年》），《浮生漫谈》由香港三育图书文艺公司出版，《爱的漩涡》由香港《知识》半月刊社出版。据说他在1960年还完成了哲学著作《系统与规律的异同》《记忆与意识》。但是他终于未能躲过“文化大革命”这一劫，他被扣上“反动权威”等帽子，遣往饶平县乡间劳改。1970年他在“牛棚”夜读，突发脑溢血，翌日即去世，终年82岁。

张竞生一生的社会活动，除编印《性史》一事因过于超越国情，在当时产生了消极的社会影响之外，其余皆为有益于社会、有功于文化之举。而对于编印《性史》一事，他事后不久就一再反省思考，在《十年情场》一书中，更是对此深自忏悔！且看下面这段独白：

> 我在当时已知《性史》所犯的错误了。但因社会上的责骂与禁止，使我无法去纠正我的错误。在后我到上海开“美的书店”时尽是介绍霭理士的学说，至于该书所附的性史与我国人的性史一件不敢介绍。但可恨太晚了，性学淫书被人们混视为一途了，我虽努力改正我的错误，但已来不及了。“性学博士”的花名与“大淫虫”的咒骂，是无法避免了。时至今日，尚有许多人不谅解。我的自责，我的忏悔，也极少得到人的宽恕了。朋友们，听它吧！听它命运的安排吧！我是习哲学的，哲学家应有他的态度，就是对不应得的名誉与毁谤，都不必去关心。但痛自改过与竭力向上，这些是应该的。

张竞生几十年的大恶名，就是因为一册小小的《性史》而起。此事的动机本来完全是好的，不妥之处只是在于施行的方式和时机考虑欠周，使得不法书商有了可乘之机，张竞生自己成了他们的牺牲品。

然而社会总是在进步的，人们的观念也是在不断开放的，“谈性色变”的年代毕竟已经过去。张竞生的乡亲们没有忘记他。1984年，当地政府为他正式恢复了政治名誉；1988年，为了纪念他百岁诞辰，特意召开了“张竞生博士学术思想讨论会”，颂扬他是一位爱国者和民主主义革命先驱。出版他的文集之事，也已经不止一次被提到一些出版社的议事日程上了。

1995 年元月

于中国科学院上海天文台

关于本文的附记：

一、本文作于1995年。现在看来，本文的信息已经不怎么罕见，观点更是毫不激进。如今两卷本的《张竞生文集》已经由广州出版社在1998年出版，其中包括了《十年情场》和《性史》第一集。

二、2005年，台北大辣出版股份有限公司出版《性史1926》，内容包括张竞生当年的《性史》第一集和未及刊行的第二集部分文章。应张竞生哲嗣张超先生的要求，本文被冠诸篇首。原因是张超先生认为，本文是他所见到的关于其父最全面、最客观的评述。

（《性史1926》，张竞生著，台北大辣出版股份有限公司，2005年；世界图书出版公司，2014年）

为什么我们永远都会谈论性

——凯查杜里安《性学观止》新版序

二十年前，贺兰特·凯查杜里安（Herant A. Katchadourian）的《人类性学基础——性学观止》被引进中国时，中文版的版权页上还标着“内部发行”字样，它几乎被作为一个“打擦边球”的出版行为。

此书中文版（1989）在当时的国内性学界就是一本引人注目的书籍。除了作为在性方面进一步改革开放的又一例证，更重要的，是本书所体现、所强调的对性的全方位关注和思考——这种关注和思考与国内多年来的习惯大不相同。

进入20世纪下半叶之后，性在中国重新遭遇了一段禁锢的岁月。在改革开放之后，这段禁锢岁月仍然给中国性学界留下了很深的印痕，最重要的具体表现之一，就是性被视为医学的附属物。

这不妨以我自身的经历为例。我作为中国性学会的发起人之一，在中国性学会正式成立的1994年之前，早就参加了中国性学会筹备委员会多年的学术活动，在那些活动中，绝大部分参加者都是托身于医院或医学院的——皮肤科、泌尿科、妇科等，还有一些人士属于计划生育部门。这种现象在中国是如此的普遍，如此的天经地义，以至于中国性学会自身也是挂靠于北京医科大学——现在的北京大学医学部；而我目前担任副会长的上海市性教育协会，则挂靠于上海市计划生育委员会。

这种在体制上被视为医学附属物的安排，并非仅仅具有象征意义。事实上，它影响了许多中国人看待性的视角和眼光。

因此，在国内，关于性的书籍通常都可以被分成两类：一类是讲“临床”的，包括生理构造、生育、避孕、药物、性病和性功能障碍的治疗等，总之就是可以作为医学附属物的那些性问题。另一类是讲“文化”的，包括性史、性社会学、性伦理学、性心理学、性与法律、性与文学艺术等，总之就是与“临床”无关的那些事情——因为在中国人的观念中，“医学”显然消受不了这些附属物。

据我大致的观察，上述两类书籍通常总是分开的。也就是说，讲“临床”的通常不讲“文化”，讲“文化”的通常不讲“临床”。大家仿佛有着一个默认的分工原则。

再换一个角度看，其实“临床”的那部分可以对应为“科学知识”，而“文化”的那部分可以对应为“人文精神”。有些思想保守的人士认为，对于性，只要讲那些“科学知识”就够了，别的讲多了非但无益，而且可能有害。他们也更喜欢使用“性科学”这样的措辞（而不是“性学”），因为将性窄化为某一类“科学知识”，确实可以在许多时候给我们带来较多的安全感。

这本《人类性学基础——性学观止》在美国是被当作教材使用的，尽管也有许多一般公众阅读此书。说到“教材”，很容易又让人联想到“科学知识”上去了，况且性学教材在国内多半会与医学教材并列，被归入“理工农医”教材的大类中去——还是与“文化”或“人文精神”沾不上边。

但是这本《人类性学基础——性学观止》，却是将上述两者放在同一本书中讲的，而且相互穿插交错，融为一体。这倒并非贺兰特·凯查杜里安的什么“创新”，因为在西方性学教材中，这是常见的做法。不过对于习惯于两者分离的中国性学界来说，《人类性学基础——性学观止》这本书就相当有新意了。

为什么要将“临床”和“文化”放在一起讲呢？

当然，我们可以解释说，“科学知识”本来就应该与“人文精神”结合在一起。但是对于性学来说，这样大而化之的解释是特别不够的。

性学不是天文学或物理学——这类所谓的精密科学，确实可以在相当大的程度上脱离人文精神而讲论（绝对脱离也是不可能的），但性学却是一个脱离了文化或人文精神就绝对讲不好、讲不深、讲不透的学问。

因为性学中的许多问题，并不仅仅是所谓“科学问题”，实际上它们同时又是伦理问题或文化问题。例如，关于男性的阳痿或女性的性冷淡问题，在现代社会中，就是非常普遍而又非常难以解决的问题。如今大家通常都心照不宣地将话语约束在一个“政治正确”的框架中（就连本书中也是如此），这样的对话可以保证在伦理道德方面无懈可击，但是许多情况下却无助于问题的解决。类似的例子在性学中可以找到许许多多——性学根本就是一个横跨科学与人文两大领域的特殊学科。

性学还有一个特殊之处，就是它与我们的日常生活密切相关——密切到每个人、每一天都离不开它的影响。我们可以让天文学或物理学离开我们的日常生活，但是我们中间的每一个人——包括独身者、儿童和老年人——的日常生活，都不可能脱离性或性的影响。

性与我们日常生活的密切相关，以及性作为横跨科学与人文两大领域的特殊性，注定了我们永远都会谈论性这件事情。

性学中可以归入“科学知识”的那部分，虽然在改革开放之初曾经是非常引人注目的话语，但是随着公众受教育程度的普遍提高，加上多年来对于性知识的普及工作，已经没有多少内容可以继续谈论了。

但是性学中“文化”的那部分，却有着无穷无尽的空间。随着我们经济的发展和观念的开放，人们对于性的认识，人们的性观念和性心理，都在不断地变化着。旧的问题获得了解决或还未解决，新的问题却又层出不穷地冒出来。更何况，许多根本性的、终极性的问题（比如爱情的变迁、婚姻的价值之类），是永远无法解决的。这些都使得我们关于性的讨论和思考将一直持续下去。

这一点甚至可以在本书的多次修订版中得到旁证。

本书二十年前的中文版，是依据英文第4版（1984）译出的。但是随后的英文第5版（1989）有了很大的变动，特别是作者更新了大部分所引用的调查数据。英文第4版全书共20章，此次的中文版增加了4章，同时也分解、合并甚至删去了几章，我们只要看看新出现的各章标题——“性别与性”“性亲密和爱”“婚姻与另类婚姻”“性利用”“性侵犯”“性与文化”“东方文化中的性”——就知道性的“文化”部分是如何的常谈常新了。其中第23章“东方文化中的性”是英文第5版中也没有的，由作者授权此次中文新版首次使用。

作为一本优秀的性学读物，本书中文新版的问世，本身就是我们这个社会继续谈论性这件事情的行动之一。

那么，好吧，就让我们继续谈论吧。

2008年5月28日
于上海交通大学科学史系

（《性学观止》，贺兰特·凯查杜里安著，胡颖翀等译，世界图书出版公司，2009年）

不能快意恩仇，那就奉陪到底

——王伟《看懂世界格局的第一本书》序

在一张叫作“地球”的大餐桌上，西方列强已经开怀享用很久了，他们的这种享用，是建立在对第三世界长期压迫和剥削的基础之上的。现在他们看到中国人也坐到了这张大餐桌旁边，而且他们已经不敢公然强行将中国人赶走了，于是他们恐慌起来。

现在，桌边那些老牌列强们摸了摸腰间的手枪，悄悄交换着会意的眼神，准备在这张大餐桌上做好新的局，来陷害这个后来者。

餐桌上是有基本游戏规则的，即使发起一场革命，也不能掀翻桌子。这个后来者应该怎么办呢？他腰间也有手枪，但这不是拍摄《英雄本色》的片场，他不能像周润发饰演的小马哥那样拔出枪来快意恩仇。所以他必须沉着冷静，艺高人胆大，与桌边的老牌列强们耐心周旋。要玩儿是吗？我可以奉陪，让我们玩儿到底，看谁最终出局！

就在这戏剧张力十足的时刻，有人写了一本书。

这本书的题目看上去有点大。《看懂世界格局的第一本书》——在此之前就没有一本书能让人看懂世界格局吗？不过我们确实没有必要这样咬文嚼字，因为在一本通俗著作中，将当今世界格局及其百年渊源娓娓道来，既能雅俗共赏，又能言之成理，以前确实几乎没有人能够做到。特别是，作者是一个此前尚无盛名的年轻人，就更让人刮目相看了。

更重要的是，当此中国快速崛起之际，弄明白今天的世界格局究竟是什么光景，这种格局又是依据什么条件而形成的，正在变成一件迫在眉睫的事情。

在中国闭关锁国、遭列强封杀的年代，这件事情固然不像今天这样迫切；即使在已经改革开放的年代，如果中国尚未在经济上崛起，在国际上尚属被边缘化的角色，这件事情也不像今天这样迫切。可是到了如今，这件事情真的已经迫在眉睫了——因为中国正在大步走出亚洲，走向世界。我们已经坐到列强俱乐部中的那张大餐桌旁了。

到了这个时候，对于当今世界的格局及其来龙去脉，不仅我们的政治家和政府官员需要弄明白，我们正在奔向世界各地的商人——不管是国营的还是私营的——也需要弄明白，还有我们千千万万怀抱着理想的年轻人，同样希望弄明白。进而言之，所有关心祖国的中国人，都希望弄明白。

这么说夸张吗？一点也不。因为这件事情和我们每个人都有关。

按照本书作者的意见，形成今日世界格局的背后动力，一言以蔽之，就是经济。政治的背后是经济，军事的背后也是经济，政治、军事都只是服务于经济目的的手段。

已经有相当长一段时间，我们习惯于这样一种说法：西方列强在世界各地侵略靠的是工业发达、船坚炮利，只是到了20世纪下半叶，列强才从军事征服改变为经济侵略了。但是本书用富有说服力的分析和论述告诉读者，几百年来，无论是列强之间的争霸，还是列强对第三世界的侵略，从来都是从经济着眼的。所有那些船坚炮利的故事背后，都有一本经济账。美国在今天世界上的霸权，归根结底就是经济霸权。近年美国发起的每一场战争，都是为延续它的经济霸权服务的。

列强们之所以能够在这张大餐桌上开怀享用那么多年，就是因为他们全都是极端务实的、彻头彻尾的经济动物。而被许多人盲目崇拜的诸如人权理论、言论自由、市场经济等，其实和列强们的航空母舰或导弹潜艇一样，都只是为他们的经济霸权服务的工具而已。第三世界的人们经常愤怒地责问西方列强，为什么你们要在某些问题（比如人权问题）上搞双重标准？其实列强们从来只有一重标准——那就是他们自身的经济利益。为了这个利益，其他任何东西都可以朝秦暮楚、翻云覆雨。

今天的世界格局，完全是在各方实力的较量与平衡中建立起来的，它也必将随着各方实力的消长而改变。中国之所以能够有今天的局面，几十年来的奋斗，比如抗美援朝、“两弹一星”、普及教育等，实际上起了某种决定性的、影响深远的作用。所以中国的崛起，虽然任重道远，却已曙光初现。现在我们别无选择，只有在隧道中奋力前行。

明天，在这张叫作“地球”的大餐桌上，我们需要一个属于中国的新格局。

为了这个新格局，我们今天就要认真做好准备。

2011年2月28日

于上海交通大学科学史系

（《看懂世界格局的第一本书》，王伟著，南方出版社，2011年）

约尔金《核潜艇闻警出动》中文新版序

整整四十年前，我有过一次非常奇特的阅读体验。

那时中国正和苏联交恶，苏联被视为“修正主义”国家，苏联当时的文学作品几乎全都被视为“毒草”。但是当时中国却翻译出版了一批苏联当代作家的小说，比如《核潜艇闻警出动》《你到底要什么？》，以及一些苏联高层人物的回忆录，比如《赫鲁晓夫回忆录》《朱可夫回忆录》等。这些小说和回忆录都是以“内部发行”的方式出版，不对一般公众开放。

出版这些读物的理由，表面上是“供批判用”，所以通常每部作品前面都会有一篇牵强附会、夸大其词、义愤填膺甚至破口大骂的“批判”文章。这种“批判”文章有一个非常醒目的文本特征：文中总是大量引用马克思、恩格斯、列宁、斯大林、毛泽东的语录，而且这些语录的字体都一律用黑体，使它们在整篇文章中显得特别引人注目。

在这样的背景下，我用“走后门”的方式，搞到了刚刚出版的《核潜艇闻警出动》中译本（上海人民出版社，1975）。它的正文前居然有两篇“批判”文章，这是因为当时将苏联作家维克多·斯捷潘诺夫的中篇小说《海浪上的花圈》附在书后合为一册，所以出版者认为需要为它们分别安排一篇“批判”文章。

《核潜艇闻警出动》是苏联作家阿·约尔金的“文献性中篇小说”——全书中译本有约27万字，其实可以算作长篇小说。小说最初在1971年的《青年近卫军》杂志上连载，次年作者做了修订和扩充，篇幅增加一倍以上，出版了单行本小说。这部小说当时颇受苏联官方肯定，作者还获得了国防部的文学奖金。

《核潜艇闻警出动》当时为什么会得到苏联官方的肯定和奖励，在今天看来原因是一目了然的，但对于当时国内的一般读者来说，这种原因并不容易了解。书前那两篇声色俱厉的“批判”文章，也并未打算正面向读者揭示这种原因。我就是在这种糊里糊涂的状态中读完《核潜艇闻警出动》的。但是，要知道在1975年，这种当代军事题材的读物是极为稀见的，仅仅靠小说的标题，也足以吸引我一口气将它读完了。

我所谓的“非常奇特的阅读体验”，主要表现在这一点：明明被告知它是需要“批判”的，但我在阅读过程中，从头到尾，根本没有冒出哪怕一丁点儿的“批判”冲动，只有持续不断的阅读快感。特别是书中对旧日俄罗斯海军英雄勋业的追述，让我心驰神往。

军港塞瓦斯托波尔城中，1834年出现的第一座纪念碑，是为一位海军大尉建立的：“任何一个塞瓦斯托波尔的孩子都能向您解释，这是什么意思，并且还能详尽地描述‘水星号’军舰的战斗故事。……在1829年激战的5月里，参加对14艘土耳其军舰的战斗。敌人用两艘强大的主力舰向这艘似乎走投无路的双桅方帆军舰夹攻，184门大炮与18门大炮对阵，两个将军与卡查尔斯基大尉作战……”

结果呢？卡查尔斯基拼死奋战，击沉了那两艘土耳其海军的主力舰，遍体鳞伤的“水星号”胜利返回塞瓦斯托波尔！俄罗斯人就是为这样的英雄事迹建立了塞瓦斯托波尔城中的第一座纪念碑，上面刻着两行朴实无华却又渊渊有金石声的题词：“献给卡查尔斯基，留给后代作为榜样”。

也许有人会笑话我少见多怪，或是文学品位低下，为这种三流政治小说中的陈词滥调心驰神往，我不怕，我必须说，在我寂寞的青少年时代，这是我读到过的最激动人心的战争故事。四十年后，当我有机会主持“*ISIS*文库”时，我千方百计想让《核潜艇闻警出动》出现在文库的“兵器文化”系列中，当《核潜艇闻警出动》中译本新版的清样终于送到我手中时，我找到了当年让我激动不已的那些段落，我发现，我对那些段落的记忆是如此的深刻，纪念碑上那两行题词，我一个字也没有记错。

平心而论，《核潜艇闻警出动》也许算不上文学精品，但是它为什么被称为“文献性中篇小说”？为什么在当时得到苏联当局的肯定和奖励？在四十年后的今天，如果你是一位关心国际政治军事局势的中国读者，反而会更容易理解。

1968年，苏联出兵捷克斯洛伐克，扑灭了“布拉格之春”，美国当时正深陷越南战争的泥潭，无力在欧洲再开战场，只好默认了苏联的行动。苏联在“勃列日涅夫主义”的旗帜下，发动了一波与美国争霸的新尝试。这个阶段苏联的重要努力之一是打造它的远洋海军，《核潜艇闻警出动》正是在这样的背景下应运而生，目的是配合苏联海军向远洋进军，难怪它会得到国防部的文学奖金。小说中花费了大量篇幅描述苏联核潜艇在遥远大洋直至北极的探险活动，正是苏联海军当时这种努力的具体写照。

当年苏联“成为一个伟大的海上强国”的愿望，最终未能完全实现，这在很大程度上是因为受制于不够强大的经济实力。十几年后，苏联解体，苏联远洋海军的梦想，如果不是画上了句号，至少也是遭到了致命的重创。美国人有理由弹冠相庆，相信由美国独霸全球海洋的时代终于到来了。

然而，世事无常，谁能想到，才二十几年工夫，美国又要面对另一支快速成长的远洋海军了。这支远洋海军虽然年轻，却也不缺乏祖先辉煌的血脉，更重要的是，在背后支撑这支新兴远洋海军的，是远远超过当年苏联的经济实力。

这支远洋海军的指挥官中，有人读过当年的《核潜艇闻警出动》吗？也许没有（因为他们足够年轻之故），那就读读这个新版吧。也许连约尔金也会乐意看到，当年苏联海军没有完成的愿望，将在这支新兴的远洋海军手中完成——也许在未来的历史学家眼中，当年未能完工的“瓦良格号”易主后竣工为“辽宁号”，将是一个极具象征意义的事件。

2015年6月25日

于上海交通大学科学史与科学文化研究院

（《核潜艇闻警出动》，[苏]阿·约尔金著，上海师范大学外语系俄语组译，上海交通大学出版社，2015年）

什么是未来世界最大的政治

——戴蒙德《崩溃：社会如何选择成败兴亡》序

近几年来，我对环境保护问题有了较多的关注，也逐渐有了进一步的认识和体会。2006年的一件事，给我印象尤为深刻。

那次我和一批北京学者，应邀前往我国西部某省一个著名考古发掘遗址作学术考察及研讨。那个省份以污染严重著称，前往遗址的路上，整个天空晦暗阴沉，空气中烟尘弥漫。虽然我们被当地政府安排入住在市政府的宾馆——那在当地也算豪华的所在了，但是污染的空气并不会被宾馆高高的围墙所隔断，大家都感到呼吸道相当难受。

我当时就感叹：空气污染面前，真是人人平等啊！你看，哪怕你是身家亿万的老板或者当地政府的高官，在污染的环境中，你不是也得和当地老百姓一样受害吗？等到考察研讨结束，踏上回京旅途时，几乎所有北京来的学者都开始咽喉肿痛，大家在车上深有感触地说：我们在北京天天抱怨空气污染，和这里一比，北京真是空气清新呢！

这样一次本来是再平常不过的学术旅行，事后细想起来，却竟然与许多重大问题发生了联系——从象征的意义上来说，它简直就是当今世界环境问题的一个缩影。

现在有一个相当有力的说法——“有限地球时代”。其实我们人类从来、从一开始就是处在有限地球时代，只是我们直到很晚的时候自己才意识到这一点。

所谓有限地球时代，意思是说，地球上的资源是有限的；还有一个平行的说法是：地球净化、容忍污染的能力是有限的。

这两个“有限”，在今天早已成为普遍的常识，可是在唯科学主义的信念——相信科学早晚可以解决一切问题——之下，这个常识竟然可以在一定程度上被遮蔽。当工厂烟囱中喷出的黑烟被政治诗人歌颂为“黑色的牡丹”时，当及时节制生育的建议被斥为“资产阶级”的谬论时，这个常识就被遮蔽了。取而代之的，是所谓“人定胜天”的盲目信念，是对大自然的疯狂征服和榨取。

在这样的信念之下，地球上的资源，地球净化、容忍污染的能力，似乎都已经被假想为无限的。即便在理性的层面没有否认其有限性，但这两个极限也被推到了无穷远处——在眼下就可以先当作无限来尽情榨取。

在工业文明到来之前，人类在思想中将上述两个极限推到无穷远处，确实是情有可原的，因为那时地球上还有大片的处女地未被开垦，在人类居住的土地上，低下的生产力造成的污染和今天相比也还极为有限。

但是工业文明和现代科学技术一旦出现，就显示出惊人的加速度。以人类历史的大时间尺度来看，几乎是转瞬之间，那两个遥远的极限就猝不及防地来到了我们面前！

所以，1962年，当蕾切尔·卡森用她的《寂静的春天》（*Silent Spring*）一书，来强烈警告地球容忍污染的极限时，不啻“旷野中的一声呼喊”（美国前副总统戈尔对此书的评价）。全球范围的环境保护运动，可以说就是发端于此书。

《寂静的春天》出版之后两年，在药业公司利益集团的诅咒声中，发出“旷野中的一声呼喊”的卡森死于癌症（1964）。之后六年，著名的“罗马俱乐部”成立（1968）。之后十年，罗马俱乐部出版第一部报告，题目就是《增长的极限》（*The Limits to Growth*，1972）。环境保护和“有限地球”的观念，由此日益深入人心，最终汇成全球性的运动。

在中国，最初我们曾经认为，“环境污染”是资本主义国家才有的问题，和我们毫无关系。后来我们当然被现实所教育，知道这是谁也避免不了的问题，而且有些资本主义国家在这方面已经走在我们前面了。

但是，我们中的许多人还想当然地将环境保护问题理解成一个科学技术问题，以为只要进一步发展治理污染的技术，就可以逐步解决问题。那种“先发展致富，再治理污染”的想法，很大程度上也是依赖上述信念的。

但是事实上，今天的环境保护问题，首先不是一个科学技术问题，甚至几乎就不是科学技术问题。

在这个问题上，贾雷德·戴蒙德的这本《崩溃：社会如何选择成败兴亡》，对于我们就显得非常有意义了。

十年前，贾雷德·戴蒙德写了《枪炮、病菌与钢铁——人类社会的命运》(*Guns, Germs, and Steel: The Fates of Human Societies*，1997）一书，在那本书里他试图探讨“人类史作为一门科学”的可能性。如果说他当时的这种意图还有一些唯科学主义色彩的话——尽管他是在更为广泛的意义上使用“科学”这个词的，那么在《崩溃》的结尾部分，他竟然已经明确地宣告：“我们不需要科学技术来解决问题！”——他的理由是：“虽然新科技可能会有所作为，但大部分问题，只是需要政治力量来实施已有的解决方案。”

唯科学主义有一句名言：“科学技术带来的问题只能靠进一步发展科学技术来解决。”套用到环保问题上，因为假定了环境污染是科学技术带来的，所以当然就成为“科学技术带来的环境污染只能靠进一步发展科学技术来解决”。但是事实上这个说法大谬不然。其谬有两个方面：

一、环境问题不是靠进一步发展科学技术就能解决的；

二、环境污染归根结底也不是科学技术带来的。

《崩溃：社会如何选择成败兴亡》全书正文分成四个部分。

第一部分“现代蒙大拿”，基本上只是一个引子，类似中国明清时代小说中的“楔子”。他在《枪炮、病菌与钢铁》中的“前言：耶利的问题”基本上也是如此。

第二部分“过去社会”，首先考察了历史上几个社会的崩溃，包括复活节岛、皮特凯恩和汉德森岛、阿纳萨兹人、玛雅人、维京人。一个基本的结论是：这些社会之所以会崩溃，主要原因就是环境恶化了——主要是当地可利用的资源耗竭了。当时那些社会中自然没有今天的科学技术（否则可以开发利用更多的资源），也没有全球化（否则可以从别处夺取资源），和今天的发达国家相比，维持其社会和生活方式的能力太弱，所以早早崩溃了。

这一部分的最后一章（第九章）讨论了新几内亚、日本等成功的案例。这从另一方面支持了前面七章的结论，即“环境恶化导致社会崩溃”。这一结论对于全书的观点来说，是至关重要的一个环节。

第三部分“现代社会”，讨论了四桩个案：卢旺达的种族屠杀、多米尼加共和国与海地的对比、中国、澳大利亚。

作为中国读者，很自然首先会对“中国：摇摆不定的巨人”这一章发生兴趣。本书原版出版于2005年，所以书中已经包括了中国近几年的情况和数据。更重要的是，由于中国如今是第三世界中全力奔向发达社会的领头羊，具有特殊的代表意义，所以作者的主要论点在本章中得到了充分阐述。

贾雷德·戴蒙德在本章中花费了大量篇幅谈论中国的资源短缺和环境污染，有时难免有危言耸听之嫌。不过至少从定性的角度来看，他的下述两个观点都是能够成立的。

第一，中国的资源短缺和环境污染问题，一定是世界性的问题。理由很简单：中国地方那么大，人口那么多，中国的资源短缺和环境污染必然影响到全世界。

第二，如果全体中国人民也想过上如今第一世界人民过着的生活——这种生活被贾雷德·戴蒙德称为是“穷奢极欲”的，那恐怕地球就会供养不起。

贾雷德·戴蒙德强调，人类对地球环境的影响，在数量上由两个数值相乘而得，即：

人口数×人均环境影响

其中后一个值“人均环境影响”在发达国家和第三世界之间有着巨

大差异，越是发达国家，越是现代化的生活，耗费的资源就越多，造成的环境污染也越厉害，所以“人均环境影响”值就越大。

全体中国人民都要过上如今美国人民所过的生活，地球到底供养得起与否，这当然牵涉到数值的具体估计或推算，或许可以讨论商榷，但是作者往后的推论基本上不会有问题：“如果中国和其他第三世界的国家，以及当前第一世界国家，都过着穷奢极欲的生活，地球必定无法承受。”

至于他将中国称为“摇摆不定的巨人”，则是因为他认为中国几千年来一直有着中央集权的传统，这种传统既可以因为皇帝的一声令下而戛然终止郑和的七下西洋，也可以因为政府的强有力政策而广泛推行计划生育（他对这一点佩服之情溢于言表）。他“一边为中国的种种环境破坏问题忧心忡忡，一边又为政府正在大力施行的环境补救措施而欣喜若狂”，他表示相信：

> 如果中国政府将解决环境问题的重要性置于人口增长问题之上，以执行计划生育政策的魄力和效率来实施环境保护政策，那么中国的将来必定光辉灿烂。

为什么环保问题不是科学技术问题而是政治问题呢？这成为本书第四部分“实践教训”中重点论述的问题。

贾雷德·戴蒙德知道：“如果告诉中国，不要向往第一世界国家的生活水平，中国当然不能容忍这种态度。”但是你要第一世界国家人民放弃他们如今的生活水平，他们当然也不能容忍。而大家都过上“穷奢极欲”的生活呢？地球又不能容忍。这样一来，环境问题、资源问题、发展问题，自然就成为未来最大的政治问题了。

这里必须对我们经常见到或谈论的“污染治理”概念作一个重要的澄清。

不错，曾经乌黑发臭的泰晤士河后来又流水清清游鱼可见了，这经常被说成是“污染治理”的成果，也使得那些主张“先发展致富，再治理污染”的人感到有了信心。但问题是，污染究竟是怎样被“治理”

的？如果只是通过产业转移，将污染的工厂从泰晤士河边搬迁到第三世界的某一条河边，以邻为壑，将污染转移到别人那里，从整个地球的角度来看，污染还是同样的污染，这算什么“治理”？

不幸的是，第一世界的许多污染都是这样“治理”的。实际上经常发生的是，污染从第一世界转移到第三世界，从发达地区转移到不发达地区。后者为了快速脱贫致富，还往往乐于接受这种转移。因为从表面看，这种转移既引进了外资，又带来了“高新技术”，产品又能外销创汇，似乎很有好处。

在这个问题上，讲论道德也无济于事。资本要追求利润最大化，在本土真正治理污染，或将污染产业转移到乐于接受它们的不发达地区，哪个成本更小，人们就会选择哪个。我们不可能通过讲道德来说服“资本的意志”去选择成本高的那个。

由此我们就不难知道，环境污染问题，归根结底，是因为有一部分人抢先过上了穷奢极欲的生活而带来的。

于是在这个问题上，解决的办法只能是各方利益的残酷博弈，谁手里的牌更大，谁出牌更精明，谁就更能趋利避害。事情说到底就是如此而已，这不就成为赤裸裸的政治了吗？

贾雷德·戴蒙德希望第一世界的人们能够认识到，即使你们现在还可以向第三世界转移污染，但终究会有无法继续转移的那一天：“要第一世界居民降低他们对地球环境的影响，在政治上不可能实现。然而，依照目前情况，继续冲击环境，更是不可能。”即使第三世界不反抗（这实际上肯定是不可能的），地球承受污染的极限也很快就要到了。

就像这篇序言开头我提到的那个污染严重的省份，随着空气污染的日益加剧，有害的空气必然要越来越多地飘向四周，并且逐渐到达越来越远的地方——直到那些向第三世界转移污染产业的第一世界的富人庄园上空。

这就是我那次学术旅行中的故事的象征意义。

虽然贾雷德·戴蒙德给他自己定位为“谨慎的乐观派”，但是他下面这段话还是充满了悲观的气氛：

由于当前的人类社会过着不可持续发展的生活方式，不管用何种方法，世界的环境问题都必须在今天的儿童和青年的有生之年得到解决。唯一的问题在于，是以我们自愿选择的愉快的方式来解决，还是以不得不接受的不愉快的方式来解决，如战争、种族屠杀、饥荒、传染病和社会崩溃等。

这就是我们面对的现实。

2008年3月9日
于上海交通大学科学史系

（《崩溃：社会如何选择成败兴亡》，[美]贾雷德·戴蒙德著，江滢等译，上海译文出版社，2008年）

俞晓群《数与数术札记》序

我和晓群兄的交往，已经有十多年了。

我们的交往开始于20世纪90年代初。那时晓群编辑《国学丛书》，邀请国内有实力和潜质的中青年学者撰写，丛书问世之后，深为学界瞩目，旋即获中国图书奖一等奖。我也忝列丛书作者之一，在其中写了《天学真原》一书。此书原是率性之作，没想到问世之后，在国内及海外都颇邀虚誉，遂被同行视为我的"成名作"。晓群兄也对此书谬加称赏，使我深有知音之感。

回忆起和晓群兄的交往，不免想起晓群兄曾说过我的一件逸事，我实有"冤枉"之处，要先借此辩白一番。

先是，晓群兄在《中国图书商报》上写"人书情未了"专栏，后来他将专栏文章结集，书名就叫《人书情未了》。他的专栏我很喜欢，每期都看，他知道后，就题赠我一册《人书情未了》。其中有一篇《我记得，这三篇文章或书》，说他回首多年的编辑工作，有令他印象最深刻的三篇文章或书，第一就是拙作《天学真原》，他说此后他自己的著述如《数术探秘》《古数钩沉》等，都深受拙作影响，如此推许，诚令我感愧无已。

不料晓群兄笔锋一转，接着写道：

> 记得一次开会，见到江晓原。我说，《天学真原》对我影响很大。他不无得意地说，很多青年学者都这样说。其实他仅长我一岁！

看来晓群兄以为我将他也看成“青年学者”了，这就是我的“冤枉”之处也——我当时的意思，其实并未将他包括在“青年学者”之列。因为我清楚地记得，当人们第一次给我介绍晓群兄时，他给我的印象是一个颇为严肃的，甚至有点不苟言笑的中年人。事实上，我曾经以为他比我年长。

此后我和晓群兄的交往，一直是在相互欣赏的过程中进行的。虽然因为我们都俗务缠身，越来越忙，平时很少见面，只是偶尔有电话或电子邮件的联系，但我们都会留意到对方在干些什么。

1994年，晓群兄《数术探秘：数在中国古代的神秘意义》在三联书店出版，这是他颇为用力的一部重要著作。他在繁忙的编辑工作和管理工作之余，一直坚持读书、思考和写作，这使得他在中国众多的出版人中显得与众不同。

我在出版界有许多老朋友，都是一些非常优秀的出版人。优秀的出版人通常都具有很好的鉴赏能力，以及与学者对话的能力。晓群兄的鉴赏能力自不待说，从他组织、策划了那么多好书，就可想而知了。而能够组织、策划成功那么多的好书，没有良好的与学者对话的能力是无法想象的。但是晓群兄似乎不止于此，他还有更多的追求——学术追求。

这种追求，晓群兄将它描述成“一股血气的喷涌”“一个在众多专家围困下的小编辑试图证明点什么的学术冲动”。这两句话，仔细品味，对于一个出版人来说似乎是有点突兀的——为什么要“血气喷涌”呢？为什么会有被“围困”的感觉呢？我的理解，是因为晓群兄一直有着他自己的学术之梦。

也许，许多今日的出版人都曾经有过自己的学术之梦，但是“人在江湖，身不由己”，正如晓群兄所说：“编书的乐趣逐渐吞噬了我的身心……我几乎将自己的全部精力都倾注在出版上，或者荒废在许多无聊的事务中。”然而，这么多年来，晓群兄却始终不忘记他的学术之梦，始终在他选定的数术之学这一领域内耕耘着（尽管他自谦为“学术票友”）。在我的众多出版人朋友中，晓群兄恐怕是追求学术之梦最为执着的，也是成果最为丰硕的。他的《数术探秘》《古数钩沉》等多种著述，《数术探秘》已经出版的韩文版，当然还包括本书，都可以证明这一点。在这一点上，以我之孤陋寡闻，窃以为晓群兄或许已可步武前辈如钟叔河者矣。

晓群兄是爱书之人。二十年来，他编书、著书、藏书、读书、评书（比如他在《读书》杂志上发表过拙作《天学真原》的书评），皆有丰硕而不同凡响的成果。

即以编书言之，当年《国学丛书》，不过发轫之始，此后迭有重大项目问世，如《李俨钱宝琮科学史全集》《傅雷全集》《牛津精选》《新世纪万有文库》《书趣文丛》等，指不胜屈。其中《李俨钱宝琮科学史全集》我感触尤深，此书卷帙浩繁，凡十巨册，为科学史方面重要史料，晓群兄主持出版此书，科学史界咸称颂之，以为功德无量。关于此项功德，我可以提供一个具体例证。此书晓群兄曾赐赠我一套，后来沈昌文先生又慨然赐赠一套，我乃一置寒斋，一置科学史系办公室，至今本系博士、硕士研究生频繁借阅不绝，晓群兄及沈公之嘉惠后学，诚令人感念无已！

关于晓群兄在书业方面的重大成果，还有一样不可不多说几句，即著名的《万象》杂志是也。《万象》创刊于1998年，至今已经出版七年，成为国内独树一帜的文化杂志。近见报刊报道，谓沈昌文先生对记者言，他如今关注《万象》胜于关注《读书》，足见《万象》这些年来所获成就。《万象》原是旧上海的文化杂志，久负盛名，新的《万象》在很大程度上秉持了昔日的风格、旨趣，它是一本非常“上海”的杂志，但令人惊奇的是，它竟是由辽宁教育出版社在沈阳出版的！此一明显的反差，足证晓群兄眼界之宽阔、趣味之多元；而《万象》的成功，又足证晓群兄眼光之过人。

关于晓群兄的藏书、读书，姑以一件逸事窥其一斑。记得去岁在哈尔滨出席国际会议，回程道出沈阳，往访晓群。他领我参观他的藏书，但见群书满架，观之不尽。晓群兄方指点议论中，电话响起，晓群往桌前接听，身形隐入其办公桌上书丛，我忽然想起了辽宁教育出版社的徽标——脉望。“脉望”的出典，想来这里不必饶舌了——愿意读本书的读者，十九已经知道。简捷言之，脉望者，书虫也。那时我望见晓群兄隐入书丛后面接听电话，忽起联想，觉得晓群兄者，就是一已食“神仙”字样之脉望也！这番联想，虽然有点搞笑色彩，但确实毫无对晓群兄取笑之意——因为我自己也是书虫，怎会取笑同类？只会“同声相应，同气相求”也。

晓群兄之好读书，勤而弗懈，锲而不舍，有所得，有所感，辄发为文字。对于他的这份执着及勤奋，我常感自愧弗如。今者晓群兄又一力作《数与数术札记》付梓在即，我有幸先睹为快。研读之下，感到本书之学术路径，或许可得而言。

上篇“读经纪数略”，是晓群兄研读十三经时的札记。此种札记之法，远者可上溯到宋代学人，稍近也能依稀想见顾炎武《日知录》的身影。然而札记之法虽同，记何内容，如何记法，则人而异矣。晓群兄原是学数学出身，又多年博览群书，则其读经之际，所见所想自有其别具手眼处。

下篇“数的分析与思考”，则是晓群兄以其多年对数术之学的研究为基础，对中国传统中的这一神秘文化现象所作的深入分析。但晓群兄的论述又不局限于中国古代典籍，而是出入于中国与西方、古代与现代，真可谓神游万里，思接千年。作者议论之中，迭呈新见；读者披阅之际，时有会心。

本书付梓之前，晓群兄征序于我。我虽对数术之学并无深入研究，但窃思若能略述与晓群兄交谊由来，以及我所感知的他的学术之梦，对于读者领略本书风貌，了解本书价值，或许也不无些微帮助？因此不揣冒昧，为短序如上。同时，这也是此一脉望对彼一脉望一番殷殷之意也。

2005年4月18日

于上海交通大学科学史系

（《数与数术札记》，俞晓群著，中华书局，2005年）

古代中国人的外部世界图像及其积极意义

——俞晓群《五行占》序

我对晓群兄各方面的工作一直都非常欣赏和敬佩，回忆十一年前，我为他的《数与数术札记》写序，曾说读其书神游万里、思接千年，常兴“我思古人”之叹。如今晓群兄又加十一年之勇猛精进，出版皇皇巨著《五行占》，再读其书，当然也要见贤思齐，就应该思考更深刻的问题了。窃以为若能尝试阐发晓群兄工作背后蕴藏的哲学意义，则或可免于徒托空言之讥，而收锦上添花之效。

从霍金晚年对外部世界的思考说起

霍金（Stephen Hawking）晚年勤于思考一些具有终极意义的问题，这些思考集中反映在他的《大设计》一书中。该书第三章题为“何为真实”（What Is Reality），霍金从一个金鱼缸开始他的论证：

设想有一个鱼缸，里面的金鱼通过弧形玻璃观察着外部世界，现在它们中也出现了物理学家，决定发展它们自己的物理学，它们归纳观察到的现象，建立起一些物理学定律，这些定律能够解释和描述金鱼们通过鱼缸所观察到的外部世界，甚至还能正确预言外部世界的新现象——总之完全符合人类现今对物理学定律的要求。

霍金可以确定的是，金鱼的物理学肯定和人类现今的物理学有很大不同，这当然容易理解，比如金鱼观察到的外部世界至少经过了玻璃的折射。但现在霍金的问题是：这样的“金鱼物理学”可能是正确的吗？

按照我们以前长期习惯的、从小就由各种教科书灌输给我们的标准答案，这样的“金鱼物理学”当然不可能是正确的。因为它与我们今天的物理学定律不一致，而我们今天的物理学定律则被认为是“符合客观规律”的。

但再往下想一想，我们所谓的“客观规律”，实际上只是今天我们对人类所观察到的外部世界的描述，我们习惯于将这种描述定义为“真实”或“客观事实”，而将所有与我们今天不一致的描述——不管来自金鱼物理学家还是来自以前的人类物理学家——都判定为“不正确”，却无视我们所采用的描述其实一直在新陈代谢。

所以霍金问道：“我们何以得知我们拥有真正的没被歪曲的实在图像？……金鱼的实在图像与我们的不同，然而我们能肯定它比我们的更不真实吗？”

这是非常深刻的问题，而且答案并不是显而易见的——比如，为什么不能设想人类现今的生活环境只是一个更大的金鱼缸呢？

在试图为“金鱼物理学”争取和我们人类物理学平等的地位时，霍金非常智慧地举了托勒密和哥白尼两种不同的宇宙模型为例。这两个模型，一个将地球作为宇宙中心，一个将太阳作为宇宙中心，但是它们都能够对当时人们所观察到的外部世界进行有效的描述。霍金问道：这两个模型哪一个是真实的？这个问题，和上面他问“金鱼物理学”是否正确，其实是同构的。

尽管许多人会不假思索地回答说：托勒密是错的，哥白尼是对的，但是霍金的答案却并非如此。他明确指出：“那不是真的。……人们可以利用任一种图像作为宇宙的模型。”霍金接下去举的例子是科幻影片《黑客帝国》（*Matrix*，1999—2003）——在《黑客帝国》中，外部世界的真实性遭到了终极性的颠覆。

霍金举这些例子到底想表达什么呢？很简单，他得出这样一个结论：

不存在与图像或理论无关的实在性概念（There is no picture or theory-independent concept of reality）。

他认为这个结论“非常重要”，因为他所认同的是一种“**依赖模型的实在论**”（model-dependent realism）。对此他有非常明确的概述：“一个物理理论和世界图像是一个模型（通常具有数学性质），以及一组将这个模型的元素和观测连接的规则。”霍金特别强调，他所提出的“依赖模型的实在论”在科学上的基础理论意义，他视之为“一个用以解释现代科学的框架”。

霍金这番“依赖模型的实在论”，很容易让人联想到哲学史上的贝克莱主教（George Berkeley）——事实上，霍金很快在下文提到了他的名字，以及他最广为人知的名言“存在就是被感知”所代表的哲学主张。非常明显，霍金所说的理论、图像或模型，其实就是贝克莱所说的“感知”的工具或途径。

在哲学上，一直存在着“实在论”和“反实在论”。前者就是我们熟悉的唯物主义信念：相信存在着一个客观外部世界，这个世界不以人的意志为转移，不管人类观察、研究、理解它与否，它都同样存在着。后者则在一定的约束下否认存在着这样一个“纯粹客观”的外部世界。比如“只能在感知的意义上”承认有一个外部世界。霍金以“不存在与图像或理论无关的实在性概念”的哲学宣言，正式加入了“反实在论”阵营。

也许有些渐渐失去耐心的读者正打算拍案而起，质问道：你闲扯这段霍金公案，到底想说什么？这和俞晓群的书有关系吗？

一段公案，对于不同对象可以有不同的要点，这段霍金公案，对于晓群兄的《五行占》来说，要点在于：我们今天用来描述外部世界的图像，并不是终极的——历史上曾有过各种不同的图像，今后也还会有新的图像，而且这些图像在哲学意义上是平权的，就好像“金鱼物理学”和人类物理学是平权的一样。

虽然今天我们通常接受由牛顿和爱因斯坦为我们提供的图像来描述外部世界，但古代中国人则用《五行志》所提供的图像来描述他们所面对的外部世界。

《五行志》与古代中国人的外部世界图像

以前我曾在小书《想象唐朝·唐人小说》中说过：“在唐人小说所

反映的唐人的精神世界中，肯定是没有唯物主义的，在那个世界里有鬼魂、神仙、狐狸精、猿猴精、妖怪等，这些东西都和人相处在一个世界中。”唐人小说中所反映或想象的外部世界，当然和我们今天教科书标准答案中的外部世界大相径庭。

如果说这是小说家言，何足信据？那么历代官修史书，总该算是皇皇正史了吧？那总不是小说家言了吧？至少历代古人都没认为它们是小说家言吧？可是我们如果耐心看一看历代官史中的《五行志》，就会发现《五行志》中所反映、所描述的外部世界，和唐人小说中的外部世界非常相似。

只不过，因为以前《五行志》长期被定义为“封建迷信”和“糟粕”，所以我们很长时间都拒绝去看《五行志》中的世界。

1976年中华书局曾有《历代天文律历等志汇编》十册，其中仅最后一册以“附录”形式收入了《汉书》《续汉书》《宋书》三史的《五行志》中少量“有关天文的资料”（在总共3968页中只占85页），正是因为编印者认为《五行志》中除此之外的绝大部分内容都是“糟粕”。

晓群兄曾长期思考有关“糟粕”的问题，最终意识到“**历史在糟粕处断裂**”，鄙意以为实属高论。我们已经长期习惯这样的思维定式：一旦某种事物被认定为“糟粕”，就极少有人会去关注它，许多人避之还唯恐不及。历代《五行志》中的史料就是如此。

而十多年来，晓群兄在投身出版业的同时，一直辛勤耕耘着他抱负宏大的“《五行志》研究”系列。

其中《五行志通考》和《五行志札记》，是他力图回归历史现场，观察古人陈述中之所见，思考古人陈述中之所想，对历代官史中卷帙浩繁的《五行志》史料所进行的梳理、解读和阐释。《五行志通考》按班固《汉书·五行志》给出的六大门类进行纵向梳理，《五行志札记》则是对前项工作中发现的问题，仿前贤札记之法（比如顾炎武《日知录》），按人物、著作、词语、篇目四条路径，逐一进行考证。

而《五行占》又是另一局面，这是对历代《五行志》中所记载的种种“怪力乱神”进行整理和解读，意在将以前因被认定为“糟粕”而遭遇断裂的历史文化在此处接续起来。

晓群兄的上述工作，从学术“血统”言之，固然上接古人，然而他本人又是受过现代科学训练的，而且长期从事出版工作，学植深厚，视野宽宏，故往往别具只眼，见人之所未见，言人之所未言。这项工作具有科学史、哲学史、文化史、文化人类学、古籍研究等多方面的意义和价值。

如果我们回到前面的“霍金公案”上去，那么很清楚，晓群兄试图为读者接续的，正是古代中国人眼中的外部世界图像。

某些思想陈旧僵化的人或许会产生这样的疑问：即使《五行志》真的反映了古代中国人心目中的外部世界图像，这样的图像，难道在今天还会有什么意义吗？这种充斥着怪力乱神的迷信“糟粕”，难道还真的值得重新整理、重新接续起来吗？

容我直言，我的答案竟是肯定的。

中国和西方在外部世界图像上的差异

许多人认为，古代中国人不致力于寻求外部世界的“所以然之理”，所以不如西方科学的分析传统优越。但是中国人处理知识的风格，却与博物学精神相通。

与此相对的是西方的分析传统，致力于探求各种事物之间的相互关联及因果关系。自古希腊开始，西方哲人即孜孜不倦地建构各种几何模型，以此来说明我们所见的宇宙（外部世界）如何运行，最典型的代表，即为托勒密的宇宙体系。

两者的差别在于：古代中国人主要关心外部世界“如何”运行，而以希腊为源头的西方知识传统，更关心世界“为何”如此运行。通常在科学主义的语境中，我们习惯于认为“为何”是在解决了“如何”之后的更高境界，所以西方的传统比中国的传统更高明。其实西方并非没有别的知识传统，只是后来都未能光大。

然而考之古代世界的实际情形，如此简单的优劣结论未必能够成立。以天文学言之，古代中国人并不致力于建立几何模型去解释七政（日、月、五大行星）“为何”如此运行，但他们用抽象的周期叠加方法

（古代巴比伦也使用类似方法），同样能在足够高的精度上计算并预报任意时刻的七政位置——古希腊天文学家归根结底要做的也是这件事情。而通过持续观察天象变化以统计归纳各种天象周期，同样可视为富有博物学色彩的科学活动。

再看物质文明的实际建设成就，古代中国人在能够容纳怪力乱神的外部世界图像的指导之下，同样创造出了辉煌灿烂的文明，同样达到了极高的技术水准。就好比用阴阳五行指导的中医，呵护了中华民族的健康几千年，当西医进入中国的时候——不管西医多么“科学”，多么“先进”（想想两百年前，西医还是多么落后和野蛮），中国有四亿人口这个简单的事实，足以证明中医对中国人健康的呵护是有效的。

如果按照前述霍金在《大设计》中的意见，则西方模式的优越性将进一步被消解。因为在这样的认识中，我们以前所坚信的外部世界的客观性，已经彻底动摇。既然几何模型只不过是对外部世界图像的人为建构，则古代中国人干脆放弃这种建构直奔应用（毕竟在实际应用中我们只需要知道七政“如何”运行），又有何不可？

例如，传说中的“神农尝百草”故事，就可在类似意义下得到新的解读：“尝百草”当然是富有博物学色彩的活动，神农通过此一活动，得知哪些草能够治病，哪些不能治病。在这个传说中，神农显然没有致力于解释“为何”某些草能够治病而某些不能，更没有去建立“模型”以说明之。

相传“子不语怪力乱神”，古代中国人的外部世界图像，是否与儒家的经典理念相冲突呢？其实并无冲突。“子不语怪力乱神”并不等于孔子排斥怪力乱神，只是表明孔子本人不谈论怪力乱神而已——谈论、处理怪力乱神，本来就是巫觋们的职责，不是孔子给自己设定的职责，所以他不谈论这类话题。

古代中国人外部世界图像在今天的积极意义

那么，现在的问题就是：古代中国这种容纳怪力乱神的外部世界图像，在今天还有什么积极意义吗？

这样的外部世界图像，在今天确实具有积极意义。这样一种能够容纳怪力乱神的外部世界图像，在当下社会中，至少可以在两方面成为当代科学主义的解毒剂。

这就必须先从“当代科学”的狭隘和傲慢说起了。

“当代科学”——当然是通过当代“主流科学共同体”的活动来呈现的——对待自身理论目前尚无法解释的事物，通常只表现出两种态度：

第一种，面对当代科学理论不能解释的现象或事物，**坚决否认事实**。在许多科学主义者看来，任何现代科学理论不能解释的现象，都是不可能真实存在的，或者是**不能承认它们存在的**。比如对于UFO，不管此种现象出现多少次，“主流科学共同体”的坚定立场是：智慧外星文明的飞行器飞临地球是不可能的，所有的UFO观察者看到的都是幻象。又如对于“耳朵认字”之类的人体特异功能，“主流科学共同体”的发言人曾坚定表示，即使亲眼看见，“眼见也不能为实”，因为世界上有魔术存在，那些魔术都是观众亲眼所见，但它们都不是真实的。“主流科学共同体”为何要坚持如此僵硬的立场？因为只要承认有当代科学理论不能解释的现象或事物存在，就意味着对当代科学至善至美、至高无上、无所不能的形象与地位构成挑战。

第二种，面对当代科学理论不能解释的现象或事物，**将所有对此类现象或事物的探索讨论一概斥之为“伪科学”**（“糟粕”之说还算较为温婉），以此拒人于千里之外，以求保持当代科学的“纯洁性”——对于神秘事物，你们去讨论探索好了，反正我们是不会参加的。

以上两种态度，最基本的共同点即为断然拒斥怪力乱神。“主流科学共同体”中的许多人相信，这种断然拒斥是为了“捍卫科学事业”，是对科学有利的。而事实上，即使站在科学主义立场上，也可以明显看出，断然拒斥怪力乱神实际上对于科学发展是有害的。考之欧美发达国家，彼处科学技术发达领先固无疑问，但彼处对怪力乱神更为宽容的社会氛围，则常被我们视而不见。科学哲学早已断定，“伪科学”与“真科学”之间其实是无法划出明确界限的。今日之怪力乱神，完全可能被异日的科学理论所解释。

其次，也许更为重要的是，一个能够容纳怪力乱神的外部世界图像，往往对应着宽容而且开放的，同时又能够敬畏自然的理念，这样的理念主张与自然和谐相处。这对于矫正当代科学主义带来的对于自然界疯狂征服、无情榨取的态度是有益的——这种疯狂征服、无情榨取的态度与环境保护、绿色生活等理念都是直接冲突的。

当然，肯定中国传统文化中的外部世界图像在当下和未来的积极意义，并不等于盲目高估这种图像的历史成就。应该承认，按照今天流行的标准，在以往两三百年的历史中，这种图像在指导物质科学发展方面的贡献，可能不如西方科学的分析传统——尽管它也曾指导古代中国人创造过灿烂的物质文明。

但是，未来情形又会如何？则是现在无法预测的。正如著名科学哲学家拉卡托斯（Imre Lakatos）所指出的，任何一种研究纲领都无法被判定为彻底丧失活力；况且评价的标准也会随时代而改变。有朝一日，如果古代中国人的外部世界图像再次发扬光大，我们当然也没有理由不乐观其成。

2016 年 10 月 18 日
于上海交通大学科学史与科学文化研究院

（《五行占》，俞晓群著，岳麓书社，即出）

孔庆典《十世纪前中国纪历文化源流》序

十一年前，2000年，上海交通大学科学史系对报考本系研究生的考生进行复试，由于上线考生甚多，而限于招生名额，那次复试需要大比例淘汰上线考生，于是我出了一张相当特殊的复试考卷，这张考卷的难度，在本系招生史上堪称空前绝后——此后我们再未出过难度如此之大的考卷，例如，占70分（百分制）的35道选择题，皆为多项选择题，只要有一项错选或漏选，全题即为零分。那次考试的结果，数十名考生中成绩最高的一名竟然仅得42分。这张考卷至今在全国各考研网站上还能查到。考试之后，这张相当特殊的考卷被发表在《中华读书报》上，清华大学的刘兵教授作了点评。考卷发表后还引起了持续数周的争议，有人在该报上痛批这张考卷，说它是"自炫博学的精神早泄"，当然也有不止一位读者发表文章力挺。

那时南京有一位工科大学的学生，从报纸上看到了这张考卷，他自己做了一遍，在心里对自己说：出这张考卷的地方有趣，我要去考那里的研究生。一年后他真的来报考本系，而且顺利考取了，成为我带的研究生，后来又成为我指导的博士。

这个学生就是本书的作者孔庆典。

孔庆典天资聪颖，兴趣广泛，而且风格独特。这里我举两个小例子：一、他在读期间，一直在本系被视为第一号电脑高手；二、他是本系唯一敢向我推荐阅读盗墓小说《鬼吹灯》的同学。

孔庆典之治学也，固然沉潜扎实，外表看来却仿佛游戏人间。他又是有治学与写作双重天赋之人。他第一次引起我注意，是某次课程的考试文章，在同学们交来的文章中，他的文章让我有点惊艳之感，知道这是一个会写文章的人。

孔庆典的博士论文《十世纪前中国纪历文化源流——以简帛为中心》，题目是他根据自己的兴趣选定的。在此之前他也考虑过若干个别的题目。我对他的选题几乎没有任何干涉，因为我相信以他的能力，最终写出一篇精彩的博士论文是不成问题的。结果正是如此，他的论文在审查时颇受专家好评，遂以优秀成绩获得博士学位。

中国古代的纪历文化，经过大约一个世纪的“现代化”言说之后，已经被湮没在人为的历史迷雾中。无数当代的读物，要么将古代纪历文化整体视为“封建迷信”“封建糟粕”而唾弃，要么将它过滤成为“数理天文学”——主要的做法是将纪历文化全方位地过滤掉，只谈论历法中的数学和天文学内容。这种做法的“善良”初衷，是要为我们的祖先在当代公众心目中留下一个“科学”的形象。

但是，这样的“科学”形象当然是虚假的。二十年前，我在拙著《天学真原》中，对此做了初步的廓清，力图恢复中国古代纪历文化的本来面目，并说明它在古代中国社会中所发挥的文化功能。那点工作，也许可以算是“筚路蓝缕”吧。

现在，孔庆典在纪历文化的研究上，摆开阵仗，以“阵地战”的气势，全方位地进行了深入研究，其所创获，何啻十倍于我，实在是令人欣喜。我认为他的主要贡献，可以简单归纳为如下三方面：

一、他系统搜集、考证、释读了以近数十年出土简帛为中心的古代文献，全面呈现了中国古代纪历文化的整体面貌和精确细节；

二、凭借过硬的文献考证功夫，发掘出了大量古代中原文化与周边文化在纪历方面相互交流和影响的证据，勾勒出一幅古代各族文化交流的生动图景；

三、在上述两项的基础上，他为中国纪历文化建构了一幅新的早期历史图景，这幅图景与我在《天学真原》中所勾勒的颇有不同。

孔庆典最后的结论说：“本文所论及的种种纪历周期，则更多地是一种意识的节律和生活的节律，它们是古人对神秘自然力的探索与认知，后期则演变成对传统习惯的因循和对集体生活的认同。”也是非常精当的总结和论断。

在阅读本书各章时，我脑海中不断浮现出一篇文章的标题——《释支干》。这是郭沫若在他学术盛年的一篇力作，其中充分体现出对历史文献考据的严密和功力，充分展示出对中外文化交流的敏感和渊博。当然，郭沫若诚属大家，《释支干》堪称经典，而孔庆典的《十世纪前中国纪历文化源流》只是学术新秀的初试啼声。但是“怎将我墙头马上，偏输却沽酒当炉？”——异日若将孔作与郭作相提并论，必有谓孔作后来居上者。

孔庆典在他书末的“致谢”中，也谈到了本系2000年那张考卷的故事，接着他告诉读者：“这些年里不断有好奇的人问同样的问题：为什么要从工科转来读科学史？我每次都能随口说出不同的答案，其实心里同样不甚了了，或许很多行为实际都是盲目，越是振振有词，越是有可能流为虚浮的诳言。”这固然是他直抒胸臆的实话，我们却也不妨给出一种更为浪漫的解读——在他“年少轻狂”的时代，他就是因为那张考卷给他带来的一时冲动而转来读科学史的。

这种冲动奇怪吗？可以说一点也不奇怪。迄今为止，我们科学史系毕业和在读的博士生、研究生已经过百，他们百分之百都是“转行”而来的——因为中国没有科学史的本科专业。这些学生中的许多人，都是具有浪漫情怀的，他们或是对某些学问有特殊的爱好（比如因儿时的某种梦想），或是对某些学问有特殊的厌恶（比如对自己不幸错选的本科专业）。他们投考来这里的时候，根本没有将这里当作世俗的跳板，根本没有将这里当作就业的捷径。尽管最后他们的就业都没有问题。

这种冲动有害吗？对于经常患得患失的中年人来说，也许真的有害；但对于那些握随侯之珠、抱荆山之玉的年轻人来说，这种冲动就像一场一见钟情的热恋，有什么害处呢？事实上，我一直相信，年轻人少考虑世俗荣利，多听从内心召唤，经常是会有好结果的。如今孔庆典已经成长为学术新秀，大家都相信他的学术生涯前程远大。另一方面，他已经开始的“新上海人”生活，也被他安排得妥帖温馨，井井有条。他当年的冲动，给他带来的都是美好的结果。

他当年的冲动，给我带来的也是美好的结果——说实话，对于2000年的那张卷子，仅仅看在它曾吸引了孔庆典来到本系这一点上，我就觉得已经“物超所值”了。

2011年6月18日

于上海交通大学科学史系

（《十世纪前中国纪历文化源流》，孔庆典著，上海人民出版社，2011年）

下编　敝帚自珍

科学传播

《天学真原》2004 新版前言

经过十几年的岁月，《天学真原》又有机会出新版了，这对我来说，当然是一件愉快而温馨的事情。回忆这十几年中，与此书有关的事情历历在目，惆怅，感叹，感慨万千，一时也不知从何说起。

本书初版后，曾数次重印，并在1995年出版了台湾地区繁体字版。看到本书在初版后的十几年中，一直得到学者们的引用、谈论、评述、称赞或者商榷，我深感荣幸。

记得本书初版七八年后，有一次一篇与本书中某个论点商榷的论文，不知为何到了我手中审稿，记得我在审稿意见中写道："虽然我不认为该文的观点能够成立，但是为了活跃学术批评，我建议全文发表该文。"该文后来确实全文发表了。想到在信息爆炸、资讯泛滥的今天（例如，2003年中国大陆地区共出版图书19万种！），在《天学真原》已经出版七八年之后，还有人要和你商榷，这至少说明还有人在读它，能不感到荣幸吗？

在这里我要特别感谢五个人。

第一个是我母亲。她和世界上绝大多数母亲一样，对自己的儿子有偏爱，当然就对儿子的作品也有偏爱，因此她虽然完全没有科学史或天文学史的背景知识，却在本书出版后，怀着极大的兴趣，极其仔细地读完了全书，并记下了大约十几处她怀疑是误植的地方，找我一一核实。本书初版时，由于出版社的高度重视，已经校对了五遍，错别字已经减少到最大限度，所以我母亲记下来的怀疑之处，大部分并无错误，但她也确实发现了两处误植。

第二个是现在的中国科学院上海生命科学院副院长吴家睿教授。他是我二十多年前在北京读研究生时的同学，也是我多年的好友。本书初版时，他还在美国，但他居然也怀着极大的兴趣，极其仔细地读完了全书——要知道他学的专业是遗传学！而且他也记下了十来个问题，包括对书中内容的讨论、评注和他发现的误植。他的讨论和评注对我有很大的启发，因为他是从专业以外的、广义的学术立场来看问题的。

顺便可以说一说，综合我母亲和吴家睿教授的发现，排除了我原文上的个别笔误，本书初版总共只有3处误植（全书共28万字）——在本书新版中，这3处误植当然已经被改正。

第三个是清华大学的刘兵教授。刘兵教授也是我二十多年前在北京读研究生时的同学，同样是我多年的好友。本书初版的序就是他写的，现在，新版又承他写了精彩的长序。刘兵的序也许有溢美之词，但是我之所以深以他的序为荣，是因为他是能真正从思想上理解我、并和我共鸣的人，他是一个真正的知音。

第四个是北京大学的吴国盛教授。他也是我多年的好友。在他的名著《科学的历程》中，我看到了对本书最言简意赅而且专业化的评述。吴国盛教授也是能真正从思想上理解我、并和我共鸣的人，也是一个真正的知音。

最后我要在这里感谢的，是本书新版的责任编辑许苏葵博士。她是一位优秀的资深编辑和书籍策划人。为了让本书新版从书业的标准达到更令人满意的程度，她可谓尽心尽力，从开本、版式、字体，到印刷用纸、封面设计等，都不厌其烦，精益求精，务求美善。在与她合作的过程中，她的聪慧、热情、耐心和专业精神，无不使我深感愉悦和温暖。我已经先后出版过近30种书，几乎和每一个责任编辑都有愉快的合作，其中有些责任编辑后来还成为我的好友，但是与许苏葵博士的合作是最让我感动的。

在新版中，除了增加了刘兵教授的《新版序》和我的这篇《新版前言》，本书内容没有任何改变。

2004年5月6日
于上海双希堂

（《天学真原》，江晓原著，辽宁教育出版社，2004年）

《天学真原》2011 修订版前言

《天学真原》1991年11月第1版，只印了300册，是供“内部征求意见”的，真正面市的是1992年6月的第2次印刷。此后多次再版或重印，有1995年新版、台湾繁体字版（洪叶文化事业有限公司，1995）、2004年新版、2007年中国文库版。

现在本书又将出修订新版，回首当年，从最初写作此书至今，竟已经二十年过去了。

《天学真原》此前最好的版本，应该是2007年中国文库版，而它的依据是2004年新版（版式有变动，索引也作了相应改动）。此次2010年新版，是我在2007年中国文库版基础上进行修订的版本。此次修订的原则是：

一、在结构上一仍其旧，不做改动，保持当年原貌；

二、增补了一些文献，例如本书初版时尚未正式发表的某些相关参考文献；

三、改正笔误或误植造成的错字——尽管原先的版本中这种错字已经远小于万分之一（统计意义上的，不是修辞意义上的）。

本书1992年获中国图书奖一等奖，算是某种“半官方”的荣誉，但更大的荣誉来自学术界的评价。

例如，多年来，它一直是北京大学、清华大学相关专业研究生“科学史经典选读”课程中唯一入选的中国人著作。

又如，中国当代科学史界泰斗、已故院士席泽宗在《中国科学史通讯》第6期（台湾，1993）发表评价：“司马迁作《史记》，说是要‘究天人之际，成一家之言’，现在这本《天学真原》才真正是‘究天人之际，成一家之言’。作者运用和分析资料的能力，尤其令人叹服；由分析资料所得的结论，又是独具慧眼，自成一家言。……一改过去的考证分析方法，使人耳目一新。出版之后，引发出了一系列研究课题，并波及其他学科领域。”

再如，北京大学吴国盛教授在他的名著《科学的历程》第二版中评价说：“中国科学史家写作的关于中国科学技术的分科史、断代史著作不胜枚举，这里只提到江晓原的《天学真原》（辽宁教育出版社，1991）和《天学外史》（上海人民出版社，1999），因为它们可能是社会史纲领在中国古代科学史研究中少有的成功范例。”

再如，国际科学史研究院院士、台湾师范大学洪万生教授，在他为淡江大学开设的“中国科技史”课程中，专为《天学真原》安排了一讲，题为“推介《天学真原》兼论中国科学史的研究与展望”；称《天学真原》一书“开了天文学史研究的新纪元”（见台湾《科学史通讯》第11期“淡江大学中国科技史课程一览表”，1992）。

此外，仅就我个人见闻所及，还有许多科学史界的前辈，如薄树人教授（已故）、潘鼐教授、林盛然教授等，都对《天学真原》发表了很高的评价。还要特别提到本书当时的出版人、时任辽宁教育出版社总编辑的俞晓群先生，也多次称赞《天学真原》，视之为他当年引为骄傲的出版物之一。

所有这些赞誉，在我个人来说自然都愧不敢当。

对《天学真原》给出最“另类”评价的两位，当推刘兵教授和田松教授。

清华大学的刘兵教授，是我多年的老同学老朋友，他为《天学真原》的初版和2004年新版分别写了序，此两序俱仍收入本书，读者自能见之。他在序中所言，当然仍是“学术评价”，而他的“另类”评价则另有表现方式。

他不止一次，乘我在京之时、恰好又逢他正讲授“科学史经典选读”课程，就将我架弄到他的教室中，“让那些吃了《天学真原》这个鸡蛋的同学，能见见那只下蛋的母鸡”。他要我对同学们讲此书的创作缘起、写作方法、研究心得等，并回答同学们的提问。他希望这样能够加深同学们对此书的理解。

据我所知，迄今为止，北京师范大学的田松教授，是国内唯一同时获得理学（科学史）博士学位和哲学博士学位的人，他对《天学真原》的评价，可能比上述诸权威人士的评价都更广为人知，那就是他1998年在《中华读书报》上发表的书评（署名“读焰”）中，说《天学真原》“如侦探小说一般好读”。那时我们还不相识。

后来有一天，我和田松在某个会议上相遇（记得他那时还一个博士学位也没有呢），恰好当时有人又谈到《天学真原》，田松就说“如侦探小说一般好读”，我很惊奇，告诉他有一个笔名“读焰”的人曾在《中华读书报》这样说过，田松很调皮地笑笑说：“读焰”就是我。从那天起，我和田松就成了好友。

最后，稍稍谈几句关于本书的书名，因为不止一次有朋友问过我，《天学真原》究竟何所取义。采用“天学”这个措辞，是为了区别于“天文学”，此意在书中已有阐述，读者不难理解；而“真原”意指“真实的原初（形象、角色、作用或功能等）”。明末薛凤祚有一书名《天步真原》——那是一部讲星占学的书，不过我常觉其书名十分响亮，所以仿其形式，为本书取名《天学真原》。

其实按照我现在的标准——我已经自嘲“堕落为标题党”了——来看，《天学真原》这个书名并不是十分理想。不过既然已经沿用了二十年，而且二十年间还有幸略邀虚誉，出于怀旧心理，我也不想改动它了。

2010年8月18日

于上海交通大学科学史系

（《天学真原》，江晓原著，译林出版社，2011年）

《天学真原》日译本自序

写作缘起

多年前，当笔者决定从事天文学史研究时，曾经以为，中国古代天学史已有中外学者一个多世纪的努力研究，情形已经颇为明朗。但随着研究工作的深入，却逐渐感觉到基石不稳的威胁；而随着这种感觉日益加深，又发现问题主要出在对古代中国天学的性质和功能缺乏深入的研究。最终促使笔者意识到：必须先将这有问题的基石处理好，才能再续前程。

这些曾经困扰笔者的问题，在许多人看来本是不成问题的。一部中国天学史，就是一部古代中国天文学成就史，哪一年发明了什么仪器，哪一年编制了什么历法，桩桩件件，都已排列得清清楚楚。至于天学的性质和功能，则似乎更不成问题，这早在研究开始之前就已被确定了，不需要再作任何探索和考察——性质：科学活动，现今世界上各天文台正在进行的天文学研究活动的早期阶段；功能：探索自然，改造自然。一句话，与现代天文学的性质与功能完全一样。

笔者一开始也是未假思索而接受这种观念的。后来几经困惑，才发现问题恰恰出在这里。基石之所以不稳，就是因为对于性质和功能缺乏实证研究，只有先验的假设——甚至这种假设也从未认真陈述过。此处所谓“实证研究”，意指以古人当时的认识为出发点，探明所论对象在当时的实际情况。而不是以今人头脑中的概念去强迫古人就范，为此甚至不惜歪曲历史真相——美化、拔高也是歪曲之一种。

由于中国传统文化的特殊性，古代中国天学的性质与功能，根本无法和现代天文学同日而语。研究中国天学史，而它的性质与功能竟被认为是根本无须考虑的，这对于仅仅编制“成就年表”来说或许真是如此，但对于任何较为深入的研究来说，肯定是不可设想的。因为古代世界的科学总是与广泛的文化背景密切交织在一起，绝对无法单独分离出来。

或者还可以说，古代中国天学史研究，作为基石它实际上至多还只有半块，即属于“内史”的那半块，而“外史”的那半块则尚属阙如（从这个角度看，那后“半块”自然也不止于性质和功能两方面）。进而言之，没有后面的“半块”，则其前面“半块”也终不能臻于完善——归根结底，它们本来应该是“一整块”。

《天学真原》就是上述思想的产物。笔者打算从性质与功能入手，作一次补上那后面“半块”的全新尝试。这后“半块”中也包括了对古代中国天学起源及外来影响的新探讨，这主要集中于本书最长的第六章。此章同时又属于在新基石上“再续前程”的开始。不过本书不可能包括“再续前程”的全部内容，因为这个旅程本身尚在继续之中。再说也不宜将本书写成双重主题的格局。

同行评论

回首当年，从最初写作此书至今，竟已四分之一世纪过去了。

本书1992年获中国图书奖一等奖，算是某种“半官方”的荣誉，但更大的荣誉当然只能来自学术界的评价。

例如，多年来，《天学真原》一直是北京大学、清华大学相关专业研究生“科学史经典选读”课程中唯一入选的中国人著作。

又如，中国当代科学史界泰斗、已故席泽宗院士在《中国科学史通讯》第6期（台湾，1993）发表评价：“司马迁作《史记》，说是要‘究天人之际，成一家之言’，现在这本《天学真原》才真正是‘究天人之际，成一家之言’。作者运用和分析资料的能力，尤其令人叹服；由分析资料所得的结论，又是独具慧眼，自成一家言。…… 一改过去的考证分析方法，使人耳目一新。出版之后，引发出了一系列研究课题，并波及其他学科领域。”

再如，北京大学吴国盛教授在他的名著《科学的历程》第二版中评价说：“中国科学史家写作的关于中国科学技术的分科史、断代史著作不胜枚举，这里只提到江晓原的《天学真原》（辽宁教育出版社，1991）和《天学外史》（上海人民出版社，1999），因为它们可能是社会史纲领在中国古代科学史研究中少有的成功范例。”

再如，国际科学史研究院院士、台湾师范大学洪万生教授，在他为淡江大学开设的“中国科技史”课程中，专为《天学真原》安排了一讲，题为“推介《天学真原》兼论中国科学史的研究与展望”；称《天学真原》一书“开了天文学史研究的新纪元”（见台湾《科学史通讯》第11期“淡江大学中国科技史课程一览表”，1992）。

此外，仅就我个人见闻所及，还有许多科学史界的前辈，如已故的薄树人教授、潘鼐教授、林盛然教授等，都对《天学真原》发表了很高的评价。还要特别提到本书当时的出版人、时任辽宁教育出版社总编辑的俞晓群先生，也多次称赞《天学真原》，视之为他当年引为骄傲的出版物之一。

所有这些赞誉，在我个人来说自然都愧不敢当。

对《天学真原》给出最“另类”评价的两位，当推刘兵教授和田松教授。

清华大学的刘兵教授，是我多年的老同学老朋友，他为《天学真原》的初版和2004年新版分别写了序。他在序中所言，当然仍是“学术评价”，而他的“另类”评价则另有表现方式：他不止一次，乘我在京之时、恰好又逢他正讲授“科学史经典选读”课程，就将我请到他的教室中，“让那些吃了《天学真原》这个鸡蛋的同学，能见见那只下蛋的母鸡”。他要我对同学们讲此书的创作缘起、写作方法、研究心得等，并回答同学们的提问。他希望这样能够加深同学们对此书的理解。

据我所知，迄今为止，北京师范大学的田松教授，是国内唯一同时获得理学（科学史）博士学位和哲学博士学位的人，他对《天学真原》

评价，可能比上述诸权威人士的评价都更广为人知，那就是他1998年在《中华读书报》上发表的书评（署名“读焰”）中，说《天学真原》“如侦探小说一般好读”。那时我们还不相识。后来有一天，我和田松在某个会议上相遇，恰好当时有人又谈到《天学真原》，田松就说“如侦探小说一般好读”，我很惊奇，告诉他有一个笔名“读焰”的人曾在《中华读书报》上也这样说过，田松很调皮地笑笑说：“读焰”就是我。从那天起，我和田松就成了好友。

书名和版本

关于本书的书名，不止一次有朋友问过我，《天学真原》究竟何所取义？采用“天学”这个措辞，是为了区别于“天文学”，此意在书中已有阐述，读者不难理解；而“真原”意指“真实的原初（形象、角色、作用或功能等）”。明末薛凤祚有一书名《天步真原》，那是一部讲星占学的书，不过我常觉其书名十分响亮，所以仿其形式，为本书取名《天学真原》。其实按照我现在的标准，《天学真原》这个书名并不是十分理想。不过既已沿用了四分之一个世纪，而且期间还有幸略邀虚誉，出于怀旧心理，我也不想改动它了。

《天学真原》1991年11月第1版，只印了300册，是供“内部征求意见”的，真正面市的是1992年6月的第2次印刷。此后多次再版或重印，有1995年新版、台湾繁体字版（洪叶文化事业有限公司，1995）、2004年新版、2007年中国文库版，以及2011年译林出版社的修订版。

《天学真原》此前最好的版本，应该是2007年中国文库版，而它的依据是2004年新版（版式有变动，索引也作了相应改动）。2011年的修订版，是在2007年中国文库版基础上进行修订的，主要是增补了一些文献，例如本书初版时尚未正式发表的某些相关参考文献，并改正笔误或误植造成的个别错字。

此次的日译本，依据的就是2011年的修订版。

致　谢

这里我要特别感谢我的同事萨日娜博士和京都大学科学史系的武田时昌教授，他们两人为这个日译本耗费了大量心力，让我非常感动。他们两人的辛勤工作，是在科学史领域对中日学术交流作出的重要贡献。

2015年1月1日

于上海交通大学科学史与科学文化研究院

（《天学真原》，江晓原著，日本临川书店，即出）

《回天——武王伐纣与天文历史年代学》前言

本书以国家九五重大科研项目“夏商周断代工程”中的两个专题：《武王伐纣时的天象研究》和《三代大火星象》的研究成果为基础，再加以补充和拓展而成。旨在以武王伐纣之年这一千古之谜为个案，阐述如何使用现代天文学方法来解决历史年代学问题——也就是我们所说的天文历史年代学。

江晓原是上述两个专题的负责人，钮卫星是主要参加者。此外，卢仙文博士也参加了《武王伐纣时的天象研究》专题的工作，他的成果凡在本书中被引用之处，皆已分别注明。在这里我们要向他表示诚挚的谢意——因为他的博士论文解决了《武王伐纣时的天象研究》中的关键问题之一。

如今数年心血，即将付梓，回首往事，感慨系之。

首先是感慨于价值标准之碰撞。

我们应用现代天文学方法和国际上最先进的天文学软件，并且设计了两种推算方案[①]，结果这两种方案竟然殊途同归，不仅得出了武王伐纣的准确年份，而且得出了整个武王伐纣战役的日程表。其中最主要的日期是：

---

① 该两方案已经分别在北京和上海的学术刊物上发表：
第一方案，江晓原、钮卫星：《〈国语〉伶州鸠所述武王伐纣天象及其年代》，《自然科学史研究》第18卷第4期（1999）。
第二方案，江晓原、钮卫星：《以天文学方法重现武王伐纣之年代及日程表》，《科学》第51卷第5期（1999）。

公元前1045年12月4日——周师出发

公元前1044年1月3日——周师渡过孟津

公元前1044年1月9日——牧野之战

这样精确的结果是传统的考古学方法、碳14测年方法等都无法得出的。这曾使不少学者感到难以置信，难以想象。他们不太习惯于接受这样的事实。

因此当我们的结果提出之后，我们就一再被强烈要求提供“次优解”——实际上就是希望我们将已经得到的明确结论不确定化，使之有一定的游移范围，或者提供另外若干个可供选择的武王伐纣年份，以便与其他某些专题结论所要求的年代“匹配”。

但是我们不能这样做。

一者，按照天文学计算的正常程序，各个解的优劣判然可分，相差极为悬殊，我们找不出任何别的解有资格充当“次优解”（参见本书第六章中的详细内容，以及本书附录七）。

二者，我们认为多学科参与夏商周断代工程，各种不同手段所得出的解，其价值就在于它们的相对独立性，若都相互“匹配”，则结果自然是众口一词，听上去也许很“理想”，其实却可能大大损害了结论的科学性。对此，一位考古学家曾有评语云：“**科学的结论是研究出来的，不是少数几个人商量出来的**。”旨哉斯言！何况我们的结论，已经和碳14测年等科学手段得出的结论（30年的时间段——公元前1050—前1020年）完全吻合了。

也有好心人相劝：你们提供可选择的年代越多，则你们的结论被采纳的可能性就越大，一旦“钦定”，青史留名，有何不好呢?

但是我们不想这样做。

我们知道结论表述得越不确定，越容易被接受，也就越不容易被证伪，然而也就离开科学价值越远。我们宁愿将数年心血奉献在学术发展的祭坛上——我们宁愿冒被证伪的风险。因为科学发展的历史告诉我们，一个真正有科学价值的成果，才会有希望青史留名——即使它已被证伪。

我们的结论和上述态度，得到许多学者的热烈支持。但是我们一贯服膺多元和宽容的学术态度，当然不反对有兴趣和有必要的人士去“匹配”。

其次是感慨于学术理念之不同。

天文学是一种专门之学，它要求从业者接受大量的专业训练，并非靠天分聪明或博览群书就可以轻易掌握的。即使只想略窥门径，也需要耐着性子作出相当艰苦的努力。正因为如此，天文学计算被许多学者视为非常神秘的工作。某些与历史学家打交道的天文工作者，也一直有意无意地培育着这种神秘感。其中特别神秘者，厥有两端：其一为日食计算，其二为天文软件。

我们虽然无意于和这种神秘感作对，但我们在工作中，遵循前辈的教诲，坚持实事求是之意，力戒哗众取宠之心，我们认为应该坦然公布我们所依据的各种材料和工具，比如说使用了哪种星历表，哪种天文学软件等，遂可能在客观上大大削弱了这种神秘感。对此读者可参阅本书附录二和附录四。知我罪我，亦听之公断可矣。

我们要感谢夏商周断代工程的首席科学家席泽宗院士、李学勤先生、仇士华先生，工程办公室的朱学文女士、王肃端女士，参加工程的专家曹定云教授、黄怀信教授，以及《文汇报》施宣圆先生、新华社张建松女士、《文汇报》张咏晴女士。我们的研究工作一直得到他们的关心、支持或鼓励。

江晓原　钮卫星

1999 年 11 月 18 日

于上海交通大学科学史系

（《回天——武王伐纣与天文历史年代学》，江晓原、钮卫星著，上海人民出版社，2000年）

《回天——武王伐纣与天文历史年代学》新版前言

作为“夏商周断代工程”中重要专题的综合性成果，《回天——武王伐纣与天文历史年代学》初版于2000年，完稿至今，转瞬已将十五年。

当年我在中国科学院上海天文台，领导着当时国内唯一的天文学史研究组，天文历史年代学本来并非我们研究的主要方向。我和我的团队接受“夏商周断代工程”的任务，是出于工程首席科学家席泽宗院士的指派。

工程对我们团队的工作非常满意，并给以高度评价——2001年国家科技部、财政部、国家计委、国家经贸委联合颁发的“九五国家重点科技攻关计划优秀科技成果”就是颁发给我们团队的，证书和奖状都经由中国科学院上海天文台送交到我的手中。新华社为我和我们团队的工作播发了全球通稿，海内外媒体对我们的工作成果作过大量报道和后续采访。《回天》则被视为天文历史年代学的经典作品——至今尚无同类作品问世。

也许可以令人稍感欣慰的是，十五年来，我还没有在任何严肃的学术刊物上见到对我们团队当年的结论——**牧野之战发生于公元前1044年1月9日**——提出商榷的学术文本；赞成我们结论的学术文本倒是见过，例如陈奇猷教授有题为“读江晓原《回天》后——兼论周武王何以必须在甲子朝到达殷郊牧野及封微子于孟诸”的论文，载《古籍整理研究学刊》2001年第1期，其中称我们发表上述结论的论文“证据确凿，所定日期令人信服，对夏商周断代工程是一重大贡献”。

我自从1999年调入上海交通大学，创建了科学史与科学哲学系之后，就将大量时间和精力投放在系的建设及教学科研上了，我个人的学术兴趣也延伸到了科学政治学、对科幻作品的科学史研究等方向上去了。2012年，上海交通大学将科学史与科学哲学系升格为学院，这不仅为我们打开了新的发展空间，也是对我们此前十多年工作的充分肯定。

武王伐纣与天文历史年代学很快在我的学术活动中画上了句号——当然我仍然会适度关注这个领域的新进展。通常，一个学者不可能一生只研究一个课题，随着时间的流逝和研究领域的拓展，学术兴趣延伸或转移到新的课题上几乎是必然的。这种延伸或转移，有时是不知不觉的，有时是身不由己的，有时则是欣然喜悦的。

值此《回天——武王伐纣与天文历史年代学》新版在即，我回顾往事，回顾此前做过的研究课题，也是欣然喜悦的。这一点，我想我昔日的团队成员、本书的合作者、我现在的亲密同事钮卫星教授一定有同感。

新版修订了少数初版误植，抽换了少数插图，内容保持原状。

2014 年 8 月 2 日

于上海交通大学科学史与科学文化研究院

（《回天——武王伐纣与天文历史年代学》，江晓原、钮卫星著，上海交通大学出版社，2014年）

《天学外史》引言

1909年，哲学家安东·汤姆森（Anton Thomsen）——他那时还是大物理学家尼耳斯·玻尔（Niels Bohr）的表姐夫，在收到玻尔寄赠给他的一篇物理学论文之后，给玻尔写了一封热情洋溢的感谢信，信的开头是这样的：

> 亲爱的尼耳斯，
>
> 多谢你寄来你的大作；我读它直到我碰到第一个方程，不幸它在第2页上就出现了。……[①]

汤姆森并不讳言，他是不打算再往下读了。

八十年后，又一个大物理学家史蒂芬·霍金（Stephen Hawking）的名声如日中天，他在1989年10月的一次演讲中说：

> 通常需要方程才能学会科学。尽管方程是描述数学思想的简明而精确的方法和手段，[但]大部分人对之敬而远之。当我最近写一部通俗著作时，有人提出忠告说，每放进一个方程都会使[书的]销售量减半。我引进了一个方程，即爱因斯坦著名的方程 $E=mc^2$。也许没有这个方程的话我能多卖出一倍数量的书。[②]

---

① 转引自D.否尔霍耳特：《尼耳斯·玻尔的哲学背景》，戈革译，科学出版社1993年版，第88页。
② 霍金：《霍金讲演录》，湖南科技出版社1994年版，第21页。

可见方程之讨厌，中外皆然。

今天的读者，可以说都受过中等以上的教育，其实每个人都曾受过有关方程的训练，不过大部分人在走出校门之后就逐渐把方程还给老师了。中学数学老师们要是想到这一层，一定怅然若失。

看了上面关于方程的趣话，读者肯定已经能够猜到，本书中将不会出现任何方程——这种书的销量本来就不会有多大，我可不想再减半。

本书是《天学真原》的姊妹篇。不过这两姊妹的装束有点不同。《天学真原》中虽然也没有出现过方程，但形式上仍感到太严肃、沉重了一些。[①]我打算在《天学外史》的形式上作一些新的尝试。本书中不再有三级的小标题，而代之以每章中顺序编号的、较短的小节，但这些小节的提要，则依次出现在目录中。叙述的思路脉络，在各个小节之间是连贯的。

本书是《天学真原》主题的延伸和扩展。既然是姊妹篇，《天学外史》和《天学真原》两书内容之间当然形成互补，彼详则此略，彼略则此详。《天学真原》之作，距今已八年矣。八年之间，同行的研究者们，我和我的研究生们，特别是那些后起之秀们，又取得了许多令人兴奋的新成果，这些自然要反映在本书中。

（《天学外史》，江晓原著，上海人民出版社，1999年）

---

① 尽管有的读者竟认为《天学真原》也能引人入胜，例如《中华读书报》1998年3月11日署名“读焰”的文章《抚摩上帝美妙的脉搏》中说：“在我近年读过的书中，有三部学术性著作如侦探小说一般好读。其一是叶舒宪《中国神话哲学》，其二是江晓原《天学真原》，其三就是这一部（《可怕的对称——现代物理学中美的探索》）。”

《天学外史》新版前言

本书初版于1999年，那时拙著《天学真原》问世已八年，略邀虚誉，次年获“中国图书奖”一等奖，此时已重印及再版数次，还在台湾地区出了繁体字版（1995），有好友称赏谓之“如侦探小说一般好读”（今北京师范大学田松教授语），但也有好友认为“不够通俗”（已故戈革教授语）。那几年我对中国古代天学又有了一些新的考察和思考，恰遇上海人民出版社约稿，遂有姊妹篇《天学外史》之作，书中论述内容，正可与《天学真原》相互补充和印证。

写作《天学外史》时，因“不够通俗”之评言犹在耳，不免更加注意，力求深入浅出方便读者，希望妹妹比姐姐更有亲和力。但成效如何，并无把握。况且我尽管做了不少“通俗”努力，但仍保留最基本的学术文本形式，提供了比较重要的史料和文献出处。

结果出版三年后，2002年，本书意外获得首届“吴大猷科学普及著作奖”佳作奖，中国大陆地区共五种著作获此荣誉。我一向不认为自己曾参与过“科普”工作，写本书时，也未将它作为“科普著作”来写，谁知却获此“科普大奖”，古人所谓“不虞之誉，求全之毁”，信有之乎！不过看来我在此书上的“通俗”努力，是获得认可了。

此次新版，内容保持不变，但因重新编辑排版，版面较初版美观了许多。

2016 年 4 月 28 日

于上海交通大学科学史与科学文化研究院

（《天学外史》，江晓原著，上海交通大学出版社，2016年）

《欧洲天文学东渐发微》前言

本书所言之“西方”，包括了中国以西的广大地区——印度、中亚、西亚和欧洲。

中国人接触到西方的天文学，最初主要是通过佛教这个中介。在卷帙浩繁的现存汉译佛经中，保存了许多天文学文献。而这些汉译佛经中的天文学内容，则可以一直向西追溯到希腊。故本书论述中所涉及的区域与文明，除了印度、中亚，也包括了巴比伦、埃及、阿拉伯、古代希腊、罗马和欧洲等。

在古代中外天文学的交流史上，曾经有三次大规模的域外天文学输入：

（1）汉末以降随佛教传入的印度天文学——源头可追溯到希腊和巴比伦；

（2）元明之际随伊斯兰教传入的阿拉伯天文学——其源头可追溯到希腊；

（3）明清之际，随基督教传入的西方古典天文学和一部分近代天文学。

当然这并不是说域外天文学只是到汉末才开始传入中土。越来越多的证据表明，在人类文明的早期历史上，不同文明之间的科学技术和文化交流，其规模和作用都很可能远出我们通常的想象之外。不过这个问题具体到中国天文学史上，通常就要演化成“西学东渐”，而这是近几十年中国学者很少感兴趣的，只是西方学者——包括“中国人民的伟大朋友”李约瑟——才感兴趣。而李约瑟对于中国天文学的起源问题，很大程度上是主张西来说的。

我们虽不赞成西来说——我们认为中国传统天文学是在本土产生的，但我们发现，中国天文学一直在吸收西方传来的东西。比如《周髀算经》，从来都被认为是国粹，可是其中极可能也有着极为令人惊异的西方来源——有印度的东西，甚至有希腊的东西。[①]

三次域外天文学的输入高潮，又以发生在中古时期的第一次——佛教天文学的输入为期最久，在从东汉末年到北宋初年将近八百年的时间里，印度古代的天文学——其源头又可追溯到古巴比伦和古希腊的天文学，几乎不间断地随佛教经典的汉译传入中土。因此，大量的印度天文学资料保存在了作为宗教典籍的汉译佛经中。

佛教和佛经虽起源于印度，但是许多佛经已经在印度和南亚失传，并未在梵文、巴利文佛经中保留下来。所以汉译佛经虽是翻译（始于距今约1800年之前！），却有着第一手史料的资格，因为许多经文的母语版本已经不存在了，汉译版本是它们存世的唯一版本。所以这些汉译佛经成了研究印度天文学来华几乎唯一的原始资料。

佛教传入中土早期，就已经有天文学内容相当丰富的佛经被翻译成汉文。这以三国吴时的《摩登伽经》（公元230年竺律炎和支谦译于金陵）为代表。更早译出的佛经中没有发现比较纯粹的天文学内容，但像汉代安世高这样的早期译经师本身就精通天文，不能排除这个时期印度天文学以非佛经的形式传入的可能。

西晋时期，若罗严的《时非时经》和竺法护的《舍头谏太子二十八宿经》（《摩登伽经》的异译本，但结尾部分增加了正午日影长度的周年变化的描述）也是含有相当多天文学内容的汉译佛经，例如其中保存有详细的印度星宿资料，加上其他佛经中关于印度星宿体系的记载，都是非常珍贵的第一手科学史资料。又如公元4世纪末到5世纪中，有徐广的《七曜历》和何承天的《元嘉历》。尤其何承天从慧严

---

① 本书中有三篇文章构成一组，专论此事。

学天竺历法一事，说明了从印度传入的天文历法有实质性的进步，有优于中国本土历法的地方。其时在北方虽未出现天文学内容集中的经典，但鸠摩罗什译《大智度论》中对四种月概念的区分和定义给人留下深刻印象。

5世纪中期到6世纪中期，少见有随佛经译出的天文学内容。该时期似乎是对早期传入的印度天文学的消化和吸收时期。以何承天在《元嘉历》中的改革为契机，梁武帝则在长春殿召开御前学术会议，欲以印度古代宇宙模型代替当时流行的浑天说。北朝则有北雍州沙门统道融成为共修《正光历》的九家之一。最后是张子信的一系列神秘而突然的天文学发现，这些发现导致了隋唐历法发生质的飞跃。

6世纪中期到7世纪初，在南朝活动的天竺僧人真谛译出了含有大量天文学内容的毘昙部经典《立世阿毘昙论》。在北朝，北天竺那连提耶舍译出的《大方等大集经》和北天竺犍陀罗国人阇那崛多译出的《起始经》中也有相当多的天文学内容。尤其是“摩勒国沙门达摩流支，周言法希，奉敕为大冢宰晋阳公宇文护译《婆罗门天文》二十卷”一事，令人瞩目。在印度古代，各大天文学派都宣称他们的天文学知识受到至高无上的天神婆罗门的启示而得。因此在汉译佛经中常常可以看到精通天文的婆罗门外道，而许多精通天文的佛徒，往往原先也是婆罗门外道，后再皈依佛教。在《隋书·经籍志》中著录了多种婆罗门天文书籍。

入唐以后，佛经翻译的数量有大量增加。就天文学的输入而言，可分为两个时期。前期主要是玄奘译出的毘昙部经典中包含的对印度天地结构、日月运行等宇宙论方面的天文学知识介绍。后期主要是中唐时期随密教经典传入的天文学内容。同时该时期还有大量的非佛经资料天文学的传入，像天竺三家在唐代天学机构中的活动、曹士蔿《符天历》在民间的流行等。其中密教部经典《七曜禳灾决》是一部非常特殊的佛经，里面主要保存了五大行星和罗睺、计都共七份星历表，是一项极为罕见的中外天文学交流史料。

蒙元铁骑纵横万里，扫荡欧亚，为东西方文化和科学技术的交流提供了新的契机，中西天文学交流出现了第二个高潮——由阿拉伯人消化、吸收的古希腊天文学，随伊斯兰教的东传而进入中土。

关于这次高潮，前贤已有不少研究，主要是围绕着扎马鲁丁进献七件西域仪器和明朝初年对伊斯兰天文学的翻译这两方面进行。但我们也发现了一些新的史料，表明这一时期的东西方交流是非常活跃的。

西方天文学向东传播的第三个高潮出现在明清之际，这已经是在近代科学兴起的初期了。来华的耶稣会传教士，为了打入中国社会上层并最终进入北京宫廷，又一次以介绍、引进西方天文学为“弘教”手段，他们推出第谷（Tycho）作为16世纪欧洲天文学的代表，竟使第谷天文学成为有清一代官方天文学的理论基础。与此同时，耶稣会士直接负责清朝的皇家天文机构也长达近二百年之久。钦天监成为北京城中耶稣会传教士最重要的基地之一，经过汤若望、南怀仁等人的持续努力，耶稣会士终于走通了利玛窦所设计的“通天捷径”。

这次西学东渐的高潮，使得中国天文学一度与欧洲近代天文学的水平非常接近（差距几乎在十年之内），但是天文学之外的因素最终还是阻止了中国人跃入欧洲的跑道。康熙帝无论有多少雄才大略，他终究看不到新时代的曙光，中国发展近代天文学乃至近代科学的绝好机遇，白白地从他手中错过。而当时中国第一流的学者，在接纳了第谷天文学之后，并不是沿着欧洲天文学家的道路继续探索下去，却将自己的聪明才智用在论证“西学中源”的荒谬理论上……从明末直到清朝灭亡，三百年间，中国天文学继续保持着传统的性质和功能，几乎是在原地踏步；而西方天文学则在此三百年间突飞猛进，走上了现代天文学发展的康庄大道。

中国传统天文学最终随着满清王朝的覆灭而寿终正寝。民国政府引进“全盘西化”的现代天文学，这已经与传统天文学几乎没有任何关系了。

就今天已经发现的各种文献及实物证据来看，西方天文学向东方流动，是一个持续了至少两千多年——也可能更长得多——的历史过程。

不止一次看到有人问：你们老是研究西方在中国的传播，将我们祖先的辉煌成就，弄成这也是来自西方，那也是受西方影响，这不是往祖先脸上抹黑吗？不是损毁祖先的荣誉吗？为什么只研究“西学东渐”，而不研究更让我们东方人扬眉吐气的“东学西渐”呢？对于这个问题，答案可以是这样的：[①]

> 然而迄今中外学者所作古代中西天文学交流研究的成果中，90％以上皆为西方天文学在中国的传播，关于中国向西方传播的研究则寥若晨星。[②]……那些我们一直引为光荣的祖先成就、那些我们一直认为是“国粹”的事物，忽然被证明是西方传来的，或是受西方影响而产生的，有些人是会有怅然若失的感觉。……
>
> 然而，学术研究是一个实事求是的工作，客观情况不会为了人的感情而自动改变。如果说国内学者的研究成果之所以多为“由西向东”，是受研究材料或外语等方面的局限，那么国外学者（其中有不少是华人）并无这些局限，为什么中国人也好，西方人也好，在中国也好，在外国也好，发表的研究成果多数是“由西向东”呢？这恐怕只能说明：历史上留下来的材料中，就是以“由西向东”者为多。如果这确实是事实，那多大的义愤也无法使之改变。
>
> 其次，我们无论如何必须改变一个陈旧的观念，即认为祖先将自己的东西传播给别人就是光荣，而接受别人传播来的东西就是耻辱。在改革开放的今天，我们不是都以引进国外高新技术为荣吗？不是都以能跟上发达国家的尖端理论为荣吗？不是都

---

① 江晓原：《天学外史》，上海人民出版社1999年版，第141—143页。

② 这样的研究在一些别的领域中当然有之，比如李约瑟的巨著中，关于火药、造纸、印刷术等的西传，自然浓墨重彩，大快人心。如果限定在天文学史领域中，硬要找当然也能找出一点。比如韩琦、段毅兵：《毕奥对中国天象记录的研究及其对西方天文学的贡献》，《中国科技史料》第18卷第1期（1997），但此文所述是毕奥对来华耶稣会传教士在17、18世纪翻译到西方去的中国天文学史料的研究，这与研究中国天文学在历史上向外的传播是不同的概念，也不能与像对造纸术西传那样的研究等量齐观。不过我们也可以在本书中看到一个或许真正属于中国天文学向西传播的例子。

以能“和国际接轨”为荣吗？为什么同样的标准不能用在祖先身上呢？

事实上，在中外天文学交流的历史上，不断发现我们祖先接受西方知识的证据，只是表明，改革开放并非中国在20世纪80年代才第一次确立的国策，而是中华民族几千年来的优秀传统之一。中华民族从来就是胸怀博大而坦荡的，从来就是乐于接受外部的新理论、新知识的。闭关锁国、夜郎自大只是历史上的逆流。

所以最后的结论是：“老是研究西方在中国的传播，将我们祖先的辉煌成就，弄成这也是来自西方，那也是受西方影响”（实际上当然也没有严重到这样程度），其实是增加了，而不是损毁了我们祖先的荣誉。

本书作者现在仍持同样观点。

从二十多年前进入科学史领域，我就将研究古代中外天文学交流作为主要方向之一。最初我从明清之际来华耶稣会传教士所传播的西方天文学入手，探讨传播的内容、中国人对此接纳的程度、这种传播在中国所产生的影响等方面的问题。几年后，我的兴趣转移到更早的时代——六朝隋唐——的中外交流上去。这时我恰好主持了这方面的一个国家自然科学基金项目，正巧钮卫星又来到我这里念研究生，于是我们就在六朝隋唐中外天文学交流这块小田地里联手耕耘，转瞬已十六年矣！

2004年我们获得国家社会科学基金项目《汉译佛经中的中西天文学交流与比较研究》（批准号：03BZS038），当然又有了更多的收获。特别是钮卫星对汉译佛经中天文学史料的全面整理和深湛研究，奠定了他在这方面的权威地位。

与此同时，我那捉摸不定的兴趣又延伸到更早的古代，这就进入了中国天文学史的早期阶段——先秦两汉乃至更早的时期，甚至涉及中国天文学的起源问题。为了构成一个相对完整的系统，这几方面的相关成果也收入了本书。

就这样，好比起先得到几颗珠子，把玩之间，有些心喜，后来珠子渐多，慢慢就感到可以用一根丝线串起来。这珠串，或许既不名贵也不美丽，但毕竟是辛勤劳作所得，倒也不妨敝帚自珍。

本书初版于2001年，书名为《天文西学东渐集》，此次是增订版。我们要特别感谢上海书店出版社惠然出版本书，使我们的研究成果得以以较为完整的形态问世。

2006年10月18日
于上海交通大学科学史系

（《欧洲天文学东渐发微》，江晓原、钮卫星著，上海书店出版社，2009年）

《世界历史上的星占学》新版前言

本书初版于1995年，由上海科技教育出版社出版，书名为《历史上的星占学》。这个版本曾被贝塔斯曼书友社购买版权重印过两次，但内容完全没变。

第二版由辽宁教育出版社出版于2005年，书名为《12宫与28宿——世界历史上的星占学》，是修订版，增加并抽换了插图。但从阅读效果来说，第二版比初版反而逊色，主要是插图和页面没有设计好。

2008年，本书的韩文版出版，印刷精美，插图也处理得很好。

此次新版（中文第三版），我决定恢复二十年前我最初拟定的书名——《世界历史上的星占学》。主要是因为本书包括“外国篇”和“中国篇”两部分，是一部较为全面的世界星占学通史。本书同时也可以作为一种世界天文学通史的辅助读物。

在近二十年的国内图书市场上，虽然关于星占学的书籍并不罕见，但具有全球文化视野的星占学通史著作，除本书外，仍然未见同类作品问世。这也许是本书二十年来重印、再版不绝的主要原因吧。

这个新版，重新恢复了初版的大部分插图，并去掉了第二版新增插图的一半左右，另外还抽换了一些插图，代之以效果更好的图；插图总数较第二版减少。此次选择插图的三个原则是：

稀见：在一般涉及星占学的书籍中不常见者；

重要：指一些在星占学历史上具有重要意义的图；

美观：指这些历史图片本身的精美、装饰性和视觉冲击力。

对于本书的文字内容，新版只作了少量修订，都是与变动了的插图有关的。

2014年8月2日
于上海交通大学科学史与科学文化研究院

（《世界历史上的星占学》，江晓原著，上海交通大学出版社，2014年）

《科学外史》自序

自从严锋主持《新发现》杂志，我就应邀为该杂志写“科学外史”专栏，每月一次，迄今已写了整整七年（从2006年第7期起）。在国内报纸杂志上，这样的专栏也算非常“长寿”了。但这还不是我最“长寿”的专栏——我和刘兵在《文汇读书周报》上的对谈专栏“南腔北调”，也是每月一次，从2002年10月起，迄今已持续了十一年。

回顾这些“长寿”专栏，皆有共同之处，通常刊物对作者高度信任，作者自己也在专栏上很用心。例如，《新发现》从不对我文章的主题和内容提出任何异议，几乎从不改动我文章中的任何字句（哪怕发现误植也要在电话中核实）。写了几年之后，杂志又将我专栏的篇幅从2页调整为3页（稿酬当然也有所提高）。投桃报李，我对“科学外史”专栏的撰写也越来越用心。“科学外史”逐渐成为我写得很开心的一个专栏。

“科学外史”当然与科学有关，但我并不想在这个专栏里进行传统的“科普”，而是想和读者分享我对科学技术的新解读和新看法。这些解读和看法都是在“反科学主义”（反对唯科学主义）纲领下形成的，所以经常能够和老生常谈拉开距离。

“外史”是双关语：自学术意义言之，是科学史研究中与“内史”对应的一种研究路径或风格，重视科学技术与社会、文化等外部因素的关联及互动。自中国传统修辞意义言之，则有与“正史”相对的稗史、野史之意，让人联想到《赵飞燕外传》《杨太真外传》之类，更家喻户晓的还有《儒林外史》。以前我写过一本《天学外史》，比较侧重“外史”的学术意义；现在这本《科学外史》，则是上述两种意义并重了。

我写专栏，绝大部分情况下每次写什么题目都不是预定的，总是到时候临时选定题目，这样做的好处是，既可以让喧嚣的红尘生活为专栏的选题提供灵感，还能够让每次的话题在“科学外史”这个广阔的范围中随意跳跃。

这些专栏文章见刊后，我会贴上我的新浪博客，它们经常会上博客首页，有时还会上新浪首页。看来它们得到了一部分读者的欢迎。

复旦大学出版社的贺圣遂社长，一直对这个专栏青眼有加，谬奖之余，遂有结集出版之议，我当然乐从。集子的书名，我和责编姜华想了很久，许多方案都不满意，我干脆就将专栏名称照搬过来，于是定名《科学外史》，开始编纂。

本来以为一个小集子应该很快编完，但中间出版社给我插进了另一个小集子《脉望夜谭》的任务——那是我在《博览群书》杂志上同名专栏的集结；接着我又有迁居之役，四万册图书，六千部电影，我花了近两个月才初步整理停当。另外还有种种俗务缠身，搞得《科学外史》屡编屡辍。责编姜华一直耐心催促和等待，我则惭愧之至。眼看又一个暑假来临，这件事无论如何不能再拖了，今天终于将它编完。

因为专栏已经写了七年，如果将七年的文章全编进去，篇幅就太大了。我决定先编入一部分，共49篇。其余的将来编入《科学外史II》。但是我打散了这些文章见刊时的先后顺序，将这些题目跳跃多变的文章按照若干专题重新组合，这样阅读起来更有条理；如果读者想挑着阅读，选择起来也更方便。

2013 年 6 月 24 日
于上海交通大学科学史与科学文化研究院

（《科学外史》，江晓原著，复旦大学出版社，2013年）

《科学外史Ⅱ》自序

本来我以为,《科学外史》只能是小众图书，聊供少数同好把玩把玩而已，所以当贺圣遂社长提议将我在《新发现》杂志上的专栏文章结集出版时，我还私下暗想“这样的书送送朋友倒挺好”。没想到《科学外史》出版之后，不过半年多时间，居然迭邀虚誉，已经获得至少七项荣誉，包括首届（2013）年度“中国好书”、第13届上海图书奖一等奖等。这完全出乎我的意料。

现在这本《科学外史II》，也许有读者会以为，是不是和电影得了奖或有了票房之后就拍续集那样，出版社和我看见《科学外史》得了奖，就乘势再出续集？其实并非如此。

事实上，我将《科学外史》定稿交给出版社时,《科学外史II》已经在我电脑上编好了，时间恰好在一年之前。这种情形在电影行业也是有的，比如著名的《黑客帝国》三部曲，就是事先规划好的，只是推出的时间有先后而已。按照我和出版社原先商定的计划，就是准备一年后再推出《科学外史II》——这已经在《科学外史》的自序中明确预告了。由于这一年我继续在写《新发现》杂志上的“科学外史”专栏，所以这次编定《科学外史II》时，自然就在原稿上增加了12篇。

在《科学外史》入选年度“中国好书”之后，有些媒体为此前来采访，不止一家媒体的记者问过我这样的问题：听说您即将推出《科学外史II》，请问它和《科学外史》有什么不同呢？

由于《科学外史II》早已在我电脑上编好了，所以我可以很肯定地给出答复：

和《科学外史》相比，《科学外史II》的思想性更强，论战色彩更浓，在当下某些争议问题上的立场更鲜明。

读者若垂顾本书正文，将发现事实正是如此。

现在回顾起来，当初将专栏取名“科学外史”，还真有些意想不到的好处。因为这个名字高度开放，可以容纳几乎一切与科学有关的事情、人物、概念，它允许作者在许许多多迥然不同的场景中随意跳转，选择话题，这非常有助于本书内容的多样性和趣味性。

我要感谢那些喜欢在《新发现》杂志上或我的新浪博客上阅读“科学外史”专栏文章的读者，他们的喜欢鼓励了我的写作，有时还能激发我的灵感。

2014年5月21日

于上海交通大学科学史与科学文化研究院

（《科学外史II》，江晓原著，复旦大学出版社，2014年）

《科学外史Ⅲ》自序

法国的科学杂志《新发现》月刊，是法国最著名的杂志之一，以我在巴黎街头所见，报亭无不陈列。我从2006年开始应邀给它的中文版写专栏，专栏名称就叫“科学外史”，至今已经持续到第十三年。十三年来，我的专栏已经换过好几任责任编辑，但我和这家杂志的合作一直很愉快。

多次有媒体朋友问我：你怎么可能将一个专栏写到那么久？通常情况下，作者写个一年半载，就会有被“榨干”之虞，每月要定期交出一篇文章，能够持续到十年以上，确实比较罕见。我想这除了我做事比较能坚持之外，还有一个重要原因就是我和《新发现》杂志的良好合作：杂志充分尊重和信任我，随便我天马行空写什么都行——只要和“科学”沾上边就行。而且杂志还主动增加我专栏的篇幅，两次主动提高我专栏的稿费。这些当然都有助于维系我对杂志的“忠诚”。此外，顺便说一句，目前我正在写着的专栏中，有已经持续了十六年的，“科学外史”还不是冠军呢。

前复旦大学出版社社长、现任商务印书馆上海公司总经理贺圣遂兄，是我“科学外史”专栏的垂青者之一，2013年，在他的提议下，我尝试将“科学外史”专栏的文章结集成书。那时我的专栏已经写到第七年，考虑到书籍的篇幅，我预先在电脑编好了两册，但和出版社约定，先出第一册，过一年再出第二册。

2013年9月《科学外史》第一册问世。我们原先的图书定位是“供小众把玩"，所以书也做得比较精致，精装，设计风格走典雅路线。

不料书出版之后，居然迭邀虚誉，在没有任何"操作"的情况下，在官方渠道它入选了首届"中国好书"25种之一，又获得了上海图书奖一等奖，在商业渠道它也获得了不少荣誉，进入了许多榜单。不久它又入选国家机关干部读书活动推荐的13种书目之一，享受了一点"政府采购"的荣光，俨然成为出版社的"双效益"品种。

在此情况下，复旦大学出版社乘势推出了《科学外史II》，它也获得了不少荣誉，这或许和《科学外史》的带动效应有关，但实际上，第二册中的文章战斗性更强，论战色彩也更浓——我当初编这两册时，本来就不受专栏文章发表顺序的约束，我是有意将战斗性更强、论战色彩更浓的一些文章留给第二册的。

以"科学外史"专栏每年12篇的速度，我大约需要三年才能产生编一册的文章，现在编第三册的文章已经绰绰有余，所以这次我选了36篇编成《科学外史III》。我仍然不受发表顺序约束，根据主题将文章分成了六组。

只不过，"为报西游减离恨，阮郎才去嫁刘郎"，垂青这册《科学外史III》的出版社不止一家，最终"花"却落到了上海人民出版社，因为上海人民出版社决定将三册《科学外史》成套出版，这当然对各方面都更有吸引力。

2018年7月8日

于上海交通大学科学史与科学文化研究院

（《科学外史Ⅲ》，江晓原著，上海人民出版社，2018年）

《中华大典·天文典》总序

《天文典》下设分典三：曰天文分典、历法分典、仪象分典。兹略述与此三分典有关之基本概念，并根据近年新出研究成果，澄清若干常见之误解。

天文·天学·天文学

“天文”一词，今人常视为“天文学”之同义语，以之对译西文astronomy一词，即现代意义上的天文学。然而古代中国“天文”一词并无此义。古籍中较早出现“天文”一词者为《易经》，《易·彖·贲》云：

> 观乎天文，以察时变；观乎人文，以化成天下。

又《易·系辞上》云：

> 仰以观于天文，俯以察于地理。

“天文”与“人文”“地理”对举，其意皆指“天象”，即各种天体交错运行而在天空所呈现之景象。这种景象又可称为“文”。《说文》九上：“文，错画也。”“天文”一词正用此义。兹再举稍后文献中，更为明确之典型用例二则，以佐证说明之。《汉书》卷九九《王

莽传》:

十一月，有星孛于张，东南行，五日不见。莽数召问太史令宗宣，诸术数家皆谬对，言天文安善，群贼且灭。莽差以自安。

张宿出现彗星，按照星占学理论本是凶危不祥之天象，但诸术数家不向王莽如实报告，而诡称天象“安善”以安其心。又《晋书》卷十三天文志下引《蜀记》云:

明帝问黄权曰：天下鼎立，何地为正？对曰：当验天文：往者荧惑守心而文帝崩，吴、蜀无事，此其征也。

也以“天文”指天象，火星停留于心宿是具体事例。

“天文”既用以指天象，遂引申出第二义，用以指称仰观天象以占知人事吉凶之学问。《易·系辞上》屡言“在天成象，在地成形，变化见矣”“仰以观于天文，俯以察于地理，是故知幽明之故”，皆已隐含此意。而最明确之论述如下:

是故天生神物，圣人则之；天地变化，圣人效之。天垂象，见吉凶，圣人象之；河出图，洛出书，圣人则之。

河图洛书是天生神物，“天垂象，见吉凶”是天地变化，“圣人”则之效之，乃能明乎治世之理。故班固在《汉书》卷三十艺文志数术略“天文二十一家”后云:

天文者，序二十八宿，步五星日月，以纪吉凶之象，圣王所以参政也。

班固于艺文志中所论各门学术之性质，在古代中国文化传统中有极大代表性。其论“天文”之性质，正代表了此后两千年中国社会之传统看法。

“天文”在古代中国人心目中，其含义及性质既如上述，可知正是今人所说的“星占学”，应该用以对译西文astrology。故当初以“天文学”对译西文astronomy，恐非考虑周全之举。不过现既已约定俗成，自不得不继续沿用耳。

历代官史中诸《天文志》，皆为典型星占学文献，而其取名如此，正与班固的用法相同。此类文献中最早见于《史记》，名《天官书》，尤见“天文”一词由天象引申为星占学之脉络——天官者，天上之星官，即天象也，亦即天文。后人常以“天文星占”并称，正因此之故，而非如某些现代学者所理解，将“天文”与“星占”析为二物。

现代意义上之天文学，是否曾经从古代中国之星占学母体中独立出来？考之古代中国大量相关历史文献，答案只能是否定的。尽管古代中国星占学活动中使用了具有现代意义的天文学工具——事实上世界各古老文明中的星占学无不如此。

理解此事的路径之一，可如下述：中国古代虽不存在现代意义上之天文学，但确实使用了天文学工具以服务于星占学。设有人使用电脑算命，其算命活动之性质，为伪科学无疑，不得视之为“计算机技术”也；此算命之人，亦不得视之为“计算机工程师”也。同理，今日研究中国古代相关文献及古人之相关活动，亦不必强行将星占学认定为天文学，将星占学家认定为天文学家。

基于以上所述各种情况，笔者在拙著《天学真原》等书中，特以“天学”一词，指称中国古代“使用了天文学工具之星占学活动”，以避免造成概念之混淆。盖因古代中国天学，就其性质或就其功能而论，皆与现代意义上之天文学迥异，如想当然而使用“天文学”一词，即可能导致错觉，以为中国古代“使用了天文学工具之星占学活动”是现代天文学之早期形态或初级阶段，而这绝非事实——此种早期形态或初级阶段，在古代世界即或有之，也仅见于希腊。

“天学”一词之上述用法，二十年来已渐被学术同行认同采纳。

历法真义及其服务对象

今人常言“天文历法”，但历法之用途究竟何在？也许有人会马上想到日历（月份牌）——历法历法，岂非编制日历之方法乎？此言固不算错，但编制日历，实为历法中之极小一部分功能。

今人谈论“历法”时，其实涉及三种事物：

其一为历谱，即现今之日历（月份牌），至迟在秦汉竹简中已可见到实物。

其二为历书，即有历注之历谱，如在具体日子上注出宜忌（“宜出行”“诸事不宜”之类）。此物在先秦也已出现，逐渐演变为后世之“皇历”及清代之“时宪书”。

其三为历法，其文献通常在历代官修史书之《律历志》中保存下来。总计有近百种历法曾在中国古代行用或出现过，时间跨度近三千年。

许多“好心”之人，希望中国古代文化遗产中多一些“科学”色彩，遂喜欢将中国历法称为“数理天文学”，此言亦不算错，但此“数理天文学”服务于何种对象？欲知此事，须先了解古代中国历法之大致情形。

欲知中国古代历法之大致情形，可以一部典型历法，唐代《大衍历》（727年修成）为例，其中包括如下七章：

“步中朔”章6节，主要为推求月相之晦朔弦望等内容。

“步发敛”章5节，推求二十四节气与物候、卦象的对应，包括“六十卦”“五行用事”等神秘主义内容。

“步日躔”章9节，讨论太阳在黄道上之视运动，其精密程度，远远超出编制历谱之所需，主要为推算预报日月交食提供基础。

“步月离”章21节，专门研究月球运动。因月球运动远较太阳运动复杂，故篇幅远大于上一章，其目的则同样是为预报日月交食提供基础——只有将日、月两天体之运动同时研究透彻，才可实施对日月交食之推算预报。

“步轨漏”章14节，专门研究与古代授时有关之各种问题。

“步交会”章24节，在前“步日躔”“步月离”两章基础上，给出推算预报日月交食之具体方案。

“步五星”章24节，以数学方法分别描述金、木、水、火、土五大行星之运动。

很容易看出，这样一部典型历法，其主要内容，是研究日、月和金、木、水、火、土五大行星这七个天体——古代中国称为“七政”——之运动规律；而其主要功能，则是提供推算上述七天体任意时刻天球位置之方法及公式。至于编制历谱，特其余绪而已。

那么古人为何要推算七政在任意时刻之位置？

以前最为流行之说，谓中国古代历法是“为农业服务”——指导农民种地，告诉他们何时播种、何时收割等。许多学者感到此说颇能给中国古代历法增添“科学”色彩，故乐意在各种著作中递相转述。

但是只要稍一思考即能发现问题。姑以上述《大衍历》为例，只消做最简单之统计，就能发现“历法为农业服务”之说何等荒谬。

姑不论农业之历史远早于历法之历史，在尚未发明历法时，农民早就种植庄稼了，那时他们靠什么来“指导”？我们且看历法所研究之七个天体中，六个皆与农业无关：五大行星和月亮，至少迄今人类尚未发现它们与农业有任何关系；只剩下太阳确实与农业有关。但对于指导农业而言，根本用不着将太阳运动推算到“步日躔”章中那样精确到小时和分钟。事实上，只要用“步发敛”章中内容，给出精确到日的历谱，在其上注出二十四节气，即足以指导农业生产。

整部《大衍历》共103节，“步发敛”章只5节（其中还包括了与农业无关的神秘主义内容），换言之，整部历法中只有不足5%的内容与指导农业有关。《大衍历》为典型中国古代历法，其他历法基本上亦为同样结构，也就是说，“历法为农业服务”之说，其正确性不足5%。

那么中国古代数理天文学其余95%以上内容，究竟是为什么服务呢？答案是——为星占学服务。

因在古代，只有星占学需要事先知道被占天体之运行规律，特别是某些特殊天象之出现时刻和位置。比如日食被认为是上天对帝王之警告，必须事先精确预报，以便在日食发生时举行盛大禳祈仪式，向上天谢罪；又如火星在恒星背景中之位置，经常被认为具有险恶不祥之星占学意义，星占学家必须事先推算火星运行位置。

故中国古代之历法（数理天文学），主要是为星占学服务。古波斯《卡布斯教诲录》中有云："学习天文的目的是预卜凶吉，研究历法也出于同一目的。"此一论断，对于古代诸东方文明而言都完全正确。

仪象与古代中国人之宇宙

仪象者，在中国古代本为二物：仪用以测量天球坐标，象用以模拟古人心目中之宇宙，演示古人所见之天象。

古人测量天球坐标之事，容易理解，其原理、操作等与现代天文台上所运作之仪器，本质上完全一样——只是现代使用了望远镜、计算机等工具以增加精度而已。但古人对于宇宙之认识，则与现代有极大不同，故须在此稍论述之。

"宇宙"一词，今日已成通俗词汇（日常用法中往往只取空间、天地之意），其实是古代中国原有之措辞。《尸子》（通常认为成书于汉代）云："四方上下曰宇，往古来今曰宙。"此为迄今在中国典籍中所见与现代"时空"概念最好之对应。

以往一些论著谈到中国古代宇宙学说时，有所谓"论天六家"之说，谓盖天、浑天、宣夜、昕天、穹天、安天。其实归结起来，真正有意义者至多仅《晋书·天文志》中所言"古言天者有三家，一曰盖天，二曰宣夜，三曰浑天"三家而已。

欲论此三家之说，先需对宇宙有限无限问题有合理认识。

国人中至今仍有许多人相信宇宙为无限（在时间及空间上皆如此），因为恩格斯曾有如此断言。然而恩格斯之言，是远在现代宇宙学科学观测证据出现之前所说，与这些证据（其中最重要之三者为宇宙红移、3K背景辐射、氦丰度）相比，恩格斯所言只是思辨结果。在思辨和科学证据之间，虽起圣人于地下，亦只能选择后者。

现代“大爆炸宇宙模型”，建立于科学观测证据之上。在此一模型中，时间有起点，空间也有边界。如一定要简单化地在“有限”和“无限”之间作选择，那就只能选择“有限”。此为现代科学之结论，到目前为止尚未被推翻。

有些论及中国古代宇宙理论者，凡见古人主张宇宙为有限者，概以“唯心主义”“反动”斥之；而见主张宇宙为无限者，必以“唯物主义”“进步”誉之。若持此种标准以论古人对宇宙之认识，必将陷入谬误。

古人没有现代宇宙学之观测证据，当然只能出以思辨。《周髀算经》明确陈述宇宙直径为810000里。汉代张衡作《灵宪》，其中所述天地直径为“二亿三万二千三百里”之球体，并谓：

> 过此而往者，未之或知也。未之或知者，宇宙之谓也。宇之表无极，宙之端无穷。

张衡将天地之外称为“宇宙”，但他明确认为“宇宙”为无穷——当然也只是思辨结果，在当时他不可能提供科学证据。而作为思辨结果，即使与建立在科学观测证据上之现代结论一致，亦只能视为巧合而已，更毋论其未能巧合者矣。

也有明确主张宇宙为有限，如汉代扬雄《太玄·玄摛》中为宇宙所下定义为：“阖天谓之宇，辟宇谓之宙。”天与包容于其中之地合称为“宇”，自天地诞生之日起方有“宙”。此处明确将宇宙限定在物理性质之天地内。此种观点最接近常识及日常感觉，虽在今日，对于未受过足够科学思维训练者而言，亦最容易接纳。

若在中国古籍中寻章摘句，当然还可找到一些能够将其解释为主张宇宙无限之语（比如唐柳宗元《天对》中几句文学性咏叹），但终以主张宇宙有限者为多。

大体上，对于古代中国天文学、星占学或哲学而言，宇宙有限还是无限，并非极端重要之问题。而“上下四方曰宇，往古来今曰宙”之定义，则可以被主张宇宙有限、主张宇宙无限、主张宇宙有限无限为不可知等各方所共同接受。

李约瑟《中国科学技术史》天学卷中，为“宣夜说”专设一节。李氏热情赞颂此种宇宙模式，谓：

> 这种宇宙观的开明进步，同希腊的任何说法相比，的确都毫不逊色。亚里士多德和托勒密僵硬的同心水晶球概念，曾束缚欧洲天文学思想一千多年。中国这种在无限的空间中飘浮着稀疏的天体的看法，要比欧洲的水晶球概念先进得多。虽然汉学家们倾向于认为宣夜说不曾起作用，然而它对中国天文学思想所起的作用实在比表面上看起来要大一些。[①]

因李氏之大名，遂使“宣夜说”名声大振。从此它一直沐浴在“唯物主义”“比布鲁诺（Giordano Bruno）早多少多少年”之类的赞美歌声中。姑不论上引李氏话中，至少有两处技术性错误，[②]更重要者是李约瑟对“宣夜说”之评价是否允当。

“宣夜说”之历史资料，迄今只见《晋书·天文志》中如下一段：

> 宣夜之书亡，惟汉秘书郎郗萌记先师相传云：天性了无质，仰而瞻之，高远无极，眼瞀精绝，故苍苍然也。譬之旁望远道之黄山而皆青，俯察千仞之深谷而窈黑，夫青非真色，而黑非有体也。日月众星，自然浮生虚空之中，其行其止皆须气焉。是以七曜或逝或住，或顺或逆，伏现无常，进退不同，由乎无所根系，故各异也。

---

① 李约瑟：《中国科学技术史》第四卷“天学”（注意此为20世纪70年代中译本之分卷法，与原版不同），科学出版社1975年版，第115—116页。

② 李约瑟两处技术性错误为：一、托勒密的宇宙模式只是天体在空间运行轨迹的几何表示，并无水晶球之类的坚硬实体。二、亚里士多德学说直到14世纪才获得教会的钦定地位，因此水晶球体系至多只能束缚欧洲天文学思想四百年。参见江晓原：《天文学史上的水晶球体系》，《天文学报》第28卷第4期，1987年。

故辰极常居其所，而北斗不与众星西没也。摄提、填星皆东行。日行一度，月行十三度，迟疾任情，其无所系著可知矣。若缀附天体，不得尔也。

只需略微仔细一点考察这段话，即可知李氏高度赞美“宣夜说”实出于他一厢情愿之想象。首先，这段话中并无宇宙无限之含义。“高远无极”明显是指人目之极限而言。其次，断言七曜“伏现无常，进退不同”，却未能对七曜运行进行哪怕最简单的描述。造成这种致命缺陷的原因被认为是“由乎无所根系”，这就表明，此种宇宙模式无法导出任何稍有积极意义之具体结论。

“宣夜说”因根本未能引导出哪怕只是非常初步的数理天文学系统，即对日常天象之解释和数学描述，以及对未来天象之推算预言。从这个意义上看，宣夜说（昕天、穹天、安天等说更毋论矣）完全不能与盖天说和浑天说相提并论。

故真正在古代中国产生过重大影响及作用之宇宙模式，实为盖天与浑天两家。

关于盖天说，情形颇为复杂，此处仅能依据近年新出研究成果，略述其概要如次：①

《周髀算经》所述盖天宇宙模型基本结构为：天与地为平行平面，在北极下方大地中央矗立着高60000里、底面直径为23000里之上尖下粗的“璇玑”。天之平面中，在此处亦有对应之隆起。

盖天宇宙为一有限宇宙，天与地为两平行之平面大圆形，此两大圆平面直径皆为810000里。

盖天宇宙模型亦为中国古代仅有的一次公理化尝试，此后即成绝响。

---

① 江晓原：《〈周髀算经〉——中国古代唯一的公理化尝试》，《自然辩证法通讯》第18卷第3期，1996年。
江晓原：《〈周髀算经〉盖天宇宙结构考》，《自然科学史研究》第15卷第3期，1996年。
江晓原：《〈周髀算经〉与古代域外天学》，《自然科学史研究》第16卷第3期，1997年。

与盖天说相比，浑天说之地位要高得多——事实上它在中国古代占统治地位，是“主流学说”无疑。但奇怪的是它却没有一部像《周髀算经》那样系统陈述其学说的著作。

通常将《开元占经》卷一中所引的《张衡浑仪注》视为浑天说的纲领性文献，这段引文很短，全文如下：

> 浑天如鸡子。天体（这里意为“天的形体”）圆如弹丸，地如鸡子中黄，孤居于内。天大而地小。天表里有水，水之包地，犹壳之裹黄。天地各乘气而立，载水而浮。周天三百六十五度又四分度之一，又中分之，则一百八十二分之五覆地上，一百八十二分之五绕地下。故二十八宿半见半隐。其两端谓之南北极。北极乃天之中也，在正北，出地上三十六度。然则北极上规径七十二度，常见不隐；南极天之中也，在南入地三十六度，南极下规径七十二度，常伏不见。两极相去一百八十二度半强。天转如车毂之运也，周旋无端，其形浑浑，故曰浑天也。

此为浑天说的基本理论。其内容远不及《周髀算经》中盖天理论丰富。

在浑天说中，大地及天之形状皆为球形，此点与盖天说相比大大接近现代结论。但浑天之天有“体”，即某种实体（类似鸡蛋之壳）。

然而球形大地“载水而浮”之设想造成了很大问题。因在此模式中，日月星辰皆附着于“天体”内面，而此“天体”之下半部分盛着水，这就意味着日月星辰在落入地平线之后都将从水中经过，这与日常的感觉难以相容。于是后来又有改进之说——认为大地悬浮在“气”中，比如宋代张载《正蒙·参两篇》谓“地在气中”，这当然比让大地浮在水上要合理一些。

以今日眼光观之，浑天说初级简陋，与约略同一时代西方托勒密（Ptolemy）精致的地心体系（注意，浑天说也完全是地心的）无法同日而语，与《周髀算经》之盖天学说相比也大为逊色。然而这样一个学说为何竟能在此后约两千年间成为主流？

原因在于：浑天说将天和地形状认识为球形。这样至少可以在此基础上发展出一种最低限度之球面天文学体系——浑仪、浑象即服务于此一体系。而只有球面天文学，方能使对日月星辰运行规律之测量、推算成为可能。盖天学说虽然有其数理天文学，但它对天象的数学说明和描述俱不完备（例如《周髀算经》中完全未涉及日月交食与行星运动）。

今日全世界天文学家共同使用之球面天文学体系，在古希腊时代就已完备。中国古代固已有球面天文学，惜乎始终未能达到古希腊水准。其中最主要之原因，在于浑天宇宙模型中，大地之尺度与天球之尺度相比，为1：2；而在古希腊模型中此一比例为1：23481（现代天文学所知比例当然更为悬殊）。换言之，在古希腊宇宙模型中，大地尺度经常可以忽略（将大地视为一个点），这种忽略为球面天文学体系中许多情形下所必需——而这样的忽略在古代中国浑天说中绝无可能。

古代天学之科学遗产及学术意义

今人常言中国古代天学留下了“丰富遗产”“宝贵遗产”，但这些遗产究竟是何物？到今日还有何用？应如何看待？皆为颇费思量之问题，且很少见前贤正面讨论。

我们可以尝试将中国天学遗产分为三类：

第一类：可用以解决现代天文学问题之遗产；

第二类：可用以解决历史年代学问题之遗产；

第三类：可用以了解古代中国社会之遗产。

此种分类，基本上可以将中国天学遗产全部概括。以下通过具体案例稍论之。

中国古代天学第一类遗产，先前已得到初步收集整理，即收录于《中国古代天象记录总集》一书中之天象记录，凡一万余条。[①]此为中国

① 此书为全国众多科研单位大量科学工作者协同工作，查书十五万余卷，历时三年（1975—1977）所得的成果。至1988年由江苏科学技术出版社出版。

古代天学遗产中最富科学价值之部分。古人虽出于星占学目的而记录天象，但它们在今日却可为现代天文学所利用——因天体演变在时间尺度上通常极为巨大，虽千万年只如一瞬，故古代记录即使科学性、准确性稍差，仍然弥足珍贵。

20世纪40年代，金牛座蟹状星云被天体物理学家证认出系1054年超新星爆发之遗迹，这次爆发在中国古籍中有最为详细之记载。随着射电天文学勃兴，在蟹状星云、1572年超新星、1604年超新星遗迹中都发现了射电源。天文学家于是形成如下猜想：超新星爆发后可能会形成射电源。

但超新星爆发极为罕见，如以太阳系所在之银河系为限，两千年间历史记载超新星仅14颗，1604年以来至今再未出现。故欲验证上述设想，不可能作千百年之等待，只能求之于历史记载。当时苏联天文学界对此事兴趣浓烈，因西方史料不足，乃求助于中国。

于是席泽宗于1955年发表《古新星新表》，[1]充分利用中国古代天象记录完备、持续、准确之巨大优势，考订了从殷商时代到1700年间共90次新星和超新星之爆发记录。《古新星新表》一发表即引起美、苏两国高度重视。两国都先对该文进行报道，随后译出全文。

事实上，随着天体物理学飞速发展，《古新星新表》的重要性远远超出当时想象之外。此后二十多年中，世界各国天文学家在讨论超新星、射电源、脉冲星、中子星、X射线源、γ射线源等最新天文学进展时，引用该文达1000次以上。国际天文学界著名杂志之一《天空与望远镜》上出现评论称："对西方科学家而言，可能所有发表在《天文学报》上的论文中最著名的两篇，就是席泽宗在1955年和1965年关于中国超新星记录的文章。"而美国天文学家斯特鲁维（O. Struve）之名著《二十世纪天文学》中，唯一提到中国天文学家的工作即《古新星新表》。一篇论文受到如此高度重视，且与此后如此众多新进展联系在一起，这在当代堪称盛况。

此即中国古代天学史料被用以解决现代天文学问题之典型例证。

---

① 载《天文学报》第3卷第2期，1955年。

类似例证还有笔者用中国古代星占学史料解决困扰国际天文学界百余年之“天狼星颜色问题”[①]，兹不具述。

中国天学留下之第二类遗产，可用以解决历史年代学问题。

因年代久远，史料湮没，某些重要历史事件发生之年代，或重要历史人物之诞辰，至今无法确定。所幸古人有天人感应之说，相信上天与人间事务有着神秘联系，故在叙述重大历史事件发生或重要人物诞生死亡时，往往将当时特殊天象（如日月交食、彗星、客星、行星特殊位置等）虔诚记录下来。有些此类记录得以保存至今。依靠天文学家之介入，此种古代星占学天象记录，竟能化为一份意外遗产——借助现代天文学手段，对这些天象进行回推计算，即可能成为确定历史事件年代之有力证据。

此种应用近年最为成功的例证，即笔者所领导之研究小组，借助国际天文学界当时最先进之星历表软件，推算出武王伐纣确切年代，并成功重现当时一系列重大事件之日程表。结论为：周武王牧野克商之战，发生于公元前1044年1月9日清晨。[②]

类似例证，还有笔者所领导之研究小组利用日食记录，推算出孔子诞辰之确切日期：公元前552年10月9日。[③]

其实解决现代天文学问题，或解决历史年代学问题，仅仅利用了中国天学遗产中之一小部分。中国古代留下大量“天学秘籍”，以及散布在中国浩如烟海之古籍中的各种零星记载。这部分遗产数量最大，如何看待和利用也最成问题。

这第三类中国天学遗产，可用以了解古代中国社会。

---

① 江晓原：《中国古籍中天狼星颜色之记载》，《天文学报》第33卷第4期，1992年。

② 江晓原、钮卫星：《〈国语〉伶州鸠所述武王伐纣天象及其年代》，《自然科学史研究》第18卷第4期，1999年。

江晓原、钮卫星：《以天文学方法重现武王伐纣之年代及日程表》，《科学》第51卷第5期，1999年。

③ 江晓原：《孔子诞辰：公元前552年10月9日》，《历史月刊》（台湾）1999年第8期。此文曾被大陆多种报纸杂志转载。

中国古代并无现代意义上之天文学，有的只是“天学”——此天学不是一种自然科学，而是深深进入古代中国人精神生活的一门学问。日食、月食、火星、金星或木星处于特殊位置等，更不用说一次彗星出现，凡此种种天象，在古代中国人看来都不是科学问题，而是哲学问题、神学问题，或是一个政治问题。

由于天学在中国古代有如此特殊之地位（此一地位，其他学科，比如数学、物理、炼丹、纺织、医学、农学之类，根本无法相比），因此它就成为了解古代中国人政治生活、精神生活和社会生活之不可替代的重要途径。古籍中几乎所有与天学有关之文献，皆有此种价值及用途。具体案例，在笔者所著《天学真原》中随处可见，兹不缕述。

中国天学这方面遗产之利用，将随历史研究之深入和拓展，比如社会学方法、文化人类学方法之日益引入，而展开广阔前景。

故《天文典》之编纂，其重要意义之一，即为我们继承、利用上述各类中国古代天学遗产，提供一种集大成之史料库。

2010 年 9 月 28 日

于上海交通大学科学史系

［《中华大典·天文典》（全五卷），江晓原主编，重庆出版社，2012年。2017年获中华优秀出版物奖］

《中国科学技术通史》总序

关于中国科学技术史的通史类著作，在相当长的时期内曾缺乏合适读物。这种著作可以分为两大类型：一类是学术性的，编纂之初就没有打算提供给广大公众阅读，而是只供学术界使用的。另一类则面向较多读者，试图做到雅俗共赏。

第一类型中比较重要的，首先当数由李约瑟主持、英国剑桥大学出版社从1954年开始出版的《中国科学技术史》（*Science and Civilization in China*），因写作计划不断扩充，达到7卷共数十分册，在李约瑟去世之后该计划虽仍继续，但完工之日遥遥无期。该书在20世纪70年代曾出版过若干中文选译本，至1990年起由科学出版社（最初和上海古籍出版社合作）出版完备的中译本，但进展更为缓慢。

进入21世纪，中国科学院自然科学史研究所主持了一个与上述李约瑟巨著类似的项目，书名也是《中国科学技术史》，由卢嘉锡总主编，科学出版社出版，凡3大类29卷，虽成于众手，但克竟全功。

第二类型中比较重要的，很长时间只有两卷本《中国科学技术史稿》，杜石然等六人编著，科学出版社1982年出版。此书虽不无少量讹误，且行文朴实平淡，但篇幅适中，提纲挈领，适合广大公众及初学中国科学技术史者阅读。

至2001年，始有上海人民出版社推出五卷本《中华科学文明史》，该书系李约瑟生前委托科林·罗南（Colin A. Ronan）将*Science and Civilization in China*已出各卷及分册改编而成的简编本，意在提供给更多的读者阅读。在李氏和罗南俱归道山之后，上海人民出版社从剑桥大学出版社购得中译版权，笔者组织了以上海交通大学科学史系师生为主的队伍完成翻译。后来上海人民出版社又将五卷本合并为两卷本，于2010、2014年两次重印。但此书中译本达130余万字，且受制于李氏原书之远未完成，内容难免有所失衡，故对于一般公众而言，仍非中国科学技术史的理想读物。

笔者受命主编此五卷本《中国科学技术通史》之初，与诸同仁反复商议，咸以为前贤上述各书珠玉在前，新作如能在两大类型之间寻求一折中兼顾之法，既有学术价值，亦能雅俗共赏，则庶几近于理想矣。有鉴于此，我们在本书编撰中作了一些大胆尝试，力求接近上述理想。择要言之，有如下数端：

其一，在作者队伍上，力求“阵容豪华”——尽可能约请各相关研究领域的领军人物和著名专家撰写。此举目的是确保各章节的学术水准，为此不惜容忍写作风格有所差异。中国科学技术史研究领域的“国家队”中国科学院自然科学史研究所两位前任所长刘钝教授（国际科学史与科学哲学联合会现任主席）和廖育群教授，以身垂范，率先为本书撰写他们最擅长的研究内容，群作者见贤思齐，无不认真从事，完成各自的写作任务。

其二，在内容上，本书不再追求面面俱到。事实上，如果全面贯彻措施一，必然导致某些内容暂时找不到合适的作者。所以本书呈现的结构，是在历史的时间轴上，疏密不等地分布着大大小小的点，而这些点都是术业有专攻的名家之作。

其三，在结构上，借鉴百科全书的“大条目”方式。全书按照大致的时间顺序分为五卷：卷I《源远流长》，卷II《经天纬地》，卷III《正午时分》，卷IV《技进于道》，卷V《旧命维新》。每卷中也按照大致的时间顺序设置大小不等的专题。

其四，全书设置了“名词解释”和“中西对照大事年表”，凡未能列入专题而又为了解中国科学技术史所需的有关情况及事件，可在这两部分中得到了解。

本书虽不能称卷帙浩繁，但全书达300余万字，篇幅介于上述第一类型和第二类型之间。在功能和读者对象方面，也力求将上述两大类型同时兼顾。

或曰：既然公众阅读130余万字的《中华科学文明史》尚且有篇幅过大之感，本书篇幅近其三倍，公众如何承受？这就要谈到“大条目”方式的优点了，公众如欲了解中国科学技术史上的某个事件或概念，只需选择阅读本书相应专题即可，并不需要通读全书。而借助全书目录及“名词解释”和“大事年表”，本书虽300余万字，在其中查找相应专题却较在篇幅仅为本书三分之一的《中华科学文明史》更为便捷。

同时，“大条目”方式还使本书在相当程度上成为“中国科学技术史百科全书”，由于条目皆出名家手笔，采纳了中国科学技术史各个领域最新的研究成果，本书的学术价值显而易见。即使是专业的中国科学技术史研究者，也可以从本书中了解到许多新的专业成果和思想观念——而这些并不是在网上“百度”一下就可轻易获得的。

对于中国科学技术史的初学者（比如科学技术史专业的研究生），本书门径分明，而且直指堂奥，堪为常置案头之有用工具。即便是中国科学技术史的业余爱好者，仅仅出于兴趣爱好，对本书常加披阅，亦必趣味盎然，获益良多。

“一切历史都是当代史”，今世修史，自然有别于前代。吾人今日读史，所见所思，亦必与前代读者不同。读者读此书时，思往事，望来者，则作者编者俱幸甚矣。

2015年12月9日

于上海交通大学科学史与科学文化研究院

［《中国科学技术通史》（五卷本），江晓原总主编，上海交通大学出版社，2016年。2018年获上海图书奖一等奖］

中国古代的科学、技术与发明

——《技术与发明》前言

在马可·波罗来到中国的时代（元朝初年），甚至更晚些，明朝末年，当意大利人、耶稣会传教士利玛窦来到中国时，他们都为中国这个伟大帝国的富庶感到震惊。特别是在中国南方，那些“诗礼簪缨之族，钟鸣鼎食之家”的上层社会，过着优雅、精致、奢华的生活，和他们相比，那时欧洲王侯们的生活质量几乎就像穷人。中国上层社会这种生活方式和品质，除了财富和文化之外，还依靠什么来支撑呢？

中华民族向来不喜欢侵略和征服，但是数千年间，中华帝国在很多时候一直繁荣强盛。汉朝的大军曾对匈奴穷追猛打，最终将他们赶往欧洲；大唐帝国如日中天的时候，唐朝的驻军远至中亚；即使在南宋半壁江山即将被元蒙帝国征服的前夜，中国军队仍然能够将蒙哥大汗击毙在永不陷落的军事要塞钓鱼城下。中华帝国的力量，除了财富和信念之外，还依靠什么来支撑呢？

…………

类似的例子，还可以继续往下举。

答案是：中国上层社会这种生活方式和品质，中华帝国的力量，除了财富、文化、信念等之外，还有一个非常重要的支撑——技术。

科学与技术

有一种流行的说法，认为中国古代的科学技术曾经在世界上遥遥领先。这种说法能否成立，取决于我们如何理解（或者说定义）“科学”

和“技术”这两个概念。

如果我们使用最狭义的“科学”概念，将科学理解为现代的、在西方不过形成了三百年左右的形态，那么无可讳言，中国古代不存在这样的科学，因而也就谈不到所谓的对西方的“领先”了。

如果我们使用最宽泛的“科学”概念，将人类一切有关自然界的有系统的知识都视为科学，那么中国古代毫无疑问是有科学的。但即使如此，上面的说法要成立也仍然有困难。因为中国古代的科学发展与西方走的是不同的道路，它们之间无法进行谁“领先”的比较，就像我们无法在一个向东走和一个向南走的人之间进行谁“领先”的比较一样。

只有当我们将“科学”和“技术”这两个概念混合成一个概念，即我们经常使用的、极富中国特色的“科技”一词，此时“中国曾经遥遥领先”的说法才有可能成立。

然而，我们又何必非要让上面这个说法成立不可呢?

发明与发明权之争

在中国人的传统语言中，“发明”本是“使之开朗明畅”“将某个道理阐述清楚”之意，例如宋玉《风赋》说“发明耳目，宁体便人”，意思是“使人耳目清明”，这与今天通常所说“发明”的意义原本不相干。直到20世纪，它才被用来对译西文中“invention”一词。

中国古代确实有四大发明，而且还远远不止“四大”——在有些夸大其词、穿凿附会的书中，有中国的一百大发明，其中竟包括了“蒸汽机原理”“白兰地与威士忌”“血液循环”“多级火箭”“催泪弹”“迫击炮”！

但是我们不要忘记人类认识世界的局限性和多样性。另外两个英国人，Peter James和Nick Thorpe，在他们的书《世界古代发明》（*Ancient Inventions*）中，就为读者描绘了完全不同的图景。例如，蒸汽机被考证出早在两千年前的古希腊就已经有了。而在耶鲁大学科学史教授、曾担任国际科学史与科学哲学联合会主席的普赖斯（D. Price）的著作中，精密的天文钟早在古希腊就已经被发明出来，而不是如李约瑟经常说的来自中国的发明。

事实上，几乎每一项发明都被若干个——有时甚至是一大堆——发明权候选人所包围。这类发明权之争，至少已经有了几个世纪的历史。当年关于牛顿和莱布尼兹谁先发明微积分的争论，就使英国和欧洲大陆的学者分成了两派，结果吃亏的是英国人，因为莱布尼兹所用的分析方法确实更有效，而英国人坚持牛顿所用的几何方法就使自己落在了潮流后面。可见谁是第一实际上并不重要，重要的是选用最有效的东西。

历史上曾经有过无数发明，今天更是如此，每天都有很多发明被完成，很多专利被注册。但是绝大多数都如同过眼烟云，转瞬即逝，并未在物质文明的发展史上留下影响。它们通常不能算是成功的发明。它们所留下的记载、档案乃至实物，只是给后人提供了考证、研究的题材，使学者们可以写出一篇篇论文，表明某装置早在多少多少年前就已经由某国的某人设计出来了，或者某国某人在某年所设计出来的某装置“实际上已经是”今天的某物了。

上一千年中22项世界上最重要的发明

回首历史长河，审视以往一千年间的发明活动，自然饶有趣味，但是要评价哪些发明更重要，就大费周章了。这里牵涉到某些终极的价值判断，而这不是理性所能统治的领域。因此只能见仁见智，各抒己见。下面是我认为在过去千年中比较重要的22项技术性发明：

序号	年代	内容	说明
1	1024	纸币	北宋“官交子”发行
2	1117	指南针用于航海	朱彧《萍洲可谈》中的记载
3	1132	管状火器	枪炮前身，宋金德安府之战中陈规采用
4	1455	古登堡印刷《圣经》	真正有实用价值的活字印刷
5	1535	欧洲人首尝烟草	法国探险家从北美新大陆带回欧洲
6	1543	人体解剖	维萨留斯《论人体结构》是年出版
7	1610	望远镜用于天文观测	伽利略以此作出了六大发现

续表

序号	年代	内容	说明
8	1656	机械钟	惠更斯造成首座机械摆钟
9	1826	照相	尼厄普斯拍摄的第一张照片非常模糊
10	1830	铁路	9月15日通车仪式上撞死一名国会议员
11	1844	电报	莫尔斯电报和电报机
12	1859	石油	具有商业价值的石油
13	1867	炸药	诺贝尔的发明
14	1876	电话	贝尔的发明
15	1895	电影	法国鲁米埃尔兄弟向观众播放电影
16	1895	X 射线	伦琴的发现
17	1901	无线电	马可尼的试验
18	1903	飞机	莱特兄弟在北卡罗来纳海滩的飞行
19	1907	塑料	贝克兰（比利时籍）的发明
20	1928	青霉素	苏格兰医生亚历山大·弗莱明的发现
21	1939	电脑	IBM 公司的产品
22	1945	原子弹	1945年8月6日，广岛

表中的每项发明都只选择了一个年代或事件作为表征，因为我们当然不能在这里陷入“谁是第一”的笔墨官司。至于那些非技术性的重要发明，未在表中列出，当然决不意味着它们的重要性比不上表中的各项。

这些入选的发明基本上有一个共同点，即每一项都极大地改变了人类的生活。

纸币实在是中国人的一大发明，其重要性未必逊于“四大发明”。在这件事情上中国人遥遥领先，应该能够表明中国人其实有着非常发达的商业头脑。迄今为止，没有纸币的世界仍是难以想象的。

如果要在以往一千年中挑选一项最伟大的发明，那也许应该是上表中的第21项：电脑。这项发明或许可以和人类发现火的重要性相提并论——如果不是更重要的话。电脑正在以惊人的速度走进我们的生活，它在未来的世纪中，还将彻底改变我们的生活方式。不过这究竟是祸是福，现在就下结论也许还为时过早。

并非每种发明都造福人类

烟草本来就是轻度的毒品。此物的流行实非人类之福，如今挥之不去，禁之不绝，天天都在损害着千百万人的健康。这正是“发明并不都造福人类”的鲜明例证。

这里我们不得不谈谈两项杀人的发明：管状火器和原子弹。

人们常说管状火器使战争告别了冷兵器时代，人类自相残杀的效率空前提高了；而原子弹，以及随后氢弹的问世，就使自相残杀的效率提高到了可以在一瞬间让所有人一起完蛋的地步。人类在过去一千年间既学会了大大改善自己生活条件的方法，却也急煎煎地将一举毁灭自身的手段发明了出来，想想岂不是很荒唐？西方那些以“狂人发动核大战导致人类末日”为主题的幻想作品，正反映了人们在这方面的忧虑。

其实对这两项杀人技术的威力不宜过分夸大。在广岛爆炸的原子弹直接造成的死亡人数是8万；而史书记载，当年秦将白起在长平之战中坑杀赵国降卒40万人。这个数字当然很可能有夸大，我们假定它被夸大了10倍，那也有4万人——这可是在冷兵器时代！

所以人类自相残杀的真正威力，不是来自发明，而是来自人类自己心里。

评价发明的标准随时代而异

“一切历史都是当代史”，这句话对于我们评价历史上的种种发明，同样有很大的启发意义。我们今天评价某种发明的重要性，总是受到我们此时置身于其中的当代文化的制约。让我们来看两个例子。

1596年，英国贵族约翰·哈灵顿发明抽水马桶。这项发明被一些西方学者列为以往一千年中最重要的几十项发明之一。然而，如果让中国学者来开列同一时期的重要发明，即使列到100项，也绝不会将抽水马桶算一项——读者不妨试问自己：要是让你来开列，你会不会将抽水马桶列上去？为什么会有这样明显的区别？这恐怕就要从各人置身其中的

“文化”上去找原因了。

再比如原子弹，我们今天看来，它是一种大规模杀人武器，很难说它可以造福于人类。但是，1945年8月6日它在广岛爆炸时，它却是造福于人类的——因为它给了日本法西斯最后的重击，促使它立刻宣告无条件投降。谁也不能否认，日本法西斯肆虐一天，受到侵略的各国人民（也包括日本人民）的灾难就要延续一天。

允许“无用”的奇情异想

有些发明，当时看起来只是“毫无用处”的奇情异想，但是后来却发展成了极其重要的事业。人类的宇航事业就是一个这样的故事。

这故事的第一个重要角色是俄国科学家齐奥尔科夫斯基，他9岁失聪，从此与书为友，十几岁就开始探索宇宙航行问题——在当时这类似于科学幻想。他在1903年发表了题为《以喷气装置探测宇宙空间》的论文，论述航天飞行中使用火箭发动机的理论问题，包括热传导、导航设备、空气摩擦升温、燃料供应等。但是他的探索太超前了，在当时很难被充分理解。当时俄国科学院不承认他的空气动力学实验结果的价值，他的金属飞艇模型也在1914年圣彼得堡的空气动力学学术会议上遭到冷遇。即使是1921年苏联“人民委员会”授予他终身年金时，他的理论的巨大价值仍然远远未被人们理解。

人类航天故事的第二个重要角色，或当数美国的戈达德。他比齐奥尔科夫斯基晚出生二十年。戈达德从小就梦想从事伟大的发明，1898年在《波士顿邮报》上连载的太空幻想小说《世界大战》极大地刺激了他的想象力，不久他就开始梦想制造太空飞行器。1926年3月16日，他终于成功地进行了世界上第一次液体火箭发动机的飞行试验——其实火箭只是短暂地飞离了地面，很快就掉下来了。但是不管戈达德的这枚火箭是多么简陋，飞行时间是多么短暂，几十年后如火如荼的航天事业所依赖的火箭技术，却都认他为鼻祖。

在当时看起来毫无用处的发明，后来可能被证明是极其伟大的成就。宇宙航行只是一个例子。当年爱因斯坦的$E=mc^2$也是同样的例子：

当时谁也不知道，根据这个公式所确立的理论，四十年后可以造出原子弹，后来为和平目的可以建造核电站。

所以政府必须让一部分学者有良好的条件安心研究，不要以“毫无用处”的理由去指责他们，不要以急功近利的任务去催促他们——即使他们讨论的问题是“一个针尖上可以站几个天使？”“天堂的玫瑰有没有刺？”也应该容忍。当年希腊化时代的亚历山大城、欧洲中世纪和文艺复兴时期的修道院和大学、巴格达的阿拔斯王朝、开罗的法蒂玛王朝、中亚的伊儿汗王朝和帖木儿王朝……都曾供养过许多博学之士，让他们思考问题，研究学问，这是一种深厚的传统。

本书的目的

无论我们使用哪一种“科学”概念，都无法否认这样一个事实——中国古代在技术上有着非常高的成就。

本书的目的，就是介绍中国古代的技术和发明成就。

不过，和常见的同类读物不同，本书遵循如下两个原则：

一、绝不牵强附会。有些读物（包括某些西方人撰写的读物）为了给中国人争光，经常言过其实、穿凿附会，将现代世界的许许多多技术成就都说成是中国人发明的。这种想法其实是错误的，这种做法其实是有害的——因为我们不可能将民族自尊心和民族自信心建立在任何虚假陈述的基础上。而且，我们热爱祖国，也不是因为祖国曾经富强或现在富强才热爱她的——难道一个不富强的祖国你就不热爱她吗?

二、不求面面俱到。在这本小书中，我并不打算给读者上中国科学技术史的专业课程，我想做的是，将中国古代技术发明中那些独特的、激动人心的、趣味盎然的项目介绍给读者，而且这些项目还必须是已经基本上考证清楚、能够言之成理的。

根据这两个原则，我选取了22个小专题。通过这些专题，能够对中国古代的技术和发明成就获得一个鸟瞰式的印象，同时也可能因此而引发对某些技术或发明进一步了解和研究的兴趣。如果发生了这样的兴趣，当然就可以去阅读更完备、更详细的文献。

22个专题的顺序，则大体按照时间先后排列，这样也就顺便形成了一个大致的历史线索，这对于了解中国的历史和文明也是有益的。

2009 年 8 月 28 日

于上海交通大学科学史系

（《技术与发明》，江晓原著，复旦大学出版社，2009年）

换一种思路看待中国古代的技术成就

——《中国古代技术文化》导言

关于中国古代是否有科学，以及如何评价这个问题本身的意义，都和科学的定义直接相关；而愿意使用哪一种定义，又涉及更为深层的问题，所以一直存在着各种各样的争议。但与此形成鲜明对比的是，对于中国古代的技术成就，因为有目共睹，就很少争议。因此，从中国古代的技术成就出发，尝试思考这些技术成就背后的理论支撑是什么，不失为一个富有启发意义的问题。

古代的技术成就靠什么理论支撑

在我们已经普遍接受的来自现代教育所灌输的观念体系中，我们习惯于认为，技术后面的理论支撑是科学。在当下的情境中，这一点确实是事实。但是，很多人在将这一点视为天经地义时，却并未从理论上深入思考。

例如，如果对"科学"采取较为严格的定义，则现代意义上的、以实验和数学工具为特征的科学，至多只有三四百年的历史，那么即使只看西方世界，在现代科学出现之前，那里的种种技术成就如何解释？那些技术成就背后的理论支撑又是什么呢？举例来说，欧洲那些古老的教堂，都是在现代力学理论出现之前很久就已经建造起来了，那些巨大的石质穹顶，当然可以视为技术奇迹，但这种技术奇迹显然不是由以万有引力作为基础的现代力学理论所支撑的。

当我们将视野转向中国时，这样的问题就会变得更为明显和尖锐。

比如都江堰，秦国蜀郡太守李冰父子在公元前3世纪建成的大型水利工程，引水灌溉成都平原，使四川成为“天府之国”，真正做到了“功在当代，利在千秋”，两千多年过去了，都江堰至今仍发挥着巨大效益。都江堰这样惊人的技术成就，背后支撑的理论是什么呢？人们当然无法想象李冰父子掌握了静力学、重力学、流体力学、结构力学。人们更容易也更有把握的猜想是，李冰父子熟悉阴阳五行、周易八卦……

中医呵护了中华民族健康几千年

在今天很多人的观念中，阴阳五行之类都很容易被归入“迷信”和“糟粕”之列。这种“划界”结果，也确实是我们多年来许多教科书所赞同的。多年来，遭受这种“划界”结果伤害最严重的，莫过于中医，因为中医明确将阴阳五行作为理论支撑。

在20世纪上半叶，中医几乎已面临灭顶之灾。那时有一个残酷而荒谬的口号：“是科学则存，非科学则亡。”西医界和“科学界”在这个口号之下，发起了一波又一波废除中医的努力。而最令人惊奇的是，一些中医的支持者居然也接受了这个口号，因此他们的“救亡”路径，就变成竭力证明“中医也是科学”。

可是一旦试图论证“中医也是科学”，立刻就会面临这样的问题：中医是用什么理论来支撑的？如果答案还是“阴阳五行”，立刻就会遭遇更加气势汹汹的质问：难道阴阳五行也算科学吗？科学和迷信还有没有区别？正是在这样捉襟见肘、进退维谷的理论困境中，中医被一些“科学原教旨主义者”宣布为“伪科学”，中医界人士对此无不痛心疾首。

到这里我们就有必要从宏观上回顾中医的历史——这种宏观的历史回顾具有明显的启发意义，却经常被人忽略。

在西医大举进入中国之前，几千年来中华民族的健康毫无疑问是由中医呵护的。要问这种呵护的成效，我们只需注意一个简单的事实：晚清的中国人口已达4亿。4亿人口，这就是中医呵护中华民族健康的成效。放眼当时的世界，这个成效也足以傲视群伦。

也就是说，数千年来，中医作为一种呵护中华民族健康的技术，它是行之有效的。而且在西医大举进入中国之后，甚至在“是科学则存，非科学则亡”的狂风暴雨之后，它仍然幸存了下来，至今仍然行之有效。就好比都江堰至今仍然在灌溉滋养着“天府之国”的成都平原一样，中医中药至今仍然是许多国人面对疾病时的选项之一。

从理论上为中医辩护的路径

一、为中医争取“科学”地位（目前许多中医界人士和中医支持者就是这么做的），为此就要求承认阴阳五行也是“科学理论”，而这会遭到科学界的普遍反对。

二、坚持阴阳五行是“迷信”和“糟粕”，为此不惜将中医视为“伪科学”，某些思想上奉行“科学原教旨主义”的人士就是这么做的，但他们被中医界视为凶恶的敌人——从客观效果上看也确实如此。

三、采取更开放、更宽容的立场，否定“是科学则存，非科学则亡”这一原则。即使是在科学技术已经君临天下的今天，我们生活中也仍然需要许许多多“非科学”的东西。比如诗歌是科学吗？昆曲是科学吗？如果贯彻“是科学则存，非科学则亡”这样的原则，为什么还要容忍这些东西存在？

诗歌、昆曲都是我随意举的例子，并无深意，但下面这个问题却不是没有意义的：为什么从来没有人说诗歌或昆曲是“伪科学”？

“科学原教旨主义者”将会回答说，这是因为诗歌和昆曲从未宣称过自己是“科学”，而中医却试图将自己说成是科学。

这个虚拟的回答，提示了中医在理论上“救亡”的第三条道路：

不再徒劳宣称自己是科学，而是理直气壮地说：我就是我，我就是中医。既然我没打算将自己说成科学，也就没人能够将“伪科学”的帽子扣到我头上。至于别人是否愿意将我视为“科学”，我无所谓。

从屠呦呦的青蒿素到霍金的《大设计》

现在我们不得不承认，并非所有的技术成就都是依靠现代科学理论来支撑的。至少有一些重要的技术成就是由非科学，甚至是由和现代科学格格不入的理论所支撑的。一旦在理论上接纳了这一点，我们眼中的历史和世界，就会呈现出一番新面貌。

首先，我们不再简单化地以现代科学为标尺，去削足适履地衡量古代和现代的一切技术成就，并强制性地将这些技术成就区分成“科学的”和“非科学的”，甚至以此来决定我们对待某项技术成就是支持还是反对，是重视还是冷落。2015年屠呦呦以青蒿素而获诺贝尔奖，应该有助于我们在这个问题上深入反思。

其次，我们有必要反思我们看待外部世界的现行方式——这种方式至今还被许多人想当然地认为是看待外部世界最好、最“科学”的方式。在这种看待外部世界的方式中，我们不仅确信一个“纯粹客观的”“不以人的意志为转移的”外部世界的存在，而且确信自己能够认识和掌握这个外部世界的规律，还确信现代科学为我们描绘的这个外部世界的图景是唯一正确的。在这样的观念框架中，依托现代科学以外的任何其他理论对外部世界的描绘，都被认为是毫无意义的“迷信”或“糟粕”。

而事实上，举例来说，我们对人类身体的认识就远远不够，所以至今西方人并不像我们习惯的那样将医学视为科学的一部分（他们通常将科学、数学、医学三者并列）。用西方学者熟悉的话语来说，在中医和西医眼中，人体是两个完全不同的“故事”：一个有经络和穴位，一个却只看到肌肉、骨骼、血管、神经等。由于我们的思想和意识寄居在其中，所以我们很难将人体视为一个纯粹的“客观存在”。

推而广之，我们对整个外部世界的认识，其实普遍存在着类似的状况。著名物理学家史蒂芬·霍金在堪称他“学术遗嘱”的《大设计》一书中，对我们如何认识外部世界这一问题的论述，是近年来最值得注意的哲学讨论之一，极富启发性。霍金表示，对于外部世界，他主张“依赖模型的实在论”（model-dependent realism），而所谓模型，就是我们所描绘的外部世界图像。他强调指出，从古至今，人类一直在使用不同的外部世界图像，而且这些不同的图像在哲学上具有同等的合理性。根据霍金的上述观念，完全可以认为，支撑中医这个技术体系的阴阳五行理论，就是人类用来描述外部世界的图像之一，虽然这个图像我们今天已经很少使用，但它又何尝没有哲学上的合理性呢？

（《中国古代技术文化》，江晓原著，中华书局，2017年）

科学史的意义

——《科学史十五讲》导论

一、“无用”的科学史

学习科学史有什么用？

许多科学史研究者非常不愿意面对这一问题，因为他们觉得不能“理直气壮”地说出科学史的“用处”来。

从那些急功近利的角度来看，科学史确实没什么用。就一般情况而言，它既无助于获取国外大学的奖学金（科学史在西方也是相当冷门的行当），也不能靠它向外企老板争取高薪（除非这家外企是一个专业的科学史网站）。

那么作为一个科学家或工程师，学习科学史有没有用呢？

坦率地说，没有多少直接的用处。在那些诺贝尔奖获得者中，没有谁是先研究了科学史才作出伟大科学成就的。相反，不少著名科学家到了晚年倒是对科学史表现出浓厚兴趣——不过此时他们在科学上的创造力通常已经衰竭。

这么说来，科学史是不是很像一种供科学家晚年聊以自慰，或是供某些学者自娱自乐的消闲学问？

在早期，科学史可能曾经是这样一门学问——但随着时代的发展，现在已经不是这样了。

二、科学史学科的确立与萨顿的贡献

从某种意义上说，在约两千年前就出现了科学史的萌芽。比如古希腊时代的某些著作。在科学著作中追溯有关的历史人物、著作或事件，一直是西方许多学者的喜好。在中国古代，也有一些即使在今天看起来也称得上科学史研究的工作。而出现严格意义上的科学史研究，通常认为要晚得多。18世纪出现了一批以各门学科为对象的专科史著作，到19世纪则有了最初的综合性科学通史。

但是，科学史作为一门现代的、专业化的学科，建立起自身的价值标准和研究目的，开始在社会上产生足够的影响，并且得到社会承认（通俗地说，就是被人们承认为一门“学问”），则是20世纪初的事情。

在科学史专业学科地位的确立过程中，著名科学史家乔治·萨顿（George Sarton）的贡献被公认为是最重要的。

萨顿1884年生于比利时一个富裕家庭中。上大学最初学的是哲学，但是很快他就对这门学科感到厌倦，于是改学化学和数学，27岁那年（1911）以题为《牛顿力学原理》的论文获得博士学位。他青年时代就对科学史有浓厚兴趣，立志要为此献身——因为“物理科学和数学科学活生生的历史、热情洋溢的历史正有待写出”。

1912年萨顿创办了一份科学史杂志——*Isis*，次年正式出版。该杂志持续出版直至今日，每年4期，外加一期索引，成为国际上最权威的科学史杂志。1915年，萨顿来到美国（*Isis*也随之带到美国出版），此后他主要在哈佛大学讲授科学史。1924年美国历史协会为了支持萨顿在科学史方面的努力，成立了科学史学会，1926年*Isis*成为该学会的机关刊物。从1936年起，萨顿又主持出版了*Isis*的姊妹刊物——专门刊登长篇研究论文的*Osiris*（不定期专刊）。①

萨顿于1955年去世。终其一生，总共完成专著15部，论文及札记

① Isis本是古埃及神话中的丰饶女神、水与风之女神、航海女神，又是女性与忠贞的象征，并被视为法老之母，艳丽异常，魔法无边。Osiris则是其兄兼丈夫，是自然界生产力之神，亦为丰饶之神，又是冥王，为阴间审判者。萨顿取此二神作为刊物之名，当然有多重寓意。

300余篇。为了广泛阅读科学史料，他掌握了14种语言——包括汉语和阿拉伯语！他的《科学史引论》3卷，论述从荷马到14世纪的科学历史，在1927—1947年出版。但是他晚年的宏大计划是写作1900年之前的全部科学史，全书9卷，他生前仅来得及完成了前两卷：《希腊黄金时代的古代科学》（1952）和《希腊化时期的科学和文化》（1959）。

在萨顿身后，科学史已经成为一个得到公认的学科。萨顿则被公认为科学史这一学科的奠基人，也经常被称为“科学史之父”。国际科学史界的最高荣誉“萨顿奖章”就是以他的名字命名的——事实上，该奖章的第一位获得者就是萨顿本人。这些在他确实都是当之无愧的。

三、科学史的诸种功能

关于科学史的各种功能，有一种深思熟虑的论述：

> 我们可以较有把握地认同的科学史的功能大致分四类：
>
> 其一，是在帮助人们理解科学本身和认识应如何应用科学方面的功能，也就是说，科学史可以带来对于科学本身以及与其内外相关因素更全面、更深刻的认识；
>
> 其二，是对于作为其他相关人文学科之基础的功能，也即作为诸如像科学哲学、科学社会学等相关学科的知识背景、研究基础，或者说认识平台；
>
> 其三，是科学史的教育功能，特别是其在一般普及性教育方面的功能，包括对人类自身的认识和对两种文化（江按：指自然科学与人文学术）之分裂的弥合，而科学史在科学教育中的功能，相对来说还一直存在有较多的争议；
>
> 其四，就是作为科学决策之基础的功能，在这方面，国外近年来逐渐兴起的科技政策史的研究尤为值得我们关注。[①]

---

① 刘兵：《科学史的功能与生存策略》，见《驻守边缘》，青岛出版社2000年版，第48—49页。

在上述分类中，功能一、三其实可以合并，功能四当然很重要。但是特别值得重视的是功能二。

现代文明的高速发展，使得自然科学与人文科学之间的距离越来越遥远。昔日亚里士多德那样博学的天才大师，如今已成天方夜谭。这当然并非好事，只是人类为获得现代文明而被迫付出的代价罢了。有识之士很早就在为此担忧。还在20世纪初，当时的哈佛大学校长康奈特（J. B. Conant）建议用“科学与学术”的提法来兼顾两者，就已经受到热烈欢迎。那时，萨顿正在大声疾呼，要在人文学者和自然科学家之间建立一座桥梁，他选定的这座桥梁不是别的——正是科学史；他认为“建造这座桥梁是我们这个时代的主要文化需要”。

然而半个多世纪过去，萨顿所呼唤的桥梁不仅没有建成通车，两岸的距离倒变得更加遥远。不过对于这个问题，与我们国内的情况相比，西方学者给予了更多的关注。斯诺（Charles Percy Snow——当然不是那个去延安的记者）1959年在剑桥大学的著名演讲《两种文化·再谈两种文化》，深刻讨论了当代社会中自然科学与人文科学日益疏远的状况及其带来的困境，在当时能够激起国际性的热烈反响和讨论，就是一个明显的例证。

而在国内，如果说萨顿所呼唤的桥梁也已经建造了一小部分的话，那么这一小部分却完全被看作自然科学那一岸上的附属建筑物，大多数旁的人几乎不理解，许多造桥人自己也没有萨顿沟通两岸的一片婆心。

四、科学史的教育功能——以美国的情形为例

在教育中发挥作用，是科学史最重要的功能之一。关于这一功能，我们可以看看近年美国教育中的一些情况。

在美国自然科学基金会资助下，有哈佛大学科学史教授霍尔顿（G. Holton）等人参加的“哈佛物理教学改革计划”，其成果是1970年出版的一套中学物理教材《改革物理学教程》（中译本名《中学物理教程》，共12册，由文化教育出版社出版）。这是一部大量利用科学史内容，因

而具有明显的人文取向的物理学教材，此后成为美国最有影响的物理学教材之一，并被广泛使用。

当然，这样一部教材还不足以说明多少问题，我们应该看一些更为权威的文件。

1989年“美国促进科学协会”发表题为《普及科学——美国2061计划》的总报告。报告建议，在教育中加入科学史内容，原因是：

一、“离开了具体事例谈科学发展就会很空泛”。

二、“一些科学进展为人类文化遗产作出过卓越贡献，……这些历史篇章为西方文明中各种思潮的发展树立了里程碑”，入选的进展包括：

伽利略的理论；

牛顿定律；

达尔文的进化论；

赖尔核实了地球的漫长历史；

巴斯德证实了微生物引起传染病。

在“2061计划”之后，1994年美国“国家研究委员会”通过了《国家科学教育标准》，这是一份内容详尽的报告。其中有“科学的历史与本质”这一部分，将科学史的教育贯穿在从小学到高中的教育过程中。其要点有：

逐步理解科学是一种人类的努力；

逐步理解科学的本质和科学史的一些内容。

这些科学史的内容中有三点值得注意：

一、许多个人对科学传统作出的贡献。对这些个人中某些人的研究——大致相当于国内科学史研究中的“人物研究”，要达到的目的当然与国内传统的目的不尽相同，《国家科学教育标准》要求通过对科学家个人的研究，增进四方面的认识：科学的探索、作为一种人类努力的科学、科学的本质、科学与社会的相互作用。

二、历史上，科学是由不同文化中不同的个人来从事的。

三、通过追溯科学史可以表明，科学的革新者们要打破当时已被人们广泛接受的观点，并得出我们今天看来是理所当然的结论，曾经是多么困难的事情。[1]

上面所举美国教育中的一些情况，只是说明，科学史在美国的教育中，扮演了一个重要角色。而科学史的这一角色，在我国的基础教育体系中基本上还未引入（最近北京、上海两地才开始有类似美国“2061计划”的尝试）。因此，当我们的高中毕业生进入大学时，和美国大学生相比，可以说他们就缺了科学史这门课。

五、关于“真实的历史”

这里我们难以避免某些历史学的基本理论问题。国内几十年前“以论带史”还是“论从史出”的陈旧争论早已被时代抛弃，国外各种史学理论则或多或少被介绍进来。“真实的历史”初听起来——或者说只是在我们的下意识里——似乎仍然是一个天经地义应该追求的目标，实际上却是难以达到的境界。有人说，如今在美国，谁要是宣称他自己能够获得“真实的历史”，那就将因理论上的陈旧落伍而失去在大学教书的资格。这或许是一种夸张的说法，不过在比较深入的思考之下，“真实的历史”确实已经成为一个难圆之梦。

科学史是跨越科学和历史两大领域的交叉学科，它真正的现代形态直到20世纪方才确立。如今在国内，科学史研究者主要是依附在“科学”的阵营中。例如：作为国内科学史研究“正统”所在，也是中国科学技术史学会挂靠单位的自然科学史研究所，就是属中国科学院管辖；而散布在全国高校中的数学史、物理史、化学史等方面的研究者，通常也都相应在数学系、物理系、化学系任教。这种局面，与国外许多科学史研究者常依附于大学历史系有很大不同。

科学史研究需要专业的科学知识。例如研究天文学史通常要求研究者受过正规的天文学专业训练，研究物理学史则要求有物理学的训练，其他学科基本上也都是如此，这使科学史研究者与一般的历史学家相比

---

① 以上内容主要依据刘兵的论文：《基础科学教育改革与科学史》，收入其论文集《触摸科学》，福建教育出版社2000年版。

显得远不是同一类人，而与本行的科学家似乎更亲近一些。这种亲近感和所受的专业训练，当然也使科学史研究者在感情上更愿意接受“真实的历史”。①

然而就研究的本质而言，科学史与历史学的亲缘关系显然要近得多。将科学史视为历史学的一个分支，在理论上是可行的，在实践中也是有益的。

上面这些问题，以往国内科学史界通常是不考虑的，历史学界也很少考虑。许多论文（包括我自己先前的在内）都想当然地相信自己正在给出“真实的历史”。当然，从另外一个角度看问题的也一直大有人在，例如，思想一向非常活跃的李志超教授曾发表的论述中，有如下的话：

> 科学史学不无主观性，这已是事实了……科学史作为一门科学，必须力争其成为“信史”，这是“真”的评价。做到这点也是个过程，不是苛求立成的。大家公认这是努力的目标，也就行了。
>
> 史而无情，不知其可也！歌颂也好，批判也好，不可无理，更不可无情。……一般史学处理的史事，有善有恶，有成有败，有歌颂也有鞭笞。而科学史处理的史事则主要是善而有成的，因而是歌颂性的。中国科学史至少对中国人是要为后代垂风立范，作为一种道德教材流行于世。……仅仅搜罗发掘史料也不是科学史的最终目标，史料要用之于教。对于文学性的虚拟不必绝对排斥，只要保护史料不受破坏。②

这里“真实的历史”也已被推到似乎是可望不可即的远处，而套用古人成语的“史而无情，不知其可也”，确实可以成为一句极精彩的名

---

① 当然这种亲近也要付出令人尴尬的代价：前沿的科学家们通常都看不起那些热衷于和自己攀亲戚的科学史研究者，因为他们普遍认为，只有那些无力进行前沿工作的人才不得不去从事科学史研究。而他们到老年时创造力衰退，却往往宣称自己对本学科的历史“很感兴趣”，愿意作为票友来玩儿玩儿。

② 李志超：《天人古义——中国科学史论纲》，河南教育出版社1995年版，第9页。

言——当然这也要看从什么角度去理解。然而要将科学史做成“道德教材”，我想如今必定已有越来越多的人不敢苟同了——除非此话别有深意？在这个问题上，重温顾颉刚将近七十年前的论述是有益的，顾颉刚说：

> 一件事实的美丑善恶同我们没有关系，我们的职务不过说明这一件事实而已。但是政治家要发扬民族精神，教育家要改良风俗，都可以从我们这里取材料去，由他们别择了应用。①

“必须力争其成为‘信史’”与“说明这一件事实”本是相通的，况且科学史所处理的史事也远不都是善而有成的。

六、科学与正确之关系

1. 问题的提出

“试论托勒密的天文学说是不是科学？”这样的考题在上海交通大学科学史系的研究生入学考试中，不止一次出现过。面对这道考题，大部分考生都答错了。这些考生中，学理科、工科、文科出身的都有，但是答案的正误看起来与学什么出身没有关系。这就表明，他们中间的大部分人，都未能正确认识：怎样的学说具有被当作科学的资格？

首先要请注意，从字面上就可以知道，这是一道论述题，而不是简单的“是”或“否”的选择题。正像有些评论者正确地指出的那样，题中的“正确”“科学”“托勒密天文学说”等概念，都可以有不同的界定，而该题要考察的方面之一，就是考生能否注意到概念的界定问题。他们可以自行给出不同的界定，由此展开自己的见解。

在今天中国的十几亿人口中，能够报考研究生的，应该也算是受过良好教育的少数佼佼者了。既然他们中间也有不少人对此问题不甚了了，似乎值得专门来谈一谈。

---

① 顾颉刚：《〈谜史〉序》，见钱南扬：《谜史》，上海文艺出版社1986年版，第8页。

为什么托勒密的《至大论》《地理学》这样的伟大著作，会被认为不是科学？许多考生陈述的重要理由，是因为托勒密天文学说中的内容是“不正确的”——我们知道地球不是宇宙的中心。

然而，如果我们同意这个理由，将托勒密天文学说逐出科学的殿堂，那么这个理由同样会使哥白尼、开普勒甚至牛顿都被逐出科学的殿堂！因为我们今天还知道，太阳同样不是宇宙的中心；行星的轨道也不是精确的椭圆；牛顿力学中的“绝对时空”也是不存在的……难道你敢认为哥白尼日心说和牛顿力学也不是科学吗？

我们知道，考生们绝对不敢。因为在他们从小受的教育中，哥白尼和牛顿是“科学伟人”，而托勒密似乎是一个微不足道的人、一个近似于“坏人”的人。

2. 托勒密天文学说为什么是科学？

关于托勒密，国内有一些曾经广泛流传的、使人误入歧途的说法，其中比较重要的一种，是将托勒密与亚里士多德两人不同的宇宙体系混为一谈，进而视之为阻碍天文学发展的历史罪人。在当代科学史著述中，以李约瑟“亚里士多德和托勒密僵硬的同心水晶球概念，曾束缚欧洲天文学思想一千多年”的说法为代表，[①]至今仍在许多中文著作中被反复援引。而这种说法其实明显违背了历史事实。亚里士多德确实主张一种同心叠套的水晶球宇宙体系，但托勒密在他的著作中完全没有采纳这种体系，他也从未表示赞同这种体系。[②]另一方面，亚里士多德学说直到13世纪仍被罗马教会视为异端，多次禁止在大学里讲授。因此，无论是托勒密还是亚里士多德，都根本不可能“束缚欧洲天文学思想一千多年”。至1323年，教皇宣布托马斯·阿奎那（Thomas Aquinas）为“圣徒”，阿奎

---

① 李约瑟：《中国科学技术史》第四卷，科学出版社1975年版，第643—646页。

② 在《至大论》中，托勒密没有陈述任何水晶球的观念。他在全书一开头就表明，他以下的研究将用几何表示（geometrical demonstrations）之法进行。在开始讨论行星运动时他说得更明白：“我们的问题是表示五大行星和日、月的所有视差数——用规则的圆周运动所生成。”他把本轮、偏心圆等视为几何表示，或称为“圆周假说的方式”。显然，他心目中并无任何实体天球，而只是一些假想的空中轨迹。见Ptolemy，*Almagest*，IX2，*Great-Books of the Western World*，Encyclopaedia Britannica，1980，16，p. 270。

那庞大的经院哲学体系被教会官方认可，成为钦定学说。这套学说是阿奎那与其师大阿尔伯图斯（Albertus Magnus）将亚里士多德学说与基督教神学全盘结合而成。因此亚里士多德的水晶球宇宙体至多只能束缚欧洲天文学思想约二三百年，而且这也无法构成托勒密的任何罪状。[①]

但是，即使洗刷了托勒密的恶名，考生们的问题仍未解决——难道“不正确的”结论也可以是科学？

是的，真的是这样！因为科学是一个不断进步的阶梯，今天“正确的”结论，随时都可能成为“不正确的”。我们判断一种学说是不是科学，不是依据它的结论在今天正确与否，而是依据它所用的方法、它所遵循的程序。

西方天文学发展的根本思路是：在已有的实测资料基础上，以数学方法构造模型，再用演绎方法从模型中预言新的天象；如预言的天象被新的观测证实，就表明模型成功，否则就修改模型。在现代天体力学、天体物理学兴起之前，模型都是几何模型——从这个意义上说，托勒密、哥白尼、第谷（Tycho Brahe）乃至创立行星运动三定律的开普勒，都无不同。后来则主要是物理模型，但总的思路仍无不同，直至今日还是如此。这个思路，就是最基本的科学方法。当代著名天文学家丹戎（A. Danjon）对此说得非常透彻：“自古希腊的希巴恰斯（Hipparchus）以来两千多年，天文学的方法并没有什么改变。”[②]

如果考虑到上述思路正是确立于古希腊，并且正是托勒密的《至大论》第一次完整、全面、成功地展示了这种思路的结构和应用，那么，托勒密天文学说的“科学资格”不仅是毫无疑问的，而且它在科学史上的地位绝对应该在哥白尼之上——因为事实上哥白尼和历史上许许多多天文学家一样，都是吮吸着托勒密《至大论》的乳汁长大的。

3. 从理论上说哥白尼学说要到很晚才能获胜

多年来一些非学术宣传品给公众造成了这样的错觉：似乎当时除了

---

① 详细的论证参见江晓原：《天文学史上的水晶球体系》，《天文学报》第28卷第4期，1987年。

② 丹戎（A. Danjon）：《球面天文学和天体力学引论》，李珩译，科学出版社1980年版，第3页。

哥白尼、伽利略、开普勒等几人之外，欧洲就没有其他值得一提的天文学家了。而实际上，当时欧洲还有许多天文学家，其中名声大、地位高者大有其人，正是这些天文学家、天文学教授组成了当时的欧洲天文学界。其中有不少是教会人士——哥白尼本人也是神职人员。

哥白尼《天体运行论》（*De Revolutionibus*）发表于1543年，今天我们从历史的角度来评价它，谓之先进，固无问题，但16、17世纪的欧洲学术界，对它是否也作如是观？事实上，古希腊阿利斯塔克即已提出日心地动之说，但始终存在两条重大反对理由——哥白尼本人也未能驳倒这两条反对理由。

第一条，观测不到恒星的周年视差（地球如确实在绕日公转，则从其椭圆轨道之此端运行至彼端，在此两端观测远处恒星，方位应有所改变），这就无法证实地球是在绕日公转。哥白尼在《天体运行论》中只能强调恒星非常遥远，因而周年视差非常微小，无法观测到。这在当时确实是事实。但要驳倒这条反对理由，只有将恒星周年视差观测出来，而这要到19世纪才由贝塞尔（Friedrich Wilhelm Bessel）办到——1838年他公布了对恒星天鹅座61观测到的周年视差。布拉德雷（James Bradlley）发现恒星的周年光行差，作为地球绕日公转的证据，和恒星周年视差同样有力，[①]但那也是1728年之事了——罗马教廷终于在1757年取消了对哥白尼学说的禁令。

第二条理由被用来反对地球自转，认为如果地球自转，则垂直上抛物体的落地点应该偏西，而事实上并不如此。这也要等到17世纪伽利略阐明运动相对性原理以及有了速度的矢量合成之后才被驳倒。

注意到上述这些事实之后，我们对一些历史现象就可以有比较合理的解释。比如，当17世纪来华耶稣会士为大明王朝修撰《崇祯历书》（1629—1634）时，因为哥白尼学说并未在理论上获得胜利，当时欧洲天文学界的大部分人士对这一学说持怀疑态度，所以耶稣会士们选择了稍晚于哥白尼学说问世的第谷地心体系（1588），作为《崇祯历书》的

① 参见米歇尔·霍金斯：《剑桥插图天文学史》，江晓原等译，山东画报出版社2003年版，第201—202页。

理论基础，也是情理之中的事。

还有一个判据，也是天文学家最为重视的判据，即“推算出来的天象与实测的吻合程度”。在今天我们熟悉的语境中，这个判据应该是最接近“正确”概念的。然而恰恰是这一最为重要的判据，对哥白尼体系大为不利，而对第谷体系极为有利。

那时欧洲天文学家通常根据自己所采用的体系编算并出版星历表。这种表给出日、月和五大行星在各个时刻的位置，以及其他一些天象的时刻和方位。天文学界同行可以用自己的实际观测来检验这些表的精确程度，从而评价各表所依据之宇宙体系的优劣。哥白尼的原始星历表身后由莱茵霍尔德（E. Reinhold）加以修订增补之后出版，即《普鲁士星表》（*Tabulae Prutenicae*，1551），虽较前人之表有所改进，但精度还达不到角分的数量级——事实上，哥白尼对精度的要求是很低的，他曾对弟子赖蒂库斯（Rheticus）表示，理论值与实测值之间的误差只要不大于10′，他即满意。[①]

而第谷（Tycho）生前即以擅长观测享有盛誉，其精度前无古人，达到前望远镜时代观测精度的巅峰。例如，他推算火星位置，黄经误差小于2′；他的太阳运动表误差不超过20″，而此前各星历表（包括哥白尼的在内）的误差皆有15′～20′之多。行星方面误差更严重，直到1600年左右，根据哥白尼理论编算的行星运动表仍有4°～5°的巨大误差，故从“密”这一判据来看，第谷体系明显优于哥白尼体系，这正是当时不少欧洲学者赞成第谷体系的原因。

第谷在哥白尼之后提出自己的新宇宙体系（*De Mundi*，1588），试图折中日心与地心两家。[②]尽管伽利略、开普勒不赞成其说，但在当时和此后一段时间里该体系还是获得了相当一部分天文学家的支持。比如雷默（N. Reymers）的著作（*Ursi Dithmarsi Fundamentum astronomicum*，1588），其中的宇宙体系几乎和第谷的一样，第谷还为此与他产生了发明权之争。又如丹麦宫廷的“首席数学教授”、哥本哈根大学教授朗

① 一个典型的例子可见A. Berry，*A Short History of Astronomy*，New York，1961，p.128。
② 第谷的地心宇宙体系让日、月围绕地球旋转，而五大行星则围绕着太阳旋转。

高蒙田纳斯（K. S. Longomontanus）的著作《丹麦天文学》（*Astronomia Danica*，1622）也是采用第谷体系的。直到雷乔里（J. B. Riccioli）雄心勃勃的巨著《新至大论》（*New Almagest*，1651），仍主张第谷学说优于哥白尼学说。该书封面画因生动反映了作者这一观点而流传甚广：司天女神正手执天平衡量第谷体系与哥白尼体系——天平的倾斜表明第谷体系更重，而托勒密体系则已被委弃于脚下。

第谷体系当然不是他闭门造车杜撰出来的，而是他根据多年的天文观测精心构造出来的。这一体系力求能够解释以往所有的实测天象，又能通过数学演绎预言未来天象，并且能够经得起实测检验。事实上，此前的托勒密、哥白尼，此后的开普勒，乃至牛顿的体系，全都是根据上述原则构造出来的。而且，这一原则依旧指导着今天的天文学。今天的天文学，其基本方法仍是通过实测建立模型——在古希腊是几何的，牛顿以后则是物理的；也不限于宇宙模型，比如还有恒星演化模型等。然后用这模型演绎出未来天象，再以实测检验之。合则暂时认为模型成功，不合则修改模型，如此重复不已，直至成功。

4. 哥白尼学说不是靠“正确”而获胜的

哥白尼革命的对象，就是他自己精神上的乳母——托勒密宇宙模型。但是革命的理由，如前所述，却不是精确性的提高。然而革命总要有思想资源，既然精确性并无提高，那么当时哥白尼又靠什么来发动他的革命呢？托马斯·库恩（Thomas Kuhn）在他的力作《哥白尼革命》中指出，哥白尼革命的思想资源，是哲学上的“新柏拉图主义”。[①]

出现在公元3世纪的新柏拉图主义，是带有某种神秘主义色彩的哲学派别，“只承认一个超验的实在”；他们“从一个可变的、易腐败的日常生活世界，立即跳跃到一个纯粹精神的永恒世界里”；而他们对数学的偏好，则经常被追溯到相信“万物皆数”的毕达哥拉斯学派。当时哥白尼、伽利略、开普勒等人，从人文主义那里得到了两个信念：一、相

① 托马斯·库恩（T. Kuhn）：《哥白尼革命——西方思想发展中的行星天文学》，吴国盛等译，北京大学出版社2003年版，第125—126页。

信在自然界发现简单的算术和几何规则的可能性和重要性；二、将太阳视为宇宙中一切活力和力量的来源。

革命本来就暗含着“造反”的因素，即不讲原来大家都承认的那个道理了，要改讲一种新的道理，而这种新道理是不可能从原来的道理中演绎出来的——那样的话就不是革命了。科学革命当然不必如政治革命那样动乱流血，但道理是一样的。仅仅是精确性的提高，并不足以让人们放弃一种已经相信了千年以上的宇宙图像，而改信一种新的宇宙图像，更何况哥白尼体系并不很精确。

如果说，满足于在常规范式下工作的天文学家们，只能等待布拉德雷发现恒星周年光行差，或贝塞尔发现恒星周年视差之后，才会完全接受哥白尼日心体系的范式，这并不符合历史事实。因为在此之前，哥白尼体系实际上已经被越来越多的学者所接受。因此哥白尼革命的胜利，明显提示我们——科学革命实际上需要借助科学以外的思想资源。

开普勒就是一个非常有说服力的例子。他在伽利略作出望远镜新发现之前，就已经勇敢地接受了哥白尼学说（有他1597年10月13日致伽利略的信件为证），[①]而当时，反对哥白尼学说的理由还一条也未被驳倒，支持哥白尼学说的发现还一项也未被作出！况且，开普勒“宇宙和谐”的信念，显然也是与新柏拉图主义一脉相承的。

5. 不能将“科学”与“正确”等同起来

关于“有些今天已经知道是不正确的学说（比如托勒密的地心学说、哥白尼的日心学说等）仍然可以是科学”的见解，从2003年起就引发了不少争论。此事与科学史和科学哲学两方面都有关系。

在争议中，针对许多公众仍然存在着将“科学”与“正确”等同的观念（比如本文开头提到的那些答错考研题目的考生就是如此），北京

---

① 开普勒在这封热情洋溢的信中，鼓动伽利略加入公开支持哥白尼学说的阵营：“在断定地球转动不再被视为新鲜的东西后，齐心合力将转动的马车拉到目的地不是更好吗？”见《文艺复兴书信集》，李瑜译，学林出版社2002年版，第135—137页。我们已经知道，伽利略出于害怕，并未响应开普勒这封信中的号召——即使如此，他最终仍未能躲过罗马教廷的惩罚。

大学刘华杰博士给出了一个听起来似乎离经叛道的陈述："正确对于科学既不充分也非必要。"[1]此语虽然大胆，其实是一个完全正确的陈述。这一陈述中的"正确"，当然是指我们今天所认为的正确——"正确"在不同的时代有不同的内容。

不妨仍以托勒密的天文学说为例，稍作说明：在托勒密及其以后一千多年的时代里，人们要求天文学家提供任意时刻的日、月和五大行星位置数据，托勒密的天文学体系可以提供这样的位置数据，其数值能够符合当时的天文仪器所能达到的观测精度，它在当时就被认为是"正确"的。后来观测精度提高了，托勒密的值就不那么"正确"了，取而代之的是第谷提供的计算值，再往后是牛顿的计算值、拉普拉斯的计算值，如此等等，这个过程直到今天仍在继续之中——这就是天文学。在其他许多科学门类中（比如物理学），同样的过程也一直在继续之中——这就是科学。

争论中有人提出，所有今天已经知道是不正确的东西，都应该被排除在"科学"之外，甚至认为"理论物理每年发表的无数的论文中有各种各样的模型，这些模型中绝大多数自然是错的，这些错的模型虽然常常是研究中必不可少的过程，它们不会被称为科学"。这种说法在逻辑上是荒谬的——因为这将导致科学完全失去自身的历史。

在科学发展的过程中，没有哪一种模型（以及方案、数据、结论等）是永恒的，今天被认为"正确"的模型，随时都可能被新的、更"正确"的模型所取代，就如托勒密模型被哥白尼模型所取代，哥白尼模型被开普勒模型所取代一样。如果一种模型一旦被取代，就要从科学殿堂中被踢出去，那科学就将永远只能存在于此时一瞬，它就将完全失去自身的历史。而我们都知道，科学有着两千多年的历史（从古希腊算起），它有着成长、发展的过程，它取得了巨大的成就，但它是在不断纠正错误的过程中发展起来的。

所以我们可以明确地说：科学中必然包括许多在今天看来已经不正确的内容。这些后来被证明不正确的内容，好比学生作业中做错的习

---

① 刘华杰：《再说"反科学"》，《科学对社会的影响》杂志，2003年第2期。

题，题虽做错了，你却不能说那不是作业的一部分；模型（以及方案、数据、结论等）虽被放弃了，你同样不能说那不是科学的一部分。所以我要强调“我们判断一种学说是不是科学，不是依据它的结论，而是依据它所用的方法、它所遵循的程序”。

我们还可以明确地说：有许多正确的东西，特别是永远正确的东西，却分明不是科学。比如“公元2003年5月15日中午江晓原吃了饺子”，这无疑是一个正确的陈述，而且是一个“永远正确”的陈述，但谁也不会认为这是科学。

因此结论是：我们不能将“科学”与“正确”等同起来。

科学又是可以，而且应该被理解的，同时也是可以，而且应该被讨论的——归根结底它是由人创造出来、发展起来的。那种将今日的科学神化为天启真理，不容对它进行任何讨论，不容谈论它的有效疆界（因为认定科学可以解决世间一切问题），都是和“公众理解科学”这一当代社会活动的根本宗旨相违背的。因为对于一个已经被认定的天启真理，理解就是不必要的——既然是真理，你照办就是。当年“文革”中“理解的要执行，不理解的也要执行，在执行中加深理解”的名言，隐含的就是这样的逻辑。

七、科学史的三种研究方法

思考不免使人回忆起往事。1986年在山东烟台召开的一次科学史理论研讨会上，本书作者之一曾发表题为《爱国主义教育不应成为科技史研究的目的》的大会报告，大意是说，如果“主题先行”，以对群众进行爱国主义教育为预先设定的目标，就会妨碍科学史研究之求真——我那时还是“真实的历史”的朴素信仰者。[①]报告在会上引起了剧烈争论，致使会议主持人不得不多次吁情与会者不要因为这场争论而妨碍其他议题的讨论。对于我的论点，会上明显分成了两派：反对或持保留态度的，多半是较为年长的科学史研究者；而青年学者们则热情支持我的

① 江晓原：《爱国主义教育不应成为科技史研究的目的》，《大自然探索》第5卷第4期，1986年。

论点并勇敢地为之辩护。如果说我的上述观点当时还显得非常激进的话，那么在十年后的今天，这样的观点对于许多学者来说早已是非常容易接受的了。其实这种观点在本质上与上引顾颉刚七十年前的说法并无不同。

搞科学史研究，越是考思基本的理论问题，“烦恼”也就越多。本来，如果坚信“真实的历史”是可望可即的境界，那就很容易做到理直气壮；或者，一开始就以进行某种道德教育为目的，那虽然不能提供真实的历史，却也完全可以问心无愧（如果再考虑到“真实的历史”本来就可望不可即，那就将更加问心无愧）。

然而要是你既不信“真实的历史”为可即，又不愿将进行道德教育预设为自己研究的目的，那科学史到底如何搞法?

其实倒也不必过于烦恼，出路还是有的，而且不止一条。

科学史研究，与其他学术活动一样，是一种智力活动，有它自己的“游戏规则”；按照学术规则运作，这就是科学史研究应有的“搞法”，同时也就使科学史研究具有了意义（什么意义，可以因人而异，见仁见智）。而所谓“搞法”——也就是上面所说的“出路”，比较有成效的至少已有三种：

第一种是实证主义的编年史方法。这种方法在古代史学中早已被使用，也是现代形态的科学史研究中仍在大量使用的方法，在目前国内科学史界则仍是最主要的方法。在中国，这种方法与当年乾嘉诸老的考据之法有一脉相承之处。编年史的方法主要是以年代为线索，对史事进行梳理考证，力图勾画出历史的准确面貌。前面提到的两部同名的《中国天文学史》，就是使用编年史方法的结晶。此法的优点，首先是无论在什么情况下都不可能不在一定程度上使用它。其弊则在于有时难免流于琐碎，或是将研究变成“成就年表”的编制而缺乏深刻的思想。

第二种是思想史学派的概念分析方法。这种方法在科学史研究中的使用，大体到20世纪初才出现。这种方法主张研究原始文献——主要不是为了发现其中有多少成就，而是为了研究这些文献的作者当时究竟是怎么想的，重视的是思想概念的发展和演化。体现这种方法的科学史著作，较著名的有1939年柯瓦雷（A. Koyre）的《伽利略研究》和1949年巴特菲尔德（H. Butterfield）的《近代科学的起源》等。巴特菲尔德反对将科学史研究变成编制“成就年表”的工作，认为如果这样的话：

> 我们这部科学史的整个结构就是无生命的，它的整个形式也就受到了歪曲。事实已经证明，了解早期科学家们遭受的失败和他们提出的错误的假说，考察在特定时期中看来是不可逾越的特殊的知识障碍，甚至研究虽已陷入盲谷，但总的来说对科学进步仍有影响的那些科学发展的过程，几乎是更为有益的。①

思想史学派的概念分析方法以及在这种方法指导下所产生的研究成果，在国内科学史界影响很小。至于国内近年亦有标举为“科学思想史”的著作，则属于另外一种路数——国内似乎通常将“科学思想史”理解为科学史下面的一个分支，而不是一种指导科学史研究的方法。

与上述两种方法并列的，是20世纪出现的第三种方法，即社会学的方法。1931年，苏联科学史家在第二届国际科学史大会上发表了题为《牛顿〈原理〉的社会经济根源》的论文，标志着马克思主义特有的科学史研究方法的出现。这种方法此后得到一些左翼科学史家的追捧，1939年贝尔纳（J. D. Bernal）的《科学的社会功能》是这方面有代表性的著作。而几乎与此同时，默顿（R. K. Merton）的名著《十七世纪英国的科学、技术与社会》也问世了（1938），成为科学社会学方面开创性的著作，这是以社会学方法研究科学史的更重要的派别。

以上三种方法，从本质上说未必有优劣高下之分，在使用时也很难截然分开。然而思想史和社会学的方法，作为后起的科学史研究方法，确实有将科学史研究从古老的编年史方法进一步引向深入之功。至于这两种方法相互之间的关系和作用，吴国盛有很好的认识：

> 思想史和社会史方法作为对科学发展的两种解释，有它们各自

---

① 巴特菲尔德：《近代科学的起源》，张丽萍等译，华夏出版社1988年版，第2—3页。

> 独到的地方，但也都有不足之处。这些不足之处虽已被广泛而且深入地讨论过，但是一种新的对内史和外史的更高层次的综合尚未出现，也许，以新的综合取代它们根本就是不可能的，也许在理解科学的发展方面，它们都享有基础地位，唯有两者的互补才能构成一部完整的科学史。①

其实传统的编年史方法正是以前作纯内史研究的不二法门，国内以往大量的科学史论著都证明了这一点（然而真正的深湛之作，却也不能不适度引入思想史方法），而成功的外史研究则无论如何不能不借助于社会学的方法。

八、科学史研究中的内史和外史

在科学史研究中，所谓内史（internal history），主要研究某一学科本身发展的过程，包括重要的事件、成就、仪器、方法、著作、人物等，以及与此相关的年代问题。上面提到的两部《中国天文学史》就是典型的内史著作。所谓外史（external history），则侧重于研究该学科发展过程中与外部环境之间的相互影响和作用，以及该学科在历史上的社会功能和文化性质；而这外部环境可以包括政治、经济、军事、风俗、地理、文化等许多方面。

内史外史问题，也不免要牵涉到上面所谈到的三种科学史研究方法。其实传统的编年史方法正是以前作纯内史研究的不二法门，国内以往大量的科学史论著都证明了这一点（然而真正的深湛之作，却也不能不适度引入思想史方法），而成功的外史研究则无论如何不能不借助于社会学的方法。

1. “外史”之含义

此处“外史”一词，至少有三重含义。

---

① 吴国盛编：《科学思想史指南》，四川教育出版社1994年版，第11页。

其一，按照中国古代的一些用法，“外史”是与“正史”相对应的。比如要讨论汉武帝其人，若《汉书·武帝纪》是正史，则《汉武故事》《汉武外传》之类的文献就是外史了。使外史之名大著的，或可推吴敬梓的《儒林外史》，此后袭用其命名之意的作品还有不少。对于国内的科学史研究，也完全可以作这样的类比。例如，早已出版多年的两部同名《中国天文学史》，[①][②]从某种意义上来说正是中国天文学史的《武帝纪》，所缺者正是外史。

其二，是我自己杜撰的含义。在古代中外科学的交流与比较研究方面，史迹班班可考，本应包括在“正史”之内，但仍以天文学史为例，上述两部《中国天文学史》中对历史上的中外交流都涉及太少，20世纪90年代《天学真原》[③]中也只有一章——尽管是最长的一章——正面讨论古代中外天文学的交流。而如果允许稍微作一点夸张，我们可以说，一部中国古代文明史，同时也正是一部中外文明交流史，此“外史”之第二义也。

其三，就科学史研究的专业角度言之，外史与内史相对而言——这也可以说是“外史”一词最“严肃”的含义。内史主要研究某一学科本身发展的过程，包括重要的事件、成就、仪器、方法、著作、人物等，以及与此相关的年代问题。上面提到的两部《中国天文学史》就是典型的内史著作。外史则侧重于研究该学科发展过程中与外部环境之间的相互影响和作用，以及该学科在历史上的社会功能和文化性质；而这外部环境可以包括政治、经济、军事、风俗、地理、文化等许多方面。一般来说，外史研究不像某些人士所想象的那样，可以在没有受过该学科专业训练的情况下来进行。

2. 天文学史的例证

20世纪80年代之前，中国的专业天文学史研究可以标举出两大特

① 中国天文学史整理研究小组编著：《中国天文学史》，科学出版社1981年版。

② 陈遵妫：《中国天文学史》，上海人民出版社1980—1989年版。

③ 江晓原：《天学真原》，辽宁教育出版社1991、1992、1995年版；洪叶文化事业有限公司（台北）1995年版。

点：其一为充分运用现代天文学原理及方法，从而保证研究工作具有现代的科学形态；其二则是远绍乾嘉考据之余绪，并以整理国故、阐扬传统成就为己任，并希望以此提高民族自尊心和自信心。这两大特点决定了研究工作的选题和风格——基本上只选择内史课题，以考证、验算及阐释古代中国天文学成就为指归。

经过数十年的积累，中国天文学史研究在内史方面渐臻宏大完备之境。这些研究成果中有许多是功力深厚之作，直至今日仍堪为后学楷模。代表人物有席泽宗、薄树人、陈美东、陈久金等。能够比较集中反映这方面主要成果的，有前面提到的两部同名《中国天文学史》、潘鼐的《中国恒星观测史》、陈久金的论文集《陈久金集》和陈美东的《古历新探》。其中值得特别提到的是1955年席泽宗的《古新星新表》及其续作，全面整理了中国古代对新星和超新星爆发的记载并证认其确切的天区位置，为20世纪60年代国际上天体物理学发展的新高潮提供了不可替代的长期历史资料，成为中国天文学工作在国际上知名度最大的成果。[①]此举也为中国天文学史研究创生了新的分支，即整理考证古代天象记录以供现代天文学课题研究之用。[②]中国天文学史研究成果之宏富，使它雄踞于中国科学史研究中的领衔地位数十年，至今犹如是也。

随着中国天文学史内史研究的日益完备深入，无可讳言，在这一方向上取得激动人心的重大成果之可能性已经明显下降。因为前贤已将基本格局和主要框架构建完毕，留给后人的，大部分只是添砖加瓦型的课题了。至于再想取得类似《古新星新表》那样轰动的成果，更可以说是已经绝无可能！而且，随着研究的日益深入，许多问题如果仍然拘泥于纯内史研究的格局中，也已经无法获得解决。

---

① 参见江晓原：《〈古新星新表〉问世始末及其意义》，《中国科学院上海天文台年刊》第15号，上海科学技术出版社1994年版。

② 由于中国古代的天象记录在时间上长期持续，在门类上非常完备，而且数量极大，因此吸引了不少中外研究者在这一分支上进行工作。不过有人已经指出，利用古代资料研究现代天文课题，严格地说并不是一种天文学史工作，而是现代天文学的研究工作。当然我们也可以将这种区分视为概念游戏而不加以认真对待。

进入20世纪80年代，一些国内外因素适逢其会，使中国天文学史研究出现了新的趋势。一方面，“文革”结束后国内培养出来的新一代研究生进入科学史领域。他们接受专业训练期间的时代风云，在一定程度上对他们中间某些人的专业兴趣不无影响——他们往往不喜欢远绍乾嘉余绪的风格（这当然绝不能说明这种风格的优劣），又不满足于仅做一些添砖加瓦型的课题，因而创新之心甚切。另一方面，改革开放使国内科学史界从封闭状态中走出来，了解到在国际上一种新的趋势已然兴起。这种趋势可简称为科学史研究中的“外史倾向”，即转换视角，更多地注意科学在自身发展过程中与社会-文化背景之间的相互影响。举例来说，1990年在英国剑桥召开的第六届国际中国科学史学术讨论会上，安排了三组大会报告，而其中第一、第二组的主题分别是“古代中国天文数学与社会及政治之关系”和“古代中国医学的社会组织”，这无疑是“外史倾向”得到强调和倡导的表现。

以上因素的交会触发了新的动向。例如，1991年专著《天学真原》问世之后，受到国内和海外、同辈和前辈同行的普遍好评，这一点实在颇出作者意料之外——作者曾认为书中不少较为“激进”的结论可能很难立即被认可，但结果表明这可能已属过虑。《天学真原》已于1992年、1995年、1997年三次重印，并于1995年在台湾出了繁体字版。2004年又出版了新版。[①]并被北大、清华有关专业选为研究生必读的“科学史经典”中唯一的国人著作。在国内近年一系列“外史倾向”的科学史论著（包括硕士、博士论文）中，《天学真原》都被列为重要的参考文献。国际科学史研究院院士、台湾师范大学的洪万生教授，曾在淡江大学的中国科技史课程中专开了“推介《天学真原》兼论中国科学史的研究与展望”一讲，[②]并称誉此书“开创了中国天文学史研究之新纪元”。这样的考语在作者个人自然愧不敢当，不过《天学真原》被广泛接受这一事实，或许表明国内科学史研究“外史倾向”的新阶

---

① 江晓原：《天学真原》，辽宁教育出版社1992年版；洪叶文化事业有限公司（台北）1995年版（繁体字版）；辽宁教育出版社2004年版（新版）。

② 《科学史通讯》（台北）第11期，1992年。

段真的已经开始到来？

在“外史倾向”的影响下，关于古代东西方天文学的交流与比较研究也日益引人注目。以往这方面的绝大部分研究成果来自西方和日本汉学家，中国学者偶有较重要的成果（比如郭沫若的《释支干》，考论上古中国天文学与巴比伦之关系），也多不出于专业天文学史研究者之手。这种情形直到20世纪80年代才有了较为明显的改观，在国内外学术刊物上出现了一系列有关论文，论题包括明末耶稣会传教士在华传播的西方天文学及其溯源，古代巴比伦、印度、埃及天文学与中土之关系，古代伊斯兰天文学与中国天文学的关系等。近年这方面最引人注目的成果是《西望梵天：汉译佛经中的天文学源流》一书。[①]

天文学史研究之所以能够在古代文明交流史的研究中扮演特殊角色，是因为天文学在古代，几乎是唯一的精密科学。在古代文明交流中，虽有许多成分难以明确区分它们是自发产生还是外界输入，但是与天文学有关的内容（如星表、天文仪器、基本天文参数等）则比较容易被辨认出来，这就有可能为扑朔迷离的古代文明交流提供某些明确线索。

天文学史研究还可以帮助历史学、考古学解决年代学问题。由于古代曾经发生过的许多天象，都可以用现代天文学方法准确回推出来。[②]因此那些记载中有着当时足够多的天象细节的重大历史事件（比如武王伐纣）发生于何年、那些在其中保存了天象记录的古籍（比如《左传》）成书于何代，都有可能借助于天文学史研究来加以确定。国家九五重大科研项目《夏商周断代工程》中有九个天文学史专题，就是这方面最生动的例证。

在宗教史研究领域，天文学史也日益受到特殊重视。在历史上，宗教的传播往往倚重天文星占之学，以此来打动人心并获取统治者的重视。远者如六朝隋唐时代佛教（尤其是密宗）之输入中土，稍近者如明清之际基督教之大举来华，都是明显的例子。近年有些国际宗教史会议

---

① 钮卫星：《西望梵天：汉译佛经中的天文学源流》，上海交通大学出版社2004年版。
② 参见江晓原、钮卫星：《回天——武王伐纣与天文历史年代学》，上海人民出版社2000年版。

特邀天文学史专家参加，就是出于这方面的考虑。

到此为止，我们已经可以看到外史研究的三重动因：

一、科学史研究自身深入发展的需要；

二、科学史研究者拓展新的研究领域的需要；

三、将人类文明视为一个整体，着眼于沟通自然科学与人文科学。

从内史到外史，并非研究对象的简单扩展，而是思路和视角的重大转换。就纯粹的内史而言，是将科学史看成科学自身的历史（至少就国内以往的情况看来基本是如此）；而外史研究要求将科学史看成整个人类文明史的一个组成部分。由于思路的拓展和视角的转换，同一个对象被置于不同的背景之中，它所呈现出来的情状和意义也就大不相同了。

前两种动因产生于科学史研究者群体之内，第三种动因则可能吸引人文学者加入到科学史研究的队伍中来——事实上这种现象近年在国外已不时可见。

随着“外史倾向”的兴起，正日益融入文明史——文化史研究的大背景之中，构成科学–文化交会互动的历史观照。与先前的研究状况相比，如今视野更加广阔，色彩更加丰富，由此也就对研究者的知识结构和学术素养提出了更高的要求。简单说来，今天的科学史研究者既需要接受正规的科学专业训练，又必须具备至少不低于一般人文学者的文科素养。在自然科学和人文学术日益分离的今天，上述条件对于科学史研究队伍成员来说是极为苛刻的。

九、科学史在中国的情形

在中国，虽然科学史研究的萌芽可以上溯到两千年前，但通常认为，真正具有现代专业形态的科学史研究，到20世纪初方才出现。而在20世纪上半叶这段时间里，中国具有专业形态的科学史研究，基本上还只是学者个人的业余活动。因为从事科学史研究的学者还必须靠其他职业谋生。

科学史这一学科在中国的建制化进程之第一步，是50年代“自然科学史研究室”的设立——这意味着国家已经为科学史研究设立了若干职位，或者说，可以有人靠从事科学史研究而谋生了。“文革”结束后，该研究室升格为中国科学院自然科学史研究所，长期被视为国内科学史研究的大本营。但在该所之外，全国只有少数小型的科学史研究机构（如中国科技大学科学史研究室、内蒙古师范大学科学史研究所，以及一些专科史的研究室、组等），绝大部分研究者处在“散兵游勇”的状态中，他们的科学史研究工作，往往不被所在单位重视。

科学史学科在中国建制化进程的第二个里程碑式的历史事件，是1999年3月上海交通大学科学史系（全称为“科学史与科学哲学系”）的隆重成立。这是中国历史上第一个科学史系，其建立在国内外引起了巨大反响。同年8月，中国科技大学建立了第二个类似的系（全称为“科技史与科技考古系”），稍后内蒙古师范大学成立了第三个类似的系（全称为“科学史与科技管理系”）。最近，国内几所著名大学中，都有学者在积极谋求建立科学史系。据悉不久即将有另一所著名大学成立科学史系。这些现象决不是偶然的。社会生活的改变，文化生活的发展，已经使越来越多的人认识到科学史的价值，领略到科学史的迷人魅力。

“文革”结束三十年来，中国大陆地区已经培养了数百名科学史专业的硕士和博士研究生，这个数量大大超过了今天中国正在专职从事科学史研究的总人数。这就是说，大部分科学史专业的研究生毕业后，虽然他们还会以业余或半业余的方式进行科学史的研究与教学，但毕竟并未专职从事科学史研究，或者也可以称为“改行”。事实上他们活跃于科研、教育、行政、管理、出版等广泛的领域中。

这就表明，受过科学史训练的人可以适应广泛的领域，受过科学史训练的人可以在很多不同领域成为比较杰出的人才。因为科学史是沟通自然科学和人文学术的最好桥梁。科学史的训练和熏陶，对于培养文理兼通的人才素质、对于优化人才的知识结构，有着其他学术无法替代的作用。

事实表明，现代社会确实不需要很多人去直接从事科学史研究，但是却需要许许多多受过科学史和科学哲学训练的人才去各界服务。

进一步阅读书目

1.《哥白尼革命——西方思想发展中的行星天文学》，［美］托马斯·库恩著，北京大学出版社2003年版

2.《科学革命的结构》，［美］托马斯·库恩著，北京大学出版社2003年版

3.《科学思想史指南》，吴国盛编，四川教育出版社1994年版

4.《科学的历史研究》，［美］乔治·萨顿著，科学出版社1990年版

5.《天学真原》，江晓原著，辽宁教育出版社1992、2004年版

6.《回天——武王伐纣与天文历史年代学》，江晓原、钮卫星著，上海人民出版社2000年版

7.《人之上升·科学读本》，江晓原、钮卫星编著，上海教育出版社2005年版

（《科学史十五讲》，江晓原主编，北京大学出版社，初版2006年、增订版2016年）

《〈周髀算经〉新论·译注》新版前言

本书原由辽宁教育出版社初版于1996年，近20年来，也不时有读者向我打听何处可以买到本书，最初我还建议他们去和出版社联系，后来出版社最后的10册库存也被我全数买来了，市面上早已绝迹。

我一向不建议年轻人阅读中国古籍的白话译本，特别是古典文学作品，因为白话译文一定会破坏原作的美感和精妙之处。不过《周髀算经》这样的作品，本身没有什么文学性，白话译文倒也还可以网开一面。

我也一向躲避为中国古籍做白话译文的活，因为这种活吃力不讨好，而且肯定是“累活”。搞过古籍注释的人都知道，对于古籍中的疑难之处，“注释”还有规避之法——最常见的办法是不注（假装认为此处不需要注释）；而白话译文却没有任何规避之法，除非你要无赖将这个词或这句话跳过不译。

正因为如此，本书是我唯一的古籍白话译文和注释，除此之外我没有承担过任何同类的工作。接下《周髀算经》的译注，主要是却不过朋友的情面，另外也有一点不知天高地厚，虽然知道这是一桩累活，但认为也不会将自己累到哪里去。

我原以为也不过一两个月就能完成，但着手干才发现没有那么容易，结果干了整整半年才完成——那时我可还在“游手好闲”的状态中，“干了半年”就意味着整整半年工夫几乎全部花费在《周髀算经》上了。

我发现《周髀算经》这潭水其实也相当深。存在着许多问题，可以分成三类：第一类，一直无法解释的；第二类，流行的理解是错误的；第三类，至今还没有被学者注意到但对于正确理解《周髀算经》也是非常重要的。既然接下了这桩“累活”，而且白话译文又不允许任何规避，一字一句都要有着落，都要力求获得正确的、前后自洽、整体贯通的理解，才可能译出正确的白话，我就决定将所有前人已经涉及的问题和我自己发现的问题，彻底清理一遍。这样埋头一搞，半年转瞬而逝。当然，事后回头一看，这桩“累活”终于顺利完成，自己也有了一些新的发现和心得，还是令人欣慰的。

当时我既然为《周髀算经》贡献了半年时间精力，如果仅仅完成本书，又觉得有点意犹未尽，于是选择自己觉得比较重要的一组发现，写了三篇论文，即《〈周髀算经〉——中国古代唯一的公理化尝试》（载《自然辩证法通讯》18卷3期，1996）、《〈周髀算经〉盖天宇宙结构考》（载《自然科学史研究》15卷3期，1996）、《〈周髀算经〉与古代域外天学》（载《自然科学史研究》16卷3期，1997）。后来我陆续读到，同行对于这组系列论文和本书，都有过不少引用。

此次新版，文字内容和插图都没有改动。

2015年1月4日

于上海交通大学科学史与科学文化研究院

（《〈周髀算经〉新论•译注》，江晓原著，上海交通大学出版社，2015年）

科学社会学

《科学中的政治》前言

学界中人，往往在尽本单位学术义务的同时，经营一点自己个人感兴趣的学术领域，有人称之为“学术自留地”。我也未能免俗，近些年经营着两小块学术新领域。在这两个新领域中，我各有一个小小的合作团队，成员主要来自我已经毕业的博士，他们毕业后继续和我合作，进行我们共同感兴趣的研究。

这两块小自留地，一块是“对科幻的科学史研究”，主要是将以往从未进入科学史研究视野的科幻活动和作品纳入科学史研究领域，成果丰硕，令人喜悦。另一块就是“科学政治学”，这本小书就是这块“学术自留地”中的部分成果。

所谓“科学政治学”，在这里主要是一种修辞手段，而不是学科的正式名称——不管在正式的学科名称中有没有“科学政治学”这样一个分支。我们是在这样的意义下使用“科学政治学”这个概念的：它既包括在科学运作中所呈现出来的政治色彩，也包括科学与一般意义上的政治之间的互动关系。

举例来说，本书中《当代东西方科学技术交流中的权益利害与话语争夺：黄禹锡事件的后续发展与定性研究》一文就是前者的典型案例，而《转基因主粮产业化争议的科学政治学分析》一文则是后者的典型案例。当然，事实上，尽管这两个案例各有侧重，但这两者在许多问题上也经常会交织在一起。

经营学术新领域，通常都是有风险的，常见的风险之一，是不容易很快被学术界认可。但既然只是“自留地”，主要动力来自个人兴趣，也就大可“只问耕耘，不问收获”，不必那么在意学界的认可了。

记得我们的长篇论文《当代东西方科学技术交流中的权益利害与话语争夺：黄禹锡事件的后续发展与定性研究》写成后，北京某学术杂志审稿一年之久，仍然迁延不发，据说是担心“为黄禹锡鸣冤”会成为错误甚至罪状。那时在前一阶段国内媒体不明真相跟风报道落井下石的影响下，黄禹锡还被“钉在学术的耻辱柱上”没放下来（有不少学者至今还这样认为）。后来我失去耐心，通知该杂志撤稿，转投《上海交通大学学报》，承学报青眼，立即刊登，而且很快被《新华文摘》全文转载，封面列目。随后“黄禹锡事件”的一系列后续发展使情况日渐明朗，完全证实了我们论文中的判断。

这件事使我和我在“科学政治学”小自留地的主要合作者方益昉博士都颇受鼓舞。本来我们是“只问耕耘，不问收获”的，但收获倒也相当不错，而且来得挺快。这证明只要真是有价值的研究，即使是在新领域中所出，得到学界有识之士的认可也未必那么难。

笔者对于象牙之塔中的学术生涯，原是一向安之若素的，没想到近些年来，从科学史的研究出发，不经意间，居然介入了好几起当下社会生活中的科学争议。现在回顾起来，还真有些出乎意料之外。不过既然已经介入了，我们的有关文章和言论，也引起了一些媒体关注和社会反响，正好将它们统辖到“科学政治学”之下，于是就有了这本小书。

从形式上来说，这本小书是“跨文本”的——其中既有纯粹“学院派”的学术文本（为的是确保“言之有据”），也有方便公众阅读的大众文本，甚至还收入了几次长篇访谈。我们决定不拘文本形式，而是根据争议的问题，分成六个单元，这是为了让更多的读者能够更方便地了解我们的研究成果和基本观点。

2015年1月27日

于上海交通大学科学史与科学文化研究院

（《科学中的政治》，江晓原、方益昉著，商务印书馆，2015年）

有一个话题，讲一百遍也不够

——《要科学不要主义：南腔北调百期精选》前言

2002年秋季，当时的《文汇读书周报》和上海交通大学出版社双方领导来找我，说他们打算合办一个定期版面，希望我来主持，这个版面的全部稿件都由我负责组织。我一听，这不就变成编辑了吗？由于在这类文化工作方面，我对还没有尝试过的新玩意儿都有兴趣尝试，想到以前自己总是给各种出版社、杂志、报纸等扮演“作者”的角色，还从来没有扮演过“编辑”的角色，何不趁此机会尝试体验一番？于是就答应下来，版面的名字就叫“科学文化”，定于每月的第一个周五出版。因为只是一个月一次，这样的工作量我是可以忍受的。

不过当时我提出了两个条件，双方领导也都非常开明地同意了。这两个条件是：

一、版面上评论、推介什么书，完全由我决定，出版社和报社不得“布置任务”；

二、版面上评论、推介的书中，上海交通大学出版社的书，和其他所有出版社的书一样，不享有任何特殊地位。

我之所以要提出这样两个条件，当时的主要想法，就是对于这个标明为“特约主持江晓原，《文汇读书周报》·上海交通大学出版社合办”的版面，我必须努力避免它成为上海交通大学出版社书籍软性广告场所的嫌疑。

真没想到，这个版面竟一做就做了九年！当年报社负责这个版面的美女责编，后来升任报社领导，后来又调走了，报社领导已经换了几次，出版社的领导也换过了，但是双方合作的这个版面，却一直保持下来，从无异议。这个版面甚至还得到过上海市新闻出版局的通报表扬。

现在看来，也许我当年提出的第二个条件，对这个版面起了积极作用——几年以后这个版面就逐渐有了一定的品牌效应，它被不少书业和媒体人士关注，有些出版社和作者甚至开始以自己的书曾在这个版面被评论过为荣。

在我开始做“科学文化”版面时，我找到多年老友刘兵教授，和他一起开始做这个版面上的“南腔北调”对谈专栏。从“科学文化”版面第一期——开始于2002年10月——就有这个专栏。

专栏的名字“南腔北调”原是随意起的，因为刘兵在清华，我在上海交大，一南一北。没想到这个专栏竟也一谈就谈了九年。一个专栏持续九年本身就是相当罕见的——它的持续时间之长超过了我们两人曾经写过的任何专栏。而同时，“对谈专栏”则更加罕见。

采用“对谈”形式的文章当然早已有之，不过许多这种文章其实都是一个人写的，只不过作者将自己的话分派给甲、乙口中而已。但我们的对谈是真正的“对谈”，其中最重要的因素是对谈中的“不确定性”——我们的对谈每次都是先由我开始写一段发给刘兵，然后他添加一段再发回给我，我再添加一段发回给他，如此往复多次，直至由他结尾。与平时人们谈话一样，我说话的时候，虽然对他的反应会有所预期，但是并不能确切知道他会如何回应，比如是赞成还是反对我刚才说的。由于我们的这种对谈形式保持了交谈讨论中的不确定性，也就体现了思想交锋中的某种鲜活气息，这或许是这个专栏受到一定读者群欢迎的原因之一。

我们思想交锋的另一个特点，是我们两人都深会“君子和而不同”之旨。虽然我和刘兵已经是将近三十年的老友，而且我们的友谊在圈子里是出名的，但我们两人迄今仍在许多问题上有不同看法（比如关于女性主义），我们在对谈时不时各抒己见甚至发生争论。观点虽有不同，但这并不妨碍我们之间融融洩洩的交往，我们的讨论乃至争论也是和风细雨的，古人所谓“君子和而不同”，我猜想应该就是这样的光景。

复旦大学有一位著名教授曾对我说：你和刘兵的“南腔北调”专栏，我经常看，不过我发现你们的观点和立场，最后似乎总是归结到反对唯科学主义上去。这位教授的话，曾经引起过我的若干思考。确实，在反对唯科学主义这一点上，我和刘兵的基本立场是完全一致的，这种立场当然会反映在我们的对谈中。那么，这种立场是不是表明一次之后，就没有必要再次表明了呢？

以前曾经有过所谓“阶级斗争要年年讲月月讲天天讲”之说，这我们现在当然早就不再讲了，但一个正确的道理，显然并不是讲过一次就无须再讲了，因为需要针对不同的事情、不同的对象、从不同的角度而反复阐述。

考虑到唯科学主义在中国是何等的根深蒂固，何等的深入人心，它仍然影响着许多人的思想。所以反对唯科学主义这个话题，在今天就是再讲一百遍也不够。就我们的专栏而言，层出不穷的一本本新书，就是不同的话题、对象和角度。我们需要针对这层出不穷的一本本新书，作出源源不断的一次次新评论。

被“南腔北调”讨论的书，既不是我们批评的对象，也不是我们赞扬的对象——尽管批评和赞扬都会出现在我们的对谈中，它们是我们“讨论”的对象。至于讨论哪一本书，每次都是我和刘兵共同商定的。我们的选择标准是：这书本身具有一定的思想性和学术性，同时又有一定的阅读趣味——当然这只是我和刘兵的趣味。

九年来，在“南腔北调”中被讨论过的书，包括美国、英国、法国、德国、日本、瑞士、印度、丹麦、墨西哥、古希腊，当然还有中国作者的著作。这些著作基本上可以被归入一个大类，即“科学文化”——包括科学史、科学哲学、科学幻想、科学社会学、科学编史学等领域，但凡涉及科学与社会文化的互动关系、涉及对科学技术进行反思、涉及科学传播或公众理解科学的书籍，都有可能成为我们讨论的对象。

这个专栏中的文章，已经先后在北京大学出版社出版了文集《南腔北调——科学与文化之关系的对话》（2007）和《温柔地清算科学主义——南腔北调二集》（2010），最近又将在上海交通大学出版社出版

《要科学不要主义：南腔北调百期精选》，后者既是对《文汇读书周报》与上海交通大学出版社之间合作的纪念，同时也是对我和刘兵以及“科学文化”版历任责编共同工作的回顾。

在《要科学不要主义》中还有一个附录——“南腔北调”专栏对谈书目，里面提供了被我们讨论过的上百种“科学文化”书籍的书名、作者、译者、出版社、出版年份、定价等基本信息。这在相当程度上，可以视为一份国内新世纪十年“科学文化”书籍的选读或选购书目，也算是我们为科学文化出版做的一点资料整理吧。

2010年8月2日

于上海交通大学科学史系

（《要科学不要主义：南腔北调百期精选》，江晓原、刘兵著，上海交通大学出版社，2010年）

《在数字城堡遇见戈尔和斯诺登：江晓原科学评论集》自序

大致点算了一下，这已经是我个人的第23本文集了。

比较特殊的是，这本文集不是我自己编的，而是朋友们为我编的，他们说是因为喜欢我的这些文章。2016年夏天，我在巴黎客舍中，接到了朋友为我编好的初稿。承他们青眼，喜欢这些被他们编入的文章，这当然让我有点受宠若惊，我不得不接着往下工作：调整篇目和顺序，又将其中一篇文章的标题取作这个哗众取宠的书名——反正我自己早就招认已经堕落为标题党了。

副标题“江晓原科学评论集”也出自模仿，2015年《江晓原科幻电影指南》出版，2016年还获了吴大猷科普佳作奖，我抱着游戏心态，决定将那书名模仿一回。

坦率地说，本书中并未包括我最“离经叛道”的那些文章。从风格上看，那些文章思想性更强，论辩色彩更浓。但既然朋友们认为本书中的文章更为雅俗共赏，更让他们喜欢，我当然也乐从其意。况且我的思想倾向是贯彻在我所有写作中的，或者换句话说，只有表达方式或强烈程度有所不同而已。

我一贯主张，科普——如果我们还舍不得放弃这个词语的话——不能仅限于向公众普及科学知识，还应该帮助公众全方位地认识科学，包括它的历史、它的局限性、它和现代资本之间的密切关系、它对社会的正面和负面影响等。而在更广阔的视野中，用“科学传播”这个含义更为丰富的措辞来取代“科普”这个传统说法，从理论和实践的层面来看，无疑都是非常有益的。

更不可取的，则是“跪倒”在科学面前，对科学无限崇拜，毫无反思。许多传统科普作品或多或少都有着这样的倾向。在这些作品中，科学被描绘成一种无限美好、至善全能的精神上帝，科学成为人类生活的目的和崇拜的对象，人类的幸福已经被当作“科学发展”祭坛上的牺牲品。这就完全忘记了人类最初和科学打交道时的“初心”——归根结底科学只是人类用来追求幸福的工具之一。

本书分为三个单元。第一单元“带质疑眼光的科学外史”，主要是通过一些案例，呈现或揭示科学的局限性，这种局限性在通常的科普作品中都是被刻意回避的。第二单元“不被人们注意的科学外史”，主要是一些通常不会进入传统科学史视野的案例。第三单元“与科幻有关的科学外史”，则通过一些有趣的案例，强烈展示了这样一种历史图景：科幻与科学前沿活动之间，并不存在明确的分界。

“外史”是一个有双重含义的表达，也是我个人相当偏爱的书名——我已经有三本书用了“外史”做书名：《天学外史》（上海人民出版社，1995；上海交通大学出版社，2016）、《科学外史》（复旦大学出版社，2013；上海人民出版社，2017）、《科学外史Ⅱ》（复旦大学出版社，2014）。

在中国传统文化中，“外史”通常指“正史”之外的历史叙述，从内容上看它比“野史”可信，从形式上看它比“正史”可读。而我所写的这些“外史”，都是有史料依据的，没有任何虚构成分。

“外史”的另一个用法，则“学术”得多，主要是针对科学史领域中注重科学与社会文化互动的研究路径和风格而言的。与此对应，那些主要关注科学技术本身历史的研究被称为“内史”研究。

至于本书为何取名“江晓原科学评论集”，主要是着眼于本书的写作风格——基本上每篇都有着评论的姿态。我不满足于仅仅介绍科学知识，还要发表评论，甚至进行批评。这和我所主张的“平视科学”的精神姿态是完全一致的。

2017年8月1日
于上海交通大学科学史与科学文化研究院

（《在数字城堡遇见戈尔和斯诺登：江晓原科学评论集》，江晓原著，科学出版社，2017年）

性　学

《性张力下的中国人》自序

我在80年代末写了两册关于中国性问题及其历史情况的小书之后，又转而埋首于几部天文学史著作的撰写中——天文学史毕竟是我的“主业”。不过在此期间，我仍在前一领域保持了相当程度的参与。

如今当我终于又能够调用一部分主业之余的时间和精力，重新回到先前设想已久的课题上来时，很高兴看到国内在这一领域也有了一些新的进展。就中国性文化史而言，近几年的新进展主要表现在高罗佩（R. H. van Gulik）两种著作的中译本，以及中国大陆学者几种格局相似之作的出版（参见本书附录，特别是其脚注17）。

几年来，随着对中国性问题及其历史状况的观察与思考之进一步深入，我常常会有一种“时间停滞”之感——与古人相比，我们今天在性问题上所面对的局面、所感到的困惑，甚至所见到的表现等，实际上竟没有太大的不同。其实这也不足为怪：无论经历了多少天翻地覆的巨变，今天的社会毕竟是从昨天演变而来的，传统的“根”是不可能彻底一刀斩断的，况且中国传统文化之“根”又是如此源远流长，底蕴深厚。有人归纳中国传统文化的特征之一是“表层极容易变，深层几乎不变”，确实有其道理。而性心理、性观念乃至广义的性生活等，显然与传统文化的深层有密不可分的联系，它们是不太容易变的。在这一出以千百年计的长剧中，人物衣冠固屡异于昔时，基本剧情却大体上依旧。

在一些以当代情况为论述主题的著作中，追述一些历史材料，是常见的做法。但是反过来，在以历史情况为主题的著作中，怎样适当安排对当代情况的论述，并且不至显得生硬突兀，就不太容易措手了。因为前者哪怕仅以历史材料聊作点缀，也显得顺理成章——至少需要交代一些来龙去脉；但对于后者而言，当代情况并非必不可少的内容。

现在，本书的主题和我对这一主题的认识，使我陷入必须勉为其难的境地：我的立足点在很大程度上将放在历史情况的研讨分析之中，但同时将引入对当代情况的观察和思考，或者说对当代情况保持某种“观照”。这种做法与一些西方学者的所谓“历史方法”（指用追溯历史的方法去理解或分析某些现存问题）可能稍有相似之处。不过另一方面，在对历史情况的论述中，我更愿意适度使用文化人类学的目光和着眼点。

近几年来，我一直在为本书所论主题寻找一种新的视角，或者说新的分析思路。“性张力”的概念在我脑际盘桓了四五年之久，逐渐在此基础上浮现出一个看起来较为可行的“工作假说”。按照科学史和科学哲学领域中普遍被接受的看法，“工作假说”和客观实际不是一回事；客观实际（或历史真相）是尚待探索认识的对象，而只要有助于增进对这一对象的理解，或者能导致新的发现，就可以是一个有用的（成功的）“工作假说”。将此“工作假说”之法用于人文学术，在现代学术史中也已经极为常见。对于本书中以“性张力”概念为基础的分析思路、视点或框架，亦作如是观可矣。

“工作假说”使我联想到对待西方学术理论的态度问题。常见的做法，似乎大致可用“他山之石，可以攻玉”这句古训来概括。这古训固然不错，但至少并不全面，因为它隐含着对“石”盲从偏信的可能倾向——不问“石”之好坏利钝，以及是否陈旧过时，拿起来就“攻”。结果常常并未能真正攻玉，而只是（很少有说服力地）去佐证“石”之锋利或正确。其实“他山之石”本身往往同时也是一块待攻之玉，比如文化人类学理论，本身就在不断发展；而另一方面，中国古代史料在作为“玉”的同时，又何尝不能起到攻玉之“石”的作用？中国史料之丰富、久远和持续，是世界众多古代文明中罕见的，但理解中国古代史料又需要对中国传统文化的长期浸淫，这就在很大程度上限制了西方学者对这些史料的应用。因此，在研究中国古代各方面问题（不仅是本书所论的领域）时，视中国史料与西方理论互为石玉，应该是可取之道。

1995 年元月

于中国科学院上海天文台

（《性张力下的中国人》，江晓原著，上海人民出版社，1995年）

《性张力下的中国人》第三版前言

拙著《性张力下的中国人》是研究古代中国人的性、婚姻和性观念的。现在第三版即将付梓，回首当年，距本书初版（上海人民出版社，1995）已过去十五个春秋，距第二版也转瞬又过五年。

本书由东方出版中心出版的第二版，按照出版者的意见，书名被改成《云雨——性张力下的中国人》，后来朋友们都感到“云雨”二字有点喧宾夺主。此次与华东师范大学出版社达成共识，决定恢复原先的书名。

在这过去的十五年中，中国经历了巨大的变化，东部地区开始进入现代化社会，全民的思想观念也发生了极大的震荡和改变。在这十五年中我继续保持着对性文化的研究兴趣，并继续参与国内性学界的一些活动，甚至还忝任上海市性教育协会的副会长至今，我也不时参加一些与性、婚姻等话题有关的电视节目制作，或接受媒体有关这些话题的访谈。在这些活动中，我感觉到中国人的“性福”在这十五年中总体来说是在增进的。

中国人“性福”的有些增进之处相当明显：我们的思想观念进一步开放，中国人可以更为公开、更为安全地谈论、表达和表现自己的性观念和性需求了。例如，关于“性工作非罪化”的呼吁，虽然尚未得到政府采纳，但是至少呼吁者也没有受到惩处，他们作为学者仍然可以安然工作和讲学。

另一些“性福”的增进之处则不那么明显。在繁华喧嚣的都市中，人和人的心灵日益疏离，在物质生活条件直追西方发达社会的同时，

"性福"似乎显得越来越奢侈：阳痿和性冷淡在白领阶层中弥漫，"剩女"问题愈演愈烈……在一次电视谈话节目中，女主持人历数当下白领阶层在性和婚姻问题上的种种困扰，我则指出，许多这类困扰其实只是来源于人们自身的观念——有些问题，你思想上认为它是问题时它就是问题，而当你不认为它是问题时它就不是问题了。

例如，有两个观念，长期被植入每一个中国人的脑中，被视为当然正确。

第一个观念是：每一场恋爱都必须指向婚姻。所以任何无法缔结婚姻的恋爱都被看作是失败的，甚至是不道德的，至少也是"没有结果"的。

第二个观念是：每一场婚姻都必须白头到老。这实际上是以前封建礼教中"从一而终"的"现代男女平等版"——以前只要求女子从一而终，现在要求男女都从一而终。

在这两个观念的联合作用下，恋爱和婚姻都变成非常沉重的事情——用赞成这两个观念的人的话来说，则是"非常严肃的事情"。今天离婚率虽然已经高到让某些人士忧心如焚的地步，但所有以离婚告终的婚姻仍然被视为"失败的婚姻"。

这两个观念，在改革开放之前的中国社会中被视为天经地义，从未受到质疑和挑战，所以掩盖了中国人在性和婚姻方面的许多不幸。而在东部进入现代化社会时，这两个观念开始受到越来越多的质疑和挑战。许多人开始接受这样的观念：白头到老固然是婚姻的理想境界，但以离婚告终的婚姻也未必都是"失败的婚姻"；而恋情的更新也被视为是可以接受的（其实这也只是接受当年张竞生的"爱情四定则"之一而已）。

这种变化，只会增进都市男女的"性福"，而绝不会相反。

为什么在写这篇第三版前言时，会想到这两个观念的问题呢？那是因为我发现，在古代中国的很长历史时期，这两个观念并没有像20世纪所发生的那样深深植入中国人的脑中。如果说接纳第一个观念由于古代中国实行多妻制而减少了与现实的冲突的话，那么第二个观念在很长时期内也根本没有被中国上层社会所接纳（即并不要求女性从一而终），就不是今天的公众容易想象的了。

这从一个新的侧面再次证明了我在书中的一个论断：古代中国人在性和婚姻方面曾经远比我们今天开放。

这或许可以看作《性张力下的中国人》在今天的现实意义之一吧。

本书第二版中，恢复了在初版时被删去的插图。这次第三版仍然保留这些插图，内容也俱仍其旧。

2010 年 3 月 25 日

于上海交通大学科学史系

（《性张力下的中国人》第三版，江晓原著，华东师范大学出版社，2010年）

《性感：一种文化解释》前言

这本书的题目，是两个朋友想出来的。

有一天，他们中的一个从北京打来电话，问我这样一个题目“有没有意思”。这两个朋友都是老谋深算之辈，他们知道我对于性感的书籍、文章、图片、影碟——乃至性感的话题，一直是有兴趣的，所以就拿这个题目来勾引我。我当时哪里知道他们的用意呢？就率尔答道：当然是很有意思的啦。他就和我谈了一阵这个话题，谈得非常愉快。因为这样的谈话，在我们之间是经常发生的，我谈完之后也没有多想，就过去了。

又过了一些日子，他们中的另一个又从北京给我打电话，这回就变成约稿了。这下他们的狐狸尾巴就露出来了——可是非常不幸的是，我也已经开始上钩了！

又过了一些日子，那第二个朋友的电话又来了，说他已经到了上海，正在衡山路，“我有东西要给你”。我到那里一看，他给我的是出版合同和预支稿费——这正是金庸小说里经常喜欢用的一句话：敲钉钻脚。这下你小子逃不了啦。

于是只好开始写这本书。

我从1995年完成在性学史方面的第三本著作——《性张力下的中国人》（上海人民出版社1995年版）之后，迄今已经过去八年。在这八年中，我的主要精力都投放到了天文学史研究、上海交通大学科学史系建设、科学文化建设、“SHC频道”网站建设等方面，在被称为我的“第二专业”的性学方面，我只是保持着适度的参与——如写写文章、评评新书之类。当然，出于兴趣和恋旧，我也依然收集各种与性学有关的书籍和信息。

本书融合了我在这些年中对性文化的一些思考和议论。主要是想尝试表达我对“性感”的一些看法，也试图对流行文化中的“性感”作一些分析。当然，流行文化是一个并不很确定的概念，“性感”的含义也非常宽泛，每个人都可以有自己心目中的流行文化和性感。本书当然主要是我个人的看法和感受——其中有些可能还有点偏激。

我先前写过不少一本正经的所谓“学术专著”，其中有一本《天学真原》，虽被誉为“像侦探小说一般好读”，但有一位科学史界的老前辈——也是我的忘年之交——仍然表示“写得有点枯燥”。为此我在《天学真原》的姊妹篇《天学外史》中，“发愤通俗”，作了一些形式上的探索，结果令人意想不到，《天学外史》出版三年之后，竟在2002年获得了“吴大猷科普佳作奖”——学术著作得了科普奖，大约总算是“通俗”成功了。

这些年和出版界及媒体的朋友见面时，我们常说的一句话是：最近有什么好玩儿的书啊？仔细想想，“好玩儿”其实也是一个很难达到的境界呢。因此，我不想将本书写成一本面面俱到、一本正经的书，那样就太乏味了。当然更不打算写成所谓的“学术著作”。我想尝试将它写成一本相对轻松一点儿的读物，或者说，一本有点儿“好玩儿”的书。

2003 年 3 月 14 日

于上海交通大学科学史系

（《性感：一种文化解释》，江晓原著，海南出版社，2003年）

《性感：一种文化解释》新版前言

本书初版于2003年，由海南出版社出版。这是当年我的两位朋友代我“策划”出来的选题，我完全被动但也心甘情愿地写作了本书（参见本书初版前言）。事实上，本书是我写作轻松读物的一次大胆尝试，写作过程本身也是相当愉快的。

本书出版后，受到不少读者喜欢，重印过数次。

不过，《性感》也遭到某些女性主义学者的批判，她们指责我在本书中以“男性中心主义的眼光”，对女性的美丽和风情进行“把玩”，而这种“把玩”让她们感到不舒服。我同意，她们的批评并非毫无道理，但是我并没有打算接受。因为在我看来，这主要是价值层面的分歧，并没有是非对错之分。

这让我想起有人向我转述过陈平原教授的一句名言——可惜我并未当面向陈教授核实该名言的真实性——据说，陈平原教授会在听别人陈述完和他自己不同的意见后说：你说得都正确，但我不同意。在习惯于一元化思维的人看来，这句话显然是荒谬的——对于正确的东西你怎么能不同意？但从价值多元的立场出发，这句话却是无可非议的。

我在本书的某些论述中，有时可能是会有某种“男性中心主义的眼光”，但这也是难免的，毕竟我是一个男性作者。要求我改用“女性中心主义的眼光”吗？那样的话，也许女性主义者们会喜欢，但来自“男性主义”的批评就将是不可避免的了吧？

也许有人会说，那么两种“中心”都不要有，采用完全“中性”的眼光或立场来论述，不就皆大欢喜了吗？但是，这样的论述真的是可能的吗？这和揪着自己的头发离开地球又有多大的差别呢？

所以，虽然我和批评者有着友好的关系——比如荒林教授，我甚至还和她一起愉快地做过电视节目，但我并不打算在新版中修改本书的图文内容。对于她们对《性感》的批判，我的回应是：欢迎她们用“女性中心主义的眼光”写一本《性感》。

新版中的插图完全是初版中的，没有增减和抽换，只是排版稍有调整。十多年过去，要换上一些更新潮、更美观的图，当然是轻而易举的，但我想保留本书当时的面目，这样或许更有价值，所以最后决定保留初版插图。

2014 年 8 月 2 日

于上海交通大学科学史与科学文化研究院

（《性感：一种文化解释》，江晓原著，上海交通大学出版社，2014年）

到底是谁的阴谋？

——《准谈风月》序

老友王一方，非常人也。传媒出版，俱属资深；写作读书，每多创意。更兼一片锦心绣口，好谈人世间种种浪漫情色掌故，书斋闲话，客舍清谈，最称良伴。一日忽告我曰：近日读书反思，悟出一理——性爱是一场阴谋！

王兄素以善取惊人、夺目、香艳、妖冶之文章标题著称，虽老生常谈之文，经彼一改标题，顿时鱼龙变化，望之摇曳多情，姿容妙曼起来。故“性爱是一场阴谋”当然可算惊人之语，但出于王兄之口，我也就不至于“舌矫矫不能下”矣。

夫性爱，岂非人生至乐乎？试想男欢女爱情意缠绵之际，是何等幸福感觉，此白行简《天地阴阳交欢大乐赋》之所由作也。今乃以“阴谋”视之，必有深意存焉。“阴谋”也者，谁的阴谋？女对男之阴谋乎？男对女之阴谋乎？抑男女共堕入他人之阴谋乎？此“他人”者，习俗乎？制度乎？思想观念乎？媒体舆论乎？抑造物者乎？

以上问题，当然都没有答案。即使性爱真的就是一场阴谋，我们也不可能知道是谁的阴谋。我们只能谈论谈论而已。

不过即使只是谈论谈论，也有积极意义。中国人往往羞于谈论性爱——甚至在许多夫妻之间也是如此。所以有许许多多中国夫妻在性爱方面并不幸福，这不仅仅是指他们相互之间不交流性爱的感受（更别提切磋或探索性爱技巧了）；更重要的是，性爱至今在不少人（特别是女性）心目中是一件下流的、不体面的事情，非但羞于谈论，也羞于实践。所以性爱质量不能提高，性爱甚至没有名正言顺的地位。

性爱非但与男女感情关系匪浅，对身体健康也极为重要。和谐美满的性爱，可以使男女双方都活力增强，疾病减少，益寿延年。故追求和谐性爱，实为建设和谐社会努力之重要部分也。

既然如此，就让我们来谈谈性爱吧。

本书分为三个部分："对话"部分是我和王兄的网上对谈，"夜话"部分是我的文章，"闲话"部分是王兄的文章。王兄写了跋，用棒打我，来而不往非礼也，我当然就要写序，也调侃他几句。

2007 年 4 月 8 日深夜
于上海二化斋

（《准谈风月》，江晓原、王一方著，上海书店出版社，2007年）

科　幻

看科幻电影的七个理由

——《江晓原科幻电影指南》导言

与电影结缘

大约2003年春夏之交，正值“非典”肆虐之际，我在一个特别恰当的时机，开始染上一种新的毛病——看DVD影碟。

观影的风气，此前早已形成。资格最老的一批人从搜寻录像带开始；接下来进入VCD影碟阶段，有了更多的观众；再往后开始出现DVD影碟，最初的时候质次价高，但已经使得许多观影者极为兴奋，大力收集。

为什么2003年春夏之交是一个特别恰当的时机呢？有两个原因：

一是因为那时“非典”肆虐，许多浮华奔竞的所谓“工作”（比如无穷无尽的会议之类）都停顿下来，到最风声鹤唳的那段时间，学校里连课也停了。许多人连日闭门不出，发现在家里看影碟是一个不错的选择。

二是因为恰恰到这个时候，中国大陆的DVD影碟，在生产技术上进入了成熟阶段，视频质量迅速改善，已可达到用肉眼与欧美原版无法区别的水准，市场价格也开始稳定下来。

我染上看影碟的毛病，其实纯属偶然。

在录像带和VCD影碟两个阶段，以及DVD影碟的早期阶段，我对观影并无多大兴趣。而当2003年春夏之交，上海的舞榭歌台，餐厅酒馆，全都门可罗雀，我却注意到有一种小店生意格外红火，那就是遍布街头巷尾的碟店。我偶尔进去看了几眼，偶尔随意买了几张，谁知一个全新的世界就在我面前展开了。

我从小对于机械、电子之类的东西特别有兴趣，曾经花费过大量时间和精力玩电脑，因而对于光碟并不陌生（当年在486电脑上我就自己装了双光驱），我很快注意到了影碟的一些质量问题和技术问题。由于我向碟店的老板和员工请教这些问题，结果被他们许为“知音”（因为“以前从没有顾客问这种问题”），于是我们很快成了朋友，他们向我介绍了不少关于DVD影碟的知识和行情。

我还在碟店里发现了当时由他们代售的杂志《DVD导刊》，一看之下，感到这正是当时我需要的那种杂志，对于淘碟很有帮助，就和杂志编辑部联系，从创刊号开始，全部配齐，然后开始订阅。我订阅《DVD导刊》两年之后，有一天杂志编辑部给我来电话，通知我从2006年起不必再订阅了——因为我已被列入赠阅名单。这项赠阅一直持续到现在，我要在这里深表谢意。

但是，要让看影碟成为一种毛病，仅有上面的原因是不够的，还需要有别的机缘。

我看的第一批DVD影碟是19部007影片（那时第20部的碟还未出，后面3部电影当然还没拍）。对于一个以前很少看西方电影的人来说，这是一种合适的入门影片，因为其中有着以往半个世纪西方电影中几乎所有的流行元素（包括科幻在内），很容易将一个外行吸引住。如果一上来就看那些“探索电影”或所谓的“文艺片”，其中颇有一些真正的“大闷片”，万一看得昏昏欲睡，说不定从此就与电影无缘了呢。

由于以前对电影没什么兴趣，也从不看电影杂志，因此我对于那种被称为“影评”的文章有何套路，也一无所知。在这种情况下，我写了第一篇谈论电影的文章《非典生活之007系列》，发表在《书城》杂志上。事后来看，这篇即兴而写的文章也就是聊聊电影而已，但因为是外行，倒也没有受常见影评文章老套的约束。

问题出在我的第二篇谈电影的文章上——这次是谈《黑客帝国》（*Matrix*，1999—2003），也发表在《书城》杂志上。因为此文发表时，恰逢《黑客帝国》电影公映，结果这篇文章成了国内平面媒体上较早的《黑客帝国》评论之一，引起了一些注意，招来了访谈、转载、新的约稿等，后来还被收入评论集《接入黑客帝国》一书中。

这时国内的各种杂志和报纸，不约而同地开始设立谈论电影的专栏，这当然是因为DVD影碟的流行使得电影大举进入文化人的日常生活之故。这个过程大致开始于2003年春夏之交。在这一潮流中，我开始在《中国图书商报》写电影专栏。最初他们希望我写一个专谈“情色电影”的专栏，所以专栏定名为“准风月谈”。但是实际上我没有在“准风月谈”里谈过任何情色电影。为什么呢？

为什么迷上科幻电影

那时我还只是一个非常菜鸟的影迷——算不算得上影迷还不一定呢，有什么资本来写电影专栏？我也考虑过谢绝这项邀请，但是尝试一种新玩意儿所能带来的愉悦又在引诱着我。

另外，我需要一个精神安慰，或者说需要一个借口。

因为在我以前习惯的语境中，“看电影”就是娱乐，就是玩儿，而现在我已经开始喜欢上电影了，我用什么来抗拒每次观影之后那份“又玩儿掉了两小时”的自责呢？这时，写电影专栏的邀请，及时为我提供了聊以自慰的借口——它使我的观影活动与“工作”建立了某种联系，似乎自己的观影不再是单纯的娱乐了。

所以最后我接受了邀请。

但是我不想把自己培养成“影评人士”。不是我对影评有何偏见，而是因为我觉得那已经有电影学院的人做了，我不可能做得和他们一样好。我至今也没有研读过电影理论方面的书籍（尽管也收集了一些）。我想我不如保持一个外行的状态，只有观影经验，没有电影理论，这样说不定能写出一些和专业影评人士不一样的文章来？

在我思考着怎样写这个专栏时，我已经开始写了（挺荒唐的），当然我继续观影，同时也开始注意别人的影评文章。

我发现，绝大部分影评文章，乃至专门的电影分析论文——比如对于《一条名叫旺达的鱼》（*A Fish Called Wanda*，1988）这样的电影，可以写万余字的长文，都有一些大致通行的组成部分：

一、剧情介绍（往往不得要领，因为借口不能“剧透”）；

二、导演、主要演员以及编剧、制片人的介绍（经常离不开“八卦星闻”）；

三、影片的前世今生（从谁的小说改编而来、某片的重拍之类）；

四、作者自己对影片的某些感叹或感悟。

对于大部分电影类型——比如言情、战争、警匪、动作、剧情、史诗等——来说，上面的模式大体都是适用的。这个模式可以完成如下功能：

为某部影片做广告。出于这个目的，剧情介绍不得要领是无关紧要的，关键是将剧情中的“卖点”点出即可。

让影迷初步判断这部影片是不是自己喜欢的类型。因为影迷有的喜欢某一类型的影片，不管谁导谁演一律都看；有的专追某个导演或演员，无论他（她）导或演什么类型的电影一律都看。所以导演、主要演员以及编剧、制片人的介绍必不可少。

对影片进行评价。这当然会涉及影片的前世今生，以及作者自己对影片的感叹或感悟。不过这种评价主要是从电影的“专业”角度出发的，比如演员表演得好不好，剧情合理不合理，导演的处理是不是高明等。然而这些问题又是不可能有确切答案的，所以经常言人人殊，大相径庭。

然而，当上述模式应用于科幻电影时，却始终无法让我满意。

我首先发现的是这样一个问题：那些优秀的科幻电影中的故事情节，背后都有着科学理论作为思想资源，而通常的影评文章，无法揭示出这些思想资源，也无法分析影片对这些思想资源的利用是否高明，是否合理。

影评文章存在这个问题的原因是很容易理解的：因为电影学院的师生——他们应该是影评人士中相对来说最权威的——几乎不可能受过正规的科学训练，他们通常无法胜任揭示科幻电影中思想资源的任务，更不用说分析影片对这些思想资源的利用是否高明合理了。其他的影评人虽然三教九流都有，但以舞文弄墨为业的人，通常很少是正规理工科出身。所以在这个问题上，他们几乎没有可能做得比电影学院师生更好。

结果是，我们通常看到的关于科幻电影的影评文章，只能将影片和其他类型的影片同样处理，对于那些有着深刻思想的科幻电影中独特而珍贵的东西，根本无法揭示。

这一问题的发现，使我产生了一个想法——如果我来写关于科幻电影的文章呢?

我本科在南京大学天文系念天体物理专业，硕士和博士阶段则是在中国科学院自然科学史研究所念科学技术史，应该算是受过最正规理科训练的人了。况且，我还在中国科学院上海天文台工作了整整十五年，近朱者赤，近墨者黑，好歹也受了多年科学的熏陶。所以，如果要写关于科幻电影的文章，我想我至少可以写出一些电影学院师生写不出来的东西。

这个想法使我颇为兴奋。正好那篇关于《黑客帝国》的文章也起了推波助澜的作用。我开始更多地关注科幻电影，大力收集科幻影碟，以及与科幻电影有关的资料。目前我收藏的8000多部电影分为10类，其中幻想影片是数量最大的一类。

于是我就在“准风月谈”中开始专写关于科幻电影的文章（只有开头两篇谈的不是科幻电影）。这当然名不副实，但我和《中国图书商报》都没有在意。

写了半年多之后，《中华读书报》来找我，希望我为他们写关于科幻电影的专栏。我考虑到《中国图书商报》的读者只是《中华读书报》读者的一个子集，就将“准风月谈”搬到了《中华读书报》，专栏名称则改为“幻影2004”——这样就名副其实了。这个专栏一直持续了数年之久。

与通常的影评文章不同，我的文章首先是没有关于导演、演员、编剧、制片人的介绍，当然更没有“八卦星闻”，我至今连导演、演员姓名都记忆甚少（只是因为经常接触，顺便记得一些而已），其次我也不评论演员的演技、导演的手法之类。取而代之的，是对影片故事背后的科学思想资源的揭示、介绍和分析。

科幻电影的独特价值：反思科学

随着我对科幻电影的日益亲近，我才逐渐发现了科幻电影真正独特的价值所在。

这个价值，一言以蔽之就是：影片的故事情节能够构成虚拟的语境，由此呈现或引发不同寻常的新思考。

如果这样说太抽象了，那也许我们可以举一个具体事例来帮助理解。

有一次我到北京师范大学作关于科幻电影的演讲，其中涉及这样一个问题：如果真有高度发达的外星文明，它们看我们地球人就像低等动物，那它们还会不会有兴趣和我们沟通或交往？当时我问学生，你们当中有谁曾经产生过想和一只蚂蚁沟通或交往的欲望？有一个学生站起来搞笑地说："以前没有，但经您这么一说，现在有了。"

我举这个小例子是想说明，有许多问题，在我们日常生活的语境中，是不会被思考的，或者是无法展开思考的，如果硬要去思考，就会显得很荒谬，显得有些不正常，至少也是杞人忧天式的。

当然，有些学者也会思考高度抽象的问题，比如史蒂芬·霍金和他的几个朋友，他们思考时空旅行是否可能？思考人如果能够回到过去那么能不能够改变历史？等等。但是，这些学者的思考，如果要想让广大公众接触或理解，最好的途径之一，就是让某部优秀的科幻电影将它们的思考表现出来。

而要表现对这些抽象问题的思考，需要一个引人入胜的故事，这个故事的情节构成一个语境，使得那些思考在这个虚拟的语境中得以展开，得以进行下去。

在这个虚拟的语境中，我们演绎、展开那些平日无法进行的思考，就不显得荒谬，不显得不正常，似乎也就不再是杞人忧天式的了。

也许有人会问，其他类型——比如言情、战争、警匪、动作、剧情、史诗等——的电影，难道就没有这个功能吗？

我的回答是：它们绝大部分没有这个功能。

道理很简单：一旦它们的故事涉及对科学的思考，它们就变成科幻电影了。

而通常只有科幻电影，能够在它构造的语境中，对科学提出新的问题，展现新的思想。

然而这还只是问题的一个方面。科幻电影在另一方面的贡献同样是独特的，是其他各种电影类型通常无法提供的。

在西方的幻想作品（电影、小说等）中，可以注意到的一个奇怪现象，就是他们所幻想的未来世界，几乎都是暗淡而悲惨的。

早期的部分作品，比如儒勒·凡尔纳的一些科幻小说中，对于未来似乎还抱有信心；但这种信心很快就被另一种挥之不去的忧虑所取代。大体上从19世纪末开始，以英国人威尔斯（H. G. Wells）的一系列科幻小说为标志，人类的未来不再是美好的了。而在近几十年大量幻想未来世界的西方电影里，未来世界几乎没有光明，总是蛮荒、黑暗、荒诞、虚幻、核灾难、大瘟疫之类的世界。在这些电影和小说中，未来世界大致有三种主题：一、资源耗竭；二、惊天浩劫；三、高度专制。

这些年来，我观看了上千部西方幻想电影，还有不少科幻小说，竟没有一部是有着光明未来的。结尾处，当然会伸张正义，惩罚邪恶，但编剧和导演从来不向观众许诺一个光明的未来。这么多的编剧和导演，来自不同的国家，在不同的文化中成长，却在这个问题上如此的高度一致，这对于崇尚多元化的西方文化来说，确实是一个值得思考的奇怪现象。

对技术滥用的深切担忧，对未来世界的悲观预测，这种悲天悯人的情怀，至少可以理解为对科学技术的一种人文关怀吧？从这个意义上说，这些幻想电影和小说无疑是科学文化传播中的一种非常重要的组成部分。

好的科幻电影是一个窗口，一个了解思想的窗口，尽管真要传达深刻精微的思想，它往往是力不从心的。对于其他类型的电影，我也持同样观点——将它们视为了解文化的一个窗口。所以对于影片故事背后的思想文化资源，特别关注。对此虽不必自诩为“鉴赏已在牝牡骊黄之外”，但与纯粹将观影作为娱乐消遣相比，至少更能自我安慰一些。

科幻、幻想、好莱坞电影、漫画

本书所言之“科幻电影”，其实更确切的名称应该是“幻想电影”，范围较国内通常所说的“科幻电影”更宽泛一些，这主要是因为，在西方，通常不将“科幻”单独划成一类，而是归入“幻想”这个大类中。事实上，要想把科幻与魔幻或灵异等内容明确分界，确实是不可能的。换句话说，所谓的Science Fiction，它的界限原本就是不明确的。所以《哈利·波特》(*Harry Potter*，2001—2011)、《指环王》(*The Lord of the Rings*，2001—2003)，甚至一些引入超自然力量的惊悚片，比如《死神来了》(*Final Destination*，2000—2011)系列等，都可以和《星球大战》(*Star Wars*，1977—2005)、《黑客帝国》归入同一个大类。

而我们以往总是将“科幻”单独划出来，因为我们喜欢强调“科学”，而且还习惯于将科幻看成“科普”的一部分，认为科幻作品只是为了让“少年儿童喜闻乐见”才采用一些幻想的形式。这些其实都是相当幼稚的想法。

讨论科幻电影，按理说也应该考虑美国之外的国家的出品，但是我们只以美国电影作为样本，问题也不大，因为一百年来，世界上最有影响的幻想电影，绝大部分出自美国。这可以从英国人约翰·克卢特所编的《彩图科幻百科》中得到有力支持，书中介绍了1897—1994年间17个国家共455部科幻电影（实际上包括了魔幻或灵异），其中美国独占292部，即接近三分之二的此类电影出自美国。详情请见下表：

《彩图科幻百科》所选1897—1994年间科幻电影统计一览表

年代 国别	1897～1929	1930～1939	1940～1949	1950～1959	1960～1969	1970～1979	1980～1989	1990～1994	该国累计
奥地利	1								1
西班牙						1			1
荷兰							1		1
匈牙利						1			1
丹麦	1				1				2
新西兰							2		2
瑞典					1		1		2

续表

国别 \ 年代	1897～1929	1930～1939	1940～1949	1950～1959	1960～1969	1970～1979	1980～1989	1990～1994	该国累计
意大利					1		1		2
捷克			1		2		1		4
德国	7	5			2	3	2		19
澳大利亚					1	2	5		8
日本				2	2	1	2	1	8
加拿大						4	4	1	9
苏・俄	1		1		2	2	4		10
法国	12	1			8	1	4		26
英国	2	3	1	5	25	13	16	2	67
美国	5	21	24	28	32	85	69	28	292
各国总计	29	30	27	35	77	113	112	32	455

由此可见，认为美国主导着国际科幻影片潮流，应该是没有太大疑问的。所以本书讨论的科幻影片绝大部分产自美国，实属正常现象。而且其他国家的科幻影片，也明显受到美国科幻影片的强烈影响。事实上，如果我们以好莱坞产品为主对科幻影片进行考察和研究，所得结论基本上都有普遍意义，即使偶尔涉及几部非美国出品的同类电影，也不用担心会对结论产生什么特殊影响。

从上表中，我们还隐约可以看到，德、法两国在科幻影片方面起步甚早，它们早期在科幻影片的产出方面几乎可以和美国鼎足而三。它们早期在科幻影片方面的探索，也多少在后来的好莱坞科幻影片中留下了一些痕迹，但是美国很快后来居上。

在当代科幻影片的版图中，日本稍稍呈现了一些与好莱坞科幻影片不同的特色，特别是在日本的动漫影片中，有时会有水准相当高的作品。

在被改编成科幻影片的源头作品中，科幻小说自不待言，但另一个居于第二位的源头也应该得到足够的关注，即漫画作品。漫画在美国当然也很发达，一些著名科幻影片改编自漫画，比如《蝙蝠侠》系列（*Batman*，作品甚多，我收集的就有7部真人电影和4部动漫影片）、《超人》系列（*Superman*，我收集的正片和衍生作品就有7部）等。但是欧洲的幻想漫画保持着自己的特色，也有一些被改编成比较著名的影片，比如《诸神混乱之女神陷阱》（*Immortel*，2008）。

附带一提，译林出版社曾在2004、2005年间出版过《蝙蝠侠》系列和《超人》系列的漫画原作中译本，法国漫画《诸神混乱》也有2003年台北大辣出版社的中译本。不过这类作品在中国受欢迎的程度，好像远远不及在它们本土。

我的选择标准

我对科幻电影，通常抱着两个期望：

希望影片的故事情节能够构成虚拟语境，提供或引发不同寻常的新思考；

希望影片可以拓展我们的想象力——哪怕仅在视觉上形成冲击也好。

在和编辑讨论本书时，我为观看科幻电影寻找了七个理由，这七个理由在某种程度上也就是我对科幻电影的选择标准：

一、想象科学技术的发展；

二、了解科学技术的负面价值；

三、建立对科学家群体的警惕意识；

四、思考科学技术极度发展的荒诞后果；

五、展望科学技术无限应用之下的伦理困境；

六、围观科幻独有故事情境中对人性的严刑逼供；

七、欣赏人类脱离现实羁绊所能想象出来的奇异景观。

这七个理由中，大部分都涉及电影的思想性。这就需要谈论几句比较抽象的话题了：在制作科幻电影时，导演、编剧、制片人等，有没有某种指导创作的思想纲领？

从一个多世纪科幻电影对科学技术的反思、对人类未来的悲观描绘来看，这样的思想纲领似乎是存在的。我们可以认为，创作者们大都自觉或不自觉地受到了某个纲领的指导。这个纲领可以名之曰“反科学主义纲领”——这个纲领拒绝对科学技术盲目崇拜，经常对科学技术采取平视甚至俯视的姿态，所以他们会在科幻影片中呈现出上述七条理由中第二至第六条所指的内容。

至于第一条，那是照顾了国内传统观念中对科幻电影的“科普”诉求。在国外，一些科学人士也会希望科幻作品提供“预见功能”。

第七条就涉及视觉冲击力了。20世纪70年代末，当中国观众刚从闭关锁国的年代走出来，乍见好莱坞的科幻电影时，哪怕是很平庸、很一般的作品，也会给他们强烈的视觉冲击。但是随着多年观影的普及，许多中国电影观众的眼界早已经和国际接轨，平庸之作就只能让他们昏昏欲睡了。影片《星球大战》是没有多少思想但极具视觉冲击力的典范。1977年《星球大战》系列第一部《新希望》问世，就连好莱坞的导演们也都震惊了。今天我们重看这第一部，仍然不得不承认它强大的视觉冲击力。这里还可以提到1968年库布里克的《2001太空漫游》，是既有思想又有视觉冲击力的典范，比《新希望》还早九年，现在看起来，其视觉效果居然还是相当令人震撼。

本书就是以这七条作为标准，来判断一部科幻电影的价值。七条中至少要有两条表现较好，才可以入选——否则我就不会去写它的评论了。

关于本书的若干说明

收入本书中的所有评论文章，都曾经在纸质报纸杂志上发表过，主要是在《中华读书报》《新发现》《南方周末》《读书》《文汇报》等报刊上。但收入本书时，所有文章都经过了修订，修订主要包括如下几方面：

更新信息。这些文章撰写的时间跨度已有十多年，此次修订时我更新了文章中所涉及的相关信息，比如系列影片有了新的续集之类。

删除重复段落。这些文章是在不同时间为不同报刊撰写的，考虑到论述的完备，偶尔会有内容相同的段落。此次修订，已尽力将这些段落删除——只保留最合适的一处。

增添新的段落。随着我看过的影片越来越多，并且开始进行“对科幻作品的科学史研究”，对一些问题的看法自然会进一步深入。此次修订，我根据行文需要，适当增添了一些新的段落。

全书分为十章。前七章可以视为科幻电影的七个重要主题——事实上这七个主题可以覆盖大部分科幻影片。第八章评论的是几部不易归类的影片，第九章讨论的影片通常人们不认为是科幻电影，但它们都和幻想有关，所以我称之为“在幻想边缘的影片”。第十章中的讨论，则不是针对具体影片的，但都属于对科幻电影的相关思考。

这些文章当初都是我单独撰写的，收入本书时自然就不再署名。只有四篇文章例外：一篇是《文汇报》记者刘力源小姐对我的专访，一篇是我和刘慈欣的对谈，由当时的《新发现》杂志的编辑王艳小姐整理；一篇是我和刘慈欣的“同题问答”，由《华商报》记者吴成贵整理；还有一篇是《中国科学报》记者李芸小姐对我的采访报道。收入这几篇是因为它们可能有些参考价值。

最后还有一个问题：我为什么悍然为本书取了这样一个高调的书名？

这原是出于身边好友的建议，编辑也认为很好，我自己虽然也曾有过“是不是太狂妄了”的顾虑，但考虑到“指南”本来也不是什么高调的措辞，也就是供人参考之物而已，就决定采用了。我的朴素想法是，本书既非科幻电影的“大全”也非“精选”，而是通过对那些科幻影片的评论，以“示例”的方式，介绍我个人鉴赏评价科幻电影的思想路径和审美标准——“指南”也就是这个意义上的。

2015 年暮春三月
于上海交通大学科学史与科学文化研究院

（《江晓原科幻电影指南》，江晓原著，上海交通大学出版社，2015年）

CSSCI聚光灯下的科幻研究

——《新科学史：科幻研究》自序

2015年8月，《江晓原科幻电影指南》出版，在上海书展中央大厅举行新书发布会，著名科幻作家刘慈欣、著名出版人沈昌文和俞晓群、著名影评人毛尖出席，著名电视主持人李蕾主持，一时各方媒体颇多报道。更出人意表的是，两天后从美国传来消息，刘慈欣的小说《三体》获雨果奖，这是有史以来亚洲人首次获此奖项，于是网上"刘慈欣为江晓原新书站台错过了雨果奖领奖仪式""刘慈欣刚给江晓原站完台就得了雨果奖"等耸人听闻或半开玩笑的说法也不胫而走。周围一些好心的朋友不禁产生了担忧：江老师搞得如此高调，会不会影响学术声誉？

关于这种担忧，笔者早就思考过。这个问题可以用更为一般的形式表达如下：

一个学者在进行学术研究的同时，如果经常在大众媒体上露面——具体形式包括在报纸杂志上撰写文章、接受采访、出现在电视节目中等，会对他的学术声誉产生何种影响？

答案是：在通常情况下，会对该学者的学术声誉产生负面影响。

原因是多方面的，其中最主要的是两个：

首先，一个学者的所谓"学术声誉"，通常认为主要是"学术界"的人们对该学者的评价或印象，然而"学术界"的人们在通常情况下，并没有义务去查阅该学者学术成果的发表和出版情况，但是他们却和大众一样会接触到大众传媒。于是，当某个学者频繁出现在大众媒体上时，"学术界"的人们就会不由自主地产生印象：该学者不务正业、浮躁虚荣——你想啊，他整天在大众媒体上晃悠，还有多少时间用在学术上啊？

而事实上呢？如果你去查阅一下该学者在同一时期发表和出版的学术成果，很可能和那些从未在大众媒体上露过面的“沉潜”学者一样多，甚至更多。在学术量化考核愈演愈烈的今天，这一点在各高等院校和科研院所的管理部门通常是很清楚的。这就是为什么有些学者虽然经常在大众媒体上露面，被“学术界”的人们认为是不务正业、浮躁虚荣，却仍然得到他们所供职的高等院校或科研院所管理部门高度评价的原因。

这里有一个往往被忽视的机制，即如果有一个学者A，他一年发表了两篇学术论文，此外什么文章也没有发表；而另一个学者B，他一年发表了4篇和A学者所发表的同样级别或水准的学术论文，此外还写了12篇专栏文章，结果在“学术界”的小圈子里，他们会得到什么评价呢？对于A，人们会说，“他做的都是严肃学问”；而B呢？“他发表的大部分都是非学术文章”！这两句陈述都是“事实”——但是，这样的“事实陈述”会产生怎样的效果，大家当然都心知肚明。

至于第二个原因，大致就是当年卡尔·萨根出名之后，特别是在西蒙-舒斯特公司为他的小说写作提纲出价200万美元预付稿费之后，他的同事们所产生的“强烈的情绪”，这里就不多说了。

不过要说这种负面影响，如果会作用在笔者身上的话，应该已经作用过二十年了。事实上它到底是否真的在笔者身上作用过，也很难判断。也许是因为笔者比较幸运？也许是因为笔者比较迟钝？也许是因为笔者应付尚属得宜？谁知道呢，反正多年来笔者未曾为此受过什么困扰，一直安心快乐地做着自己喜欢做和应该做的事情。

在笔者的科幻影评集《江晓原科幻电影指南》引起媒体关注时，笔者多次告诉媒体，影评集只是笔者“对科幻作品的科学史研究”的一个副产品，在这个副产品背后，是有学术研究提供支撑的。

笔者这些年经营的“学术自留地”之一，自己定名为“对科幻作品的科学史研究”，就是将科学幻想作品——有些是成功的文学创作，有些是失败的科学探索——纳入科学史的研究范畴之内。这在很大程度上是前人从未尝试过的，因为科学史领域以往“只处理善而有成之事”的潜规则，遮蔽了科学发展历史的很大一部分。

笔者耕耘这块小自留地的学术拍档，是穆蕴秋博士。她原是我的博士研究生，她的学位论文《科学与幻想：天文学历史上的地外文明探索研究》是“对科幻作品的科学史研究”方向上的第一篇博士论文，于2010年以优异成绩通过答辩，获得博士学位。如今她是上海交通大学科学史与科学文化研究院的青年教师，聪颖勤奋，被研究生们誉为“传说中的穆师姐”。她毕业后愿意和我在这块小自留地上继续耕耘，我们的研究领域还在逐渐延伸。正值她的博士论文即将出版之际，我们合作的《新科学史：科幻研究》也即将付梓，正好让我们将这些年的耕耘收获回顾一番。

所谓“学术自留地”，当然是出于个人兴趣，本来不一定符合体制内的评价标准。不过倘若能够符合，自然更好。在笔者供职的上海交通大学，管理部门对于文科学者的体制内评价标准，和国内许多高校一样，是众所周知的CSSCI期刊——只有发表在CSSCI期刊上的文章，才计入“科研成果”，发表在其他刊物上的任何文章，在学校管理部门都是不能计入的。

本书中收入了11篇学术文章，其中8篇发表在CSSCI期刊上，1篇发表在学校认定等同于CSSCI期刊A类的期刊上（《自然科学史研究》），还有1篇原本也发表在CSSCI期刊上，但我们收入了它发表在非CSSCI期刊上的完整版。也就是说，这11篇学术文章中居然有10篇是符合体制内评价的“学术成果”。即使在本书附录的16篇非学术文本中，还包括了至少1篇CSSCI期刊文章。

在小自留地上的耕耘，本来只需“但问耕耘，不问收获”即可，况且CSSCI期刊和文本的学术形式之间也并无必然联系。不过这次我们检视历年在这块小自留地上的耕耘成果，还真有点意外的喜悦。

2015 年 11 月 21 日深夜
于上海交通大学科学史与科学文化研究院

（《新科学史：科幻研究》，江晓原、穆蕴秋著，上海交通大学出版社，2016年）

回　顾

《年年岁岁一床书》自序

30年前，正值“文革”后期，我那时是一个精神上彷徨无依的“古典文学青年”，白天在一家纺织厂当电工，下了班就沉溺在中国古典文学中，以此逃避现实。那时读卢照邻《长安古意》，其末云：

寂寂寥寥扬子居，年年岁岁一床书。
唯有南山桂花发，飞来飞去袭人裾。

爱其意境，吟咏不绝于口。对于扬雄其人，后世虽多非议，但卢照邻此四句诗，真是读书人理想境界之一。不过，我那时虽则精神上彷徨无依，却也没有如今的浮躁奔竞——那时的时间简直不是时间，所以我也不可能如今日那样体会到卢照邻诗中境界之难能可贵。如今则人人知道是在浮躁奔竞，却几乎人人都身不由己，我也未能免俗，只能姑悬此以为目标，聊自勉励而已。

古人还有一联，曰“有书真富贵；无事小神仙”，也是我心向往之的，但如今也是可望而不可即——书倒是有了不少，事却实在太多。事一多，看书时间就少，离“神仙”境界就远了。记得南朝人给“名士”下定义云：“但得无事，常饮酒，熟读《离骚》，便可为名士。”如今被称为“名士”的倒也颇有人在，他们酒大约还是常饮的，但恐怕是整天有事，从不读《离骚》吧。

读书——读工具手册或职业培训课本之类除外——就要有闲。有人说，“科技是忙出来的，文化是闲出来的”。此语立意和表达都甚好，唯

“科技”应改为“技术”，因为科学和技术是有本质不同的；真正的科学，和文化一样，也只能是“闲”出来的。要追求科学和文化就会有牺牲，花时间花钱的事是经常发生的。不肯花费时间和金钱，科学和文化是不会从天上掉下来的。

如今好书层出不穷，只是闲轻易不可得，但我们不能坐等“有闲时代”的到来——我们必须现在就为“闲”而斗争，而努力，至少也要“忙里偷闲”。古语有“偷得浮生半日闲”，可见这种斗争，这种努力，在古代就已经需要了，已经存在了。对于今天衣食已经不成问题的人，我们可以建议说：再穷也要买书，再忙也要读书。因为，我们迷失在物欲中的精神家园，读书的时候会重新显现；我们煎熬于俗务中的真诚心灵，读书的时候能重归平静。

这本集子中所评论、所介绍的书，都是我近三年中所读过的；并且，都是我认为有价值，值得推荐、介绍，或至少值得注意的（包括我有所批评的书）——否则我就不会去写书评了。

集子中的大部分文章，曾发表在《中华读书报》《中国图书商报》《南方周末》《光明日报》《科学时报》《文汇报》《文汇读书周报》《读书》《书城》《文景》等报纸杂志上，也有少数是发表在学报上的所谓“学术文章”。此处发表的都是原先的定稿，有几篇文章内容有几处重复，为存其真，未作删改，读者谅之。

集子中的文章通常都是应编辑之命而作的。出版社的朋友当然会向这些编辑们施加影响，希望推介自己出版社的书，但是编辑选择要评论的书，自有他们自己的眼光和标准。令我感到高兴的是，上面这些报纸杂志的编辑朋友们，从来不勉强我，让我写不喜欢的书的书评。出版社的朋友直接请我写书评的情况有没有呢？我坦然承认，也是有的，但这些朋友也从来不勉强我，让我写不喜欢的书的书评。

事实上，无论是出版社，还是报社、杂志社，其中的优秀从业人员，当然都很清楚哪些人喜欢哪些书。在这个基础上向作者约稿，自然就容易得到作者的接纳，也就容易唤起作者的写作灵感。

既然应命作文，当然也就要应命读书。如果时间允许，我倒并非不乐意从事此种应命之作，因为这可以督促我读书。每当从报社、杂志社、出版社寄来送来，甚至特快专递来的书到我手中时，它们都会提醒我卢照邻的诗句和上面那副对联。于是，我就不得不挤时间读书了。读了书还要思考，还要讨论，那些可爱的编辑朋友们，经常在电话里——往往还是从北京打来的——和我讨论这些书。当然，还有在电话中和伊妹儿中的“温柔的催稿”。所有这一切，我虽然偶尔也稍感烦恼，但事后，总的来说，我是由衷地感谢这些编辑们的。想想看，有人不停地督促你读书，督促你作文，你为什么不感谢呢？

2002 年 10 月 18 日
于香港城市大学黄凤翎堂客舍

（《年年岁岁一床书》，江晓原著，河北大学出版社，2003年）

《小楼一夜听春雨》自序

听雨是我近年的一种奇怪嗜好。

听雨，当然是听雨点落在某些特定物体上的声音。古人颇有喜欢此意者，留下许多佳句，如“小楼一夜听春雨”“留得枯荷听雨声”“听芭蕉，一声一声细雨下”之类；清人福格将自己的笔记命名为《听雨丛谈》。

住在上海这样的大都市中，想要让窗外有枯荷芭蕉可以听雨，那恐怕要有花园豪宅，里面有池塘假山之类，方能办到，我辈书生，不可得也。但我另有听雨之法。如今居室装修时，许多人家喜欢为窗户装上雨棚，质料以铝合金或塑料居多。此种雨棚，下雨时雨点落于其上，声音有一点近似于雨打芭蕉。我又在寒斋那个大平台上搭了一个透明的天棚，可收另一种听雨之效。

听雨贵在心平气和，有意无意之间，悠然神往。其声也，小雨则轻缓疏落，大雨则急管繁弦。于是每逢雨天，我的心情就特别愉快，工作就特别高效。初不明其所以，经过一段时间观察，发现是听雨之故。

自随笔集《东边日出西边雨》出版以来，这已经是第七本文集了。每次出文集，都要为取名大费踌躇。友人有坚持用自己喜欢之名，结果导致文集滞销的故事，殷鉴不远，更不敢不考虑出版社的意见而“刚愎自用”了。此次忽于雨声之中，得此灵感，此后大约会对听雨更加神往了。

听雨既被用作集名，当然还有可能被附会上别的意思。例如有工于联想的朋友，当年从一句“东边日出西边雨”中，就联想到了“云雨”之类，若是见了这本文集，恐怕又要……那我也没有办法。

米兰·昆德拉喜欢将他的小说写成七章，我就东施效颦一把，也这本文集分为七个部分。这七个部分之先后次序完全是随机的，并无轻重之分。

电影神话

自去岁染上好碟之疾，虽困于俗务，不可能有足够的时间“畅所欲观”，但心向往之，发现其妙用至少有四：一扇文化之窗，一种灵感之源，一条交友之道，一片视听之娱。不过我并不写传统的所谓“影评文章”，事实上我不懂电影理论，并且有意保持这种状态，让自己只有观影体验，在这种状态下写有关电影的文章，只是将电影当作另一种形式的书籍而已，即所谓“文本”。

读书生活

主要是我近年所写的书评文章和专栏文章。去年有媒体访谈，问我少年时的理想是做怎样的人，我搜索枯肠，发现我少年时的理想竟是做一个如今所谓的“书评人”——那时根本没有这种名称，我只是希望能够快活地读书，并发表我的感想和见解。不要小看这个理想——那是在“文革”期间！很难找到书读，更不允许人们轻易发表自己的见解。令我惊奇的是，这个后来被我淡然放弃了的理想，近年却在不知不觉中实现了！

科学历史

科学史是我的“本业”，因此再怎么“不务正业”，总还是会写一些与科学史有关的文章的，况且科学史又是科学文化·科学传播的重要学术资源。

情色世界

性学史是我的“第二专业”，这方面的文章和书评当然也是经常要写的。我在性学史方面还有很多计划，尽管出版社的朋友已经催了我无数次，可惜至今未能腾出手来实施，想想真是既愧对朋友又恼火自己。

两种文化

自从2002年11月上海交通大学科学史系举办首届“科学文化研讨会”小型全国高层会议之后，在网上和一部分报纸杂志上，就科学与人文这两种文化的碰撞，人们发表了大量文章，对科学文化的发展产生了很好的推动作用。

所见所想

和“读书生活”那一辑中的文章相比，这一组文章更偏重于见闻和议论，也有调侃性质的文字，甚至包括了我迄今唯一写过的一篇小说。

自序前言

我迄今已经出版了约30种书，从未找过任何名人作序（不过找朋友作序是有的，那些朋友后来成了名人也是有的）。这当然不是因为我仇视名人或鄙视名人，而是不喜欢用这类事情去打搅名人，所以几乎每本书都是我自己写序或写前言。这里挑了11篇尚成样子而且有电子版的。

本书中的所有文章都是曾经在纸媒上发表过的，不过这里收入的都是经过我修订的电子版，它们有时会比纸媒上已经发表的版本更完善一些。

本书中绝大部分文章可以在我主持的网站上找到网络版：“SHC频道”（科学·历史·文化），网址www.shc2000.com。

2004年2月1日

于上海交通大学科学史系

（《小楼一夜听春雨》，江晓原著，湖北教育出版社，2005年）

《随缘集》自序

出“三十年集”是贺圣遂社长的创意，非常有趣。当然具体来说也因人而异，比如三十年前的我，在南京大学天文系念天体物理专业，整天做着无穷无尽的物理和数学习题，还没有开始通常意义上的“写文章”呢。

编这个集子，倒是好好回顾了一番自己三十年来的心路历程，感慨良多。那些有点意思的具体事情，大都写在各年的“纪事”中了，但从长时段来看自己的成长过程，亦稍有可得而言者。

大体上说，直到1990年前后，我才开始有“思想”，此前则是一个泥瓦匠——只知道埋头为那座名为“科学史”的大厦添砖加瓦，自己并没有什么独特的见解和想法。虽然我比较快就为科学史界一个熟练的工匠（我原是工匠出身——17岁就进工厂当电工了），但我的性格中一直潜藏着向往“创造性工作”的冲动，所以添砖加瓦之余，经常在思考一些问题。也曾被前辈告诫，认为我当时思考某些问题“为时过早”。

这些思考大多是无结果而有益的。无结果是指它们没有产生直接的成果，有益是指它们毕竟让我保持着思想活跃的状态，而且最终还是间接带来了成果。

到1990年，我放开手脚一气呵成写了《天学真原》一书，第一次尝试将自己的一些思考化为成果。如果继续沿用大厦和工匠的比喻，则《天学真原》之作好比一个泥瓦匠在埋头添砖加瓦数年之后，突然停下手中的活，开始对这座大厦发表评论了，甚至还认为这座大厦中有许多地方设计、结构是错误的……这在我的学术生涯中是一个转折。

《天学真原》由辽宁教育出版社初版于1991年，1992年第2次印刷，此后多次再版或重印，有1995年新版、台湾地区繁体字版（洪叶文化事业有限公司，1995）、2004年新版、2007年中国文库版。2010年修订版即将由译林出版社出版。此书1992年获中国图书奖一等奖，算是某种“半官方”的荣誉，但二十年来更大的荣誉来自学术界的评价。例如，多年来《天学真原》一直是北京大学、清华大学相关专业研究生“科学史经典选读”课程中唯一入选的中国人著作。而国际科学史研究院院士、台湾师范大学洪万生教授，在他为淡江大学开设的“中国科技史”课程中，专为《天学真原》安排了一讲，题为“推介《天学真原》兼论中国科学史的研究与展望”；称《天学真原》一书“开了天文学史研究的新纪元”。

《天学真原》之所以在学术界略邀虚誉，北京大学吴国盛教授在其名著《科学的历程》第二版中的评价，或许道出了部分原因：“中国科学史家写作的关于中国科学技术的分科史、断代史著作不胜枚举，这里只提到江晓原的《天学真原》和《天学外史》，因为它们可能是社会史纲领在中国古代科学史研究中少有的成功范例。”而中国当代科学史界泰斗、已故席泽宗院士则在《中国科学史通讯》上发表评价称：“《天学真原》才真正是‘究天人之际，成一家之言’。作者运用和分析资料的能力，尤其令人叹服；由分析资料所得的结论，又是独具慧眼，自成一家言。一改过去的考证分析方法，使人耳目一新。出版之后，引发了一系列研究课题，并波及其他学科领域。”

在我后来的价值标准中，“有思想”当然是比较高的境界。不过“思想”这件事情，很多情况下只能操练，经常没有具体结果。适合表现思想成果的题目和机会，都是可遇不可求的。在《天学真原》之后，我仍然干了不少工匠性质的活儿。例如，那个给我带来不少社会知名度的夏商周断代工程中的“武王伐纣”课题——最后的总结性成果是我和钮卫星合著的《回天——武王伐纣与天文历史年代学》一书，其实也没有太多思想，只是体现了工匠的严谨和一些技巧。

1999年我从中国科学院上海天文台调入上海交通大学，创建中国第一个科学史系——上海交通大学科学史与科学哲学系。这是我学术生涯中的又一重要转折，是年新华社三次播发了和我有关的全球通稿（参见本书1999年纪事）。

进入21世纪之后，学术上的“体力活儿”我渐渐干得少了。我开始更多地思考一些问题。在反对唯科学主义、提倡科学文化、倡导对科幻的科学史研究等方面，我发表了大量非学术文本——学术文本当然也发表了一些。在这些文本中，最有价值的不再是添砖加瓦，而在于呈现、表达思想探索的过程和结果。

本集之取名，我想应该试图为自己这三十年来的心路历程概括出一个特征来。但此事甚难，只能勉强为之。

我自幼胸无大志，更没有对自己的什么“人生设计”，浑浑噩噩许多年，过着基本上无忧无虑的快乐时光。后来虽然做成了一些事情，但基本上都是随缘而行，见机而作。自从我开始学术生涯之后，人生的大方向当然是治学——无非读书、思考、写作、讲课、培养学生；但具体到每件事（比如创建科学史系）、每本书，甚至每篇文章，又都是随缘而作的。

在我的学术生涯中，如果要说有什么与通常的学者稍稍不同之处，我想有一点大概可以算，即我比较早就开始进行大众阅读文本的写作，这些年我发表了大量书评、影评、文化评论等，并在京沪等地的报纸杂志上长期撰写个人专栏。事实上，我在20世纪90年代初就开始定期为杂志写专栏文章了。不少人以为我写作甚勤，其实我常常感谢媒体朋友帮助我克服惰性——没有这些约稿、组稿、催稿甚至逼稿，我的许多文章就不会写出来。所以这类写作中，实际上更加随缘。

因此，想来想去，就取名《随缘集》，虽然听上去似乎有点故作淡泊，其实大体上还是比较真实地表达了我的人生态度。

文章编入此集时，凡发现当初发表时未及校正的误植等，此次都作了修订。

各文发表时，格式不尽相同，比如参考文献有的是脚注，有的是尾注，以及标题的设置等，基本上俱仍其旧，以存其真。

本书中共收入文章37篇，署名根据如下原则：

绝大部分是当初我个人单独署名发表的文章，在本书中就不再署名；

当初和他人共同署名发表的文章，在本书中保持原来的署名不变；

有两篇集体商议执笔、最后由我定稿的文章，当初用了集体的笔名发表，在本书中也保持原来的署名不变。

2010 年 9 月 22 日

于上海交通大学科学史系

（《随缘集》，江晓原著，复旦大学出版社，2011年）

《反思科学：江晓原自选集》自序

编这类文集，通常都会伴随着对自己学术生涯的回顾。我也未能免俗，就在这里尝试回顾一番——大体按照时间顺序，但照顾到了叙事的完整，略近于旧史书之纪事本末体。

一

作为77级大学生，我从1978年春到1982年春，在南京大学天文系念书，专业是天体物理。这是一个数理要求极高、远离社会、几乎“不食人间烟火”的纯理科专业。

那四年是非常快活的时光。虽然因为我是天文系77级19个学生中唯一没有念过高中的，所以第一年学习比较艰苦，我甚至不得不从学校图书馆借来高中课本自己补课。但从第二年起，学习步入正轨，我就开始经常干各种不务正业的事情了。

比如，我四年都是学校象棋队的成员，即使没有外出比赛任务时，系里的同学们也经常以“群策群力”将我击败为乐，所以我几乎天天下棋。又如，这四年间，我临写了七遍唐代孙过庭的《书谱》——这是草书的经典作品之一，他的《景福殿赋》我也临写过两遍，但不如对《书谱》那样能有五七分得其要领的感觉。后来我甚至尝试临写过怀素《自叙帖》和宋徽宗的《草书千字文》，但那类狂草很难掌握。

这四年间我还曾经花费了大量时间研读中国古典文学作品，因为当时我很想报考复旦大学中文系的研究生，所以认真做了准备。从大学二年级起，我的学习成绩基本上保持在天文系19个同学中的第9、10名，我之所以如此名副其实地“甘居中游”，一是因为对天体物理专业并不十分热爱，二是为了“节省”下时间精力好去杂学旁骛。

1982年春我从南京大学天文系毕业。在我念大学四年级时，手中已经有了中国科学院自然科学史研究所的研究生入学通知书——考入该所的科学史专业纯属误打误撞，因我执意要将大学“完完整整”念完再去读研究生，所以到1982春我才前往北京报到入学。

二

我的硕士研究生是提前答辩毕业的，1984年我进入中国科学院上海天文台工作，成为天文台的正式员工。当我去天文台报到时，我手里还有博士研究生的录取通知书。按照中国科学院自然科学史研究所和上海天文台双方领导——当时是席泽宗院士和叶叔华院士——事先商定的安排，我于1985年初再次前往北京，到中国科学院自然科学史研究所注册入学，成为该所的博士研究生，同时继续保持上海天文台的员工身份。1985年我在天文台获得助理研究员职称。

我写的第一篇学术论文，纯属不务正业，发表于1986年，该文后来被视为中国改革开放以来第一篇研究房中术的文献，而且正面肯定了中国古代房中术的某些科学价值。该文发表之后，虽谈不到“洛阳纸贵”，但刊登该文的那期杂志，在许多学校的图书馆被偷走或将该文所在的那几页撕去了（那时复印还未普及）。我的第二篇学术论文才是完全属于天文学史专业“正道”的，不过发表得比较快（1985），所以在发表年份上反而成了第一篇。敝帚自珍，这两篇“少作”被我分别编入了本文集第一和第四单元。

业师席泽宗院士对我非常宽容，那时我写了文章，往往并不告诉席先生，就“自说自话”拿去发表了。据我所知，有很多老师不喜欢这样，他们要求学生写文章必须让自己看过，自己同意了才能发表——甚至在学生毕业以后仍然如此。但是席先生不是这样。有时他自己在刊物见到了我的文章，还会打电话给我，鼓励一番。

1988年我从中国科学院自然科学史研究所毕业，获得科学史博士学位，成为中国第一个天文学史专业的博士，《科学时报》1988年6月17日在头版对此事作了报道。

这年我受国际天文学联合会（IAU）资助，去美国参加IAU的第20届年会，在会上遇到黄一农——现在的台湾“中央研究院”院士，当时他也开始研究天文学史。IAU的年会通常人数众多，过程冗长，要开一个星期，所以会上我们经常见面。记得当时我们有过一次颇具特色的交谈。那天黄一农问我，大陆地区研究天文学史的有哪些重要学者？我当然先向他历数了诸位成名前辈：席泽宗院士、薄树人教授、陈久金教授、陈美东教授、刘金沂先生——这些前辈如今除了陈久金先生尚健在，俱归道山，令人感慨。他接着问：还有谁呢？我就直言不讳地说：那就要算到我了。当时黄一农也直言不讳地问道：那我怎么没读到多少你的论文呢？我回答说，你马上就会读到的。

事实上，当时我刚刚进入学术论文的高产期，已经发表了十多篇论文，而且写作冲动频繁，充满自信，知道还将会有一批论文次第面世，所以才有上面这样一段问答。

1990年，我经中国科学院特批，在上海天文台被破格晋升为副研究员。

三

我学习了四年天体物理专业，毕业后却“改行”去学了科学史。天体物理专业确实给了我许多帮助——都是间接体现的，比如理科训练带来的在思路和方法层面的帮助，比如当年那些无穷无尽的数学物理习题带来的对数值和比例的敏感等。但十年回首，我对于这个专业仍毫无贡献。

到1992年，机会终于来了。在国际天文学界，有一个不大不小的“天狼星颜色问题”，已经困扰了人类百余年，我也已经对它关注了一段时间，这时我在对中国古代星占学史料进行类型分析时，发现了一些决定性的证据，我认为在很大程度上可以解决这个“天狼星颜色问题”了，于是有《中国古籍中天狼星颜色之记载》一文之作。

此文在《天文学报》发表后，第二年就在英国杂志上出现了全文英译，西方研究“天狼星颜色问题”的权威学者对此文评价甚高。此文属于“利用古代文献解决现代科学课题”的类型，所以在天文学和科学史两个领域中都有意义。在我的学术生涯中，此文是唯一一篇关于天体物理专业的论文，也算是我对这个学习了四年的专业一点小小的回报。

我涉入性学研究，最初是出于游戏心态，但是后来在朋友们的鼓动下，自己渐渐“认真”起来，所以在性文化史方面也写过一些“正经”的学术论文。不过我一直将自己对性学的研究兴趣严格限制在“学术研究”范畴之内，谢绝一切商业性质的活动，也谢绝一切与临床治疗发生直接关系的活动。简而言之，就是保持在“纸上谈兵”的状态中。我希望这种状态能够让我的性学研究——当时还是有可能招来非议的——保持“纯粹”。

天文台的气氛十分宽松，我的性学研究“副业”并未对我的学术成长带来消极影响。我在天文台每年年终的业务考核中，也从来不将任何与性学有关的文章列入。

四

进入20世纪90年代，我一直过着平静的生活，不停地撰写学术论文，也经常去北京参加科学史界的学术活动。这是我心目中典型的“学术生涯”，所以我十分安心，对于当时那些经商、改行、出国之类的潮流，完全无动于衷。

我1991年初版的专著《天学真原》，被科学史同行视为我的“成名作”，在海峡两岸已经先后有七个版本，日译本不久也将在日本出版。它长期成为北大、清华等高校有关专业研究生“科学史经典”课程中唯一研读的国人著作。同行称誉此书“开了天文学史研究的新纪元”，是“社会史纲领在中国古代科学史研究中少有的成功范例”。

与学术界通常的惯例相比，颇为奇怪的是，《天学真原》并非我的博士论文。因为我当年答辩博士论文时，已经在《天文学报》《自然科学史研究》《自然辩证法通讯》等这类所谓的“一级学报”上发表了10篇比较像样的论文。业师席泽宗院士和答辩委员会一致认为，我只需将此10篇论文写成详细提要，即可提交答辩。这样做的一个后果是，此后我如果想出版我的博士论文，就需要在此10篇论文的基础上进行改编；但是毕业后我在学术研究方面得到了广阔的发展空间，而随着我学术兴趣的逐渐延伸，使我感到没有必要，也没有时间去进行这样的改编。所以我的博士论文《明清之际西方天文学在中国的传播及其影响》一直未曾出版。

1994年我被中国科学院破格晋升为研究员，成为上海天文台最年轻的研究员。据说这个“纪录”一直保持到1999年我调入上海交通大学。

1996年，我在中国科学院上海天文台指导的第一个博士研究生钮卫星以优异成绩毕业，获得博士学位。他毕业后留在我领导的天文学史研究组工作，1999年随我一起调入上海交通大学，成为科学史系的“元老”。他已于2006年晋升为教授，也早已是博士生导师了。

这个阶段我开始参加一些科学史圈子之外的学术和文化活动。比如1997年，我应李政道先生的邀请，为他在北京召集的一次报告会作报告，题目也是李先生指定的。考虑到李先生的大名，我认真准备了相当学术的内容，不料到会上一看，不少听众都是画家（记得有华君武、黄胄夫人等，他们都是李先生的朋友），估计让他们听我原先准备的内容可能太抽象了，我就临时换了内容。报告后李先生宴请，那些画家对我表示，我讲的东西他们“基本能听懂”。至于我原先准备的内容，就权当一次学术操练，后来另行发表了，即本文集第一单元中的《古代中国人的宇宙》一文。

五

1999年对我来说是颇不平静的一年。新华社三次播发了和我有关的全球通稿。

第一次是因为我从中国科学院上海天文台调入上海交通大学，创建了中国第一个科学史系（1999年3月9日），并出任系主任。新华社为此播发了全球通稿。此事被视为科学史这个学科在中国最终完成了建制化的象征性事件。虽然此时正值"两会"期间，但中央电视台还是专程派出了4人摄制组前来上海采访报道。

第二次是因为我带领的参加"夏商周断代工程"的团队，公布了我们推算出来的武王伐纣的准确年代和完整日程。我的团队在"夏商周断代工程"中承担《武王伐纣时的天象研究》和《三代大火星象》两个专题，其中《武王伐纣时的天象研究》是整个断代工程中最关键的专题之一。文集第一单元中的《〈国语〉所载武王伐纣天象及其年代与日程》就是这个专题中最关键的成果内容。

这个专题后来在2001年获得了国家科技部、财政部、国家计委、国家经贸委联合颁发的"九五国家重点科技攻关计划优秀科技成果"。以《武王伐纣时的天象研究》专题内容为主体的学术专著《回天——武王伐纣与天文历史年代学》2002年获上海市第六届哲学社会科学优秀成果奖二等奖。

第三次是因为我在媒体上披露了正确的孔子诞辰。其实对于我们刚刚完成《武王伐纣时的天象研究》的团队来说，计算孔子诞辰是一件非常简单的工作，只消略出余绪即可。这就是本文集第一单元中的《孔子诞辰：公元前552年10月9日》一文。此文当时在海峡两岸多种杂志和报纸上被转载。

上面这三件事情，国内外许多报纸杂志和各地的电视台、广播电台也做了大量访谈、专题报道、嘉宾节目等，甚至出现了报告文学性质的作品。

从1999年起，我的"清静岁月"结束了。

六

2002年11月21日到11月22日，京沪两地从事科学文化研究的学者聚集上海，举行了首届“科学文化研讨会”，我担任会议主席。会议形成了《对科学文化的若干认识——首届“科学文化研讨会”学术宣言》，由与会者集体讨论起草，最终由我定稿，在报纸发表时署名“柯文慧”。出乎我们意料，这份宣言产生了热烈反响，毁誉参半。毁之者谓彼何人斯，有什么资格发表“宣言”？誉之者谓此为中国当代“科学文化运动”之发端。对于一些与会者，也毁誉参半。我们此后经常被国内媒体称为“科学文化人”，而抨击者则称我们为“反科学文化人”。奇怪的是，十年后回首往事，就好像当年“印象派”原是嘲笑贬抑之辞，最终却变成一个响当当的名称，如今“反科学文化人”也已经不再是一个令人担忧或令人羞愧的名称了。事实上，此后我们每年都召开一次“科学文化研讨会”，并从2007年开始出版丛刊《我们的科学文化》。

在今天看来，这篇宣言最重要的价值就在于，首次在国内明确提出了“科学主义”的危害问题，并明确表达了对“科学主义”的批判立场。这在当时还是相当超前和大胆的。首届“科学文化研讨会”宣言发表之后，围绕“科学主义”问题的争论相当热烈。不过令人欣慰的是，“反思科学”的纲领如今在学术界和大众媒体上都获得了更多的理解和支持。数年之后，对“科学文化人”的攻击渐趋平息，而“科学文化人”的观点却在国内学术界和大众媒体上得到了更多的传播和认同。

从2005年9月到2007年4月，我在《社会观察》杂志上连续写了18期“听雨丛谈”专栏。虽然这个专栏的名称听起来十分闲适，似乎一派与世无争的样子，其实这些专栏文章可以说是我的大众阅读文本中相当具有批判意识的一组。在这组文章中，我从各个方面对当时已经盛行的学术管理“量化考核”——如今愈演愈烈——进行了全面的批判。当然，这种批判纯属理论上的，在现实生活中，我自己也得忍受“量化考核”的管理，并且还表现优秀，不时获得管理部门的奖励。

七

我对科幻作品发生兴趣始于2003年，开始大量看科幻影片，并开始发表影评；接着也开始阅读和评论科幻小说，甚至开始给一些国外科幻小说的中文版写序。因为花了一些时间看科幻电影和小说，自己觉得有点像不务正业、游手好闲，为了让自己安心，我开始尝试以学术文本的形式，在学术刊物上发表对科幻作品的评述、分析和研究。

之后我对科幻的兴趣越来越大，开始形成自己的一些看法，我认为我们应该用全新的眼光来看待科幻作品。我也持续发表了不少有关的文章，并且和中国科幻界最重要的杂志《科幻世界》以及最优秀的一些作家有了接触和交往。

2007年我应邀在“2007中国（成都）国际科幻·奇幻大会”上作了题为《科幻的三重境界》的主题报告。大会期间，又由《新发现》杂志安排，请我和刘慈欣——他被认为是中国目前最优秀的科幻小说作家——在女诗人翟永明著名的“白夜”酒吧作了一次对谈。由编辑王艳小姐整理后发表在《新发现》上。我和刘慈欣的观点大相径庭，但我们保持着友好的个人关系，颇合古人“君子和而不同”之旨。

穆蕴秋小姐是由我指导的第一个对科幻作品进行科学史研究的博士研究生，她的毕业论文也是国内这一方向上的第一篇博士论文，她以优异成绩获得博士学位。近年我们联名发表了一系列学术论文，本文集第五单元中收录了这方面的文章。

我发表影评，已经有十几年历史。经过初期的几次尝试之后，我将评论的影片集中在科幻类。因为我发现几乎所有的科幻影评都无法让我满意——它们通常都是由所谓“专业人士”撰写的，而在中国，一个能够被认可为电影方面的“专业人士”，几乎不可能是曾经受过严格科学训练的，所以他们评论别的所有类型的电影都可以游刃有余、出色当行，但是一评论科幻电影就难免隔靴搔痒、捉襟见肘了。

我开始发表影评的时候，恰好也是我开始从一个科学主义者“升级”为一个反科学主义者（反思科学，或反对唯科学主义，不是反对科学本身）的时候。而反科学主义作为一种思想纲领，能够给我们眼中的科幻作品带来全新的面貌和新的认识高度。此后我也将这方面的一些思考学术化并在学术刊物上发表（参见本文集第五单元）。

八

近几年来，我多次为高校师生、国企高管、政府官员做以反思科学为主题的讲座，主旨是以新的眼光重新审视科学，指出我们先前对科学的一些普遍误解，并由此重构一幅更符合当下现实的科学图像。这些讲座并没有激进的后现代内容，只是从常识和简单的逻辑出发，进行了一些新的思考。最初我曾担心讲座中某些听起来“离经叛道”的论点会使听众理解有困难，或产生抵触情绪，但事实上效果却非常好，许多听众表示：这对他们“思想上产生了很强的震撼”“以前从来没有这样思考过”。我在这方面的讲演甚至被编入了《公务员科学要素读本》。

我对互联网的利弊进行比较认真的思考，始于2008年，那年我曾在《解放日报》上发表《三十年媒体之变迁：电台·电视·互联网》一文，开始反思互联网的弊端。此后我经常和朋友讨论这一话题，这种讨论有时也在媒体上发表。

我从20世纪90年代就开始在报纸杂志上写专栏，后来我渐渐有意识地将这些“反思科学”纲领下的研究和思考成果反映到专栏写作中去，其中最重要的两个，一个是法国科学杂志《新发现》中文版上的“科学外史”专栏，已持续九年，另一个是《文汇读书周报》“科学文化”版面上的“南腔北调”（与清华大学刘兵教授的对谈）专栏，已持续十三年。“科学外史”专栏的文章后来结集成书，即《科学外史》和《科学外史II》，出版之后，居然迭邀虚誉，获得不少奖项，也是有点出人意料的。

在进行大众阅读文本写作的同时，我也尝试将这方面的成果学术化。较多的情况是指导博士研究生进行专题研究。进入新世纪，我们开始使用“科学政治学”这一概念，来概括这方面研究的特色，本文集第六单元的文章就是这方面比较重要的成果。

因为这是一部学术文集，编入的文章都是学术文本，尽管多年来我在报纸杂志上撰写了大量大众阅读文本，但都没有编入——包括在上面的回顾中偶尔被提到的。

最后，我要特别感谢四位合作者——他们与我合作的若干论文被编入了本文集。钮卫星教授和穆蕴秋小姐前面已经提到了；第三位是方益昉博士，他是我指导的美国留学生，已经以优秀成绩获得博士学位；第四位是孙萌萌小姐，也是我指导的博士研究生，目前还正在攻读博士学位。

2014 年 9 月 18 日

于上海交通大学科学史与科学文化研究院

（《反思科学：江晓原自选集》，江晓原著，上海文艺出版社，2015年）

《脉望夜谭》（增订版）前言

脉望者，书虫也；夜谭者，夜深人静之际娓娓闲谈也。本书为一爱书之人所述种种与书有关之逸闻趣事，书多稀见奇特之书，人皆与众不同之人，事皆亲身经历之事。笔者平生又有两大毛病，一曰好古成癖，二曰不务正业，此固自嘲之辞，幸无不良后果，但在本书中确有充分反映。

"脉望夜谭"最初是我在《博览群书》杂志上应邀写的专栏，后承复旦大学出版社贺圣遂社长青眼，命集结成书，当时就用了《脉望夜谭》作为书名，由复旦大学出版社出版，共收23篇文章。

出版之后，我又有一段时间在《第一财经日报》上续写这一专栏，就取名"脉望夜谭II"，又得17篇文章。

现在这个增订版，将两次"脉望夜谭"专栏文章合成一帙，共40篇。重新分类编排，不再受发表先后的约束，而是分为"诗""性""艺""史"四辑。这样读者选择阅读时更为方便。

《脉望夜谭》以谈书为主，有时也兼及相关的人和事。所谈之书与人，都是当时并不流行或有名的。这种原则，最初只是因写专栏时追求特色，后来受到一小部分读者喜欢，时加鼓励，自己也感觉有些趣味，就敝帚自珍，延续了下来。

作为一个积年书虫，又过着学术生涯，基本上日日与书为伴。但读书之事，实有多种状态，不可一概而论也。

有时是读无趣之书，却不得不勉为其难，比如奉命审阅某书提交意见，或查阅研究资料中虽然无趣却又不得不读的部分。有时是替人读书，比如应邀、奉命、碍于情面——总之是自己答应了——评论某书，出于“独立书评人”的“职业道德”，当然也不能无原则地吹捧或贬抑，即便书不是我喜欢的主题或类型，也不得不耐心读之。

而《脉望夜谭》中的书，则全无上述情形，书纯属因兴趣而读之书，文亦属因兴趣而撰之文。如此读书状态，方为书虫赏心乐事。

2017 年 4 月 21 日

于上海交通大学科学史与科学文化研究院

[《脉望夜谭》(增订版)，江晓原著，上海科学技术文献出版社，2017年]

《二化斋科学文化九章》自序

学界比较常见的情形，学者的“成名作”往往就是他的博士论文，此后也沿着这个方向长期研究下去，所谓“术业有专攻”，此之谓也。有的人甚至夸张地认为，学者一旦研究了某个课题，他就有义务终身研究或关注这个课题，这显然是一种偏执的观点。

当然也有不循此例的，获得博士学位之后就将研究兴趣转向了别处，我本人就属于此种情形。我的博士论文是研究明清之际耶稣会士在华传播的欧洲天文学及其对中国学术和社会的影响，但1988年在中国科学院获得博士学位之后，我的研究兴趣很快延伸到了一些较远的领域。按照学界朋友对我的评判，我的所谓“成名作”是下面这两项工作：

一是拙著《天学真原》，1991年正式出版后，迄今已经在海峡两岸至少出现了八个版本，版权至少已经流转过四家出版社，目前最新的中文版权拥有者是上海交通大学出版社，2018年出了新版。二是我领导团队参加了“夏商周断代工程”，用现代天文学方法，重现了武王伐纣的正确年份和全部伐纣之战（包括战前战后的相关活动）精确到日的日程。

《天学真原》被北大、清华等著名高校的相关专业指定为研究生研读的经典，权威学者们对此书颇多好评，给了“新纪元”之类的溢美之词，此书还获得了中国图书奖、国家外译资助等的荣誉。《天学真原》之所以颇邀虚誉，是因为此书论述了中国古代天学独特的社会和文化功能，揭示了合理解释中国古代社会一系列特殊现象的路径，被认为“是社会史纲领在中国古代科学史研究中少有的成功范例”，具有某种“示例”作用。

我多年来一直有两大毛病：一曰好古成癖，二曰不务正业，所以在从事天文学史和科学史的正业之余，也经常旁骛到别的领域。1999年我从工作了十五年的中国科学院上海天文台调入上海交通大学，创建了当时中国的第一个科学史系——上海交通大学科学史与科学哲学系（2012年被学校升格为科学史与科学文化研究院）。此后我的学术兴趣又延伸到了更为广泛的领域。

不过我在那些领域从事研究时，依仗的工具始终未完全离开科学史。我曾半开玩笑地自称"拿着科学史牌枪械的越界狩猎者"。在那些按照传统观念不属于科学史领地的猎场上，有时"科学史牌枪械"确实相当好用，所以往往也颇有收获。

在《二化斋科学文化九章》这本小集子中，我收入了九篇文章，分为四个单元：

"天学"两篇，是我最初的"正业"；

"性学"三篇，是我几乎和"正业"同时起步的"副业"之一；

"历史人物"两篇，仍可归属于经典的科学史范畴；

"期刊江湖"两篇，是我近年和拍档"越界狩猎"的成果。

选择这些文章的标准，一是严肃，二是有趣。持此标准来衡量，我那两项"成名作"的有关文章，严肃有余，趣味不足，就不选进这样的小书中折磨读者了；还有一些不务正业之作，趣味有余，但因不是学术文本形式，与本丛书体例不合，也不入选。

2018 年 4 月 5 日

于上海交通大学科学史与科学文化研究院

（《二化斋科学文化九章》，江晓原著，香港三联书店，即出）